# LES FEMMES DE LA PRINCIPAL

# DU MÊME AUTEUR

*LES YEUX FARDÉS* (prix Méditerranée étranger 2016, prix des Lecteurs du Var 2016), Actes Sud, 2015 ; Babel n° 1463.
*LES FEMMES DE LA PRINCIPAL*, Actes Sud, 2017 ; Babel n° 1620.
*LE THÉÂTRE DES MERVEILLES*, Actes Sud, 2019.

Titre original :
*Les Dones de la Principal*
Éditeur original :
Editorial Empúries, Barcelone
© Lluís Llach, 2014

© ACTES SUD, 2017
pour la traduction française
ISBN 978-2-330-12033-7

# LLUÍS LLACH

# LES FEMMES DE
# LA PRINCIPAL

roman traduit du catalan
par Serge Mestre

**BABEL**

*À Enric Costa Pagès,*
*pour toujours.*

I

# 1

## LE FAUTEUIL À BASCULE

*Jeudi 7 novembre 1940*

Úrsula grimpa au premier étage pour faire ce qu'elle faisait d'habitude lorsqu'elle était seule : elle prit place sur le fauteuil à bascule de M. Andreu, chercha dans sa mémoire l'image de cet homme et se dit "qu'il repose en paix".

Puis, tout comme d'habitude également, elle promena son regard parmi les meubles et les objets qui occupaient le grand salon de la Principal. "Il y en a bien trop", se dit-elle. Depuis qu'on y avait installé le grand piano à queue, la pièce lui semblait très encombrée. Il lui faudrait absolument y passer le plumeau car, à contre-jour des fenêtres, la poussière qui se trouvait sur le couvercle laqué de l'instrument indiquait qu'elle n'avait pas fait le ménage depuis trois jours. En réalité, elle n'était plus guère capable que de cela : faire la poussière. Mais les nombreuses années qu'elle avait passées au service de la maison et l'estime que Maria éprouvait pour elle lui conféraient certains privilèges. Comme ce matin où les servantes et les ouvriers de la Principal avaient été obligés d'aller à la messe au Mas Gran avec la Senyora, alors qu'Úrsula, elle, en avait été dispensée.

C'est dans ces moments-là, lorsqu'elle restait toute seule, qu'elle montait dans les appartements des maîtres des lieux et allait s'asseoir sur le fauteuil à bascule d'Andreu. Elle s'y asseyait avec prudence et glissait précautionneusement un coussin derrière sa tête. Puis, une fois installée, elle commençait à observer chaque objet l'un après l'autre comme si elle les découvrait pour la première fois. Il y en avait toujours un qui éveillait ses souvenirs et la conduisait doucement jusqu'aux portes du sommeil.

Elle était déjà bien installée lorsqu'elle aperçut soudain un rai de lumière par l'entrebâillement d'une porte mal fermée. Cela venait de la bibliothèque. Ah, Maria avait encore oublié d'en couper la lumière. "Depuis quelques jours, la gamine s'enferme trop longtemps là-dedans", grommela-t-elle en se levant. Puis elle entra dans la pièce pour éteindre la lampe éclairant la table de travail couverte de papiers, de plans gribouillés, d'écrits raturés, de livres numérotés… Elle ignorait ce que la gamine était en train de mijoter, mais il était évident que quelque chose lui trottait dans la tête. Et même quelque chose d'important, car elle avait interdit que quiconque, à la Principal, pénétrât dans cette pièce. Sauf Úrsula, pour aérer les tapis, balayer le sol et faire la poussière sur les meubles. Elle lui avait auparavant fait jurer sur Dieu et sur la Vierge de ne toucher à aucun papier et de laisser tous les objets à leur place.

Elle retourna en maugréant sur le fauteuil à bascule. Les sièges qui font une vertu du déséquilibre sont parfois traîtres, aussi bien quand on s'y installe que lorsqu'on les quitte, et plus encore à l'âge où la force a abandonné vos bras et presque tous les muscles de votre corps. Elle chercha un instant une bonne position et, alors qu'elle recommençait son rituel d'observation, crut entendre le heurtoir de la grande bâtisse que quelqu'un actionnait tout doucement. Elle se dit que c'était certainement un des gamins de Pous qui faisait des blagues et frappait à toutes les portes des maisons et ne s'en soucia pas davantage. Une grosse fatigue venait de l'envahir et elle renonça à se lever une nouvelle fois. Pénétrer dans la bibliothèque venait de raviver en elle le souvenir de l'époque où la Vieille – c'est ainsi que tout le monde appelait Maria Roderich, la mère de la senyora actuelle – avait organisé cette magnifique salle de lecture, en hommage à son mari, Narcís Magí. Oh, oui! On peut dire que ce furent de magnifiques années!…

## LA VIEILLE ET LA PRINCIPAL. RÊVE.

*Nul doute que cette femme possédait un fort caractère et menait l'hacienda comme si elle avait géré une caserne. Cependant son surnom, la Vieille, lui avait été attribué bien avant, lorsqu'elle avait à peine vingt ans, juste après avoir hérité de toutes les possessions des Roderich, à Pous, et après que le phylloxéra avait dévasté la région de l'Abadia. Gouverner la Principal, son cellier, ses terres, ainsi que s'occuper de toutes les transactions commerciales n'était pas un travail facile pour une femme née dans le dernier tiers du XIX^e siècle. Et comme en plus d'être une femme, elle possédait un patrimoine que tout le monde dans la région lui enviait et qu'elle jouissait d'un statut lui attirant de sombres jalousies de la part des mâles dominants* de la contrée, administrer la propriété était devenu pour elle d'une colossale difficulté.

À Pous, tout le monde pensait qu'un bon mariage pourrait arranger cette anomalie entre nature et tradition, en plaçant à la tête de la propriété la plus riche du village un homme dont la fermeté aurait déjà été éprouvée. Mais lorsque Maria Roderich décida de se marier, elle choisit un homme aussi riche et fortuné que peu intéressé, pour ainsi dire, à exercer un pouvoir terrien. La Vieille était certainement tombée amoureuse de lui mais, d'après certains petits malins au village, elle avait également vu dans cette union deux attraits essentiels : rapporter de l'argent à la maison et rester aux commandes de la Principal.

Les parents de Narcís Magí avaient fait partie des commerçants les plus aisés de Rius, mais ils disparurent prématurément dans le naufrage du bateau qui les ramenait de Londres. Leur fils unique, qui venait juste de terminer ses études d'avocat uniquement pour leur faire plaisir, se retrouva subitement à la tête d'une propriété extrêmement prospère. Malheureusement, d'après les critiques des adhérents les plus distingués du Grand Cercle du commerce de Rius, s'il hérita de la fortune familiale, il n'hérita pas du désir de la faire fructifier ni même de se contenter de la gérer. Comme s'il s'agissait d'un vrai métier, il choisit de transformer sa position d'heureux et inattendu héritier en culte absolu du privilège. On aurait pu croire qu'un tel personnage pût être traité de fainéant, de mécréant et d'écervelé. Mais lui, pas du tout.

M. Narcís évalua l'importance de sa fortune et comprit que s'il planifiait bien ses dépenses puis restait fidèle à ses calculs, il pourrait vivre de ses rentes tout le temps que Dieu lui prêterait vie. Après avoir soupesé le pour et le contre, et vu de quel côté penchait le fléau de la balance, il n'hésita pas une seconde. Il opta pour mener le genre de vie dont il avait toujours rêvé, surtout depuis que, ne sachant quelles études choisir, il s'était inscrit par défaut à l'université de droit de Barcelone : se promener, lire, aller au concert, écrire, réfléchir et voyager… rien qui rapportât quoi que ce fût d'après la plupart des gens. Mais pour ce jeune homme, ne rien faire se révéla une véritable profession et si au début il s'appliquait comme un élève consciencieux, avec le temps il devint en la matière un artisan des plus raffinés.

C'était un garçon déconcertant, se souvenait Úrsula dans les limbes de son sommeil. Son comportement bousculait la logique des convenances. Par exemple, après son mariage avec Maria Roderich, il refusa d'habiter à Rius et, à la grande consternation de la fine fleur du Grand Cercle du Commerce, alla s'installer à Pous, petit village isolé au fond d'une vallée et dépourvu de tout horizon social. Un autre exemple : après son arrivée à la Principal, il s'efforça de ne rien changer dans la façon de fonctionner de cette maison. On aurait dit qu'il s'était discrètement fondu en elle, qu'il ne voulait surtout pas bouleverser l'ordre des choses établi par Maria. Il ne revendiqua pas non plus de tenir les cordons de la bourse ni d'intervenir dans les importantes activités commerciales qu'on y menait. En plus de ne pas avoir la moindre prédisposition pour cela, il pensa que de toute façon sa femme n'aurait pas accepté la chose. Maria gérait parfaitement les confortables bénéfices et les différents conflits de la Principal avec un sens de l'autorité auquel il n'aspirait pas. Mieux encore, il était fasciné de voir avec quelle détermination son épouse se faisait respecter à une époque où personne n'était très enclin à laisser une femme commander quoi ni qui que ce fût.

Il faut cependant dire que Maria Roderich avait une profonde estime pour cet homme sensible, si différent de tous les autres et surtout d'elle-même. En réalité, lorsqu'elle se regardait dans le miroir, le matin, elle ne se voyait pas une seule des qualités qu'elle appréciait tant chez Narcís. Mais cette dissemblance entre eux finissait par fonctionner comme ces roues dentées qui lorsqu'elles ne s'enclenchent pas l'une dans l'autre peuvent produire des catastrophes, et qui lorsqu'elles s'engrènent font tourner le mécanisme avec une singulière précision. Et, bien que cela fût d'abord jugé comme un impossible prodige, cette machinerie tourna harmonieusement, sans le moindre grincement, pendant les dix ans qu'ils vécurent ensemble. De tous les mâles qui avaient tourné autour de la Vieille, cherchant amour ou fortune, Narcís fut le seul à exprimer sa considération envers elle et à être capable de faire naître chez elle des qualités jamais soupçonnées : la curiosité et l'envie de savoir. C'était un homme cultivé et étrange qui la traitait d'égal à égal, lui proposait toujours d'intéressants sujets de conversation et lui demandait souvent son avis sur des points que les maris n'abordaient jamais avec leur femme. Pour la première fois de sa vie, la Vieille était forcée de réfléchir davantage aux questions qu'on lui posait qu'aux réponses à apporter. Et si, comme cela arrivait fréquemment, leurs pensées ou leurs points de vue ne correspondaient pas ou étaient nettement opposés, la contrariété de Narcís donnait lieu à un duel, ou plutôt à une invitation à chercher les raisons de leur mésentente pour évaluer leur différence d'appréciation, mais toujours dans le but de la réduire, ou du moins de la comprendre.

*Cette qualité, qu'elle n'avait jusqu'ici jamais relevée chez les hommes qui l'avaient courtisée, l'émerveillait. Maria Roderich reconnaissait qu'elle était très butée concernant les croyances religieuses et se vantait d'être conservatrice et arriérée pour presque tout le reste. Mais avec sa façon de présenter les choses, Narcís la poussait à faire preuve d'un certain discernement et parfois elle se surprenait à questionner et à modifier certaines certitudes qu'elle pensait inébranlables, sans que cela ne la perturbât le moins du monde. Au contraire, elle en tirait même un sentiment de plaisir. Comme lorsque, petite encore, elle retirait le ruban et déchirait le papier du paquet qu'on venait de lui offrir, pour découvrir son nouveau cadeau.*

*S'il était incontestable que Narcís était dépourvu d'une passion suffisamment bouillonnante pour bien la satisfaire, et si la chose ne fut pas sans préoccuper Maria Roderich au début de leur relation, elle considéra bientôt ce manque d'ardeur comme le prix à payer pour son nouvel exercice du savoir, de la culture et de la sensibilité. Ainsi, tout bien considéré, elle se satisfit de quelques épisodiques prestations conjugales, certes pauvres concernant son corps, mais immensément riches pour son esprit.*

*Pendant presque toute la journée, ils vaquaient chacun à leurs occupations, Narcís se consacrait aux joies de la réflexion, tandis que Maria s'affairait aux travaux de la Principal. Et lorsqu'ils se retrouvaient ensuite, ils jouissaient l'un de l'autre comme s'ils venaient de se redécouvrir, comme si le fait de rapprocher leur esprit générait une merveilleuse énergie entre eux. Lui, enthousiasmé par une hardiesse qui lui ferait toujours défaut, et elle, s'extasiant devant de lumineux horizons que seul son homme avait le don de lui révéler.*

C'est ainsi qu'ils s'apprivoisèrent tous les deux et qu'ils s'amusèrent à inventer une telle complicité, que personne à la Principal ne se souvenait qu'ils se fussent jamais regardés de travers, ou disputés, ou encore moins qu'ils eussent eu un mauvais geste l'un envers l'autre. Et cela, dans un espace occupé par la Vieille, était considéré comme un authentique miracle par les domestiques qui, ayant d'abord craint la tempête, avaient bientôt savouré une si belle harmonie.

Leur découverte réciproque se fit sous le signe d'un singulier objet, une espèce de symbole de leur accord parfait : le fameux piano à queue, apporté par Narcís à la maison de Rius. L'instrument trônait au beau milieu du salon de la Principal et, tous les jours, en fin d'après-midi, Narcís prenait place sur le tabouret assorti, adaptait la hauteur de celui-ci selon son état d'esprit et prenait un immense plaisir à jouer quelques instants. La Vieille allait alors s'asseoir sur le fauteuil à bascule de son père, tout près de son mari mais en lui tournant le dos, peut-être pour cacher ses larmes ou pour ne pas voir l'effort mécanique qu'exigeait le prodige. Elle baissait la tête, fermait les yeux et demeurait immobile. Seul le léger sourire qui se dessinait sur ses lèvres trahissait le bonheur qui l'envahissait. La technique de Narcís n'était certes pas parfaite, mais il avait du talent pour l'expression et, en caressant doucement les touches du piano, sans doute avait-il l'impression de caresser également les zones les plus sensibles et cachées de sa femme.

Bizarrement, ils ne s'étaient à aucun moment proposé d'avoir des enfants et ne parlaient pratiquement jamais du devoir conjugal. Une seule fois, la Vieille avait insinué qu'elle aurait bien aimé avoir une petite fille, mais sans trop insister car, pour tout ce qui concernait les mystères du lit et ses dérivatifs, Narcís faisait la sourde oreille. Cependant, moyennant la combinaison de facteurs de nature inconnue et hasardeuse, pendant une de ces nuits de mécanique reproductive qu'ils pratiquaient de loin en loin, Narcís finit par mettre Maria enceinte alors qu'elle avait déjà perdu tout espoir de devenir mère. En réalité, elle n'en revenait pas. Et les mauvaises langues du village non plus. À tel point qu'on dressa bientôt une liste de trois ou quatre jeunes hommes particulièrement vigoureux de Pous qui auraient tout à fait pu intervenir dans l'apparition du phénomène.

Maria Roderich, si mal nommée la Vieille, perdit subitement les eaux et ressentit presque tout de suite de terribles douleurs. Ses hurlements aigus et ses terribles plaintes firent trembler les murs de pierre de la bâtisse, de la cave au grenier. Lorsque les domestiques comprirent que le travail était imminent, ils entreprirent les préparatifs en prévision d'un si délicat événement, et deux servantes partirent prévenir Presentació, la seule accoucheuse de Pous. En même temps, M. Narcís demanda à Raül, le contremaître, de se précipiter à la poste pour envoyer un télégramme au Dr Lluch de Rius, en lui demandant de venir sans tarder.

Les deux servantes se préparaient déjà à arpenter toutes les rues du village, car il était bien connu que Presentació n'était jamais chez elle lorsqu'une urgence se présentait. Pendant ce temps, Rosa, la cuisinière, fit bouillir suffisamment d'eau dans plusieurs marmites pour nettoyer tout ce qu'il y aurait à laver tout à l'heure. Elle en fit également chauffer un peu pour préparer une infusion de verveine qui, disait-on, calmait les contractions de la parturiente, et un autre peu pour faire infuser des branches de thym, au cas où il y aurait eu quelque plaie mal placée à soigner.

*Úrsula se trouvait auprès de Rosa. La profonde ride tordue qui barrait son front était particulièrement creusée et elle découpait des compresses dans un tissu de coton, en les disposant les unes sur les autres sur une tablette bien propre. Elles serviraient ensuite à essuyer et à nettoyer. Ou seraient placées, humides et chaudes, sous les reins de Maria pour l'aider à supporter la douleur des contractions. Elle mit les plus douces de côté, qui serviraient de premières couches au nouveau-né, avant de l'emmailloter dans des langes qu'elle avait déjà préparés.*

*Mais l'accouchement ne pouvait pas attendre et les deux heures que mit le bon médecin à parcourir les mille vingt-sept virages qui le séparaient de Pous obligèrent Presentació l'accoucheuse à prendre le commandement des opérations, après avoir bu en cachette un plein verre d'*Aigua del Carme* \* pour améliorer ses réflexes et calmer son excitation. Se sentant réconfortée, elle commença à donner des ordres dans tous les sens, qui transformèrent brusquement la Principal en un incroyable va-et-vient de femmes depuis la cuisine, la salle de bains et la chambre.*

*Autour du lit de la parturiente et sous le regard serein de M. Narcís qui, contre l'avis de tout le monde, avait insisté pour soutenir son épouse, on vit arriver des marmites d'eau chaude et des draps propres qui repartaient tout ensanglantés, fuser des conseils, des cris, des lamentations… et se dessiner des visages aux pronostics effrayants. Finalement, à peine cinq minutes après l'arrivée du Dr Lluch, le petit corps ratatiné de la nouveau-née apparut, tout couvert de sang et*

---

\* Liqueur à base de plantes, réputée pour ses prétendues qualités médicinales, en Catalogne et en Espagne en général. *(Toutes les notes sont du traducteur.)*

d'humeurs fétides. C'était une minuscule petite fille que la Vieille ne put pas voir tout de suite, car elle s'était évanouie sous la douleur et à cause de son abondante perte de sang.

Le père insista pour que la nouveau-née portât le même prénom que sa mère et c'est ainsi que, quelques jours plus tard, Maria Blanca Basilia Magí i Roderich fut baptisée, en toute discrétion au grand dam des gens de Pous.

Nous étions en 1910 et, après l'arrivée de ce trésor inattendu, tout semblait remis sur les rails. Mais le destin n'en fait souvent qu'à sa tête et, quatre mois après la naissance de la gamine, M. Narcís tomba malade de l'endroit du corps où naissaient chez lui les plus nobles sentiments. Les plus remarquables médecins de Rius, puis de Barcelone, lui prodiguèrent en vain les meilleurs soins, mais ils durent se résigner à avouer leur impuissance. Face à d'aussi décevantes perspectives, M. Narcís, qui avait insisté pour qu'on ne lui cachât pas la réalité de son état de santé, préféra retourner mourir paisiblement à la Principal. Au bout d'un mois et demi, après avoir demandé à sa femme de le déshabiller, il s'offrit tranquillement au néant, sans le moindre râle, savourant un sommeil serein dans les bras de son épouse, jusqu'au moment où la faux vint doucement interrompre les battements de son cœur.

La Vieille fut profondément accablée. S'il était évident qu'elle n'avait pas trouvé chez Narcís l'amour du prince charmant auquel elle avait tant rêvé, ni l'amant fougueux qui lui aurait tourneboulé les sens, elle avait découvert chez lui un compagnon d'une exquise et rare quintessence. Lorsqu'il mourut, Úrsula et de nombreuses personnes pensèrent que la maîtresse finirait par prendre un autre époux, ou du moins par décemment mettre quelqu'un dans son lit, mais ce ne fut pas le cas. Les sentiments de la Vieille se manifestèrent à la façon d'un oignon, cachant sous l'aspérité des couches superficielles un noyau à jamais amoureux du souvenir de son mari. À partir de ce jour-là, elle ne montra que ses épines et cacha toute sa vie la rose de son cœur.

Narcís lui légua une fortune pas du tout négligeable : de l'argent et des propriétés, mais aussi des tableaux, des sculptures et, en plus du piano, une multitude d'objets de valeur dont il avait garni la maison pendant toutes ces années, comme s'il avait voulu lui laisser de subtils témoignages de son passage dans sa vie. Cependant, le legs le plus significatif fut les livres ; des livres dans les armoires, des livres dans des cartons, des livres sur les tables, on trouvait des livres dans tous les coins de la maison où cet homme s'était assis plus de trois minutes. La Vieille les réunit tous dans une vaste pièce adjacente au grand salon. Il y en avait tellement qu'ils furent amplement suffisants pour nourrir une vraie bibliothèque, dans laquelle on accrocha un portrait du défunt qui, en plus de conférer une patine de raffinement et de culture à la Principal, suscitait de la considération et du respect chez quiconque pénétrait dans les lieux.

La cérémonie des obsèques fut présidée par la veuve depuis l'estrade où se trouvait la chaire, sur le côté gauche de l'autel, un privilège exclusivement accordé aux Roderich. Les témoins prétendaient qu'elle avait dit ses prières avec une véhémence démesurée, en regardant le ciel et en pressant sa petite fille contre sa poitrine, comme si elle espérait que Dieu baissât son regard sur elles. En la voyant faire, les fidèles disaient qu'elle tentait d'attendrir le Seigneur grâce à la puissance de ses prières et à la fragilité de la gamine, afin que celui-ci prît pitié de son mari. Si, craignait la femme, ses convictions religieuses étaient aussi fortes que la fermeté avec laquelle son mari les repoussait, il était évident que Narcís était déjà en train de brûler en enfer. Et même si elle admettait volontiers que Dieu avait toujours raison, elle en était indignée.

À mesure que la monotonie de l'office religieux calmait ses inquiétudes, elle tenta une sorte d'exposé philosophique sur la fragilité de l'humain, en guise de dernier hommage à son cher Narcís ou pour tromper l'ennui d'une messe aussi solennelle. Mais son corset la gênait vraiment et l'empêchait de respirer correctement. Elle avait pris un petit-déjeuner copieux et d'horribles flatulences lui gonflaient le ventre. Par chance, l'estrade se trouvait assez loin des fidèles et elle pouvait soulager ses angoisses tout en s'accusant d'avoir exagérément grossi ces derniers temps et en jurant d'entamer le régime qui conviendrait pour ne jamais devenir une grosse femme aux chairs flasques.

Elle jura jusqu'au jour où elle atteignit cent vingt-trois kilos. Elle prétendait cependant manger peu, que c'étaient ses nerfs qui la faisaient grossir, et même la cuisinière, qui faisait tout pour la satisfaire, lui donnait raison. Quoi qu'il en fût, la graisse continua à combler les courbes qui n'étaient pas encore tout à fait remplies et à créer de nouveaux plis répartis au fur et à mesure un peu partout sur sa vaste anatomie. Mais c'était à cause des nerfs et il n'était pas question de contredire une dame, et encore moins si c'était la Vieille de la Principal.

Rosa, la cuisinière, mourut deux ans après la naissance de la petite. Sentant sa fin venir et comprenant le désarroi de sa maîtresse, elle lui recommanda une collègue qui s'appelait Neus, une jeune femme d'une trentaine d'années, avec un fils de deux ans, enceinte de six mois et par-dessus le marché sans père pour l'aider. Dans son état et vu les circonstances, la Vieille ne l'aurait jamais choisie, mais la réputation qui la précédait et sa semaine d'essai dans les cuisines de la Principal la persuadèrent que, bien qu'elle n'en eût nul besoin pour grossir – ses nerfs lui suffisaient –, elle l'engagerait.

Son poids ahurissant et les douleurs que celui-ci lui provoquait conduisirent les médecins de Barcelone à découvrir que sa colonne vertébrale était fendue en deux et que, si elle ne s'appliquait pas un régime sérieux, elle risquait de perdre sa mobilité d'ici quelques années et de souffrir de douleurs encore plus intenses qui handicaperaient sérieusement son existence. Malheureusement, ni ses nerfs ni Neus ne lui permirent de mincir et, au bout de quelques années, la prédiction des médecins se réalisa. Avant même d'avoir atteint son poids définitif, elle avait du mal à bouger son corps au même rythme que ses réflexions. Par ailleurs, chaque journée passée en solitude lui donnait des raisons de croire en un avenir où ses plaisirs deviendraient de plus en plus rares. Ainsi, pour ne pas se résoudre à renvoyer Neus, elle décida de commander une chaise à porteurs, modestement inspirée de celle qui était représentée sur une image pieuse qu'elle conservait sur sa table de nuit. De telle façon que, lorsque ce serait nécessaire, quatre hommes pourraient la charger sur leurs épaules pour la conduire là où elle le demanderait sans plus avoir à retenir ses envies.

Pendant la fabrication de cette chaise que réalisa Ramon, le meilleur menuisier du village, la curiosité des habitants de Pous et leur enthousiasme allèrent croissant. En fin d'après-midi, les hommes retournaient des champs en toute hâte, se changeaient et se dirigeaient en compagnie de leur femme, elle aussi endimanchée, vers l'atelier de Ramón pour assister à la progression de la Porteuse, comme l'avaient baptisée les gens.

On dut bientôt organiser de petites queues pour faciliter et améliorer la visite chez le menuisier. Au début Ramon avait trouvé cela plaisant, mais à la fin il s'était senti légitimement flatté qu'on lui eût en plus confié la réalisation d'un filigrane grâce auquel il devint le centre d'intérêt du petit monde de Pous. Puis le bouche à oreille commença à attirer tellement de monde qu'il dut se résoudre à travailler porte fermée et verrou tiré, pour trouver une certaine paix créative et ne pas dénaturer son projet.

Il fallait cependant tout à fait s'attendre à ce que, par ricochet, la porte fermée attirât toutes sortes de médisances. Celle qui devint la plus courante fut propagée par les deux sœurs du pharmacien. De vraies grenouilles de bénitier! D'après elles, la Vieille souhaitait une porteuse semblable à celle du pape de Rome. Ce qui était d'une insupportable irrévérence envers les pouvoirs transcendants de l'Église. Elles feraient donc personnellement en sorte que cette chaise ne quittât jamais l'atelier. Et tout le temps que dura la fabrication de la commande, on ne parla plus que de cela à Pous.

Le jour où l'on transporta le meuble de la menuiserie à la porte de la Principal, on vit s'organiser spontanément dans la rue quelque chose qui ressemblait plus à une procession qu'à la livraison simple et professionnelle d'une commande. Et malgré les protestations de Ramon qui veillait à ce que l'objet arrivât indemne, un groupe de villageois le chargea sur ses épaules en blaguant à qui mieux mieux. La Vieille, prévenue de l'arrivée de la chaise, commença à s'apprêter et descendit ensuite d'une démarche solennelle.

Soudain, le silence se fit. Elle inspecta le siège de tous côtés, de haut en bas, puis, au grand soulagement de tout le monde, nomma les quatre ouvriers de la maison préposés à devenir porteurs et à endurer ce nouveau sacrifice. Elle leur demanda de prendre la chaise et de la porter dans les rues les plus étroites du village. Afin que la charge fût correcte, elle demanda à Úrsula et à Neus de prendre place sur l'engin, car l'essai ne pourrait pas être concluant sans le charger "d'un peu" de poids.

L'expédition se lança donc ainsi, porteurs brinquebalants avant de trouver la façon de corriger les déséquilibres de la chaise elle-même. L'exercice était d'autant plus douloureux que Ramon n'avait pas prévu de rembourrer les brancards de la Porteuse afin d'adoucir la morsure du bois brut sur les épaules des pauvres domestiques. Sans compter le poids supplémentaire d'Úrsula et de Neus qui étaient devenues la risée de tous les curieux assistant à la scène.

En prenant la côte de l'église on commença à entendre la respiration des porteurs s'accélérer, surtout celle des hommes de derrière, qui, surpris par ce nouvel exercice, tentaient de faire la sourde oreille aux railleries des badauds et d'empêcher leurs jambes de plier. Ensuite ils se dirigèrent vers le côté droit du temple où s'ouvraient trois ruelles difficiles d'accès, particulièrement la deuxième, qui cumulait un angle fermé, une montée très prononcée et un mur d'angle particulièrement saillant et sur lequel, si l'on négociait mal le virage, même les mules les plus expérimentées pouvaient perdre une bonne moitié de leur bât. Ils firent et refirent toutes les manœuvres nécessaires et faillirent à plusieurs reprises connaître le fameux échec que plusieurs spectateurs de Pous avaient secrètement désiré. Mais finalement l'essai s'avéra

concluant pour tout le monde et, Úrsula et Neus toujours
calées sur leur siège, ils retournèrent fiers d'eux à la Principal sans que la Porteuse eût souffert la moindre égratignure.

La Vieille les reçut devant la porte et, après avoir écouté
le compte rendu détaillé de l'expérience, choisit un tissu, plusieurs coussins et, parlant fort afin d'être entendue de tout
le monde, demanda que tout fût prêt le prochain dimanche
pour qu'elle puisse se rendre sur sa chaise à la messe de la
chapelle du Mas Gran.

La nouvelle fut immédiatement colportée. Le dimanche
suivant, il y eut un défilé inédit à Pous, avec la Porteuse,
les voiles de la Vieille voletant au-dessus de la tête des porteurs, les domestiques de la Principal suivant derrière, tous
les gamins s'égaillant autour et, bien entendu, les habitants
massés à proximité pour ne rien rater du spectacle. Les uns
fascinés par une vision aussi originale, les autres priant
le diable pour qu'un malencontreux faux pas envoie tout
valdinguer. Mais on sait bien qu'en fin de compte c'est la
grandeur d'un événement qui détermine son envergure. Et
la première sortie de la Porteuse fut un vrai succès dont on
parlait encore de longues années plus tard.

## 2

# LA VISITE

*Jeudi 7 novembre 1940*

Úrsula qui, même endormie, entendait tout ce qui se passait, crut percevoir que le heurtoir de l'entrée avait été à nouveau actionné et, encore mal réveillée, elle comprit que quelqu'un insistait. Elle ouvrit les yeux pour le confirmer, comme si sa vue pouvait aiguiser son ouïe. À son âge et somnolant encore, se lever du fauteuil à bascule n'était pas chose facile et il fallait prendre ses précautions : elle fit d'abord glisser sa taille à l'extrémité du siège pour incliner ce dernier vers l'avant, en prenant bien garde de forcer avec ses jambes, car avec les bras elle risquait de faire glisser le fauteuil en arrière. Et pendant que le heurtoir continuait à résonner à un rythme presque régulier, elle descendit très inquiète les trois volées de l'escalier qui conduisait à l'entrée.

Le contre-jour l'empêcha de bien distinguer l'homme qui se trouvait devant elle et lui disait :

— Il y a un bon moment que je frappe.

Comment osait-il lui parler ainsi ? Cette cruche ne savait donc pas ce que représentait la Principal ? Elle remarqua qu'il était bien habillé, avec un costume de ville, alors, au cas où, elle ne lui dit pas ce qu'elle avait sur le cœur et attendit quelques secondes avant de répondre.

— Ici, vous êtes à la Principal, la maison la plus vaste du village et, si vous voulez qu'on vous entende, il vous faut taper plus fort. En plus, j'étais en train de faire la lessive dans le jardin, qui se trouve de l'autre côté. Bref, en quoi puis-je vous être utile ?

— Je voudrais parler à la senyora Maria Magí.

"Et quoi encore ?" pensa Úrsula, mais elle le traduisit calmement comme ceci :

— Je suis désolée, elle est absente, pour l'instant. Revenez un autre jour et elle vous dira si elle peut vous recevoir ou pas.

L'homme la regarda dans les yeux et lui dit en hachant les mots :

— Madame, je suis l'inspecteur Lluís Recader, du commissariat central de Rius, et, comme vous devez vous en douter, je me moque que la senyora Magí ait envie de me recevoir ou pas. Lorsqu'elle arrivera, elle n'aura pas le choix.

Tout en disant cela, il lui montrait une serviette à moitié ouverte, contenant des documents qu'à contre-jour les yeux fatigués d'Úrsula ne parvenaient pas à lire.

Les paroles de l'homme l'avaient impressionnée. Que pouvait bien chercher un inspecteur de police à la Principal ? Il était normal que la garde civile montât saluer la Senyora pour lui présenter ses respects, lorsqu'elle faisait sa ronde. D'abord les policiers buvaient un verre de vin à la cuisine et ensuite la Senyora les recevait un instant à l'étage. Ils lui demandaient respectueusement si elle avait besoin de quelque chose et s'il y avait du nouveau à Pous, un point c'est tout. Mais jamais un policier en civil, et encore moins un inspecteur du commissariat central de Rius, n'avait jamais exigé d'être reçu. Elle réfléchissait à cela lorsqu'elle entendit qu'il disait :

— Et vous, qui êtes-vous ?

— Je m'appelle Úrsula.

— Ah, oui, on m'a déjà parlé de vous.

La ride tordue du front d'Úrsula se creusa davantage. Elle ne répondit pas.

— Vous savez quand doit revenir la senyora Magí ?

— Elle est au Mas Gran.

— Fort bien, madame Úrsula, si vous me permettez d'entrer et de m'installer, je l'attendrai tout le temps qu'il faudra.

— Excusez-moi, mais le Mas Gran est à plus d'une heure et demie d'ici et elle s'y est fait accompagner par tous les domestiques, ce qui signifie qu'elle ne sera pas ici avant la toute fin de l'après-midi… Et en plus, je suis toute seule… Autrement dit…

L'inspecteur réfléchit à peine quelques secondes et termina la phrase qui était restée suspendue :

— Autrement dit, avec un inspecteur vous serez en sécurité. Je pourrai en profiter pour vous poser quelques questions afin de m'avancer dans l'enquête et au passage vous pourriez m'offrir quelque chose à grignoter. Je suis parti très tôt de Rius et tous ces virages m'ont ouvert l'appétit. Qu'en dites-vous ?

— Monsieur l'inspecteur, vous me mettez dans l'embarras, je ne sais pas si je dois, ou plutôt je ne sais pas si je peux…

Le policier la regarda sévèrement. Il se dit que cette femme avait vraiment de la chance d'être très vieille.

— Bien entendu que vous devez, Úrsula, et pour sûr que vous pouvez.

Il durcit son regard et avança de deux pas pour entrer dans la maison. Úrsula comprit que la chose était sérieuse. Elle sentit le parfum de son eau de Cologne bon marché et recula légèrement. Même si, avec les années, elle avait oublié ce qu'était la frayeur, elle était inquiète, ennuyée. Elle entrouvrit la porte et le guida vers la cuisine.

Ils laissèrent l'escalier sur la droite et, au bout du salon de l'entrée, Úrsula ouvrit une porte qui donnait sur une vaste salle à manger richement meublée.

— C'est la salle à manger de la maison ?

— Non, monsieur. La vraie se trouve à l'étage, mais la Senyora ne s'y fait servir que lorsqu'elle reçoit des invités importants. Autrement, elle préfère manger ici, dans celle du service. Elle prétend que c'est plus pratique.

L'inspecteur observait l'énorme salle à manger tout en mesurant mentalement l'espace. Ils avaient traversé le rez-de-chaussée toujours en ligne droite et il avait déjà compté presque quarante mètres depuis la porte d'entrée.

— Vraiment, de dehors, on ne dirait pas que la maison est aussi grande.

— C'est la plus grande de toute la région de l'Abadia, dit-elle vexée, et si vous voyiez l'étage supérieur…

— Nous le verrons, Úrsula, nous le verrons… Et ces portes ? demanda-t-il en pointant son doigt sur les quatre ouvertures qui se trouvaient sur les murs latéraux de la salle.

— Celle-ci est celle de ma chambre, puis celle de la chambre de Neus et de Caterina. Llorenç, lui, dort de l'autre côté et la porte suivante ouvre sur une chambre vide au cas où quelqu'un venu de l'extérieur pour travailler aurait à rester ici plus d'une journée, ou pour faire coucher ma fille lorsqu'elle me rend visite…

— Ah, vous avez une fille!

— Oui, monsieur.

Ils entrèrent dans la cuisine par la porte du fond à gauche. Dans son élément, la femme se sentit immédiatement plus à l'aise.

— Et comment s'appelle-t-elle? poursuivit le policier.

— Úrsula.

— Ben dites donc… fit-il sans tenter de cacher son sourire, car un inspecteur n'a presque rien à cacher. Et ce Llorenç, qui est-ce?

— C'est le fils de Neus.

— Quel âge a-t-il?

— Comme madame, ils sont de la même année.

— C'est-à-dire?

— Trente ans, si je ne me trompe pas.

— Et c'est le seul homme de la maison?

— Le seul qui dort ici, oui.

— Mais il y en a d'autres…

— Il y a d'autres hommes qui travaillent dans cette maison, oui, et aussi d'autres domestiques, mais nous sommes seulement quatre autorisés à y dormir. Tous les autres doivent quitter la Principal au moment où nous fermons les portes pour la nuit.

Úrsula n'était pas habituée à tant de questions, même pas de la part de la Senyora, et elle pensa que le ton avec lequel elle s'était permis de couper l'inspecteur n'était pas convenable. L'inspecteur l'avait remarqué lui aussi et peut-être qu'il n'aurait pas accepté cela d'une autre personne, qu'il aurait usé de son autorité, mais avec cette vieille femme, il pouvait se contenter d'être simplement persuasif.

— Vous permettez que je m'assoie?

— Oh, excusez-moi, monsieur l'inspecteur! Bien entendu. Je ne suis pas habituée à tant de questions et j'ai la tête qui tourne. Asseyez-vous, je vous prie, asseyez-vous. Dites-moi ce qui vous ferait plaisir. J'ai du lait de chèvre, du pain, un peu de saucisson, ou si vous préférez un verre de vin de la maison… Dites-moi.

L'inspecteur se contenterait d'un petit en-cas. Ce n'était certainement pas la faim qui le tiraillait. Le creux qu'il sentait à l'estomac était juste la conséquence des nombreux virages qu'il avait dû négocier avec son Opel pour venir de Rius.

— Merci, madame Úrsula, un verre de lait et une tranche de pain suffiront. J'imagine que le saucisson de cette maison doit être exceptionnel, mais je préfère ne pas…

L'inspecteur prit place sur la modeste chaise de paille que la femme lui avait indiquée, puis il commença à détailler la cuisine, la plus spacieuse qu'il eût jamais vue, même dans les maisons les plus riches de Rius où il avait eu l'occasion d'enquêter. Ce qui attira le plus son attention fut la rangée d'éviers en terre et de petits fourneaux qui occupait plus de quatre mètres de mur. À la suite, il y avait une cuisinière à feu continu ornée de décorations dorées, que de toute évidence on venait d'acheter, puis une de ces cheminées autour desquelles peuvent se réfugier pratiquement tous les domestiques. L'inspecteur imaginait à quoi devait ressembler cette cuisine lorsqu'elle fonctionnait à plein rendement. Des cruches, des brocs d'eau étaient suspendus sur les autres murs, où s'ouvraient des portes qui devaient probablement donner sur les garde-manger et les placards, une autre sur le jardin. Une immense table ancienne, devant laquelle l'inspecteur avait pris place, trônait au beau milieu de la pièce. Il ne put s'empêcher de faire un commentaire :

— C'est une bien grande cuisine pour servir une seule senyora !

— Oui, mais il ne faudrait pas oublier que tout le personnel mange également ici, dit Úrsula. Elle se dit que sa réponse n'était pas vraiment de nature à détendre l'atmosphère et se reprit immédiatement. De toute façon, il faut comprendre que cette cuisine a été pensée pour d'autres temps. Lorsque j'ai été engagée dans cette maison, les Roderich étaient sept et il fallait énormément de personnel pour les servir. À l'époque, je peux vous assurer qu'il était indispensable d'avoir une cuisine très vaste !… À présent, on ne s'en sert plus que très rarement, c'est vrai.

Tout en l'écoutant, l'inspecteur enfouit sa main dans la poche gauche de sa veste et en tira un carnet noir. Au centre de la couverture, on pouvait voir une étiquette blanche, sur laquelle on avait écrit plusieurs mots à la main, deux lignes soigneusement calligraphiées dans deux tons différents de bleu. Le policier prit également un crayon et le posa à côté.

— Madame Úrsula, ce que vous me dites m'intéresse beaucoup parce que cela signifie que vous travailliez déjà ici lorsque c'était la senyora Roderich qui commandait, la mère de la Senyora, la propriétaire actuelle.

— Oui, bien sûr. J'ai été sa nourrice et celle de tous ses frères.

— Ça alors, sa nourrice! Cela signifie que vous avez également connu la génération précédente. Du temps de monsieur…

Il ouvrit son carnet pour chercher le nom.

— De M. Andreu Roderich, oui, compléta Úrsula sur un ton singulier, dans lequel il n'y avait pas seulement de la fierté. Oui, monsieur… je l'ai connu. J'avais quatorze ans lorsque je suis entrée au service de cette maison, vous pouvez compter l'âge que ça me fait aujourd'hui.

Elle ouvrit un petit placard. Le petit sac de toile brodée où elle rangeait le pain était suspendu à la porte. Elle le saisit d'un geste cérémonieux : c'était du pain blanc. À la Principal, on mangeait du pain blanc. Elle en coupa une tranche épaisse. L'inspecteur observait d'un air admiratif ce produit rare et prisé en temps de pénurie. Úrsula savait que son geste serait apprécié.

— Un détail a toujours attiré mon attention dans cette famille. Si je suis bien renseigné, M. Roderich a eu quatre garçons, mais en revanche il a légué la Principal à sa fille. Vous savez pour quelle raison?

— Eh bien! Vous en savez des choses, vous, à propos de cette maison! Mais moi je ne sais pas si, les dernières volontés de monsieur, je dois les…

— Mais si, vous devez, madame Úrsula. Votre devoir est de collaborer avec la police, lorsque celle-ci enquête. Et si vous ne le faites pas, vous en assumerez les conséquences. En plus, tout ce vous me direz à présent sera épargné à votre patronne lorsqu'elle sera interrogée à son tour, tout à l'heure.

Les traits du visage de l'inspecteur s'étaient un instant durcis.

— Úrsula, il ne serait pas très bon pour vous que je retourne à mon bureau en disant que vous avez refusé de collaborer. Et la senyora Magí ne serait pas très contente non plus de devoir se rendre au commissariat de Rius pour faire sa déposition. Je veux dire que ce ne serait pas très discret, et si on pouvait éviter ça... L'endroit n'est pas très convenable compte tenu de la position sociale de la Senyora. Autrement dit, vous feriez mieux de répondre à mes questions.

L'homme ne la menaçait pas. Il n'en avait pas besoin. Tout le monde savait ce qu'il se passait dans les caves des commissariats en cette première année du nouveau régime. Mais pour rien au monde Úrsula n'aurait voulu commettre la moindre indiscrétion, si involontaire fût-elle, qui aurait pu trahir la gamine. De toute façon, elle n'avait pas grand-chose à cacher non plus. Finalement, elle décida de collaborer, mais en choisissant ses réponses, en taisant ce qu'il n'était pas nécessaire de dire. Elle pensa à trois ou quatre détails et acquiesça :

— Très bien. Comme vous voudrez.

La femme observa l'inspecteur en train d'ouvrir son carnet sur la table, à un endroit qui n'était pas vraiment le début, et commencer à écrire quelque chose. Elle aurait payé pour savoir quoi. Mais tout d'un coup, le lait s'était mis à bouillir, à monter, à déborder et à se répandre sur la plaque en fonte de la cuisinière, en faisant un bruit particulier et en exhalant une odeur caramélisée dans toute la pièce. Dans sa tête, Úrsula proféra tous les jurons de son dictionnaire personnel qui était infiniment bien garni. Ces choses-là ne lui arrivaient jamais d'habitude, même lorsqu'elle était jeune. Maintenant, elle perdait un peu la tête à cause de la présence de cet imbécile de policier.

— Oh, désolée, j'avais oublié! dit-elle tandis qu'elle déplaçait la casserole avec un torchon, puis nettoyait les restes de lait renversé sur la fonte.

Elle remplit le bol, le posa sur la table devant l'inspecteur et lui tendit une tranche de pain enveloppée dans une serviette.

— Faites attention, c'est très chaud.

— Ne vous inquiétez pas, dit l'inspecteur en se retournant pour faire à nouveau face à la table. Continuez Úrsula, asseyez-vous à mes côtés, lui demanda-t-il en lui indiquant une chaise à cinquante centimètres de lui. Je peux vous appeler Úrsula, n'est-ce pas? Ce serait moins protocolaire.

— Ne vous inquiétez pas. Peu importe désormais comment on m'appelle.

Il sourit tout en portant précautionneusement le bol à ses lèvres. Puis il aspira le liquide, en laissant passer de l'air afin de ne pas se brûler, puis en vidant un peu de lait pour qu'il ne se renverse pas sur la table lorsqu'il tremperait sa tranche de pain. Ainsi l'inspecteur n'aurait pas à se souvenir de l'époque où, encore petit, sa mère le grondait quand cela arrivait. Ensuite, il coupa un premier bout de pain, le trempa dans le lait et le mangea. Úrsula devina une mimique de plaisir chez ce jeune homme. Plutôt que de l'observer simplement, elle le balaya du regard comme pour pénétrer dans son cerveau. Il avait l'air propre sur lui et, bien qu'il fût policier, possédait de bonnes manières. Il n'avait pas dû manger de pain blanc depuis bien longtemps! Il n'avait pas encore trente ans et était déjà inspecteur. Il avait dû beaucoup travailler pendant ses études. Il avait l'air soigné, élégant. Mais avec une veste et un pantalon assortis, n'importe qui peut faire bonne impression. Ses mains étaient extrêmement fines, oui. Avec un autre jeune homme elle aurait eu plus de mal, elle aurait craint qu'il ne renversât le lait sur son carnet, mais pas avec celui-là, qui était extrêmement soigneux. Quel genre de délinquant cherchait-il donc ici, à la Principal?

Alors qu'il avait presque fini son pain et qu'il ne lui restait plus qu'un fond de lait, il poussa le bol devant lui, s'essuya les lèvres, saisit son carnet et aplatit la page à laquelle il était resté ouvert. Il griffonna quelque chose et dirigea son regard vers la vieille femme.

— Commençons donc, Úrsula, et pour que ce soit une déclaration bien en règle, il me faudrait avoir votre nom complet.

Úrsula répondit le plus naturellement du monde :

— Cisca\* Farrés Grau.

L'inspecteur, qui était prêt à noter, réfléchit deux secondes et leva la tête trois secondes supplémentaires pour la regarder avec incrédulité.

— Mais vous ne m'avez pas dit que vous vous appeliez Úrsula?

---

\* "Cisca" et, plus loin, "Paquita" sont des diminutifs du prénom "Francisca".

— Oui, je suis l'ursuline Paquita Farrés Grau.

— Alors si je comprends bien, vous vous appelez, disons officiellement et d'après votre pièce d'identité, Paquita Farrés Grau.

— Sur ma pièce d'identité, il est inscrit : Francisca Farrés Grau.

— Eh bien, dites donc, fit-il en notant sur son carnet, voilà pourquoi lorsque j'ai voulu vérifier votre prénom à la mairie, il n'y avait pas d'Úrsula de votre âge, il n'y en avait qu'une de soixante ans.

— Oui, c'est ma fille, répondit la femme.

L'inspecteur ravala son sourire qui avait bien failli se transformer en un tonitruant éclat de rire, mais parvint à se contenir.

— Vous pourriez m'expliquer ?

— Je vais vous dire, monsieur l'inspecteur ; ça, ce sont des choses qui arrivent dans les villages et, à Pous, on m'a toujours appelée Úrsula.

L'inspecteur remarqua que la femme perdait de temps en temps son sang-froid.

— Vous préférez ne rien me dire, alors ?

— Ça ne regarde personne, osa-t-elle lui répondre, mais elle le regretta immédiatement, même si elle avait raison : en quoi ses affaires intimes regardaient-elles ce jeune citadin, même si tout le village était au courant ?

Qu'est-ce que ça pouvait bien lui faire, à ce merdeux, si elle était la dernière d'une lignée de trois ursulines qui se prénommaient Maria, Isabel et Paquita, qu'elle préférait à Francisca avant que ces abrutis aient gagné la guerre. Tout avait commencé avec l'ursuline Maria qui, six mois avant de mettre au monde l'ursuline Isabel, avait dû abandonner le couvent des Ursulines de Rius pour s'être retrouvée ostensiblement enceinte d'un journalier de Vas, et pour que le scandale ne s'ébruitât pas davantage. De toute façon, et quel que fût le prénom choisi, après cet incident toutes les filles nées chez les Ribot s'appelaient Úrsula. Elle aussi, qui ne se rappelait presque plus que son prénom était Paquita, car personne ne l'avait jamais appelée ainsi, se retrouva un jour fortuitement enceinte dans de scabreuses circonstances. Lorsque la sage-femme lui avait montré sa fille, le jour de l'accouchement, elle avait décidé que celle-ci s'appellerait officiellement Úrsula, car il valait mieux pour elle accepter la volonté de Dieu et régulariser enfin la situation.

— Bien, comme vous voudrez, dit l'inspecteur en tentant d'oublier cet incident. Comment voulez-vous que je vous appelle : Úrsula ou Paquita ?

Enfin calmée, elle lui répondit comme si cela allait de soi :

— Comme vous préférez… mais si vous m'appelez Paquita, je ne me retournerai pas.

— Très bien ! s'exclama le policier en sentant son diaphragme s'emballer. On fait comme ça.

Il entoura le prénom Francisca d'un trait de crayon semblable à une ellipse, dont il fit partir une flèche au bout de laquelle il nota ÚRSULA en lettres majuscules.

— Parfait, Úrsula, poursuivit-il en prenant garde de ne pas prendre un air moqueur. Nous étions en train de dire que vous étiez déjà là lorsque, monsieur… hésita-t-il en examinant à nouveau son carnet.

— Andreu, M. Andreu, lui dit-elle.

— Oui. Tout le monde m'a parlé de lui… des ouï-dire, mais probablement que personne ne l'a aussi bien connu que vous, Úrsula.

— Ça, vous pouvez le dire.

— Donc, voilà, Úrsula : pour pouvoir mener l'enquête qu'on m'a confiée, il me faudrait éclaircir le point dont je vous ai déjà parlé. J'aimerais savoir pourquoi, à la mort de M. Roderich, c'est sa fille qui a hérité et non pas un de ses quatre frères, principalement l'aîné.

Il se tut pour écouter sa réponse.

— Houlà, monsieur l'inspecteur, tout cela est si loin, à présent! fit-elle.

Puis elle se tut. Le policier se dit un instant qu'il ne tirerait rien de cette femme. Mais tout d'un coup, elle redémarra.

— Tout cela s'est passé à l'époque où le phylloxéra est arrivé à Pous… Laissez-moi réfléchir… Je ne sais pas par où commencer… En attendant, je vais vous servir un peu plus de lait et une autre tranche de pain.

Úrsula s'exécuta avec les mêmes gestes mécaniques qu'elle avait appris depuis toujours. Pendant ce temps, son cerveau brumeux compilait tous les détails qu'il convenait de cacher à l'inspecteur.

— C'était donc juste après l'été 1893, lorsque…

Elle décida de ne pas lui raconter en détail la fameuse messe, mais elle se souvenait de ces années comme si elles venaient juste de s'écouler.

## DE LA FAÇON DONT LE PHYLLOXÉRA
## ARRIVA À L'ABADIA RÉCIT DÉBRIDÉ.

*Ce matin de 1893, lorsque Raül arriva du Mas Gran pour annoncer le fléau qui s'était abattu sur la Principal, Maria avait vingt ans et elle était la seule fille de cinq enfants, la troisième dans l'ordre des naissances. Ses frères s'appelaient Robert, Ernest, Lluís et Joan.*

*Leur mère, Blanca Basses, était la fille d'une grande famille de Rius qui avait été ruinée. Une femme stylée et d'une beauté fragile qui séduisit Andreu Roderich. Celui-ci avait fréquenté, avec un sérieux toujours inébranlable, plusieurs jeunes filles lors de ses études de commerce à la capitale, mais avant de rencontrer la senyora Blanca, aucune d'elles ne lui avait semblé apte à fonder une famille. Pour cet homme, la femme n'était pas une promesse d'amour et de complicité, il ne voyait en elle que la dimension du plaisir et de la procréation et, comme la plupart de ses congénères, le seul fait de découvrir chez elle de telles qualités lui faisait tout de suite imaginer qu'il l'aimait.*

*Après son mariage avec Andreu, sans doute influencée par le talent de son mari, le seul horizon de la vie de Blanca Basses devint la maternité. Elle mit au monde un enfant tous les quinze mois, avec une régularité presque douteuse.*

*Úrsula avait été engagée à la Principal à l'âge de quatorze ans, comme bonne, "à tout faire", avait ajouté sa mère l'ursuline Isabel. Et lorsqu'à dix-sept ans elle fut justement amenée "à tout faire" avec M. Andreu, elle pensa tout de suite qu'elle était tombée enceinte. Au bout de six mois, elle ne trouva plus de gaine pour lui affiner la silhouette et, voyant cela, Blanca Basses, qui portait son* premier enfant dans le ventre depuis huit mois, demanda à lui parler en privé.

Úrsula était persuadée que la senyora allait la sermonner et lui annoncer qu'elle la renvoyait de la Principal, car on ne parlait plus que de cela dans tout le village. Mais ce ne fut pas le cas. La douce senyora la pria de rester, lui dit que sa place était dans cette maison et lui jura qu'elle la protégerait toujours. L'entretien se finit comme dans une de ces gravures anciennes, les deux femmes dans les bras l'une de l'autre, en train de pleurer comme des Madeleine.

La senyora, qui faisait tout bien, conçut un parfait premier garçon. Úrsula l'aida pendant son accouchement, car c'était son travail et parce qu'elle la tenait en grande estime. Deux mois plus tard, la senyora Blanca s'efforça de faire la même chose envers elle, mais la vue du sang la faisait s'évanouir et elle se réfugia dans la cuisine avec toutes les domestiques.

Lorsque la sage-femme eut lavé la fille d'Úrsula, on s'aperçut que, par malheur, les deux enfants se ressemblaient comme deux gouttes d'eau. Ils avaient les mêmes traits et le même regard. C'étaient les fidèles reproductions de M. Andreu.

La nouvelle se propagea comme un feu de paille, dans tout le village. Les langues de vipère disaient que, malgré le sexe opposé des nouveau-nés et leurs deux mois de différence d'âge, les deux femmes avaient accouché de deux jumeaux. Après ce scandale, Úrsula craignit le pire, cependant la senyora Blanca refusa instamment de la chasser et, à partir de ce jour-là, elle la considéra comme un membre de sa famille. Pour sûr qu'elle méritait qu'on fût loyale avec elle. Pour sûr.

*Úrsula décida de servir cette femme avec un absolu dévouement, et l'affection qui les unit fut telle que ni l'une ni l'autre n'accordèrent plus d'importance aux excès passionnels d'Andreu Roderich, qui circulait allègrement d'un lit à l'autre sans avoir connaissance du pacte qu'elles avaient passé. Et, comme chez de nombreux hommes, cette ignorance lui faisait du bien. Son infidélité comblait M. Andreu et, comme deux vases pour un même arrosoir, chacune pouvait prendre le temps de se reposer.*

*Par ailleurs, grâce à ces deux grossesses, Úrsula fut dotée de deux fontaines inépuisables lui permettant d'offrir du lait à sa fille et à tous les enfants que la senyora mettait au monde. Presque vingt-cinq ans plus tard, ses deux mamelons coulaient encore et elle devint la nourrice la plus convoitée de tout Pous, car on disait des merveilles à propos de son lait qui avait le don de guérir.*

*Après la mise au monde de son cinquième enfant, le petit Joan, la senyora Blanca Basses Roderich tomba malade, elle ne réussit pas à se remettre d'un accouchement qui cependant n'avait pas été plus agité que les autres. Et ce qui n'aurait dû être qu'une faiblesse passagère se transforma en trouble malin dont elle ne parvint pas à réchapper. À tel point qu'après huit mois de terribles souffrances, ce mal lui ôta la vie. Une catastrophe pour la famille et un cataclysme pour le maître de la Principal.*

*La mort de sa femme laissa Andreu Roderich accablé, abattu, anéanti, et malgré les gens qui prétendaient que cela ne serait que passager, ce fut comme si la tristesse s'était définitivement invitée à l'intérieur de cet homme. L'amertume du propriétaire de la Principal imprégna chaque recoin de la maison et il est évident que ceux qui en* souffrirent le plus furent les cinq enfants. Andreu Roderich ne savait pas comment s'y prendre avec eux, ni comment cohabiter ni comment jouer. Il était incapable de manifester la moindre affection qui réclamât un peu d'affection ni de prononcer un mot tendre.

Tout le monde savait que les enfants de la Principal furent heureux grâce à Úrsula qui, mue par sa condition de nourrice et d'autres complicités plus secrètes, s'engagea sincèrement à les maintenir en bonne santé et à leur donner une excellente éducation. Elle possédait des raisons profondes de le faire : après la mort de la senyora, Andreu Roderich ne vint plus jamais lui rendre visite dans son lit comme de son vivant. Il avait décidé d'offrir à sa femme morte la fidélité qu'il ne lui avait pas manifestée en vie. Úrsula se dit que les hommes étaient des êtres bien étranges et elle se jura de ne jamais trahir à son tour son ancienne maîtresse et d'élever ses enfants comme si c'étaient les siens.

On ne décela un petit soupçon de bonheur chez Andreu Roderich que la fois où son fils aîné, Robert, entreprit ses études de médecine à la capitale et, comme si l'inscription à l'université valait certificat de maturité, il commença à lui parler comme à un adulte de sujets qui tournaient le plus souvent autour de son avenir professionnel ou de questions financières. À l'époque qui nous occupe ici, en 1893, il y avait à peine deux ans que Robert avait obtenu, parmi les plus brillants élèves de sa promotion, son diplôme de médecin. Son père le félicita en lui achetant un cabinet de consultations à Barcelone, au premier étage de la maison de la rue de l'Université, avec tout ce qu'il fallait pour que l'héritier des Roderich pût dignement s'ouvrir un chemin dans la médecine. Il était très fier de lui.

*Maria Roderich savait que, par rapport à ses frères, son statut de femme lui conférait une condition particulière, sans doute protégée par l'amour de tous, mais inévitablement moins intéressante que celle des garçons de la maison, y compris les moins âgés qu'elle. Par ailleurs, elle ne savait pas comment qualifier les sentiments de son père envers elle. À part en quelques occasions exceptionnelles, comme lorsqu'il lui avait caressé les cheveux avant la cérémonie de sa communion solennelle, cet homme était incapable d'établir un dialogue normal et encore moins sentimental. Maria interprétait cette absence d'attitudes affectueuses comme une mise à distance explicite. Elle soupçonnait que la parfaite ressemblance avec sa mère ravivait chez son père une irrémédiable et maladive nostalgie.*

*Après Robert, et sur les conseils de M. Andreu, Ernest avait fait des études de pharmacie. En 1893, il était sur le point d'obtenir son doctorat. Ernest admirait son grand frère et rêvait d'une complémentarité entre eux en ouvrant une officine, que son père lui avait promise, au rez-de-chaussée de la maison de la rue de l'Université. C'était un garçon réservé et timide qui avait toujours été complexé par un problème d'expression qui le faisait bégayer devant toute situation émouvante.*

*En revanche, Lluís, le quatrième, n'en faisait qu'à sa tête et avait entrepris des études de droit pour devenir avocat. C'était le plus inquiet et certainement le plus rebelle de la fratrie. Il avait contrarié son père en choisissant un métier plus littéraire. À cette époque, chez les Roderich, ce choix fut considéré comme très peu sérieux. Le séisme familial qui s'ensuivit fut intense et interminable, mais finalement M. Roderich céda à son fils.*

*Il ne restait plus que le cinquième, Joan. Un garçon fin, replié sur lui-même et très sensible, qui, lorsqu'il était petit, rêvait de devenir enfant de chœur et entrait dans des délires mystiques d'une sensualité maladive dès qu'il percevait le moindre effluve d'encens. Le grand rêve de ce garçon était de devenir curé. Andreu Roderich pensa convenable que le benjamin de la maison entrât dans une institution de si respectable influence : c'était une façon de mettre un pied dans un cercle de pouvoir ne pouvant que servir les intérêts de la famille. Tout ne fut que facilités.*

*Ce malheureux matin de 1893, donc, Úrsula fit irruption dans la salle à manger de la Principal pour annoncer la présence angoissée de Raül. Andreu Roderich occupait une extrémité de la longue table et la règle voulait que les enfants se distribuent deux par deux par ordre de naissance sur les bords latéraux, l'autre extrémité étant réservée à Robert, l'aîné.*

*— Monsieur, le contremaître est là. La mine décomposée. Il dit qu'il doit vous parler tout de suite. Je lui ai bien indiqué que vous passiez à table, mais il a commencé à hurler qu'il voulait vous voir immédiatement et que si je ne vous prévenais pas, il forcerait les portes.*

*Andreu Roderich, propriétaire de la Principal et de plusieurs autres biens, était en train de manger une délicieuse morue à la* sanfaina*[*], *un des plats les plus délicieux de tous ceux que cuisinait Rosa. Il continua à mastiquer pour avaler ce qu'il avait dans la bouche et pour montrer sa maîtrise de la situation. Puis il s'essuya les lèvres, plia*

---

\* Sauce à base d'oignons, de tomates, de poivrons rouges, d'aubergines et de courgettes.

consciencieusement sa serviette et, la posant à la droite de l'assiette, il dit sans pratiquement lever la tête :

— Dis-lui d'entrer.

Il pressentait le malheur qu'on allait lui annoncer. Il y avait des mois, des années qu'il craignait ce moment. L'instant où il allait recevoir cette nouvelle s'était allongé de façon incroyable et, si la calamité annoncée l'avait rendu extrêmement amer, le retard pris par le désastre l'avait, en revanche, rendu millionnaire.

Il adopta une attitude digne et regarda chacun de ses enfants, l'un après l'autre. Seule Maria l'observait attentivement, les autres mangeaient la morue en prenant garde de ne pas avaler une arête. Ils ignoraient ce qui allait se passer dans quelques minutes et encore plus dans plusieurs jours. Il ne dit rien. Se cala dans sa chaise en rotin et se prépara à recevoir la nouvelle de sa ruine avec le plus de distinction possible.

Lorsque Raül pénétra dans la salle à manger, Andreu Roderich comprit qu'il ne s'était pas trompé. Cet homme arrivait, tout penaud, pour annoncer la désolation sur ses terres.

Le contremaître regarda les garçons qui continuaient à déjeuner, insouciants, sans prêter attention au fait qu'il soit monté à l'heure du déjeuner, ni s'étonner qu'il soit planté là, en train d'attendre un ordre de M. Andreu.

Le chef de famille, voyant que ses enfants ne cesseraient pas de manger s'il n'attirait pas leur attention, se racla doucement la gorge :

— Écoutez-moi, les enfants !…

Ce n'est que lorsque tous eurent posé leurs couverts pour regarder leur père qu'il ajouta avec une attitude digne et grave :

— Il est des jours qui laissent des traces indélébiles. Écoutez bien ce que Raül, notre contremaître, est venu nous dire. C'est suffisamment important pour que vos vies en restent marquées à jamais. Vos vies et la mienne, précisa-t-il en faisant une pause pour diriger son regard vers son fidèle contremaître. Parle, Raül. Et sois bien clair, je te prie.

Le pauvre homme triturait sa casquette avec ses doigts nerveux, elle n'était plus qu'un bout de tissu froissé. La situation lui avait fait complètement perdre le contrôle de ses mains. Devenir le messager d'une telle mauvaise nouvelle allait à coup sûr lui être fatal.

— Monsieur Andreu, le Coteau aux magnolias est contaminé par le phylloxéra de haut en bas. Et les journaliers du Mas Gran disent qu'ils ont vu des ceps infectés un peu partout, sur les autres parcelles.

Il se tut, comme s'il venait de prononcer une sentence de mort. Andreu Roderich recula légèrement sa chaise pour se lever, mais ne le fit pas, comme s'il n'en avait pas la force. Sa voix résonna plutôt dignement, mais son manque d'assurance lui conféra un timbre accablé. Ses quatre fils et leur sœur le virent si abattu qu'il y eut un silence sépulcral.

— Mes enfants, Raül vient de nous annoncer que le phylloxéra s'est invité chez nous. Vous devez comprendre qu'il vient de nous dire que nos vignes sont toutes mortes. Et, par conséquent, notre cellier aussi. Que les cuves, les pressoirs, les tonneaux, les courtiers, les commissionnaires, toutes ces choses et toutes ces personnes qui ont fait la richesse de notre famille pendant toutes ces années n'ont plus lieu d'être. Comme ne l'aura plus le genre de vie que nous avons menée jusqu'ici. Tout est fichu, mes enfants. Que Dieu ait pitié de nous.

*Les enfants demeurèrent paralysés, le père n'était pas très bavard et il mesurait souvent ses mots. Il n'avait pas improvisé ceux qu'il venait de prononcer, il y avait longtemps qu'il les avait préparés. Comme ceux qui allaient suivre, lorsqu'il se tourna vers le contremaître.*

*— Raül, passe à la paroisse et demande à l'abbé Genís de faire sonner les cloches pour réunir tout de suite les habitants du village. Et tu insistes : "tout de suite", dis-lui que c'est de ma part.*

*Lorsque les cloches de l'église de Pous sonnaient de cette façon, tout le monde savait que c'était un fort mauvais augure. Rapidement, toutes les portes des maisons s'ouvrirent, l'une après l'autre, avec méfiance ou spontanément. Les habitants se dirigèrent vers l'église, vers la chapelle de sainte Basilissa, patronne de Pous. Il ne manquait aucun propriétaire des huit celliers du village, ni aucun vigneron possédant une vigne, petite ou grande. L'appel effectué à l'heure du déjeuner permit à tout le monde d'assister à la réunion. Lorsqu'on apprit que c'était Andreu Roderich lui-même qui avait commandé les cloches, les gens de Pous comprirent qu'il se passait ou qu'il allait se passer quelque chose de grave et qu'il fallait absolument se rendre à la chapelle. Vingt minutes plus tard tous les hommes du village y étaient réunis. Tous les hommes et Pilar Vas, une jeune femme, héritière de la famille Vas, qui possédait un patrimoine loin d'être négligeable. Elle se présenta toute vêtue de noir et coiffée d'une mantille.*

*Pour ne pas arriver le premier, le propriétaire de la Principal s'enferma un moment dans son bureau pour fumer un cigare et réfléchir à ce qu'il allait dire. Peu de choses. Sans tourner autour du pot et sans dramatiser. En restant digne. Venant de lui, il ne pouvait en être autrement.*

Sachant qu'il serait l'objet de tous les regards, il se présenta à l'église d'un pas lent et majestueux. Il avait toujours joui d'une position dominante dans le village, mais il avait rarement ressenti un tel intérêt envers sa personne. Aujourd'hui même ses ennemis les plus irréconciliables étaient au rendez-vous pour l'écouter.

Il passa devant tout le groupe de personnes qui l'attendaient dans la chapelle de la sainte et se dirigea directement vers le centre où se trouvait l'abbé Genís pour lui baiser la main : c'était une façon de lui manifester son respect et aussi de n'aller saluer personne d'autre. Il lui fit un signe pour demander son assentiment avant de grimper sur l'estrade où se trouvait la petite chaire familiale. Après s'être agenouillé devant l'image de la sainte patronne, il se tourna vers les villageois et sa voix ne flancha pas un seul instant :

— Messieurs… madame. Ce matin, sur mes terres du Mas Gran, exactement sur le Coteau aux magnolias, mes ouvriers agricoles ont découvert que les ceps de vigne étaient infectés par le phylloxéra.

Il avait déjà prévu de faire une pause à la fin de cette phrase. Les gens ne pourraient pas réprimer la lamentation qu'ils avaient retenue depuis si longtemps. Lorsque la rumeur des commentaires baissa de volume, le propriétaire de la Principal reprit.

— Certains d'entre nous avaient espéré que cela ne nous arrive jamais. Ni à Pous ni dans toute la région de l'Abadia. Le fait, certainement miraculeux, que pendant presque trente ans cette maladie se soit propagée à toutes les vignes d'Europe et se soit arrêtée aux limites de notre région sans l'infecter nous a fait croire que Dieu nous avait épargnés ou élus… Mais j'ai bien peur d'être en train de vous annoncer notre prochaine descente aux enfers. Aujourd'hui, une nouvelle ère commence pour les gens de Pous et de l'Abadia en général, pleine d'incertitudes et d'obscurité.

Il ne voulait pas en rester là. Tout en ne possédant aucune autorité légitime et en ayant toujours refusé d'occuper un poste officiel, il voulait assumer la condition de notable que la tradition avait systématiquement octroyée au propriétaire de la Principal.

— Nous tous réunis ici avons toujours cohabité autour de notre village. Aujourd'hui plus que jamais, nous devons nous regrouper afin que l'avènement du désastre ne nous désunisse pas. Le choc d'une catastrophe telle que celle-ci et les graves décisions que nous aurons à prendre ne doivent en aucun cas nous dresser les uns contre les autres. Pendant les prochains jours, la Principal sera ouverte à quiconque aura besoin d'un conseil ou voudra en apporter lui-même. Bon après-midi… et que Dieu et sainte Basilissa vous gardent.

Il n'attendit pas que quelqu'un réagisse, en réalité il voulait l'éviter. Il abandonna la chapelle d'un pas décidé pour ne croiser personne.

La tension était si forte, la nouvelle avait provoqué un tel effroi que, pendant qu'Andreu Roderich s'éclipsait déjà en cherchant la porte du temple, personne n'avait bougé ni prononcé le moindre mot.

Maria qui, de toute la fratrie, avait été la seule à le suivre de loin, put observer la scène à moitié dissimulée derrière une colonne de la nef. Son père avait joué le rôle qui lui revenait, il n'était pas pour rien le patriarche de la Principal. Elle se sentit fière de lui en le regardant s'éloigner, solitaire, vers un horizon sombre, allure digne et tête haute.

En quelques jours, les mauvais augures s'accomplirent largement. Mais, malgré l'étendue des dégâts, personne n'en fut surpris dans le village. Tous avaient pressenti l'ampleur de la catastrophe qui s'abattait sur eux. Pendant ces dernières années, ils avaient vu de quelle façon les régions viticoles les plus prestigieuses en Europe étaient tombées les unes après les autres, dévorées par le phylloxéra, créant une ruine sans précédent sur tout le Vieux Continent. Ils connaissaient les conséquences de ce fléau. Les années d'abondance seraient bientôt terminées. Les caprices du destin ou quelque miracle avaient jusqu'ici épargné l'Abadia qui était devenue une des dernières régions viticoles de renom encore non contaminée. Interdits, ses habitants avaient assisté à la progression d'une malédiction qui allait inexorablement les atteindre, et qui avait d'abord touché les contrées lointaines de France, d'Angleterre, d'Italie… Puis, il y avait vingt ans de cela, la peste avait brusquement traversé les Pyrénées pour s'approcher des régions voisines, répandant derrière elle une épouvantable désolation. Bien sûr qu'ils savaient ce qui ne tarderait pas à se produire chez eux. À présent, ils allaient payer le secret bonheur d'avoir vu comment le malheur des autres multipliait la demande et le prix de leur vin et enrichissait les celliers de chacun d'entre eux, procurait du travail dans les vignes et de la gaieté dans les rues.

Pendant ces années privilégiées les commerçants, en manque de marchandise, frappaient à toutes les portes, comme s'ils demandaient la charité, pour satisfaire un marché assoiffé de ce liquide en or, presque disparu. Partout en Europe, les notables et les riches se morfondaient. Ils étaient prêts à payer une fortune pour une bouteille de bon vin. Le malheur des uns fut une bénédiction pour les celliers de la région de l'Abadia et aussi pour les vignerons qui, profitant de l'occasion, augmentèrent le prix du raisin au maximum.

Euphorie et sentiment d'abondance flottèrent dans les airs. On construisait de vastes maisons à plusieurs étages, de nouveaux celliers. Parfois, on rénovait les anciens. Les grandes familles profitaient de leurs gains pour acheter des appartements à Rius et à Barcelone. Elles payaient des études universitaires non seulement à leur fils aîné, comme le voulait la coutume, mais aussi à tous leurs enfants. Ainsi, en quelques années, les gens simples de Pous virent les enfants des maisons riches devenir avocats, architectes, médecins ou notaires… et ne retourner au pays que pour y passer l'été. En réalité, tous les petits propriétaires commencèrent à s'embourgeoiser.

Quelques jours après cette réunion à la chapelle, le phylloxéra infecta les vignes de la région de l'Abadia. Où qu'on portât son regard, les feuilles étaient couvertes de galles et de taches, elles perdaient leur belle couleur verte pour devenir jaunâtres, épaisses et granuleuses. Les ceps n'étaient plus que des fantômes agonisants, des êtres sans vie transformant les coteaux cultivés en vision apocalyptique qui annonçait les terribles temps à venir.

Mais la Principal n'était pas comme tous les autres celliers de l'Abadia. Au milieu du XIXᵉ siècle, Andreu Roderich, qui était alors un jeune héritier d'une plus que centenaire lignée de grossistes en vin, eut l'idée de mettre en bouteilles le produit de son cellier en se distinguant des autres propriétaires de la région. En 1867, il entama la commercialisation d'un vin rouge, qu'il avait baptisé Vall Blava, pour concurrencer sans complexe les bouteilles de qualité françaises. Le hasard voulut que son pari coïncidât avec la progression du phylloxéra dans les régions européennes les plus réputées, et transformât ce qui ne devait être qu'une aventure risquée en un puits richissime.

Par nature, le chef des Roderich était un homme prévoyant et méfiant. Depuis une bonne trentaine d'années, il étudiait l'avancée du phylloxéra comme s'il s'agissait d'une campagne militaire, notant sur un plan accroché à un mur de son bureau de quelle façon la maladie envahissait et tenaillait les régions et les pays viticoles. Cet homme avait pressenti que la mort de l'Abadia était une sentence déjà prononcée qui n'attendait plus que l'heure de son exécution. Lorsque le phylloxéra infesta les vignes pyrénéennes et s'étendit au sud de la chaîne montagneuse, il pensa que la fin était imminente, sans soupçonner que la peste allait mettre une bonne vingtaine d'années à atteindre Pous. Ce délai inattendu le rendit encore plus riche et lui permit d'engager ses nouveaux bénéfices dans l'extension de son patrimoine, une étape indispensable pour réaliser des projets complexes et plus ambitieux. Par exemple, permettre à tous ses fils de faire des études supérieures pour avoir un bon métier, non seulement pour la richesse que cela leur procurerait, mais aussi parce que prévoyant la détérioration future de la Principal, le patrimoine que représentaient ses terres ne leur permettrait jamais d'avoir des lendemains satisfaisants. Les garçons exerçant des professions libérales à Barcelone constituaient l'avenir, et aussi un réseau de sauvetage de la famille si ses projets venaient à échouer.

Il envoya sa fille Maria à l'internat de la Mercè de la Bonanova, un des plus dispendieux de la ville. Elle n'avait nul besoin de faire d'études ni d'avoir une profession. Un bon mari lui suffirait. Malgré tout, il s'assura – ce fut presque une obsession – que sa fille reçût une éducation en matière de commerce, chose que ses frères, tout comme les habitants de Pous, trouvèrent vraiment étrange.

Il prévit également une stratégie économique progressive. En quelques années, il acquit cinq maisons à Barcelone, en plus des trois qu'il possédait déjà : toutes des constructions récentes situées dans le nouveau centre qu'on appelait l'Eixample. L'une d'elles fut conçue comme le siège familial des Roderich dans la capitale. Il la fit bâtir dans la rue qui s'appelait alors la rue de l'Université et qui porte aujourd'hui le nom d'Enric Granados : une maison de maître qui fut achevée en 1888.

Il acquit également de nombreux terrains autour de la ville, où l'on pouvait augurer une expansion prochaine de la future Barcelone. Et comme troisième étape, plus personnelle celle-là, il s'imposa de se rendre lui-même le plus souvent possible à la capitale pour y faire des séjours dont le but serait de mieux connaître le réseau qui dominait le monde des affaires. Il voulait absolument comprendre comment agissait et respirait l'actuelle classe sociale qui générait les nouvelles richesses et semblait détenir désormais les clés de l'avenir : la bourgeoisie. Comme toujours, il était taciturne, hermétique, mais faisait en même temps preuve d'un dynamisme inédit, comme si, d'une certaine façon, il était éperonné par le danger qui approchait.

Le 21 septembre 1893, il demanda à ses fils de rester à table après le dîner "pour vous annoncer mes récentes dispositions" et il ajouta "j'en parlerai ces prochains jours à Robert". Les trois frères et la sœur s'y attendaient : une fois les vignes détruites, la Principal n'avait plus d'avenir et les cours à l'université devaient commencer avant la mi-octobre. Il était urgent de prendre une décision.

*Ils dînèrent comme les jours précédents, sans presque parler, le père renfermé sur lui-même et les enfants à l'af-fût de savoir en quoi leur vie allait être bouleversée. Après avoir terminé le riz au lait du dessert, Andreu Roderich se planta debout à l'extrémité de la table. Il les regarda fixe-ment tout en se penchant en avant pour poser ses poings sur la nappe. Une telle attitude était déjà une preuve de l'im-portance de ce qu'il avait à leur annoncer. Aucun d'eux ne l'avait jamais vu aussi solennel pour leur parler. Même pas le jour où le contremaître les avait prévenus de la contami-nation par le phylloxéra.*

*Andreu Roderich alla droit au but. Il engagea le discours sans tourner autour du pot.*

*— Mardi prochain, nous quitterons cette maison. Je répète : après-demain nous partirons d'ici. Et si les choses se passent bien, j'ai bien peur que ce soit pour de nom-breuses années… Pour certains d'entre vous, ce sera peut-être pour toujours.*

*Il dirigea son regard vers l'autre extrémité de la table, comme pour mieux organiser son discours.*

*— Je suppose que vous avez compris que pendant plus d'un siècle toute la richesse de la famille s'est construite à partir de la Principal avec ses diverses maisons et ses nom-breux terrains. Notre bien-être et la plus grande partie de notre fortune se sont bâtis sur ces pierres. Mais mal-heureusement le phylloxéra a dévasté les vignes et si nous nous entêtions à rester ici, nous courrions droit à la cata-strophe : ces mêmes pierres qui nous ont fait vivre devien-draient nos tombes.*

*Il se dit que ce dernier mot allait les impressionner. Il fit une pause.*

— Je ne voudrais pas vous tromper. Notre avenir est en péril et de façon imminente. Si nous voulons conserver notre patrimoine, il nous faudra prendre de gros risques en utilisant les moyens qui nous restent, il nous faudra changer, adapter notre famille aux temps nouveaux qui s'annoncent, affronter l'avenir avec audace. Les fondations qui nous soutiennent sont tout simplement en train de partir en miettes.

Il but une gorgée d'eau, sans se presser. Il maîtrisait son discours et le délivrait avec une grande assurance :

— Voilà longtemps que je me suis préparé à cette situation. Pendant ces dernières années j'ai consciencieusement soupesé les différentes solutions possibles, j'ai évalué le pour et le contre, j'ai étudié les avantages et les inconvénients pour prendre finalement ma décision. Et depuis ce jour, j'ai redirigé toutes mes actions économiques dans le but de faire face au désastre qui s'annonçait.

Les enfants remarquèrent dans le regard de leur père une lueur jusqu'ici inconnue. Comme celle d'un joueur fébrile qui, après de longs moments de tension, abat son jeu en fin de partie, sachant pertinemment qu'il va gagner.

— Je me suis bien gardé de réinvestir à Pous les importants bénéfices que nous avaient rapportés les vendanges de ces dernières vingt années. En réalité, contrairement à d'autres familles, je n'ai pas placé le moindre sou ici. J'ai tout capitalisé pour franchir le pas et prendre les rênes d'une nouvelle entreprise qui s'établira loin de cette maison, loin de tout ce qu'a représenté jusqu'ici la Principal. Je vous annonce donc qu'à partir de maintenant nous allons nous installer à Barcelone. Voilà ce que je voulais vous dire aujourd'hui : mardi prochain, la famille Roderich habitera à la capitale. Et ce sera pour s'y établir définitivement.

*Comme vous pouvez déjà vous en apercevoir, cela signifie que notre existence est sur le point de changer radicalement.*

Il s'exprimait calmement. Il ne voulait pas se passer de la gravité de son ton, mais il voulait également donner confiance à ses enfants, les assurer du bien-fondé de sa proposition. Tout bien réfléchi, ce serait facile : pour les trois frères, la situation ne pouvait être que bénéfique. L'existence à Pous n'avait rien de séduisant pour eux, et le fait que la famille s'installât à Barcelone répondait amplement à leur souhait. Ils allaient poursuivre leurs études en ayant toujours un peu d'argent de poche pour satisfaire leurs menus désirs. La seule ombre au tableau était que la présence continue de leur père risquait de grever la totale liberté dont ils avaient joui jusqu'ici. La voix d'Andreu Roderich résonna à nouveau :

— *Malgré certaines restrictions d'ordre financier que nous devrons assumer par prudence mais que, je vous préviens, personne en dehors de la famille ne devra découvrir, vous reprendrez l'université à Barcelone. Dès à présent et pendant les quelques années d'études qui vous restent, je vous réserverai un étage à chacun dans le nouvel immeuble de mon appartement-palais.*

Il se pencha davantage au-dessus de la table, comme pour se rapprocher de ses enfants et donner plus de fermeté à son message.

— *Pour atteindre cet objectif, je voudrais que chacun d'entre vous engage toutes ses forces et toute son énergie aussi bien dans les études que dans votre future profession. Vous êtes jeunes, mais vous devez comprendre que tout le monde doit participer au projet que je vous propose. Il m'appartient de monter au front avec les nouvelles affaires, mais* chacun d'entre vous aura son rôle à jouer dans cette bagarre. À travers l'exercice de votre métier, vous deviendrez un pôle de sécurité au cas où les choses tourneraient mal. Robert s'y est déjà mis et, en s'appuyant sur nous, il peut se faire un nom dans la médecine. À partir de l'an prochain, la future pharmacie d'Ernest sera une magnifique source de revenus. La charge d'avocat de Lluís nous mettra en relation avec les entreprises et les cercles influents. Toi aussi, Joan, avec ton métier auprès du pouvoir ecclésiastique, tu auras beaucoup à dire et à faire pour la famille.

Il les regarda l'un après l'autre, en s'arrêtant à chacun d'eux.

— Nous parions gros. Très gros. Et malheur à celui qui ne jouerait pas parfaitement son rôle.

Ensuite sur un autre ton, volontairement moins péremptoire, plus détendu, il poursuivit :

— Cette année, lorsque vous bouclerez vos valises, dites-vous bien que vous ne reviendrez jamais plus ici. À partir d'aujourd'hui nous apprendrons à être, nous deviendrons et nous serons de vrais Barcelonais. Oui, comme ceux dont nous nous sommes constamment moqués lorsqu'ils venaient passer l'été par chez nous. Les fameux bourgeois de Barcelone. Compris ?

Tout le monde sourit. En réalité, ils trouvaient tout cela facile et même agréable. Pour eux, c'était une excellente nouvelle.

Pour tout le monde, sauf pour Maria. Elle avait écouté attentivement, et si au début elle n'avait rien trouvé de bizarre, peu à peu, elle s'aperçut que le compte n'y était pas. Pendant son exposé, son père ne lui avait pas adressé une seule fois la parole, pas même regardée, comme s'il l'ignorait.

60

Et elle ne voyait pas non plus quel pouvait bien être son rôle dans le choix de son plan de bataille. Lorsque le discours fut clos tout devint plus clair : elle n'en avait tout simplement pas, son père ne s'était adressé qu'à ses frères. Elle comptait pour du beurre, n'avait pas la moindre place dans l'avenir qu'il avait prévu.

Tandis qu'elle pensait à cela, elle s'aperçut que son père changeait brusquement de position. Il se tourna lentement vers elle, l'observa attentivement, comme si soudain ses autres fils ne comptaient plus.

Andreu Roderich avait enfin décidé de parler à sa fille. Il avait beaucoup réfléchi, envisagé différentes hypothèses, énuméré diverses alternatives, et il arrivait toujours à la même conclusion : Maria ne pouvait avoir qu'un seul rôle dans tout ça. Le pire.

Oui, il réservait un rôle désagréable à sa fille, mais qui selon lui était un rôle clé dans le scénario familial qu'il avait prévu. Il n'y avait pas d'autre solution. L'intervention de Maria serait une action de l'ombre, mais d'une extrême importance. De toute façon, c'était la place qui lui revenait. Conforté dans ses décisions, il recommença à parler :

— Maria, j'ai décidé que toi, ma fille, tu resterais ici. Je sais que tu es jeune et que tu rêvais certainement d'une vie différente, loin de Pous et de cette maison. Mais tu resteras ici. Tu dois comprendre que je te confie une grande responsabilité. J'espère que tu l'accepteras et que tu sauras la gérer. Tu devras maintenir vivante la Principal, le symbole de notre famille. Tu auras la charge de sauver l'essentiel de notre identité, les racines qui sont les nôtres, la maison où nous avons tous vu le jour... sans compter les autres circonstances qui rendent important le fait que tu demeures ici.

*Il modulait délicatement sa voix, il l'enveloppait soudain dans une atmosphère que Maria ne connaissait pas.*

— *Je sais qu'au début ce sera difficile pour toi. Peut-être même exaspérant, mais, malgré ta jeunesse, je suis sûr que tu es la personne qu'il faut pour rester à la tête de la Principal. Aucun de tes frères n'a ton tempérament ni ton fort caractère. Aucun. Tu es la seule à pouvoir mener cette mission. J'ai besoin de toi ici.*

*Andreu Roderich scrutait son visage. Malgré les accents d'autorité qu'il conférait à ses paroles, il espérait un signe de compréhension de la part de sa fille.*

— *Tu garderas les servantes pour s'occuper de la maison et quelques hommes pour les travaux au cellier. Raül continuera à être le contremaître et deviendra également ta personne de confiance. Quant à l'argent, je te verserai tous les trimestres ce dont tu auras besoin et tu en disposeras à ta guise.*

*Maria le regardait les yeux écarquillés, inexpressifs. Elle ne réagissait absolument pas – aucune mimique, aucune moue – au discours de son père, ce qui rendait celui-ci extrêmement nerveux. Il prit un ton grave, c'était le moment d'abattre prudemment un atout.*

— *Ta tâche sera capitale pour la conservation du symbole de la famille et du patrimoine qui nous reste. Il y a encore un peu de vin dans le cellier, et en ce moment nous avons des demandes de toute l'Europe. L'opération économique sera importante et profitable. Je voudrais que tu surveilles le bon déroulement des affaires. Raül se chargera d'accomplir le travail nécessaire. Moi, je me chargerai des transactions pour les ventes, les contacts, les prix… et toi tu seras la voix, les yeux et les oreilles des Roderich pour que* rien, absolument rien ne nous échappe. Je voudrais que tu sois constamment présente pour surveiller ce qui va se passer ici. Nous avons besoin de toi, Maria.

Après cette phrase, il se tourna vers ses garçons, les regardant fixement tout en tendant son bras droit en direction de sa fille.

— Et à présent que tous les membres de la famille sont réunis, je voudrais vous dire ma dernière volonté, pour aujourd'hui. Je sais que je demande un grand sacrifice à votre sœur. Et que le sacrifice que je lui impose va vous avantager, car vous allez pouvoir terminer vos études et vivre à Barcelone.

Puis il fit brusquement le contraire. Il tendit son bras en direction des garçons et ne regarda que Maria, comme s'il voulait pénétrer dans ses pensées et dans sa force de volonté. Sa voix prit un ton plus grave et plus cérémonieux.

— En échange de ton obéissance à ce que je te demande d'accomplir, je fais solennellement le serment devant tes frères qu'au moment de ma mort la Principal et tous nos biens de Pous seront pour toi et pour toi seule. Et qu'aucun d'eux ne pourra jamais te les réclamer. Je rédigerai mon testament devant le notaire de Felius, maître Enric Pagès, mon meilleur ami, et si tu te comportes comme je l'espère, je te jure que rien ne pourra changer cette volonté.

Andreu Roderich nota que les traits de son visage s'étaient énormément crispés et comprit qu'il devait conclure son intervention d'une autre façon.

— Je mets toute ma confiance en toi… Viens m'embrasser, ma fille, viens m'embrasser pour sceller cet accord.

"Il m'a enterrée, pensa Maria tout en se levant. Il vient de m'enterrer vivante sous les pierres de cette maison, avec

*les champs stériles autour, le cellier fermé et le village dans
la misère. Il me demande de devenir la gardienne de cette
misère. Et tout ça parce que je suis une femme. Mufle. Il
faut que je demeure dans cette bâtisse, dans cette tombe,
simplement parce que je suis une femme. Malappris!"*

*Et elle lui fit une bise.*

Évidemment qu'Úrsula ne lui dirait pas tout. Cet
inspecteur n'avait pas à savoir certaines choses, mais,
comme cela se passe chez la plupart des vieilles personnes, une fois qu'elle avait un peu déroulé le fil de la
mémoire, elle avait du mal à abréger son récit... Voilà
pourquoi elle fronça le nez lorsque l'inspecteur l'interrompit.

— Dites-moi, Úrsula, le cinquième frère de l'ancienne
Senyora est l'actuel curé du village, n'est-ce pas? Celui
qu'on appelle l'abbé Joan?

— Oui, monsieur. À cette époque-là c'était juste un
séminariste, mais on voyait bien à son visage qu'il allait
mener une belle carrière.

L'inspecteur fit une moue plutôt ironique et ajouta
tout bas, dans sa barbe :

— Et elle est vraiment belle, oui... Donc, à partir
de ce jour-là, tout fut très clair pour les quatre frères...
et donc, à la mort de son père, Maria Roderich hérita
de tout.

— Pas vraiment, monsieur. Les choses sont un peu
plus compliquées... mais je suis vieille... je suis fatiguée... ce n'est pas que je ne veuille pas vous raconter
l'histoire de bout en bout, mais...

Elle savait se montrer convaincante et accentuer sa bosse pour qu'un jeune de trente ans s'émût de son état. Bien sûr qu'elle était vieille, que la vie lui échappait chaque jour un peu plus, mais pour ce qui est de parler, ce qu'on appelle parler, elle aurait pu continuer encore pendant trois heures, en faisant juste les pauses nécessaires pour reprendre son souffle.

— Fort bien, Úrsula, merci pour le lait et le pain, j'avais presque oublié le goût du pain blanc. Je suis désolé de vous avoir fatiguée. Je dois aller faire quelques autres visites dans le village, le maire m'a invité à déjeuner chez lui. Je reviendrai peut-être cet après-midi pour voir la Senyora.

Il fit une pause et reprit :

— Et si elle n'était pas arrivée, nous continuerons à bavarder, nous reprendrons là où nous en sommes restés.

Tout en disant cela, il referma son carnet noir.

C'est alors que, près de l'inspecteur comme elle était, elle put distinguer ce qui était écrit sur son étiquette. Oui, Úrsula ne voyait pas beaucoup, mais elle n'eut aucun doute sur ce qu'elle venait de lire. Sur le rectangle blanc de la couverture était noté en lettres majuscules : LE CRIME DE LA PRINCIPAL.

Son cœur s'accéléra.

# 3

## AU MAS GRAN

*Jeudi 7 novembre 1940*

— Llorenç, la Senyora veut aller à la messe.

— Merde, pourquoi aujourd'hui?

— Prépare la Porteuse, elle veut aller au Mas Gran.

— Putain, mais c'est jeudi et il commence à tomber des gouttes!

— Tu n'as qu'à le lui dire toi-même. Elle veut aller au Mas Gran. Prépare la chaise et ne discute pas!

— Eh, la gamine! On ne me crie pas dessus, à moi! Ou je te fous une beigne!

— Tu fais le fier-à-bras parce que c'est moi, mais... Allez, prépare la chaise et, s'il pleut, eh bien tu te mouilleras, un point c'est tout.

C'était par un frais matin de la première semaine de novembre. Caterina adorait faire enrager son grand frère et elle tourna les talons, un sourire jusqu'aux oreilles, creusant les joues. La gamine était très fière de ses joues. Elles étaient un signe de bonne santé : rouges, saines, presque brillantes. Tout compte fait, Caterina n'avait jamais souffert de la faim. Être la fille de la cuisinière de la Principal vous condamnait sans doute à être pauvre pour toujours, mais bien nourrie, et par les temps qui couraient, à Pous, ce n'était déjà pas mal. De fait, on pouvait survivre simplement en ajoutant du pain aux restes que la Senyora laissait au fond de son assiette. Sans compter que Neus mettait de côté tout ce qui pouvait être nourrissant pour elle et son frère. Et ça se remarquait vraiment parce que, parmi les domestiques de la maison des Roderich, ils étaient de loin les plus vigoureux.

À présent, Llorenç allait préparer les coussinets de selle et les garnitures de la chaise. C'était son travail et, dans la hiérarchie de la Principal, c'était un poste vraiment important. Pas tellement pour le salaire, mais mener la Porteuse était une tâche noble. Vous étiez toujours près de la Senyora et c'était elle qui vous choisissait personnellement parmi l'ensemble des domestiques.

La Senyora – c'était ainsi que tout le monde appelait Maria Magí – était la patronne de la Principal, de loin la maison la plus riche de Pous et une des plus puissantes de la région de l'Abadia. Lorsque de bon matin elle avait ouvert la fenêtre qui donnait sur la Grand-Rue, le ciel était couvert et il tombait une pluie fine. Bien entendu, un temps tel que celui-ci n'invitait pas à sortir mais, ce jeudi-là, elle avait prévu de virer de bord, de choisir un nouveau cap pour la Principal. Et c'était une décision bien trop capitale pour tenir compte des caprices du temps.

La veille au soir, elle avait fait demander à l'abbé Salvador de dire la messe au Mas Gran, à l'heure habituelle. Elle avait également donné congé aux travailleurs jusqu'à dix heures du matin, en leur demandant de se réunir à cette heure-là dans l'entrée avec les gens de maison, pour l'accompagner au Mas Gran. Non, franchement, elle n'allait pas se laisser intimider par une pluie aussi insignifiante.

Lorsqu'ils furent tous réunis dans la vaste entrée de la Principal, Úrsula prévint la Senyora qu'elle pouvait descendre. Comme chaque fois qu'elle se présentait à l'improviste parmi les travailleurs, un grand silence se fit seulement perturbé par les saluts. Comme d'habitude, la Porteuse se trouvait juste sur le seuil de la porte. La Senyora s'en approcha tout en saluant légèrement de la tête et, le geste sûr, s'y installa lestement. Elle regarda le porteur qui se trouvait à l'avant et lui indiqua qu'elle était prête. Llorenç fit un signe aux deux porteurs de derrière et, dans un même mouvement, ils prirent tous trois la tête du cortège.

Le long des rues, les passants pressaient le pas en tentant de se protéger de la pluie. En apercevant la procession, ils se demandaient pourquoi tous les gens de la Principal sortaient un jeudi et par si mauvais temps, bouleversant par là même l'habitude qui voulait qu'on allât à la messe au Mas Gran seulement le dimanche et pour les fêtes religieuses. Les trois porteurs regardaient fixement le sol et avançaient à pas lents. Ils ne voulaient pas risquer l'incident, car dans la descente, les pavés de la rue étaient tout trempés et leurs semelles glissaient dessus. Ils sortirent enfin du village et prirent le chemin du Mas, la Senyora devant, comme une statue, protégée par un petit dais, cependant suffisant pour la défendre du soleil de plomb de l'été et aussi de cette pluie timide qui tombait aujourd'hui, juste pour l'ennuyer. Mais c'était elle la maîtresse, avec ses deux cent cinquante hectares de terres cultivées et bien plus de surface de forêt, ses servantes, ses domestiques, son contremaître, les deux chefs d'équipe, les six métayers et plus de vingt journaliers. Il n'y avait pas grand monde dans le village qui ne dépendît d'elle. C'était décidément un jeudi bien particulier. Elle était déterminée à bouleverser la marche de la Principal et, que cela plaise ou non, cela revenait à secouer tout le petit village de Pous.

Pour Maria Magí, la décision de faire dire une messe au Mas Gran n'avait rien à voir avec la foi, d'ailleurs elle n'était pas vraiment croyante. Pour elle, l'important était le rituel et le message que la cérémonie permettait de transmettre. Elle savait qu'en se déplaçant dans sa Porteuse elle s'attirait l'inimitié de certaines personnes, mais à cette époque de mâles tout-puissants et de femelles soumises le plus important était de conserver une attitude solennelle afin de passer pour une femme pas comme les autres aux yeux des hommes. Et des corbeaux.

Par ailleurs, elle prenait la tête de la procession des serviteurs afin de démontrer qu'elle avait suffisamment d'autorité sur eux pour les forcer à aller à la messe. C'était un signe pour cette bande de mécréants, dont la plupart des parents avaient fui à l'étranger à la fin de la guerre, parce qu'ils craignaient de possibles actions de vengeance ou de justice. Certains d'entre eux avaient pu retourner au village en reniant leurs idées et en cachant leur comportement précédent. Elle en connaissait d'autres qui sollicitaient des certificats de bonne conduite aux propriétaires liés au nouveau régime en échange de salaires misérables dans leurs propriétés.

On retrouvait chez Maria Magí les traces du caractère implacable de sa mère qui lui avait permis de commander la Principal, mais aussi les traces du tempérament plus sensible de son père, de son goût pour les belles choses, de sa volonté de savoir, d'apprendre, d'accroître sa réflexion et, bien évidemment, de sa passion pour la musique. Elle n'avait pas connu son père mais, grâce aux objets et aux livres que cet homme avait laissés, elle avait appris à suivre les marques de ses pensées jusqu'à les faire pratiquement siennes. C'est précisément cette sensibilité qui ne lui permettait pas d'adhérer au fascisme, à sa cruauté et à ses actions immorales. Et ne parlons pas de l'Église, "une bande d'hypocrites", pensait-elle, son oncle curé en tête et l'abbé Salvador fermant la marche.

De toute façon, dans la vaste commune de Pous, il n'y avait pas un autre mas qui possédât sa propre église. Lorsque le dimanche ou les jours de fête religieuse tombaient pendant les vendanges ou les grands travaux des champs, les journaliers qui travaillaient dans les domaines voisins du Mas Gran y venaient également et la chapelle devenait alors trop petite. Vu les circonstances présentes, personne n'osait tourner le dos à Dieu.

Tout avait commencé, il y avait plusieurs années, lorsque sa mère, devenue veuve, avait instauré la tradition de faire dire une messe pour son mari tous les dimanches, pour le salut de son âme mortellement égarée. Au village, on disait que la Vieille demandait toujours à plusieurs paroissiens de prier pour son âme et, bon gré mal gré, tout le monde avait plutôt intérêt à être bien avec les puissances célestes ou terrestres, tellement elles se confondaient.

Lorsque Maria Magí prit la tête de la Principal, les messes pour son père continuèrent avec de nettes améliorations, dont la plus appréciée fut la distribution de pain trempé dans du vin sucré pour tout le monde, autant pour les personnes qui l'accompagnaient que pour les journaliers de passage qui les avaient rejoints au Mas Gran. Les métayers avaient l'ordre de commencer la distribution dès que la Porteuse apparaissait à l'horizon.

Elle ne le faisait pas par générosité, mais pour des raisons plus sournoises : il s'agissait de transformer l'existence de l'abbé Salvador en véritable calvaire. À l'époque, il était interdit de communier si l'on n'était pas rigoureusement à jeun depuis la veille au soir. Ainsi, grâce à son action apparemment généreuse, elle provoquait une désertion massive de communiants et libérait la plupart de ces gens de tant d'hypocrisie. Mais il y avait également une raison que l'on pourrait dire plus scénographique, c'était une façon de se mettre elle-même en scène. Vu la pénurie qui régnait à l'époque, les équipes de journaliers des autres mas s'arrangeaient pour arriver bien à l'heure, afin de ne pas manquer leur ration de pain trempé. C'est ainsi que, réunis et satisfaits, ils la regardaient arriver comme elle aimait, sur sa chaise, avec la procession de ses serviteurs et de ses journaliers à sa suite. Ce devait être un tableau qui en imposait vraiment.

Tandis que le cortège suivait son chemin, elle réfléchissait aux nombreuses choses qu'elle allait demander, en cet exceptionnel jeudi, aux dispositions qui avaient été déjà prises et aux ordres restés en suspens… ou alors, elle regardait tout simplement le joli cul de Llorenç.

Ah, ça oui! Il avait un magnifique petit cul bien serré, sous une taille si étroite que son dos montait en formant un triangle inversé. Il y avait longtemps que Maria s'amusait à regarder son cul. Llorenç soutenait tout seul l'avant de la Porteuse en s'aidant d'un bât de cuir qui reposait sur l'arrière de son cou musclé et descendait de chaque côté de sa poitrine au niveau des aisselles, faisant ainsi office de bricole venant s'enclencher sur l'avant des brancards. Les sangles étaient du même cuir que celui utilisé pour les chevaux attelés aux charrettes. L'ensemble avait été fabriqué sur mesure par le bourrelier de Roges. Oui, Llorenç avait un beau petit cul et, lorsque la Senyora le contemplait, elle sentait une chaleur envahir son bas-ventre et se propager partout dans son corps, monter jusque sur ses joues.

Maria avait fait changer toute la garniture de la Porteuse. Il faut dire que c'était une femme pratique et, après quelques mois d'utilisation comme le faisait sa mère, elle réfléchit que, s'il n'y avait qu'un porteur à l'avant, l'engin serait bien plus docile. On pourrait le conduire plus facilement. Au départ, la chaise avait été calculée pour porter les cent vingt-trois kilos de l'ancienne maîtresse. Mais dans son cas, le problème n'était pas tant le poids en lui-même que sa répartition. Sachant que si elle se trompait, elle allait déchaîner les moqueries des villageois, elle peaufina ses calculs au détail près et finit par demander qu'on reculât la chaise sur les brancards. Ainsi la charge se situerait plus sur l'arrière et le porteur de devant n'aurait pas à doubler d'effort. Il s'avéra en effet qu'avec de telles transformations la Porteuse devint plus maniable et plus rapide qu'à l'époque où il y avait deux personnes à l'avant.

Llorenç sentait qu'il pleuvait de plus en plus fort. D'abondants filets d'eau ruisselaient sur son visage. Mais cette pluie ne l'ennuyait pas, c'était plutôt le contraire. Il songeait à la terrible sécheresse de ces derniers mois et savait qu'elle serait salutaire pour les jeunes ceps, ceux dont les racines n'étaient pas très profondes. Les vieux ceps, en revanche, qui fendaient les feuilletages de l'ardoise plusieurs mètres plus bas, à la recherche d'une humidité plus pérenne, ne goûteraient pas de cette eau.

Sa chemise de plus en plus trempée adhérait progressivement à son dos. La Senyora l'observait et tentait de deviner ses formes qui apparaissaient à mesure que le tissu lui collait à la peau, révélant ainsi la texture de ses muscles.

On disait que Llorenç était homosexuel. À Pous, comme dans tous les villages, tout adolescent qui n'étalait pas ses instincts virils, autrement dit, primaires et violents, pouvait être facilement traité d'efféminé. Donc, il valait mieux ne pas donner trop de crédit à ces rumeurs. Mais dans ce cas-ci, la Senyora savait qu'il y avait anguille sous roche, car elle l'avait elle-même surpris, quelques années auparavant, dans les écuries, pantalon aux chevilles, visage rayonnant, en train de faire la chose avec Ricard, le chef des journaliers. Mais malgré cela, Maria Magí continuait à trouver ce petit cul à son goût et vraiment désirable.

Lorsque Llorenç prenait le dernier virage et que tout d'un coup le Mas Gran apparaissait, grandiose et magnifique, Maria était toujours fascinée par cette image : la disposition précise des peupliers signalant le chemin, le spectaculaire alignement des arcades de l'entrée, la puissance de cette construction non moins élégante, l'église sur le flanc du corps principal avec son petit clocher… et l'ensemble surplombant un coteau, ce qui le rendait tout simplement majestueux.

De loin, Llorenç reconnut deux des trois métayers qui traversaient l'esplanade, couverts de sacs pour se protéger de la pluie et se rendre sous les arcades de l'entrée. C'était grandiose. Il y avait vingt et une arches d'une symétrie parfaitement étudiée. Les deux plus imposantes du centre encadraient le porche principal.

Llorenç se dirigeait vers là-bas. Il savait que la mise en scène de l'arrivée avant la messe allait se répéter avec toujours le même cérémonial : il guiderait la Porteuse jusqu'au porche principal, puis sur un signe de la Senyora, les trois porteurs la descendraient. Le bas de la chaise resterait à deux empans du sol et Amadeu poserait une marche en bois massif afin qu'elle ne trébuchât pas avec la jambe de l'accident. Elle dirait bonjour à tout le monde et ils répondraient en se décoiffant "bonjour, Senyora". Si ç'avait été un dimanche, les femmes des métayers auraient déjà fait la distribution du pain trempé suffisamment à l'avance pour qu'ils l'eussent déjà avalé. Il s'avancerait alors pour lui offrir son bras et l'aider à descendre. Elle défilerait ensuite en les regardant un par un dans les yeux. Volontairement à pas lents, elle entrerait dans le salon du rez-de-chaussée où démarre l'escalier monumental qui mène aux appartements seigneuriaux. Mais elle ne le monterait pas. Elle tournerait à gauche, en direction d'une porte de bois sculptée de motifs religieux, au-dessous d'un linteau de pierre portant l'inscription *INITIUM*

*SAPIENTIÆ TIMOR DOMINI*, répétée sur la porte, juste à hauteur des yeux, en marqueterie en bois plus clair et correctement traduite, car il n'aurait pas fallu qu'on ne comprît pas un message aussi approprié que terrestre. Et elle serait finalement entrée dans la chapelle la première pour se diriger immédiatement vers l'autel et s'asseoir sur son prie-Dieu personnel, depuis lequel elle présiderait la messe dite par l'abbé Salvador, qui arrivait toujours une dizaine de minutes avant.

Cela se passa effectivement ainsi. La Porteuse s'arrêta à l'intérieur du porche principal et, tandis qu'on plaçait la marche de bois massif, Llorenç se débarrassait de ses harnais de cuir pour lui offrir son bras afin qu'elle s'y appuie. Mais la Senyora regarda sa chemise trempée, toute froissée, et avec une attitude désinvolte et amusée le repoussa, pour montrer à tout le monde qu'elle n'avait pas besoin d'aide pour descendre. Llorenç se sentit alors confus et recula d'un pas. La procession commença à se former, la Senyora en tête et derrière elle, dans l'ordre, Amadeu, Neus et Caterineta, puis le reste des domestiques de la Principal. Ce n'est que lorsque ces derniers seraient entrés dans la chapelle que les métayers et leurs femmes, suivis des journaliers y pénétreraient à leur tour. Et c'est ensuite que les personnes venues des autres mas – alertées par la cloche de la chapelle qui aurait commencé à sonner toutes les quinze minutes une heure avant – se joindraient à la cérémonie. Mais aujourd'hui ce ne fut pas le cas. Aujourd'hui, c'était jeudi, et de nombreuses personnes se demandèrent à voix basse pourquoi cette folle s'était mis en tête de les obliger à se rendre au Mas Gran comme si c'était un jour férié.

Ou il se passait quelque chose de grave ou la maîtresse allait de mal en pis.

Depuis son prie-Dieu, la Senyora avait une vision d'ensemble sur tout ce qui se passait dans la chapelle. L'abbé Salvador sortit de la sacristie silencieux et renfermé. Il commença l'office à contrecœur, face à Dieu et de dos aux fidèles. Il maudissait cette femme qui l'obligeait à dire la messe lorsque cela lui convenait, pour une obole dérisoire.

Il était normal que la famille traditionnellement la plus puissante de Pous jouît de quelques privilèges, comme présider les offices religieux depuis le seul prie-Dieu qui se trouvait devant la chaire de la paroisse, mais pas au point de faire avancer la cérémonie du dimanche à neuf heures et demie, tandis que les curés des villages voisins la disaient à onze heures ou même plus tard. Et tout cela pour que, une fois les paroissiens de Pous bénis, il puisse se changer à toute vitesse, monter sur son âne et arriver au Mas Gran avant midi. C'était excessif.

Pour lui, les choses se gâtèrent de plus en plus après que le Seigneur avait rappelé la Vieille à lui. Sous la protection de Maria Roderich, il s'était même permis de rêver de faire carrière au siège, à l'évêché. L'ancienne maîtresse lui avait assuré qu'elle faisait jouer ses relations pour qu'il soit nommé à Rius, et elle lui avait renouvelé cet espoir à plusieurs reprises. Mais lorsque les tristes circonstances avaient transmis le pouvoir à sa fille, l'actuelle et mal nommée Senyora, les rêves de l'abbé Salvador s'étaient évanouis. Il est vrai qu'il s'était humilié lui-même, en faisant comme s'il ne s'était rien passé le jour "du mystère de la chose", puis en faisant preuve d'une servilité frisant l'indignité afin de tenter de se racheter. Mais lorsque, après quelque temps, il avait enfin osé lui demander des faveurs pour améliorer sa condition, toujours très respectueusement, ou d'user de son influence envers son oncle, devenu évêque, elle avait éludé sa requête par d'évasives et chrétiennes explications. Elle avait toujours pris un malin plaisir à lui manifester un profond et blessant mépris.

À mesure que le découragement s'emparait de lui, l'abbé Salvador commença à sentir de quelle façon, dans un processus inexorable et pervers, sa foi juvénile se transformait en fiel. De temps en temps, entre les tempêtes que traversait son âme, s'ouvrait un intermède de calme pendant lequel il espérait expérimenter le retour à la foi, un désir enfin renouvelé de servir l'Église. Mais tout cela était vain. La lumière s'était évanouie et il y a bien longtemps qu'il errait parmi les ténèbres.

Ses prémonitions devinrent des certitudes. Il allait vieillir dans ce maudit village, lentement, et toujours à la merci de quatre riches grenouilles de bénitier, de quelques familles condescendantes et d'un tas de paroissiens qui ne croyaient plus en rien que n'imposât la peur ou le fanatisme. Non, il n'avait plus la moindre conviction. Il se le disait tous les matins en se regardant dans le miroir à la recherche d'un signe d'espoir. Mais ses yeux, ses lèvres, ses rides, ses pores, sa peau décolorée, ses traits, tout dans ce visage, même les racines de ses cheveux grisâtres, était chargé de désespoir. Non, il n'attendait plus rien. Qu'y avait-il donc à attendre? Pire encore, il ne croyait plus en rien. Et, pire du pire, il n'avait même plus le désir de croire. Sa vie n'avait plus de sens et croire en Dieu était devenu une chose absurde. *"Dominus vobiscum."* *"Et cum spiritu tuo"*, marmonnèrent quatre femmes de conserve.

Il célébrait l'office avec irritation, sans la moindre envie. Depuis qu'Atanàsia, sa bonne, lui avait annoncé, aux premières heures de la matinée, qu'il devait dire la messe au Mas Gran ce jeudi, alors que tombait une fine pluie ininterrompue, de celles qui pénètrent jusqu'aux os, tout en lui était devenu revêche. Il officiait tellement à contrecœur que par deux fois il s'était trompé de page dans son missel qui avait perdu tous ses signets tellement il était vieux et en mauvais état. Combien de fois avait-il respectueusement évoqué le besoin d'en acheter un autre. Il avait même proposé de le commander et de le payer lui-même à la librairie qui allait ouvrir en face de l'église. Mais pas question, la famille Roderich refusait de le changer parce qu'elle s'obstinait à le croire particulièrement indispensable, car un de leurs aïeux l'avait acquis lors d'un pèlerinage au Vatican dans l'espoir d'obtenir un titre de noblesse : ces distinctions que distribuait l'Église à ceux qui n'avaient pas eu les couilles de les conquérir par la force, mais assez d'argent pour les acheter. Dans une boutique de la via Santo Spirito, un écriteau prétendait que ce missel exsudait encore l'eau bénite du pape Pie IX. Et à présent, en pleine année 1940, il était toujours là, devant lui, comme le narguant, tout démantibulé et sans le moindre signet de couleur pour le guider.

L'abbé Salvador le feuilletait pour chercher les prières, mais ne trouvait que l'enfer, il avait la tête en feu et les pages en désordre. Il était tellement furieux qu'il ne savait plus où il en était de la messe. Par chance, il avait pris l'habitude de lire avec une voix dévote et affectée, de telle façon qu'on ne comprenait pas ce qu'il disait, et il remplissait les vides avec des borborygmes à consonances latines. Il avait une certaine pratique de la chose et les gens ne s'en apercevaient pas. Au contraire, lorsqu'il psalmodiait avec force et colère, les croyants pensaient qu'il disait de ferventes oraisons. Mais ce n'était pas le cas de la maîtresse, elle savait très bien ce qui se passait. Et l'abbé n'ignorait pas qu'elle le remarquait et qu'elle était assez garce pour le regarder fixement, avec un petit sourire en coin, impatiente de voir de quelle façon il allait s'en sortir. L'enfant de chœur, le fils d'Atanàsia, lui aussi le remarquait avec son petit air de voyou. Oui. L'abbé était perdu, il ne savait plus où il en était.

Mais tout d'un coup, quelqu'un se mit à éternuer et le fit d'une façon si bruyante qu'un grand fracas envahit toute la petite chapelle. L'écho renvoyé par les murs de ce petit espace était comme une récrimination accentuée par les hochements de tête réprobateurs des domestiques. Tout le monde demeura dans l'expectative.

La Senyora se retourna, les yeux volontairement inquisiteurs, pour reprocher à l'auteur d'avoir rompu le climat mystique de la messe. Elle savait que seulement un homme, parmi ses domestiques, était capable d'éternuer avec une telle puissance et elle dirigea son regard directement vers l'endroit où Llorenç avait l'habitude de s'asseoir. Cet imbécile avait pris froid en chemin, lorsque la pluie avait dégouliné le long de son dos tout frissonnant et sensuel.

Il avait baissé la tête et fixait le sol. Dans de telles circonstances, il n'était pas question de soutenir le regard de la Senyora. Elle adorait le voir ainsi, penaud, soumis, embarrassé et rougissant. C'était une attitude qu'elle lui connaissait si bien.

La Senyora lui adressa une moue de reproche, tandis que lui revenait en mémoire la fois où, à l'âge de quinze ans, elle l'avait surpris en train de donner du plaisir à Ricard, le contremaître de la Principal. Oui, elle fut choquée, suffoquée, de les découvrir ainsi.

Même si le fait d'être la fille de la Principal l'avait éloignée des jeux pervers pratiqués par les gamins du village, elle avait ouï dire que les humains de l'un et l'autre sexe possédaient à l'entrejambe une chose qui avait bien d'autres fonctions que de soulager les envies naturelles. Elle s'était demandé de quoi il s'agissait, mais ses élucubrations d'adolescente ne lui avaient jamais permis d'imaginer que ce serait Llorenç, le fils de la cuisinière Neus, le grand frère de Caterineta, qui lui permettrait de le savoir.

Cela s'était passé dans les écuries. Elle ne parvenait pas à croire ce qu'elle voyait. Et elle ne s'attendait surtout pas à découvrir Llorenç en train de se faire prendre par Ricard, le contremaître de la Principal, un homme tout ce qu'il y a de bien. Les deux garçons poussaient de tels gémissements de plaisir que ni l'un ni l'autre n'entendit les crissements de la paille recouvrant le sol, que Maria foulait en boitant à cause de son récent accident. Il fallut qu'elle se plantât à peine à trois mètres d'eux pour que le regard de Llorenç croisât soudain le sien. Il avait une expression très étrange, sans doute à cause de la jouissance qui lui venait dans le dos, mais son visage était on ne pouvait plus radieux : lèvres entrouvertes, yeux brillants… Il la regardait fixement, immobile, sans rien dire… tandis que l'autre poussait à l'intérieur de lui, prenant du plaisir, penché sur sa nuque. Chaque seconde devint une éternité et elle continua à regarder ce corps nu devant elle, magnifique et expressif. Lorsque, pris d'un spasme soudain, Ricard découvrit la présence de l'adolescente, il se retira brusquement. Llorenç ne put réprimer une grimace. Le contremaître de la maison rangea précipitamment son ardent paquet dans son pantalon et fila comme un dératé… vers sa perte.

Mais pas Llorenç. Llorenç demeura immobile devant elle, son corps de quinze ans tout pantelant, joues écarlates, yeux encore humides, lèvres charnues et gonflées, la sueur le rendait encore plus beau, faisait briller son cou, son ventre… Elle était complètement subjuguée.

À cet instant, la gamine comprit beaucoup de choses. Mais la plus urgente était que si elle ne se retournait pas tout de suite, deux désastres risquaient de se produire. Le premier : que sa main attrapât le sexe de ce pervers pour sentir l'impression que cela pouvait procurer. Le deuxième : que si elle restait plantée là, il lui faudrait le voir se baisser pour remonter ses pantalons avec les gestes empotés des hommes qui remettent leurs choses en place. C'était clair, elle ne voulait pas assister à cette scène, ce serait à coup sûr rompre l'harmonie plastique du tableau. Ce serait comme lorsque, surprise dans la bibliothèque de la Principal, elle devait précipitamment cacher la fameuse lithographie du Caravage qui la troublait tellement. Elle se tourna d'un coup pour conserver le tableau en mémoire et s'enfuit en courant.

Elle n'alla pas le raconter immédiatement à sa mère. Elle s'enferma d'abord dans sa chambre et s'allongea sur le lit pour remettre en ordre l'ensemble des images qu'elle venait de découvrir et surtout les étranges sensations qu'elle ressentait encore dans son bas-ventre. Sa main glissa entre ses cuisses et, pour la première fois, elle se sentit femme. Elle joua à se faire plaisir, pensant aux yeux humides du fils de la cuisinière, glissant ses doigts entre ses grandes lèvres entrouvertes, et lorsqu'elle eut enfin réussi à jouir, elle se changea, s'observa un instant dans le miroir, pour prendre une mine affligée avant d'aller tout raconter à sa mère, sans retenue et dans les moindres détails.

Quelques heures plus tard, elle et la Vieille étaient réunies avec Ricard – sans Llorenç – et l'abbé Salvador qui ne savait plus où il en était de ses prières ni de ses admonestations. Le curé avait toujours semblé un peu louche à la Senyora. Elle se souvenait de lui, en train de se jeter sur le contremaître en le traitant de pomme pourrie, de détourneur de mineurs, de boue putride qui envahit tout… On aurait dit qu'une violente rancune dictait ses paroles.

La Vieille se contentait de présider la scène, l'air grave et silencieux. Elle n'avait pas à intervenir. Elle savait qu'après les condamnations morales et mystiques du curé, elle pourrait faire et défaire, décider et prononcer elle-même la sentence. Tout en regardant les gesticulations de l'abbé de Pous, elle pensa que ce ne serait pas si mal d'échanger ce malheureux Ricard contre Amadeu. Il ferait un contremaître plus diligent, plus obéissant, peut-être un peu fuyant, mais tenu par une femme et deux enfants en bas âge qui le fidéliseraient à la maison et à son bon vouloir.

L'abbé continuait à hausser le ton. Tout d'un coup il ne contrôla plus verbes ni adjectifs. Un tremblement incontrôlable lui secoua tout le corps. Il évoqua les chaudrons de l'enfer, les tortures affreuses et les condamnations éternelles. Il était tout rouge, il transpirait. Les veines de son cou étaient toutes gonflées.

Tête baissée, Ricard savait parfaitement que si l'on allait raconter cette histoire à la garde civile, il serait un homme mort. "Les hommes qui pèchent comme tu viens de le faire devraient mourir dans des douleurs effrayantes, tandis que les flammes de l'enfer leur carbonisent le sexe…"

La Vieille regardait d'un air curieux de quelle façon, à mesure que l'abbé déroulait sa phrase, Ricard relevait la tête pour la première fois et le fixait dans les yeux. Elle aurait juré que le contremaître provoquait le curé. La scène ne dura qu'un instant, car il baissa à nouveau les yeux, mais son regard avait dû faire son effet chez l'abbé, qui cessa brusquement de hurler pour adopter un silence seulement troublé par sa respiration bruyante.

Ah, enfin le silence : le vrai respect. C'était le moment de la sentence. C'était le tour de la Vieille.

Elle n'était pas pressée, la direction de la Principal lui avait concédé à plusieurs reprises le droit de disposer de l'existence de ses employés et cela réclamait une certaine retenue. Elle éleva la voix et, avec une prononciation impeccable, énonça son verdict sans le moindre préambule : "Fais ton baluchon. Tu emporteras seulement ce que tu pourras prendre dans tes deux mains." Elle fit une pause volontairement longue. "Tu quitteras la Principal ce soir même. Tu partiras du village pour rejoindre ton frère, en France." Une autre pause. "Et ne jamais plus revenir." Encore une. "Jamais plus signifie jamais plus. Car si l'on venait à me dire, et tu sais qu'on vient tout me dire dans cette maison, que tu as traversé la frontière pour retourner où que ce soit de ce côté des Pyrénées, je te dénoncerais moi-même à la garde civile, grâce au témoignage de ce pauvre gamin." Une autre pause. "Et c'en serait fini de ta vie." Elle dit cette dernière phrase extrêmement lentement. Puis elle laissa s'écouler quelques secondes avant d'ajouter : "Va-t'en."

Ensuite elle se tut.

Ricard murmura un "merci, Senyora", et se dirigea vers la porte. L'abbé le suivit d'un air si dépité qu'il en oublia de saluer la Vieille et de réaffirmer son rang, en lui donnant sa main à baiser. Il suivait le condamné d'un pas plutôt mal assuré.

Maria assista à tout cela, assise sur une chaise, juste à la droite de sa mère, un peu décalée en arrière. À la Principal, on devait apprendre à exercer le pouvoir le plus tôt possible.

Et à présent, voilà que l'autre garnement se trouvait dans la chapelle du Mas Gran, enrhumé, honteux. Caterineta avait donné un petit coup de coude à sa mère, car il y avait un bon moment que Neus n'arrêtait pas de dodeliner de la tête. Seul son frère pouvait éternuer en faisant un tel vacarme. Elles observèrent toutes deux Llorenç, qui regardait du coin de l'œil en direction de l'autel, pour rebaisser aussitôt la tête. Elles virent que la Senyora l'observait de façon très étrange. Froide? Angoissée? Méprisante? Non. Mélancolique, dirait-on! Oui, ses yeux avaient tout simplement l'air mélancoliques… En tout cas, Neus pensait que Llorenç avait des chances, s'il évitait de tout gâcher, de progresser socialement. Elle en était convaincue. La Senyora avait un petit faible pour lui et c'est sûr qu'elle lui donnerait une promotion. Bien qu'elle l'ait personnellement surpris dans cette… comment dire… position, alors qu'il était encore tout jeune, c'est tout de même lui qu'elle avait choisi pour conduire la Porteuse… et cela devait bien signifier quelque chose. Ne se serait-elle pas entichée de son gamin ? Si c'était le cas, Dieu veuille que le garçon soit généreux et la satisfasse par-devant et par-derrière, pour la combler tout à fait. Cela signifierait un grand changement pour elle et pour Caterineta. Oh, mon Dieu ! Neus ne pouvait s'empêcher de rêver en attendant que l'abbé eût enfin conclu la messe, pour lui permettre de se précipiter à la cuisine.

Avant de partir de la Principal, la Senyora lui avait dit qu'elle déjeunerait à treize heures pile, car elle avait convoqué Amadeu et les chefs d'équipe après le repos de la mi-journée. Cela avait attiré la curiosité de Neus. Ces trois hommes faisaient fonctionner la Principal et chacun savait exactement quel était son rôle. On ne les réunissait jamais si ce n'était pour une affaire extrêmement importante.

La Senyora pensait aussi à cela lorsqu'elle s'aperçut que l'abbé demandait aux fidèles de s'agenouiller pour recevoir le saint sacrement qui clôturait la cérémonie. Le curé commença par faire un violent signe de croix, comme s'il avait distribué des gifles. Après la communion, lorsque l'abbé s'était déjà retiré dans la petite sacristie pour se changer, personne n'avait osé bouger de son banc, attendant que la Senyora sortît la première. Les temps changeaient à toute vitesse, mais Dieu ou le diable se chargeaient de préserver encore quelques anciennes habitudes.

En sortant de la chapelle, elle descendit l'escalier qui menait à l'entrée et, de là, se dirigea vers le salon du Mas Gran. En entrant, elle remarqua que la pièce était propre et bien rangée. Les jours d'automne comme celui-ci, il y faisait un peu froid, mais c'était encore supportable. Cependant, elle ordonna qu'on fît du feu dans la cheminée de pierre, car elle devait passer l'après-midi dans cette salle et ne voulait pas attraper froid. Elle avait demandé à Neus de lui servir une cuisse de lapin, dans la petite salle à manger jouxtant la cuisine, parce que manger seule dans ce grand espace renforçait peut-être son sentiment de pouvoir, mais également celui d'une solitude non désirée.

En entrée, Neus lui avait préparé une pomme coupée en rondelles : une autre manie de la Senyora depuis qu'un médecin venu de France, ami de la famille, lui avait conseillé de ne pas manger de fruits à la fin du repas. À l'exception d'une pomme. Il faut voir les bêtises qu'on n'allait pas inventer ! La Senyora avait tellement pris au pied de la lettre les recommandations de ce médecin que désormais, chaque jour, elle mangeait la pomme de son dessert en entrée. Seulement une pomme et tout juste épluchée, car elle prétendait que, sinon, le fruit s'oxydait et provoquait de la constipation. Balivernes ! Ensuite Neus lui servirait le plat principal, pas trop copieux ni avec trop d'accompagnements. Elle ne mangeait de dessert que s'il y avait quelques petits gâteaux de Rius et elle n'acceptait que de loin en loin un morceau du délicieux biscuit aux noix que Neus préparait tous les dimanches.

La cuisinière ne s'étonnait plus de rien, elle était une des plus anciennes de la maison et devinait toujours ce qui allait se passer, ainsi que ce qui n'aurait pas lieu. Elle était entrée au service de la Principal du temps de la Vieille et lorsque l'ancienne maîtresse s'endormit du sommeil de la tombe, elle fit partie de l'héritage comme si elle avait été un meuble, sans qu'on lui demandât son avis. Mais elle ne s'en plaignait pas. Ce qui s'était passé avec son gamin et que la Senyora avait découvert l'avait attachée à la famille Roderich et elle resterait aussi long-temps que ses patrons garderaient le secret. Ils auraient pu laisser Llorenç marqué à vie. Mais ils eurent la bonté de ne rien dévoiler.

Elle méditait tout cela en écrasant au fond du mortier l'ail émincé et le pain sec qui lierait la sauce du lapin. La Senyora ne mangeait jamais de viande rouge, c'était une autre originalité chez elle. Pas de côtelettes d'agneau, ni de porc si ce n'est les joues et les pieds, le poulet sans peau, le bœuf très maigre... Des manies, quoi! Et de temps en temps, Neus se demandait si la silhouette presque d'adolescente qu'avait conservée la Senyora ne serait pas le fruit de ses bizarreries alimentaires.

Maria Magí mangea le lapin de bon appétit. Neus était un trésor de cuisinière et de fidélité à la maison. Elle voulait finir rapidement pour pouvoir se reposer un moment, avant l'arrivée d'Amadeu, de Josep et de Sergi. Elle avait décidé d'entreprendre des changements d'une ampleur jamais vue à la Principal, depuis l'hor-reur du phylloxéra. Elle avait réfléchi et étudié la ques-tion posément, pendant des mois, elle avait planifié des stratégies, calculé les coûts de chaque changement, les durées d'amortissement, les résultats escomptés… Tout cela donnait le vertige. Mais elle avait pris sa décision : cinquante ans après le phylloxéra, il fallait tout chambouler pour repartir d'un bon pied.

L'angoisse lui retournait le ventre qui grouillait également en chantant les louanges du succulent lapin que Neus lui avait cuisiné. La sieste pouvait attendre. Ses pensées vagabondèrent un moment, puis une idée s'imposa à son esprit. En réalité, elle n'était pas nouvelle. Chaque fois qu'elle se voyait dans l'impasse, celle-ci ressurgissait. Mais que faisait-elle donc à Pous ? Quel mauvais génie l'attachait à cette maison ? Qu'est-ce qui l'empêchait de la quitter et d'opter pour une vie différente en ville grâce à l'argent qu'elle possédait ?

Depuis qu'elle était toute petite, les servantes lui demandaient d'aller s'installer à la capitale, où une jeune femme de bonne famille vivrait plus confortablement. D'après elles – et sa nourrice Úrsula insistait beaucoup à ce propos –, dans cette région de l'Abadia, elle ne pouvait espérer que se marier avec un propriétaire fortuné, et "pourquoi la demoiselle aspirerait-elle à cela, alors qu'on ne lui trouverait jamais un jeune homme aussi riche qu'elle, parmi les héritiers de la commune ?" Oui, tout le monde avait fait le nécessaire pour qu'elle rêvât de Barcelone, des salons de thé de la capitale, des chocolateries, des bals réservés aux demoiselles de bonne famille, des apparitions en société, des concerts qui s'y donnaient, d'apprendre à cacher les bâillements que ceux-ci suscitaient… De tout ce à quoi aspire une jeune fille distinguée, répétait Úrsula.

Sa mère également avait prévu cela et elle lui parlait souvent des études qu'elle irait faire à Barcelone, de la façon dont elles aménageraient le bel appartement de la rue Enric Granados, des visites qu'elle pourrait aller faire chez une flopée d'amies qu'elle possédait encore, des robes qu'elles iraient essayer dans la boutique de confection Santa Clara… Mais avec le temps, la Vieille changea d'avis et ne tint finalement pas sa promesse envers sa fille. Peut-être parce que Barcelone lui semblait être une ville trop dangereuse dans les années 1920, ou parce qu'elle avait déjà pris l'habitude de commander les gens de façon, il est vrai, très peu féminine et que les salons pour dames distinguées et leurs conversations frivoles lui semblaient désormais ennuyeux.

Cependant la Vieille ne sous-estima jamais l'éducation de sa fille et s'arrangea pour recruter un réseau d'institutrices et de maîtres d'école – tous d'excellente réputation – dans la région, que Raül se chargeait d'aller chercher et de ramener à Rius et à Felius, tous les jours de la semaine, à l'heure dite et quel qu'en fût le coût. On peut donc dire que Maria Magí reçut une éducation d'aussi bonne qualité, ou même plus, que dans les écoles de la capitale. Elle la reçut cependant de façon mélancolique et résignée, car les fêtes, les chocolateries et les bals pour jeunes filles de la capitale étaient finalement tombés à l'eau.

Aux matières habituelles pour l'éducation d'une jeune fille bien, comme le piano, la religion, la politesse, la couture et le français, vinrent s'ajouter d'autres disciplines que les mœurs de l'époque estimaient inutiles pour une héritière comme elle : les mathématiques, la physique, la chimie, la comptabilité et même la biologie, toutes superflues sinon blâmables d'après les gens de Pous.

Parmi le groupe d'enseignants qui fréquentaient la Principal, M. Martí occupa une place privilégiée dans l'esprit de la gamine. Professeur de piano à l'école du Grand Théâtre de Rius, il s'habillait comme un artiste, ou plutôt, artistiquement, chose qui, si cela suscitait déjà des commentaires parmi les cercles de Rius, en provoquait bien davantage dans les montagnes escarpées de Pous, où même les chardonnerets se mettaient à chanter en voyant abasourdis la coupe française de ses gilets à carreaux jaunes, de ses vestes bigarrées ou sa chaîne en plaqué or accrochée à une montre à gousset qui brillait comme un soleil. M. Martí était chaussé de souliers vernis qui étincelaient à tel point qu'on avait l'impression qu'il lévitait littéralement. On ne peut pas dire que c'était un excellent pianiste. En revanche, c'était un bon professeur et, avec ses livres de photos des grands compositeurs, ses petites études de piano et ses discours exaltés, il parvint à inculquer à Maria un goût pour la musique qui ne la lâcha jamais. C'est ainsi que les notes du piano à queue de son père réveillèrent et inondèrent à nouveau tout l'espace de la maison avec un somptueux son, net dans les aigus et exceptionnellement profond dans les graves, même si ce n'était que pour jouer de simples ritournelles de débutant qui ravivaient la nostalgie de la Vieille et lui tiraient les larmes.

Vu de l'extérieur, on avait l'impression que les deux Maria étaient des femmes solitaires, repliées sur elles-mêmes, fermées et qu'elles s'ennuyaient dans cette immense bâtisse, mais en réalité ce n'était pas le cas. Pendant toute la semaine, le grouillement de gens allant et venant était incessant, qui avec des châssis à broder, qui des partitions de musique, des textes en français, un animal disséqué, un atlas, un tableau de conversions de mesures… Parmi tous les professeurs, le seul qui se présentait sans matériel pédagogique était le professeur de français, M. Hermini. Émerveillé par les surprises qu'il découvrait sur les rayonnages de la bibliothèque du pauvre M. Narcís, il prétendait qu'il trouvait tout sur place.

Elle se souvenait encore de cela, lorsque Neus vint lui annoncer :

— Madame, Amadeu est arrivé avec Josep et un autre homme plus jeune que je ne me souviens pas d'avoir vu…

— C'est Sergi, Neus, j'ai demandé à Sergi de venir également. Conduis-les dans le salon et fais-les patienter quelques minutes.

En réalité, elle aurait tout à fait pu tenir la réunion là où elle se trouvait, comme elle l'avait souvent fait, mais aujourd'hui c'était différent. Elle voulait les recevoir dans le grand salon pour bien montrer qu'il s'agissait de quelque chose d'exceptionnel. À tel point qu'elle avait étudié tous les détails de cet entretien. Elle s'assiérait de dos au grand balcon orienté au sud par où rentraient les rayons du soleil de novembre. Ainsi, elle serait presque à contre-jour, et cela ferait bien ressortir son profil sans toutefois trop révéler les mimiques de son visage. Elle voulait éviter que ces hommes puissent déceler la moindre hésitation dans les rides de son front, ni l'ombre d'un doute dans son regard. Elle prendrait place dans le grand fauteuil en bois sculpté, une pièce unique, où seulement la personne qui commandait la Principal pouvait s'asseoir.

Elle lissa sa robe beige, longue comme on les portait à Barcelone et les regarda entrer dans l'ordre hiérarchique. D'abord Amadeu, tout ridé comme les paysans qui ont travaillé toute leur vie au soleil, ensuite Josep suivi de Sergi. Elle les regarda s'approcher en silence et Amadeu s'arrêta à deux mètres et demi d'elle, les deux autres se plaçant de chaque côté de lui, décalés de trois empans en arrière.

— Senyora… Vous nous avez demandé de venir.

— Exact, Amadeu, tu es le contremaître en chef de toutes les propriétés et je voudrais te donner plusieurs missions précises. Je vous ai fait venir, vous aussi, Josep et Sergi, pour que vous soyez témoins de cette séance et que vous n'ayez plus le moindre doute sur ce que j'ai décidé.

Soudain, Maria Magí hésita : elle ne savait plus si elle devait s'asseoir ou pas. Elle se dit que si elle restait debout, ils risquaient de penser qu'elle voulait se mettre à leur hauteur pour réaffirmer son autorité. Mais si elle s'asseyait, cela pouvait ôter de l'importance à ce qu'elle avait à leur dire. Ils pourraient prendre cela pour un ordre habituel, car elle les recevait toujours de cette façon…

— À partir de lundi prochain, le 11 novembre, vous aurez une semaine pour vous organiser et acheter les outils et tout ce dont vous aurez besoin pour effectuer le travail que je vais vous demander. Pas un jour de plus.

Les trois hommes l'écoutaient en la regardant d'un air grave. L'affaire devait être importante car sinon la Senyora ne leur aurait jamais donné sept jours pour planifier quoi que ce fût. Aucun d'eux ne bougea, sauf Amadeu qui avait la cornée irritée et n'arrêtait pas de battre des paupières.

— Très bien. Voici ce que j'ai à vous dire.

À présent, oui, elle allait s'asseoir.

— Lundi en huit, autrement dit le 18 novembre, dès le lever du soleil, vous commencerez à arracher tous les ceps de toutes les vignes de toutes les propriétés de la Principal. Compris ?

Elle les regarda l'un après l'autre, au-delà du fond de leurs yeux, là où se forme la compréhension des hommes.

— Vous commencerez par la plaine, par les vignes qui se trouvent au soleil, puis vous continuerez en arrachant celles des coteaux, en pente douce et les autres situées à l'ombre. Vous ne laisserez des ceps que sur les versants les plus escarpés et avec une couche de terre moins épaisse qui, si je ne me trompe, sont presque tous du carignan. Une fois les pieds arrachés, vous labourerez la terre avec de longues charrues pour arracher les racines les plus profondes, restées sous la terre. Loin des bois, vous ferez un grand tas de ceps, de racines et de sarments et vous y mettrez le feu pour réduire en cendres ces maudites maladies du bois et les malheurs qui menacent cette maison. Ces sept jours de préparation devront être menés dans le secret le plus absolu. Il n'y a que vous trois qui le sachiez et si quelqu'un devait vendre la mèche, je saurais qui je dois punir. Il n'est pas nécessaire que je vous dise que je ne plaisante pas avec ce genre de choses. Vous avez bien compris, n'est-ce pas ?

Elle compta calmement jusqu'à trois. Tout le monde retenait sa respiration.

— À présent, vous pouvez vous retirer.

Elle avait dû bien s'y prendre, car tous les trois étaient extrêmement impressionnés et même Amadeu avait cessé de battre des paupières. Sergi fut le premier à se retourner. Puis ce fut Josep. Comme subjugué, le contremaître était resté planté. Il n'aurait jamais pu imaginer que le patron de la Principal lui demanderait un jour d'arracher les milliers et les milliers de ceps qui avaient fait la richesse de la maison. Et voilà qu'à présent cette femme prétendait qu'il fallait "réduire en cendres ces maudites maladies du bois"! Comme pour lui signifier qu'elle comprenait son étonnement, la Senyora lui dit :

— Amadeu, ce soir, lorsque tu retourneras au village, passe me voir et je te donnerai d'autres instructions et les moyens de les suivre.

Le contremaître n'avait même pas le courage de prendre congé et il s'en alla en titubant. Vraiment, il vieillissait mal.

La réunion n'avait pas duré longtemps, mais chaque mot prononcé lui avait arraché le cœur. Tout ce qu'elle était en train de décider était aventureux, elle n'avait en réalité aucune certitude. Elle savait que ce qu'elle avait projeté allait dépendre de circonstances qu'elle ne maîtrisait pas, hasardeuses, et si face aux autres elle ne voulait pas semer des doutes sur sa détermination, au fond d'elle, elle savait que rien n'était joué. La peur de l'échec la rendait absolument malade.

Un désir de lumière la poussa à s'approcher du balcon de style gothique. Gravée dans la pierre du frontispice, on pouvait voir la devise de la famille : *A LABIIS INIQUIS ET LINGUA DOLOSA SERVA ME, DOMINE*. Foutaises. Depuis cette vaste fenêtre, rien n'était plus important que les ocres jaunes des peupliers éparpillés dans un magnifique et fragile équilibre sur la plaine du mas. Au-delà des vitres, la lumière d'un soleil déjà couchant peignait des sortilèges avec l'éventail des couleurs et les subtilités grises des ombres. Plus loin, les jaunes rouille et rouge des feuilles de vigne attristaient ses yeux. On ne pouvait jouir de la finesse chromatique de cette scène qu'avec la lumière de la mi-novembre… de cet ultime mois de novembre. Une lumière qui avait à présent durci les formes, cependant que Maria Magí reconnaissait encore leur beauté, alors qu'on était sur le point d'éventrer la terre.

# 4

## UN BANC DE PIERRE, UN CORPS

*Jeudi 7 novembre 1940*

Le maire le reçut de façon très cérémonieuse. Il n'était pas fréquent qu'un inspecteur vînt exprès à Pous et, qui plus est, avec la voiture de fonction du commissariat central de Rius. On l'avait prévenu la veille qu'un enquêteur allait passer quelques heures au village. La mairie devait prévoir un déjeuner et lui apporter l'aide dont il aurait besoin. Le maire lui présenta son épouse qui, intimidée, se contenta de le saluer rapidement pour retourner à la cuisine. Après les formalités d'usage, ils prirent place, l'un en face de l'autre, à la table, préparée seulement pour eux deux, d'une modeste salle à manger. L'inspecteur observait la maison et pensait que cet homme ne faisait pas du tout partie des gens les plus riches du village. Il trouva cela étrange, car le nouveau régime s'arrangeait pour imposer des maires qui, en plus d'être de leur côté, possédaient un statut important dans la société. Celui-ci ne répondait manifestement pas à ces critères. Cela signifiait qu'on le jugeait particulièrement en accord avec le régime et apte à lui obéir aveuglément. Il s'aperçut que dans un cadre posé sur une austère commode et contenant une version dorée des symboles de la phalange, on pouvait aussi voir un groupe de photos dont il ne distinguait pas bien les détails, mais qui entouraient une décoration. L'inspecteur se dit que ces gens de la phalange étaient les pires. Il faut dire que lui avait combattu avec les requetés*.

— Si je peux vous aider en quoi que ce soit, je suis à votre entière disposition.

— Je pense que ce ne sera pas nécessaire. Ne vous inquiétez pas, lui répondit l'inspecteur.

Mais le maire avait l'air très pressé de savoir de quoi il retournait exactement.

— Je suis à votre service, et… répliqua-t-il en se demandant ce qu'était venu faire un policier important dans le village et pourquoi ce n'était pas la garde civile qui était venue cette fois.

— Oui, oui, bien entendu. Vous avez une grande maison, qui plus est, avec l'électricité.

La maîtresse de maison entra dans la pièce avec deux assiettes de lentilles cuisinées avec de l'oignon et une tête d'ail. Le maire attendit que sa femme serve et sorte de la pièce avant de répondre.

— Merci, je ne peux pas me plaindre, quoique à partir du mois de novembre il y fait plutôt froid. Mais dites-moi, en quoi puis-je vous être utile ? Je collaborerai au mieux.

* Miliciens carlistes espagnols qui combattirent aux côtés de Franco pendant la guerre civile qui suivit le coup d'État de juillet 1936 contre la Deuxième République espagnole.

L'inspecteur lui demanda combien d'étages avait la maison, et il s'aperçut qu'il devenait encore plus nerveux en répondant "deux étages et le rez-de-chaussée". Il s'amusait à jouer au chat et à la souris avec cet homme, et esquiver son esprit cancanier l'occupa pendant tout le déjeuner. Après que la femme du maire eut apporté deux pommes pour le dessert, l'inspecteur demanda à brûle-pourpoint :

— Que savez-vous au sujet de la Principal ?

— De la Principal ? Vous êtes là pour la Principal ?

L'inspecteur ne répondit pas, il se contenta de le regarder fixement.

— Eh bien, la Principal est la propriété la plus puissante de Pous. Largement la plus riche. Il me semble que la Principal doit employer à elle seule plus de travailleurs que toutes les autres propriétés de la région réunies.

L'inspecteur tira le carnet noir de sa poche et affûta son crayon à papier.

— Ça, je le sais déjà. Vous pouvez me dire qui vit en ce moment dans cette maison ?

— À part la maîtresse, Maria Magí, il y a Úrsula, qui est très vieille, mais de toute confiance. Et une famille qui n'est pas d'ici, mais qui habite là depuis de nombreuses années : la cuisinière, une femme toute simple avec un caractère très aimable, et ses deux enfants, l'aîné, qui s'appelle Llorenç, et Caterina, un peu plus jeune et très mignonne, je vous l'assure. Auparavant, il y avait également quelques travailleurs, qui vivaient dans plusieurs dépendances près des écuries, mais lorsque la Senyora a hérité de l'endroit, elle a chassé tout le monde.

— Le Llorenç dont vous m'avez parlé est celui qui s'occupe de veiller sur le domaine ?

— Oui, c'est un garçon costaud, un brave gars. Étrange parfois… mais fort et digne de confiance.

— Madame… s'interrompit-il pour examiner ses notes. Neus et ses enfants étaient déjà là en 1936 ?

— Bien avant, même. Ils sont arrivés alors que la vieille senyora était encore vivante, on l'appelait la Vieille, bien avant qu'elle ne meure. Mais, dites-moi, 1936, vous n'allez pas me dire que vous êtes venu pour ?…

L'inspecteur le coupa sèchement.

— Je suis venu pour que vous m'aidiez, pas pour satisfaire votre curiosité.

Le maire arrêta de mastiquer sa pomme, il baissa la tête et murmura un "pardon". L'inspecteur attendit quelques secondes avant de reprendre.

— Quel comportement ont-ils eu pendant la guerre ?

— Ils sont tranquillement restés chez eux. Llorenç avait tendance à se laisser influencer, mais rien de grave. C'était Neus qui commandait. Elle n'a pu faire autrement que de laisser les *rouges* du village voler les meubles et des objets de valeur pour les emporter chez eux. Et c'est sans doute pour cette raison que la Principal est restée debout. Autrement, je suis sûr qu'ils l'auraient brûlée.

L'inspecteur prit quelques notes, lentement, comme s'il se donnait le temps de poser sa prochaine question.

— J'ai entendu dire que la Senyora s'était exilée pour fuir les *rouges*.

— Bon, en réalité depuis plusieurs années, elle avait l'habitude d'aller passer l'été dans une station balnéaire, près de Capdemon. Cela avait commencé lorsque sa mère était devenue un peu fragile. On lui avait conseillé d'aller passer la période de forte chaleur plus au nord, où il fait plus frais. Si je me souviens bien, elle y passait tout le mois de juillet et la première semaine d'août. Elle se faisait accompagner par Úrsula et elle était là-bas lorsque le Soulèvement a eu lieu. Elle est restée sur place un moment puis, voyant que les *rouges* avaient gagné ici, et qu'ils tuaient les braves gens de droite, elle a passé la frontière pour s'installer dans une petite pension tout près de Prades de Conflent. Mais je raconte tout ça sans en être vraiment sûr, c'est ce qu'on dit au village.

— Et elle est revenue en 1939 ?

— Oui, juste à la fin de la guerre et bien déterminée à ne pas se laisser faire. Moi, j'étais déjà maire. Un jour, elle m'a fait venir chez elle pour me demander de l'accompagner avec le garde champêtre, de maison en maison, afin de récupérer ce qui lui appartenait. On lui avait tout volé, sauf le piano, parce qu'il était trop lourd. Et vous auriez dû la voir, frappant à toutes les portes, pénétrant dans les maisons avec une liste indiquant ici une chaise, là un chandelier, des céramiques, des commodes, des fauteuils et des canapés, des lampes… De tout. Vous n'en croiriez pas vos yeux. Nous avons passé trois jours entiers, vous entendez, entiers, à récupérer tout ce que vous pouvez imaginer et plus encore. Les gens étaient terrorisés, mais elle n'a dénoncé personne. Ça m'a toujours étonné. Certains auraient mérité d'être pendus par nos soins, mais elle a beaucoup insisté pour qu'il n'y ait pas de représailles. Bref, vous savez bien comment sont ces richards ! Lorsqu'ils commandent, il vaut mieux ne pas les contredire.

— À part ça que dit-on à son sujet ?

— Elle vit seule, on ne lui connaît pas de vices. Elle est croyante, elle fait dire la messe dans son mas, et oblige les journaliers à y assister… On ne peut pas dire de mal d'elle, mais… Au village personne ne l'aime. Ils ne l'appellent pas senyora Maria, mais Senyora tout court, avec un peu de mépris, parce qu'ils la trouvent trop distante et colérique et que, lorsqu'elle doit renvoyer un travailleur, elle ne prend pas de gants pour le faire.

Le maire arrêta ses considérations, prit un air distant et devint soudain songeur, ne sachant pas s'il devait continuer à dire ce qu'il pensait vraiment.

— Mais je voudrais aussi vous signaler autre chose… Je ne sais pas si c'est vraiment important, et vous allez peut-être trouver cela pas très sérieux… Le jour des obsèques de sa mère, il s'est passé une chose très étrange à l'église. Les habitants de Pous qui y ont assisté s'en souviennent et considèrent qu'il s'est agi d'un phénomène mi-religieux et mi-démoniaque. En tout cas, sept ans plus tard, tout le monde parle encore du "mystère de la chose". Et si quelqu'un demande aux gens d'ici d'expliquer ce qu'est exactement le "mystère de la chose", tout le monde sait parfaitement de quoi il retourne. Depuis, tout le monde lui obéit parce que c'est la maîtresse la plus riche et… la plus sorcière.

L'inspecteur sourit. Il connaissait déjà cette histoire. Ah, c'est toujours fascinant quand un peu d'ésotérisme se mêle à un assassinat, l'enquête prend alors une tout autre dimension. Elle devient plus romancée. Et cela n'était pas pour lui déplaire.

Ils avaient mangé leur pomme depuis longtemps et le café plein de marc était imbuvable. L'inspecteur se dit qu'il était temps de partir. Il décida de se diriger lentement vers sa voiture, puis il ferait un petit somme avant de se remettre au travail. Il lui posa une dernière question.

— Ah, oui, il vous reste quelque chose sur l'année 1936, aux archives de la mairie?

Fin limier, le maire le regarda avec un petit air de complicité. Il commençait à comprendre ce que ce policier était venu faire au village. Il se contenta de répondre :

— Je suis désolé, monsieur l'inspecteur, les *rouges* ont tout brûlé avant de s'enfuir.

— Y compris les documents des derniers jours avant le Soulèvement national?

— Ils n'ont absolument rien laissé. Tout a été brûlé jusqu'à l'année 1938.

— Bien, ce n'est pas grave. C'était juste par curiosité. Au revoir et vive Franco!

— *Arriba Espanya*, répondit le maire un peu à contre-pied.

L'inspecteur tourna les talons, contrarié et déçu. Il avait espéré qu'il soit par miracle resté quelques documents sur le cas qui l'occupait. Ils auraient ainsi pu lui fournir quelque clé ou une piste, pour faciliter son enquête. Mais, comme presque à chaque fois, tout avait été brûlé, ou alors les dossiers devaient être bien cachés quelque part, dans la maison d'un des républicains du village, dont il savait qu'ils étaient nombreux.

À cette heure-là, il ne croisa personne et il se perdit dans les rues, cherchant celles qui descendaient. La place se trouvait près de la rivière et les pentes descendantes devaient y mener. Il s'en souvenait parfaitement depuis la dernière fois qu'il les avait parcourues.

Ce fut le 18 juillet 1936, une date qu'on ne peut oublier. Il était jeune, fils d'une famille modeste venant de Caps, qui s'était installée à Rius. Pendant la République, il avait eu l'idée d'entrer à l'école de la police, grâce à une bourse de la mairie. Et sa lubie était bien tombée, pas seulement parce qu'il aimait l'ordre, mais aussi parce qu'il avait toujours rêvé de devenir un de ces détectives qu'on trouvait dans les romans policiers anglais que lisait sa mère et qu'il avait commencé à dévorer à l'âge de onze ans. Le goût d'Hermínia pour les livres de gendarmes et de voleurs était une étrangeté dont les gens faisaient des gorges chaudes à Caps. Pour être tranquille à la maison et que leur couple n'en pâtit pas, son mari, Benet, devait se rendre tous les trois mois à vélo à Rius pour lui acheter des romans à suspense. Un jour Hermínia tomba par hasard sur un livre d'Agatha Christie et elle fut émerveillée. À part le sang, les passions et les émotions souterraines, toujours si finement décrites, elle sentait que cette lecture lui donnait un certain lustre intellectuel, car le détective qui résolvait le cas était belge et disait des phrases en français. Elle était tombée à tel point en admiration devant Agatha Christie, qu'elle s'arrangea pour que Benet aille lui acheter un nouveau livre à peine le précédent fini. Heureusement que la Christine, comme elle l'appelait, était un auteur prolifique. Cela lui permit de continuer à la lire pendant plusieurs années, jusqu'à son dernier soupir – survenu de mort naturelle. Rien d'étonnant donc que, lorsque Lluís eut onze ans, Hermínia le laissât lire les livres de son écrivaine préférée, car elle avait senti qu'il avait certaines prédispositions. Et Benet, bien que furieux, dut s'y résigner.

Ces policiers passaient du bon temps à spéculer, à déduire et à découvrir comment et pourquoi un être humain devient un jour un assassin. À deviner le mobile lorsqu'il semble ne pas y en avoir, à chercher une logique dans les comportements, parmi le chaos des sentiments et de la raison, puis à imaginer en fonction de tout cela une partie d'échecs où l'enquêteur ne soutient aucun des deux camps, mais garde plutôt une vision verticale de l'échiquier. Le plaisir de ces policiers ne consiste pas à prendre l'initiative mais, en partant de la façon dont sont placées les pièces après l'échec et mat, à flairer, à rechercher, à déduire et à analyser les déplacements réalisés par les concurrents pour arriver au mouvement final, la mort. Parfois, on pourrait croire qu'un des belligérants, la victime, est resté passif, mais rien dans les traces de son jeu ne peut alors laisser supposer qu'elle ait eu conscience de la faux qui la poursuivait. Souvent la victime est également un des acteurs principaux de la partie, sachant parfaitement qu'elle risque sa peau. C'est cette lutte, au-delà de ses sanglantes conséquences, qui le passionnait.

Il arriva sur la place où il avait garé sa voiture, une de ces Opel décapotables que les Allemands avaient envoyées au régime. Il ouvrit calmement la portière et s'assit sur le siège. Il saisit son carnet, un de ses carnets noirs qui lui valaient les moqueries de ses collègues inspecteurs. Il n'en avait que faire. Il avait la vocation, lui. Il n'était pas comme d'autres qui faisaient ce métier pour ne pas mourir de faim ou pour jouir des avantages du nouveau régime. En plus des remarquables méthodes qu'il avait découvertes dans les romans policiers, il suivait à la lettre celles qu'il avait apprises à l'école de la police républicaine. Ainsi, le jour même où il avait commencé à travailler au commissariat de Rius, il s'était rendu à la papeterie l'Empremta, aujourd'hui Victòria, pour y acheter trois carnets. Il les choisit à couverture noire. Puis il colla une étiquette sur chacun d'eux pour y noter le nom des cas à venir. Un carnet pour chaque cas, qu'il soit facile ou difficile, long ou court, résolu ou pas. Cela n'avait pas d'importance, l'important était la méthode. Il y noterait tout ce qu'il découvrirait en enquêtant et aussi en réfléchissant sur l'affaire : des théories, des possibilités et des pistes.

Il perdit un an à effectuer un travail de bureau à la direction de la province avant de parvenir à se faire nommer dans le corps d'investigation et de surveillance. Ce 18 juillet, cela faisait juste trois semaines qu'on l'avait nommé au commissariat de Rius. Il était policier adjoint, mais il pourrait enfin faire le genre de travail qu'il avait toujours espéré réaliser. Le matin, à peine entré, l'ancien commissaire Marcel les avait convoqués, lui et l'inspecteur Velarde pour qu'ils se rendent à Pous, un village enclavé dans les montagnes. Le maire avait téléphoné à six heures du matin en disant qu'il avait trouvé un sac ensanglanté qui semblait contenir un corps, et ils lui demandèrent de ne toucher à rien avant l'arrivée des autorités compétentes.

La première chose que fit l'adjoint Recader fut d'ouvrir le tiroir du bureau qu'on lui avait assigné et de récupérer le premier carnet de toute sa carrière. Lorsqu'un peu plus tard, il arriva à Pous avec son collègue, et qu'il observa le sac, il comprit que ce serait son premier cas d'assassinat et sut comment il allait l'intituler : "Le crime de la Principal". Mais lorsqu'après avoir enquêté et avoir procédé à de nombreux interrogatoires, ils retournèrent à Rius, la nouvelle du soulèvement militaire était déjà tombée, l'armée espagnole au Maroc et aux îles Canaries s'était rebellée contre la République. Le sang du policier adjoint Recader ne fit qu'un tour : enfin un groupe de patriotes allaient mettre fin à la confusion de cette Espagne anarchiste et renégate. En réalité, il attendait cela depuis cinq mois. Le lendemain, les garnisons de Barcelone se soulevèrent, mais malheureusement elles furent vaincues et leurs chefs exécutés. Quelques jours plus tard, sans prévenir ses parents afin de ne pas les compromettre et profitant de son statut de policier de la République, avec tous les documents qui le prouvaient, il se rendit à Figueres et, moins de deux semaines plus tard, passait du côté des rebelles en Navarre. Au bout d'à peine quelques mois, il fut un des premiers à s'enrôler dans le régiment de requetés catalans de Nuestra Señora de Montserrat qui s'était constitué à Pampelune. Sous le drapeau de ce régiment, il avait l'impression que ses penchants pour la tradition, la religion et la terre, seraient à l'abri. C'est ainsi qu'après deux ans et quelque, Lluís Recader entrait à Rius avec une réputation de héros et, encore plus important, le titre de vainqueur. Il retourna à l'ancien commissariat, devenu commissariat central de la police nationale, en tant que jeune inspecteur promis à une rapide progression.

Il y avait trois inspecteurs au commissariat central de Rius et, sur l'organigramme, le seul qui avait un grade supérieur au sien était le commissaire et colonel Fresnos. Il passa les premiers mois à assumer la routine liée à son poste et à faire l'indispensable sale besogne qui suit toute guerre. Il avait compris que son tout premier rôle était de bien étayer le nouveau régime et il participa activement à la délicate et fébrile tâche de prêter une oreille attentive aux délateurs, de suivre les traces des responsables syndicaux, des leaders politiques *rouges*, anarchistes ou séparatistes, si modestes fussent-ils, et de n'importe quel républicain trop zélé. Il contribua à les arrêter et à les torturer, et aussi à les exécuter si c'était nécessaire, pour reprendre de nouvelles investigations grâce aux confessions obtenues et continuer ainsi une chaîne infinie. Faire correctement le ménage ne se ferait certainement pas en deux jours.

Cependant, malgré cette agitation, son obsession envers l'ancien crime de la Principal ne le quittait pas, ni sa vocation de devenir inspecteur de police pour enquêter. Cela ne signifiait pas que poursuivre des traîtres au régime ne lui permettait pas d'exercer le talent d'enquêteur qu'il était persuadé de posséder, mais ce n'était pas la même chose. Ce n'était pas une partie d'échecs. C'était bien plus primaire, moins sophistiqué : une simple chasse aux rats. Et après les horreurs de la guerre, les premières investigations au village de Pous étaient restées lettre morte, mais jamais tout à fait oubliées. Ç'avait été son premier cas et le souvenir avait survécu de tranchée en tranchée. Ç'allait enfin être le moment de savoir ce qui s'était passé, comment avait eu lieu ce crime. Il avait cherché s'il restait quelque trace de l'événement au commissariat, mais il n'en avait pas trouvé une seule. Pas une référence ni le moindre rapport ni une vague note de l'ancien inspecteur Velarde ni même trace du mort. Il imagina que les policiers fidèles à la République devaient être trop occupés après le soulèvement militaire et avaient laissé tomber l'enquête. Ou peut-être avaient-ils attribué cette mort aux exactions et aux vengeances qui pullulaient dans le pays. Ou probablement qu'après la bataille de l'Èbre et avant la débâcle, les responsables du commissariat avaient brûlé tous les dossiers qui s'y trouvaient. Quoi qu'il en fût, il n'y avait plus trace de l'affaire. Le passé était mort et l'assassinat de cet homme, dont on avait placé le corps ensanglanté dans un sac, avait été comptabilisé parmi les pertes de la guerre.

Lorsqu'il pensa qu'il avait engrangé suffisamment de mérites, l'inspecteur Recader n'hésita plus à solliciter un rendez-vous afin de demander au commissaire en chef l'autorisation de rouvrir l'enquête, qu'il mènerait pendant son temps personnel s'il le fallait, ne serait-ce que pour découvrir ce qui s'était passé et si la justice avait fait son travail.

Le commissaire l'écouta avec bienveillance. Ce jeune homme promettait, il lui plaisait vraiment. Il arrivait avec l'aval d'un patriotisme exemplaire pendant la guerre et en plus il n'avait pas choisi d'être policier pour nourrir sa famille. Il n'y en avait pas beaucoup comme lui au commissariat ; il serait plus juste de dire qu'il n'y en avait pas un. Pour l'inspecteur Recader, c'était une vraie vocation. Il lui donna l'autorisation qu'il lui demandait. Rouvrir un dossier datant d'avant la guerre était une stupidité, mais il se dit que si ce jeune homme le résolvait, il pourrait discréditer le chaos républicain par rapport à l'efficacité policière du nouveau régime. Il lui donna l'autorisation, oui, mais en étant bien entendu que si la

Principal était une maison aussi puissante qu'il le prétendait, il devait être prudent et discret avec les propriétaires. Il ne faudrait pas qu'ils se fâchent et qu'ils aient des relations en haut lieu qui puissent ensuite les baiser. C'est l'expression qu'il utilisa.

Lorsque, exultant secrètement, le jeune inspecteur retourna à son bureau, il prit son ancien carnet noir, relut les notes qu'il avait écrites trois ans auparavant en catalan, réfléchit un moment en voyant la couverture et son titre, décida de s'asseoir pour prendre un stylo à plume et, avec son encre un peu plus bleue que l'ancienne, corriger le titre et le noter en espagnol.

Les notes indiquaient que "le sac a été retrouvé par un certain Amadeu Parcerissa, juste après le lever du jour". D'après ses déclarations, il était le contremaître de la Principal et le premier arrivé tous les matins pour préparer le travail et les animaux. "En se présentant à la propriété, je fus étonné de remarquer un sac abandonné sur un des deux bancs de pierre, le gauche, qui encadrent l'entrée." Le contremaître précisait qu'il était très volumineux. Il avait d'abord pensé que l'homme qui devait le livrer l'après-midi de la veille avait été retardé, était arrivé alors que la maison était déjà fermée et l'avait laissé là pour qu'on le trouve le lendemain. Mais tandis qu'il ouvrait la porte, à la lumière ténue de l'aube, il s'aperçut que la partie inférieure du sac avait des taches sombres, marron et rouges. Il comprit que c'était du sang. "J'ai ouvert la porte pour appeler Llorenç, qui était déjà debout, puis nous nous sommes approchés du sac sans oser le toucher parce qu'on voyait bien à présent que le sang traversait la toile et rougissait la pierre."

Ils décidèrent de prévenir le maire du village. Celui-ci palpa la surface du sac et en suivit délicatement les formes. Les traits de son visage changeaient chaque fois qu'il identifiait un élément : la tête qui semblait avoir des cheveux, le cou robuste, les épaules larges, les bras musclés, la poitrine… Lorsqu'il atteignit ce qu'il crut être le ventre, le sang n'était pas encore tout à fait coagulé et il eut un mouvement de répulsion. Il défendit qu'on touche à quoi que ce fût ; il se chargerait lui-même de prévenir la police de Rius, car cela semblait très grave ; le sac contenait un cadavre.

Lorsque l'inspecteur Velarde et le policier adjoint Recader arrivèrent quelques heures plus tard, il y avait déjà un grand nombre de curieux autour du sac qui contenait le corps. Après que les deux policiers se furent présentés au maire qui présidait le groupe, ils demandèrent aux badauds de s'éloigner de l'entrée et de la rue elle-même, car ils étaient certainement en train de détruire des indices. Lorsque, malgré les murmures de protestation, les pavés restèrent déserts, ils commencèrent à inspecter les lieux. Pendant que le maire leur expliquait qu'il avait palpé le contenu du sac et que, d'après lui, il y avait un homme extrêmement costaud à l'intérieur, ils s'en approchèrent. Puis ils inspectèrent la rue, pour voir s'il n'y avait pas quelques traces. Il semblait que oui, des croûtes de sang oxydé signalaient que le corps avait été traîné sur deux mètres, mais seulement les deux derniers, le reste des pavés était propre. Dans l'attente de l'arrivée du juge de Felius, ils commencèrent à interroger les gens de la Principal. Sur son carnet, l'ancien policier adjoint avait noté : "Il est possible que quelqu'un ait déposé le cadavre à cet endroit de façon tout à fait arbitraire, mais il faut également considérer l'éventualité manifeste que le corps ait été abandonné ici, sur un des bancs de pierre de la maison, comme un signe, pour dire quelque chose." En relisant cette phrase, il eut l'impression d'avoir noté cela de façon perspicace.

"Le propriétaire de la Principal, une bâtisse imposante, est une femme : Maria Magí Roderich. Elle est absente car, d'après le témoignage d'une certaine Neus Costa, employée de la maison, elle passe tous les ans le mois de juillet et une partie du mois d'août dans une station balnéaire proche des Pyrénées. Les quelques domestiques, deux femmes et un certain Llorenç, ont déclaré sincèrement effrayés que, la Senyora étant partie, ils avaient fermé les portes de la Principal un peu après le coucher du soleil et n'avaient rien vu ni entendu ensuite, pendant la nuit."

Lorsque le juge de Felius arriva finalement pour procéder à la levée du corps, on ouvrit le sac et c'est alors qu'on découvrit qu'il y en avait un autre à l'intérieur. Et lorsqu'on ouvrit le deuxième sac, on s'aperçut qu'il y en avait encore un troisième. À mesure qu'ils les ouvraient, ils les empilaient dans l'ordre, très précautionneusement, pour ne pas détruire d'éventuelles preuves. Tout d'un coup, on vit apparaître une tête. Propre, sans la moindre marque de violence.

— C'est Ricard, dit Amadeu.

— Tu es sûr ? demanda le maire.

— Absolument. C'est Ricard Nebot.

Le juge de Felius décida de soulever le cadavre à bout de bras pour le libérer totalement des sacs. Les deux fonctionnaires le maintinrent en l'air et l'inspecteur Velarde par-dessous, et lui-même par-dessus, commencèrent à descendre peu à peu le sac. Au début, ce fut facile. Les épaules et le torse dudit Ricard apparurent, vêtus d'une chemise à larges rayures, toute simple et parfaitement propre. À mesure qu'ils libéraient le corps de ses sacs, ceux-ci semblaient adhérer de plus en plus au ventre de la victime, comme si le sang avait collé la toile à la peau. L'inspecteur Velarde dit alors :

— Recader, lorsque je dirai "c'est bon" on tirera tous les deux en même temps vers le bas. Voyons, si on va y arriver une bonne fois, merde ! Prêt ?… C'est bon !

Le policier adjoint Recader s'était presque agenouillé pour pouvoir forcer et baissa les trois sacs d'un seul coup. Ah, il aurait mieux valu ne pas le faire ! Ses yeux, qui se trouvaient à hauteur de la taille, aperçurent le bas-ventre de ce malheureux poignardé à plusieurs reprises, de profondes entailles avaient déchiré ses viscères, de la chair ensanglantée partout, les testicules ouverts, le pénis en lambeaux, et un jet de sang encore à moitié coagulé dégoulinant le long de ses jambes nues. Ce pauvre malheureux avait été assassiné à moitié nu ou alors, on lui avait baissé le pantalon ensuite, comme pour laisser un message.

À l'école de police, il avait été préparé à faire face à toute contingence, mais Lluís Recader était pâle, sur le point de vomir, le corps entier pris de nausées et les yeux injectés du sang de la mort.

Ils laissèrent le corps par terre. Recader s'écarta pour reprendre ses esprits, puis il se relaxa en rédigeant les circonstances de leur découverte sur son carnet. Il dessina maladroitement un petit croquis du corps de la victime, en indiquant le plus précisément possible les lieux des blessures.

Lorsqu'il eut fini, il nota dans un coin de la page qu'en se tournant pour ne plus voir ce ventre sanguinolent, il avait aperçu une personne livide près de lui, un jeune homme répondant au prénom de Llorenç, qui s'était mis à pleurer, les yeux brillants de larmes.

Assis au volant de sa voiture, l'inspecteur commençait à s'assoupir sous un doux et réconfortant petit soleil de novembre. Il eut à peine le temps de lire le nom de la victime, Ricard Nebot Grau, avant de s'endormir.

# 5

## LE VIEUX LITIGE

*Jeudi 7 novembre 1940*

Il était en train de digérer paisiblement, lorsqu'un groupe d'enfants faisant rouler leurs cerceaux le fit sursauter. Il se sentit tout ankylosé. Il avait mal au cou et le carnet était resté ouvert sur le volant. Il s'accorda une bonne minute pour se réveiller tout à fait, puis rangea le carnet dans la poche de sa veste. Il sortit enfin de la voiture pour reprendre une bonne fois ses esprits.

Il était content de se retrouver là. Cette affaire le fascinait vraiment. Elle avait toutes les particularités d'un cas complexe. Une enquête abandonnée à cause de la guerre, des preuves insuffisantes, de possibles messages de l'assassin… et pas des moindres : il abandonne le cadavre devant la maison la plus importante du village après lui avoir déchiqueté tout le bas-ventre, sexe inclus. Oui, c'était une histoire digne d'un lecteur de romans particulièrement truculents. Il retournerait à la Principal et si Maria Magí n'était toujours pas arrivée, il l'attendrait en s'entretenant un instant avec Úrsula. Mais seulement avant que la nuit tombe, car sur son Opel seul un phare fonctionnait, qui souvent se mettait même à clignoter. Et sur la route de Pous, les virages, les cailloux et les nids-de-poule étaient légion. Il ne voulait pas se retrouver en carafe dans un paysage pareil.

Il aimait cette Úrsula. Il avait toujours été séduit par les vieilles femmes qui regardent les autres avec méfiance, qui refusent d'avouer ce qu'elles savent, qui, lorsqu'on leur pose des questions, se disent : "Mais pour qui se prend-il cet énergumène, si on lui pressait le nez, il lui sortirait encore du lait", et qui, lorsqu'elles se taisent avec un arrière-goût de sagesse contenue, pensent : "Ah si je disais ce que je sais !" Úrsula était toutes ces vieilles femmes à la fois.

L'inspecteur supposa qu'elle lui avait à peine dit la moitié de ce qu'elle savait. Mais ce n'était pas grave. Il voulait connaître cette femme et ses habitudes, à quoi ressemblaient et comment réagissaient les gens de la maison, quels étaient les tics des domestiques, il voulait observer les rapports qu'entretenaient les habitants de la Principal avec les villageois… il y avait déjà beaucoup réfléchi. Il avait toujours rêvé d'être un policier de la brigade criminelle, de résoudre un crime comme s'il s'agissait d'une équation mathématique, dans laquelle l'entourage, la psychologie, les motivations profondes seraient les inconnues.

Absorbé dans ces pensées, il avait remonté la rue Major, la plus large et la mieux pavée du village. À présent il se trouvait juste à gauche du porche de la Principal, devant le fameux banc de pierre. Il avança jusqu'à la porte et actionna le marteau du heurtoir qui résonna dans sa tête.

Úrsula se doutait déjà qu'il reviendrait. Elle n'avait même pas eu le temps de piquer un petit somme. Comment aurait-elle pu dormir après avoir lu "Le crime de la Principal" sur la couverture du carnet. Elle lui ouvrit en silence. Il murmura un rapide salut. Elle se contenta de dire : "Entrez." Cette fois, il n'y eut pas de politesses d'usage, elle le conduisit directement à la cuisine et le policier prit place sur la même chaise qu'il avait occupée le matin.

Úrsula se dit qu'il valait mieux rompre tout de suite la glace en lui offrant un verre de vin qu'elle avait déjà préparé. L'inspecteur la regarda et esquissa un petit sourire.

— Voyons si le vin de cette propriété est aussi bon qu'on le dit.

— Il n'y a pas de doute, monsieur l'inspecteur. C'est le meilleur de tous.

Il ne but pas. Il tira le carnet de sa poche et Úrsula le regarda avec une certaine crainte et sans le quitter des yeux elle lui dit :

— Très bien, nous en étions restés au fait que monsieur…

— Andreu, Andreu Roderich.

Le ton de sa voix était vraiment sévère. En réalité, il s'amusait beaucoup au fond de lui, mais ne laissait rien paraître.

— Merci Úrsula. Nous en étions restés à la conversation que M. Roderich avait eue avec ses fils et sa fille Maria. Que s'est-il passé ensuite ?

— Après cette conversation, donc, où M. Andreu leur a annoncé qu'ils allaient tous partir à Barcelone à cause du phylloxéra, eh bien… eh bien il ne s'est pas

passé grand-chose. Comme l'avait demandé Andreu…
M. Andreu…

Úrsula s'aperçut que c'était la seconde fois qu'elle appelait M. Roderich par son prénom, Andreu, devant ce policier. Elle devait se contrôler davantage. Elle crut déceler une légère ironie dans le regard de ce nigaud.

— Donc, après de longs préparatifs, ils sont partis à la capitale, je ne me souviens plus très bien du jour, ni de l'heure…

## DE LA FAÇON DONT LA VIEILLE HÉRITE
## DE LA PRINCIPAL.
### RÉCIT.

*Ce mardi du mois d'octobre 1893, de très bonne heure, ainsi que l'avait décidé le maître, il y avait une agitation inhabituelle devant l'entrée de la Principal, où se trouvaient la voiture tirée par deux chevaux et toutes les malles qui n'y avaient pas encore été chargées. Le volume des bagages et l'effervescence qui régnait autour indiquaient qu'il ne s'agissait pas d'un voyage quelconque. Le porteur, grimpé sur la voiture, arrimait les valises que lui lançait Raül et les attachait solidement car la route jusqu'à la nouvelle gare ferroviaire était pleine de difficultés et de virages. Il va sans dire que se rendre à la gare de Rius, tout juste inaugurée, était un vrai événement, car le train, à l'époque, faisait l'admiration de tous les gens qui pouvaient se le payer et leur procurait aussi quelque frayeur. Par ailleurs, la gare était un modèle d'élégance et de raffinement dans ses moindres détails et, pour les personnes aisées de la région, se rendre à*

*Barcelone en train constituait le summum de la distinction, en termes de voyage.*

*Maria Roderich était debout et immobile sur le pas de la porte, assistant à cette cérémonie d'abandon à l'âge d'à peine vingt ans, espérant que quelque imprévu annulât l'éloignement des siens. Ses frères, trop excités par la joie du départ, ne percevaient même pas son immense solitude. Pour la première fois, la jeune femme se demanda si l'un d'entre eux s'était quelquefois soucié de ses sentiments. Elle craignait que non, qu'ils trouvent normal que les choses se passent ainsi pour la fille de la maison. Pas une marque de complicité, ni le moindre signe de consolation. Oui, les choses allaient se passer ainsi, et un point c'est tout.*

*Lorsque tous les bagages furent chargés, le cocher et le porteur s'installèrent à leur place, tandis que Raül, qui avait supervisé l'opération, allait prévenir le maître Andreu que tout était prêt.*

*Il descendit, élégant, coiffé d'un chapeau beige qui lui allait à ravir, d'un manteau de flanelle, beige également mais un peu plus sombre, avec un col en fourrure marron et douce qui lui couvrait le cou et une canne qui ne lui servait à rien, mais qu'il aimait emporter avec lui pour sentir le pommeau d'ivoire dans sa main. Il s'assura que tout était parfaitement en ordre et observa ses fils qui parlaient entre eux, impatients de monter dans la voiture. Il leur adressa un geste mal dissimulé pour leur indiquer de dire au revoir à Maria. Ils obéirent dans l'ordre inverse de leur naissance. Le futur curé avait déjà appris à poser un regard de béatitude, tout en poignardant son prochain dans le dos, pensa-t-elle ; celui qui faisait des études pour devenir avocat fut le seul à lui dire des choses sincères ; en revanche,* le pharmacien balbutia une phrase inintelligible, comme chaque fois qu'il mentait.

Ensuite, Andreu Roderich s'adressa à elle pour lui répéter ce qu'il lui avait déjà dit deux jours auparavant. Elle le regarda avec un sourire hiératique, comme figé, tandis que du tréfonds d'elle surgissait une prière qui résonnait dans son cœur, envahissait son crâne : puisses-tu mourir, puisses-tu mourir, puisses… Il l'embrassa, grimpa dans la voiture et se retourna pour regarder une nouvelle fois sa fille, avec une certaine compassion. Puisses-tu mourir… Il leva la main en guise d'adieu, ferma la porte et l'on entendit sa voix de patriarche dire assez fort afin que le cocher entende :

— Allons-y.

— Puisses-tu mourir.

Les témoins de la scène disent qu'elle demeura plantée sur le seuil de la porte, sans expression sur le visage, le regard dans le vide. La nourrice Úrsula, qui avait déjà prévu le drame qui allait se jouer, ne la quittait pas des yeux, et la voyant aussi désespérée lui recommanda de rentrer sous un prétexte quelconque, elle allait prendre froid, ils seraient bientôt de retour… Mais elle avait perdu toute vigueur et, comme anéantie, était incapable de bouger. Lorsque la nourrice décida finalement de lui prendre le bras pour la guider à l'intérieur de la maison, ce fut comme si son corps était resté droit, oui, mais sans la moindre énergie intérieure pour le soutenir… elle s'évanouit.

Úrsula avait pris la tête de Maria dans ses mains pour qu'elle ne touchât pas le sol et appela Raül à grands cris pour qu'il vienne la porter. Troublé et sous le regard inquiet de la nourrice, qui était passée devant lui pour le guider, il la monta dans sa chambre aussi vite qu'il put. Là, un peu maladroitement, il l'allongea sur son lit, immobile, inanimée. Pendant ce temps, Úrsula, qui cachait toujours un flacon d'Aigua del Carme *dans son tablier*, lui en passa sous le nez. Voyant que cela n'était d'aucun effet, elle lui en posa directement quelques gouttes sur les lèvres. Elle attendit quelques secondes, et voyant que ce breuvage si efficace ne faisait cependant pas plus d'effet, donna l'ordre à Raül d'aller immédiatement chercher le médecin de Rius.

À cet instant, Maria bougea légèrement la tête, ouvrit les yeux et sourit, comme s'il ne s'était rien passé, comme si elle revenait d'un autre monde. Elle ne demanda pas ce qui s'était passé et ne répondit pas aux questions de la nourrice : "Est-ce que ça va mieux ? Est-ce que la tête tourne ? Tu as froid ? Tu veux boire un verre d'eau ?…" Elle n'eut qu'un sourire pour toute réponse et, après quelques minutes, elle se leva comme si elle allait faire quelque chose. Úrsula l'observait attentivement, prête à intervenir au cas où elle aurait à nouveau perdu l'équilibre. Mais de sa voix la plus naturelle et toujours en souriant, Maria demanda qu'on lui servît des fruits tandis qu'elle passait à l'alcôve, une petite pièce contiguë et ouverte sur la chambre, assez grande pour contenir une table de lecture avec le nécessaire pour écrire, une grande armoire, un secrétaire, une coiffeuse et deux chaises. Elle s'assit sur celle qui était le plus près de la fenêtre et son regard se perdit dans le bleu lumineux de cet après-midi étranger à toute inquiétude.

Elle demeura dans sa chambre pendant quatorze jours, malgré les prières et presque les menaces que seule Úrsula pouvait se permettre, dans cette maison. Elle annonça également, toujours en souriant, que si quelqu'un prévenait un médecin, il pouvait d'ores et déjà se considérer comme licencié de la Principal. Les jours passant, les domestiques s'habituèrent à cette étrange situation et l'on commençait déjà à parler de cette jeune femme cloîtrée dans sa chambre, comme une autre des nombreuses bizarreries qui avaient lieu à la Principal. On lui montait ses repas qu'elle goûtait à peine, on lui faisait son lit qu'elle défaisait à peine, on lui changeait sa bouteille d'eau qu'elle buvait à peine, on lui posait des questions auxquelles elle ne répondait jamais, mais toujours, ça oui, le sourire aux lèvres, avec une espèce de joie innocente et fraîche.

Le soir, à la table de la cuisine, Úrsula, Rosa et Raül, qui étaient les seuls domestiques autorisés à dormir à la Principal, rallongeaient leur dîner en se racontant ce qui se passait dans la chambre et les commérages qui allaient bon train dans le village, jusqu'au moment d'aller enfin se coucher. Ils ne pouvaient pas s'empêcher de plaindre cette jeune femme de vingt ans, qui n'avait jamais vécu seule, dont toute la famille s'était enfuie à Barcelone, et qu'on avait condamnée à demeurer enfermée dans cette grande bâtisse. Ils avaient tous été témoins de la débandade de ses frères, qui l'avaient à peine regardée avant de la quitter. Et, bien que le respect envers M. Andreu, dans cette maison, frisât la vénération, on ne pouvait lui trouver des excuses qu'en considérant qu'il avait choisi la meilleure solution, dans une situation aussi désespérée. Il ne pouvait en être autrement.

— Ils finiront par l'oublier, elle… et nous avec, murmura Rosa.

Raül répliqua en plaisantant :

— Vous peut-être, mais ils n'oublieront ni le cellier ni le vin sur lequel je veille. Nous deux, ils ne nous oublieront pas. Du moins tout le temps qu'ils mettront à le vendre.

— Oui, dit Rosa, mais lorsqu'ils l'auront vidé et qu'il ne restera plus une seule bouteille à empaqueter, bon vent... Peut-être que nous, les femmes, aurons encore un peu de ménage à faire pour entretenir la maison en attendant que les fils, devenus de jeunes notables, viennent passer l'été ici. Et toi, quelle sorte de vin feras-tu, malheureux ? Sans un cep pour te sauver la mise...

C'est ainsi qu'ils passaient le temps, à discuter pour savoir qui serait le premier à être renvoyé, car il était évident que si toute la famille continuait à être sérieusement secouée par le phylloxéra, eux finiraient par être complètement détruits...

De tous les trois, Rosa était la plus ancienne à la Principal. Sa mère lui avait confié des secrets de cuisine qui l'avaient rendue exceptionnelle. Et elle offrait ses services aux maisons les plus riches de la région de l'Abadia pour les jours fériés, les baptêmes, les mariages, les communions et, pendant l'été, les fêtes de village, qui étaient très nombreuses. Un 9 janvier, elle atterrit à la Principal pour préparer le repas de la fête de sainte Basilissa, vierge, martyre et patronne de Pous. Consciente d'être devenue une très bonne cuisinière, mais cependant plus très jeune, elle se dit qu'elle ne tiendrait pas encore longtemps à se rendre ainsi de foyer en foyer, et qu'elle ne trouverait pas de meilleure maison que la Principal dans toute la région. Ce jour-là, elle fit une telle exhibition de ses talents qu'elle y demeura le restant de sa vie, sous les prières de Blanca Basses qui, jeune mariée, avait horreur des marmites, des assiettes, des sauces en tout genre, et de la cuisine en particulier. Cette nouvelle dépense fut chaleureusement acceptée par M. Roderich, qui était fou amoureux de sa femme, avait un excellent palais et un bon coup de fourchette. Dès lors Rosa fit presque partie de la famille qui vivait à la Principal. Et à présent qu'elle était vieille, malgré son corps qui ne répondait plus aussi bien, elle continuait à être chez elle et à commander sans réserve à la cuisine.

Raül, lui, était contremaître depuis de nombreuses années également. À l'époque, les hommes étaient plus faciles à choisir que les femmes. Un corps puissant pour travailler, une tête qui ne délire pas trop, un sexe pour arroser et pas grand-chose de plus.

Au bout de quatorze jours, Maria n'était pas encore descendue de sa chambre. Elle ne sortait que pour aller aux toilettes qui se trouvaient juste à côté. Et il n'était pas encore dix heures du matin, lorsque quelqu'un rompit la paix mortelle de la Principal en frappant à la porte d'entrée. On avait dû le faire extrêmement fort, car le bruit du heurtoir arriva jusqu'aux oreilles de la jeune femme. Úrsula, qui était en train de nettoyer le pot de chambre, sursauta en se demandant ce qui se passait. Elle n'attendait personne.

— Qui est-ce? cria-t-elle en descendant l'escalier en vitesse pour aller ouvrir.

C'était Cinto, le préposé aux télégrammes, qui se présentait un pli à la main. Même si ces fonctionnaires habitaient au village depuis quarante ans, lorsqu'ils apportaient le petit papier qui leur était arrivé à travers des fils mystérieux et un langage des signes qu'ils étaient les seuls à savoir déchiffrer, ils se considéraient comme des êtres supérieurs, annonçant avec emphase le nom complet du destinataire du message, comme s'il s'agissait d'un mort, même s'ils dormaient dans le même lit que lui.

— La senyora. Maria Roderich Basses. Je dois lui remettre un télégramme, déclara-t-il solennellement.

— *Cinto, Maria n'est pas disponible, répondit exaspérée la nourrice Úrsula, qui savait que Cinto était déjà au courant des derniers événements de la maison, comme tout le village.*

— *Désolé mais je dois le lui remettre en main propre.*

— *Ce n'est pas possible, Cinto. Donne-le-moi et je le lui remets tout de suite.*

— *Dans ce cas, il faut que tu me présentes une procuration et que tu me remettes un reçu daté d'aujourd'hui et signé de ta main. Ce que dit ce télégramme est très important et urgent, dit-il soudain plus bas. Il se passe des choses graves !*

— *Écoute, Cinto, raison de plus. Ou tu me donnes ce papier tout de suite ou je t'assure que tu vas partir d'ici avec un bon coup de pied au cul. Et je t'assure également que ta bonne femme n'aura dorénavant qu'à donner du lait à ta fille, parce qu'elle n'en aura plus une seule goutte du mien.*

*Elle lui arracha des mains le pli qui avait été fermé préventivement car, s'agissant d'une affaire strictement confidentielle, personne ne devait lire ce qui était écrit, et lui referma la porte au nez.*

*Cinto s'en alla en protestant, mais résigné. Tout le monde savait que Dieu avait rempli les seins de la nourrice d'un lait exceptionnel et sa tête d'un caractère absolument insupportable.*

MARIA — PÈRE MALADE — INFARCTUS — MÉDECIN SANS ESPOIR — TU DOIS VENIR — ROBERT.

*La nourrice observa comment Maria parcourait ce pli qu'elle avait déjà lu en montant l'escalier et la moue* déconcertée qui remplaçait peu à peu son sourire figé de quatorze jours. La jeune femme froissa le papier entre ses mains, regarda autour d'elle, fit quelques pas d'un côté, de l'autre. Ses pensées étaient des éclairs émettant des décisions et des doutes contradictoires. Puis elle se tourna vers Úrsula :

— Qu'on me prépare la voiture et que Raül m'accompagne.

— Mais, ma petite, tu n'as pas bougé d'ici depuis… Tout de suite. Je le lui demande… Mais ça veut dire que tu vas mieux… que tu peux voyager jusqu'à Barcelone ?

— Barcelone ? Non, Úrsula. Je vais à Felius.

Maria se moquait bien que sa nourrice ait lu le télégramme. Depuis sa naissance, lorsqu'elle avait commencé à la mettre à son sein, Úrsula fourrait toujours son nez dans ses affaires. Il était évident qu'en ce quatorzième jour de mutisme, il allait se passer beaucoup de choses, tellement qu'elle ne s'arrêta même pas à penser qu'elle sortait de cette alcôve pour la première fois, bien pomponnée et déterminée, comme si aucune horloge de son corps n'avait mesuré le temps qu'elle y avait passé.

Elle prit quelques papiers, le télégramme froissé, un chapeau à voilette pour cacher son visage et descendit dans l'entrée. Raül finissait de fixer les brancards de la voiture et passait le mors à Rònec, le meilleur cheval de la Principal et le préféré de Maria. Des trois attelages de la maison, celui-ci était le plus léger et le plus pratique pour les voyages courts.

Le trajet jusqu'à Felius, la capitale de la région de l'Abadia, ne durait pas plus d'une heure et ne comportait que des virages. Pendant la moitié du chemin, on grimpait dans la montagne jusqu'au col des Perdrix, d'où l'on découvrait soudain la vallée de Felius, un mélange harmonieux de plaines, de collines et de coteaux qui s'étendait en direction du sud. Et, au milieu, le village. Mais une fois en haut du col, on n'était encore qu'à mi-chemin. Il fallait descendre la montagne, avec une dénivellation si prononcée que Raül devait serrer sans arrêt les freins pour que le poids de la voiture ne précipitât pas Rònec vers le bas de la pente.

Depuis son siège, le contremaître profitait des virages en épingle pour jeter un coup d'œil sur Maria et il s'aperçut qu'elle avait un regard inquiet mais vif, extrêmement vif, comme si elle cherchait quelqu'un au milieu des coteaux de vignes mortes, comme si elle cherchait un brin de vie dans quelque recoin de cette désolation de ceps infectés. En tout cas, Raül n'avait jamais vu Maria aussi préoccupée. Ni ses yeux aussi brillants.

Lorsqu'ils arrivèrent enfin à la porte du village, il lui demanda :

— Où est-ce que je vous conduis, senyora ?

Le contremaître s'aperçut tout de suite qu'il traitait pour la première fois Maria de senyora. Elle aussi, mais cela ne la surprit pas. Elle répondit d'une voix ferme.

— Chez le notaire, maître Pagès.

Et elle se tut. Raül, qui ne cessait de réfléchir au télégramme dont Úrsula lui avait révélé le contenu, se disait que cette gamine réagissait rapidement. Allez savoir quelles affaires il fallait aller régler à l'étude du notaire ? En tout cas elles étaient suffisamment importantes pour l'avoir brusquement à moitié ressuscitée de l'état de léthargie dans lequel elle avait vécu ces derniers jours. Les riches sont comme ça, d'abord le coffre-fort ; le cercueil, lui, peut attendre.

Après que la voiture se fut arrêtée devant l'étude, Maria Roderich en descendit en quelques mouvements agiles

126

démontrant ainsi qui elle était : une jeune femme pleine d'énergie et avec quelques soucis à résoudre. Elle pénétra dans l'étude et, bien que pressée d'en finir, adressa une sorte de salut distingué, comme elle l'avait vu faire à sa mère dans ces cas-là. Mme Carme, la secrétaire et clerc du notaire, la reçut dans le salon. C'était une personne affable, respectueuse, toujours bien habillée à qui, avant qu'elle n'ait pu souhaiter la bienvenue, Maria dit sans attendre :

— Je voudrais être reçue par le notaire, maître Pagès, de la part de Mme Maria Roderich. Je viens exprès de Pous.

Mme Carme la fit entrer dans la salle d'attente, remplie de chaises vides. Maria ne savait pas à quoi ressemblait le notaire, elle ne se souvenait pas de l'avoir vu à la Principal. Mais elle savait que toutes les sorties de son père, qui ne le conduisaient pas à Pous ou à Barcelone, étaient destinées à son ami, le notaire de Felius, pour bavarder et faire de longues promenades en sa compagnie.

Le notaire Enric Pagès fit soudain son apparition, les bras en avant pour l'accueillir affectueusement. Il venait de sortir par la porte qui donnait dans son bureau et avait pris ses mains dans les siennes. Il lui dit combien il était heureux de faire "enfin" la connaissance de la fille d'Andreu, "sa préférée", lui fit-il remarquer avec surprise et émotion mêlées. Et comme si cela faisait partie des salutations, il la fit entrer tout de suite dans son bureau.

Maria Roderich s'assit sur la chaise que lui tendait le notaire en essayant de paraître le plus sereine et détendue possible. Elle avait dû bien s'y prendre car le notaire se dit que cette jeune femme avait hérité de la beauté de Blanca et de la prestance d'Andreu. Il n'avait pas voulu prendre place derrière son bureau pour ne pas mettre de distance entre lui et la fille d'un ami intime et il s'assit sur la chaise qui se trouvait à côté de celle de Maria.

Maître Pagès, le notaire, savait exercer les rituels de son métier. Il avait un don, une caractéristique spéciale, qui lui permettait de moduler ses expressions en fonction de la singularité des situations. Parfois pour expliciter les choses de façon convaincante, il fallait stimuler la compréhension de la personne qui se trouvait en face et, pour y parvenir, les apparences étaient fort importantes. Yeux bleus, abondante chevelure, voix posée et réconfortante, gestes élégants et mesurés, lunettes à monture fine et diction parfaite devenant un vrai trésor pour se faire comprendre, au moment de lire les actes interminables. Un véritable baume dans les cas difficiles.

Cependant, à cet instant précis, Enric Pagès était déconcerté. Il venait de recevoir un télégramme avec une nouvelle qui l'avait puissamment affecté pour recevoir quelqu'un comme il le faudrait, et encore plus s'agissant d'une Roderich. Seules ses vingt années d'expérience lui permettaient de cacher le désordre de ses sentiments derrière cette attitude princière qui faisait de lui le notaire le plus respecté de la région.

— Je vous écoute, senyora Roderich.

L'invitation à parler la rendit quelque peu embarrassée, troublée. Tout d'un coup, elle ne savait plus comment évoquer l'affaire qui l'avait conduite jusque-là, peut-être de façon trop précipitée. Elle était si bloquée qu'elle préféra tendre son bras pour lui remettre le télégramme qui, bien qu'elle l'eût lissé pendant tout le chemin, était encore un peu froissé. Elle attendit quelques secondes que le notaire ait eu fini de le lire et, sans lui donner le temps de réagir :

— *Voilà, monsieur le notaire, pardonnez-moi de vous exposer sans le moindre préambule la raison de ma visite. Je me suis permis de venir vous voir sans prévenir précisément en raison de la grande amitié que vous et mon père entreteniez… Oui… Donc, voilà, avant de partir pour Barcelone, il y a une quinzaine de jours, il m'a dit qu'il était en train de rédiger un testament dans votre étude. Moi… Comment dire?… Vous… vous venez de lire ce télégramme m'annonçant que mon père est dans un état critique et sans beaucoup d'espoir de…*

— *Terrible, qui aurait dit ça*, l'interrompit l'homme en lui rendant le télégramme. *Je ne comprends pas. La dernière fois que je l'ai vu, il était dans une forme si éblouissante… Je me souviens, je lui ai même dit que je ne l'avais jamais vu aussi resplendissant de santé.*

— *Excusez-moi, monsieur Pagès, pourriez-vous me dire quand vous l'avez vu pour la dernière fois?*

Le notaire durcit le ton, cette gamine ne savait pas cacher son impatience ni lui sa déception.

— *Ce doit faire un mois environ. Oui, à peine un peu plus d'un mois.*

Maria réfléchit. Le notaire lui parlait d'un mois et la conversation avec son père avait eu lieu juste quinze jours auparavant. Elle était sortie précipitamment de la Principal, en proie au désespoir, sans trop savoir comment affronter les différentes craintes qui la tenaillaient. Et voilà maintenant que le notaire lui disait que son père lui avait rendu visite quinze jours avant d'avoir la fameuse conversation avec ses enfants. Elle savait cependant que dans un des classeurs de cette étude se cachait la clé de certaines portes qui s'ouvriraient ou resteraient fermées pour toujours. Sans doute s'y prenait-elle mal, mais elle devait vaincre ses doutes. Bien que son intuition féminine lui dît que l'ami de son père l'écoutait avec méfiance et qu'il était probablement en train de se refermer.

— Excusez mon audace, mais pourriez-vous me dire s'il est venu pour rédiger son testament?

Le notaire Pagès mit en balance ses propres intérêts, ses devoirs déontologiques, la loyauté qu'on doit à un ami et l'existence d'un autre télégramme qu'il tenait dans sa main gauche et qu'il avait reçu quelques minutes avant que Maria Roderich ne poussât la porte de son étude. Il équilibra au maximum le fléau de la balance et choisit soigneusement chacun de ses mots en adoptant une courtoisie extrême :

— Senyora Roderich, je dois absolument respecter la confidentialité des actions et des actes dont cette étude est le témoin. Ce qui signifie que je n'ai pas le droit de répondre à votre question. Mais, la nature de la parenté qui vous lie à mon meilleur ami, ainsi que d'autres circonstances, que vous ne connaissez pas encore et que je ne peux pas vous révéler pour l'instant, me poussent à vous répondre oui. Votre père est venu dans ce bureau il y a à peu près un mois pour rédiger et signer un document, puis pour coucher ensuite ses dernières volontés sur son testament. Cela dit, je ne vous révélerai pas son contenu. Je le dois par loyauté à ma profession.

Maria comprit que ce notaire qui n'était pas né de la dernière pluie ne lui dirait rien de très intéressant… Mais l'information était pour elle une question de vie ou de mort. Son crâne bouillonnait.

— Écoutez… Excusez-moi, mais je me trouve dans une situation personnelle très délicate, et vous ne pouvez pas savoir combien je vous serais reconnaissante si vous pouviez me révéler juste une… tendance… orientation… au cas où mon père, Dieu l'en préserve, nous abandonnerait, à propos du contenu du…

Le notaire la coupa sèchement.

— Vous êtes la senyora Roderich, et ce nom sera toujours une garantie à mes yeux. Mais si je vous révélais à présent le secret testamentaire de votre père, je ne commettrais pas seulement une erreur, mais une faute grave, une faute professionnelle que je ne peux ni ne veux me permettre. Je suis désolé. Le testament de votre père, dans le cas où celui-ci serait le dernier, et je vous signale au passage que c'est fort probable, ne s'ouvrira qu'au terme des démarches idoines, et sa lecture se fera en présence de tous les intéressés, ou de tous les affligés, comme vous préférez. Je suis désolé mais il n'est pas question pour moi de vous donner ni une tendance ni une orientation, comme vous dites.

— Excusez-moi, monsieur le notaire, je ne m'y connais pas vraiment en protocole et en démarches. J'étais juste venue au cas où… Excusez-moi.

— Je comprends parfaitement, senyora Roderich.

— S'il vous plaît, appelez-moi Maria, je ne suis pas habituée à être traitée comme vous le faites, surtout venant d'une personne aussi intimement liée à ma famille.

Le notaire esquissa un sourire. Depuis que cette jeune femme était entrée dans son bureau, il avait retenu cette phrase qu'il allait à présent lui dire en savourant chacun de ses mots :

— Je m'adresse à vous en vous disant senyora Roderich tout simplement parce que c'est de cette façon qu'on doit s'adresser à la personne qui est propriétaire de la Principal.

Connaissant l'effet qu'allaient produire ses paroles, il garda le silence. Maria demeura absolument éberluée. Qu'était donc en train de lui dire cet homme ? Le notaire se pencha un peu plus vers elle.

— Votre père a rédigé un testament. C'est une chose sûre. Tout comme il est sûr que je ne peux pas vous parler de ce testament. Mais vous n'avez pas bien compris tout à l'heure, lorsque je vous ai dit que ton père, pardon, votre père, avait rédigé un autre document juste avant de s'occuper de son testament. Eh bien ce document signé et dûment enregistré vous rend propriétaire de la Principal et de presque toutes les possessions des Roderich, à Pous. Et comme, à la demande expresse de votre père, il est antérieur à la rédaction du testament, ne serait-ce que d'une minute, quoi que contienne ce dernier, les propriétés dont je vous ai parlé vous appartiennent définitivement. De fait, vous êtes déjà propriétaire de la Principal, quel que soit le prochain destin de votre père. Et je voudrais ajouter, juste pour que vous en soyez persuadée à tout jamais, que votre père vous aimait comme un fou et par-dessus tout. Ça aussi je peux l'attester.

Tout en parlant, le notaire continuait à caresser le télégramme dans la poche de sa veste. D'après le message qu'il contenait, rien ne lui interdisait plus de dire à cette jeune femme ce qu'il venait de lui dire.

Maria avait un regard inquiet. Ses yeux reflétaient la tempête d'émotions et l'avalanche de pensées qui avaient envahi son cœur et son cerveau. Son père lui avait donc fait donation de la Principal, de son vivant ? Avec tous les biens ? Avant même la réunion ? Et elle avait désiré sa mort ? Un frisson lui parcourut la colonne vertébrale.

*Lorsque, tout de suite après, ils prirent congé avec une courtoisie contenue et que la jeune fille quitta l'étude du notaire, Enric Pagès prit une mine extrêmement triste. Il tira la main de la poche de sa veste, qui contenait un papier tout fin, pas très grand : le télégramme de Robert Roderich lui annonçant la mort de son ami. Le notaire savait parfaitement combien la vie était imprévisible, cette étude en avait été témoin tellement de fois… Si imprévisible que quelques minutes après avoir reçu ce pli la fille préférée d'Andreu s'était présentée chez lui. Oui, une visite inattendue et motivée par les angoisses et les ambitions typiques des héritiers. Tout cela l'avait surpris et l'avait pris au dépourvu. Il n'était pas certain d'avoir bien fait son travail. Mais ce n'était plus très grave, aucune importance. Il sentit surtout que son dos se voûtait à mesure qu'il évoquait le souvenir de son vieil ami, qui l'avait devancé sur la route de l'au-delà.*

*Sur le chemin du retour, Raül, qui imposait un trot rapide à Rònec, tournait de temps en temps la tête pour observer Maria du coin de l'œil et se disait que son allure s'était transformée. Elle parlait d'une voix plus fluide, déconcertée, on sentait qu'elle bouillait de l'intérieur en lui demandant, le regard dans le vague, de faire galoper Rònec.*

*Maria devait affronter un désordre de sentiments contradictoires. Elle s'était trompée à propos de son père, mais à présent il était trop tard pour rattraper les choses. Avait-elle pris la tristesse de son père pour un manque d'affection envers elle ? Peut-être son caractère fermé… Elle avait passé des jours à le maudire et à présent ses critiques se retournaient contre elle. Elle cherchait dans le temps et ne se souvenait pas cependant qu'il soit quelquefois venu vers elle pour lui montrer qu'il était fier de sa fille ou lui témoigner son* affection. Il avait toujours été lointain et taciturne. Est-ce ainsi que les hommes aiment ? Ne sauraient-ils pas déchiffrer les arcanes du cœur ? Ne savent-ils pas ce qu'il contient, et encore moins l'exprimer à autrui ? Les choses n'allaient certainement pas rester en l'état, elle se rendrait immédiatement à Barcelone et même si elle ne pouvait pas lui dire qu'elle avait percé le secret, elle lui ferait sentir combien elle le remerciait pour son attitude.

— Fais galoper Rònec, allez, au galop ! Et après que nous serons passés à la maison, tu me conduiras à la gare de Rius. Nous partirons tout de suite, juste le temps de boucler deux valises. Mon père est gravement malade et je dois aller immédiatement à Barcelone.

— Pauvre monsieur, voilà donc la mauvaise nouvelle que portait Cinto le préposé aux télégrammes, répondit-il en feignant la surprise. Ne vous inquiétez pas. Le temps de faire boire Rònec et tout sera prêt, le temps pour vous de monter et descendre. Pauvre monsieur…

Lorsque Úrsula entendit le claquement des sabots de Rònec devant la grande porte d'entrée, elle sortit précipitamment en agitant un papier à la main, les yeux humides, et lorsqu'elle aperçut Maria elle dit entre deux sanglots :

— Maria, Maria, à peine avais-tu quitté la maison que Cinto a rapporté un autre télégramme, son visage était défait… et j'ai compris ce qui se… Je me suis permis de le lire… Maria, ton père…

Et elle fondit en larmes.

Lorsqu'on ramena le corps d'Andreu Roderich à Pous pour organiser des funérailles dignes de lui, les condoléances arrivèrent des quatre coins de la région, de tout le

134

*pays et même de l'étranger. Les autorités civiles, le clergé, les grands propriétaires, les commerçants, les distributeurs, les importateurs…*

*Les quatre frères arrivèrent à la gare de Rius où Raül les attendait déjà et, à peine descendus de voiture, ils prirent possession de la Principal. L'ordre ancien revint, comme si ces quinze jours avaient constitué une parenthèse irréelle dans la vie de Maria. Elle se jura de ne pas dévoiler sa visite à l'étude du notaire, recouvra sa place habituelle, c'est-à-dire la dernière, et participa soumise à tous les préparatifs familiaux qu'imposait une mort aussi importante.*

*Dès son arrivée, Robert prit le commandement des opérations. C'était son rôle et il l'exerçait à merveille. C'est lui qui organisa les cérémonies, le protocole, remplit les papiers, rédigea la liste des invités… tout cela, de façon extrêmement curieuse. Il voulut contrôler la succession et le tempo de tous les événements, la scénographie des funérailles, la disposition des invités en tenant compte du statut social de chacun. Il prit également soin de ne pas négliger les habitants du village, en conservant la prestance d'un Roderich, mais aussi avec la familiarité que sa jeunesse lui permettait. Il présida les funérailles, s'occupa de l'enterrement, des démarches, paya les factures, faisant étalage auprès de ses frères et de sa sœur de sa détermination et de son sens des responsabilités.*

*Il déploya ses qualités de sociabilité jusqu'à ce que la dernière voiture des invités quittât Pous. Puis il dit à ses frères et à sa sœur qu'il se retirait dans le bureau de leur père pour faire le compte des dépenses de l'enterrement, nombreuses mais inévitables. Il le fit méthodiquement, notant sur un carnet relié en peau des quantités et des rubriques, en attendant les dispositions indiquées dans le testament. Puis il prit le temps de vérifier les papiers qui se trouvaient sur le bureau, pour éventuellement régler une affaire urgente restée en suspens, expliqua-t-il à ses frères et à sa sœur par la suite. Sans leur dire cependant qu'il avait fouillé dans un tiroir bien précis du bureau de leur père, pour savoir ce qu'avaient rapporté les dernières vendanges. Le lendemain et ainsi que le lui avait conseillé pendant l'enterrement maître Pagès, il enverrait Raül à Felius pour lui remettre le certificat de décès et les pièces d'identité du défunt. Il fallait entamer les démarches pour procéder à l'ouverture du testament.*

*Pour le dîner, après le départ des derniers invités et libérés de toute obligation, les quatre jeunes prirent place autour de la table sur laquelle le couvert était déjà dressé. Ils étaient fatigués, dépassés par cette mort inattendue et par la confusion de ces funérailles, longues et ostensibles, comme elles se devaient de l'être, et par la profusion d'horizons sans lumière qui habitaient leurs pensées. Ils avaient faim. Rosa avait préparé un repas complet car, selon elle, après un tel bouleversement il fallait manger autant que si l'on revenait d'une journée de travail.*

*Maria Roderich se présenta la dernière dans la salle à manger, habillée et maquillée comme si elle voulait suggérer une évidente maturité. Elle ne laissa pas paraître la moindre surprise lorsqu'elle observa que Robert s'était assis à l'extrémité de la table, à la place de leur père, avec une mine de circonstance, ni en voyant que la seule chaise vide était un peu en retrait des autres. Elle se contenta de s'asseoir en souhaitant un bon appétit.*

*Lorsque Rosa et Úrsula apportèrent le repas, Joan, qui jouait depuis longtemps le rôle de crieur dans les affaires religieuses, commença une prière, peut-être un peu longue et affectée, mais qui convenait en ce soir de deuil. Après le dernier "amen", ils commencèrent à manger, se déten- dirent peu à peu et les premiers commentaires surgirent, d'abord timides, rompant les silences, puis conformément à ce qu'ils étaient : une bande de jeunes gens désorientés par des circonstances tristes et tentant d'oublier un instant les incertitudes que la mort de leur père avait tracées sur leur horizon. Ils oublièrent les tensions et se souvinrent de certains détails de la cérémonie, minimisant la quantité et la qualité des invités et commentant également quelques anecdotes, comme celle où l'évêque Marull avait trébuché pendant qu'il officiait et écrasé le pied de l'enfant de chœur, qui laissa échapper un "putain" qui en fit rire plus d'un. Celui qui riait le plus était Joan, car il connaissait person- nellement l'évêque, dont on disait qu'il était plus souvent au séminaire qu'à son palais épiscopal, et dont il savait qu'il lui arrivait fréquemment de trébucher.*

*Brusquement Lluís, qui suivait des études pour devenir avocat, demanda à Robert dans combien de jours le testa- ment serait ouvert. Tous les yeux se dirigèrent vers le frère aîné qui, comme s'il donnait un ordre, répondit qu'il fal- lait attendre les instructions du notaire de Felius. Et chan- geant de ton, comme s'il se parlait à lui-même, il ajouta :*

*— Papa doit avoir une fortune, en argent et en actions, à la banque. Il faudra que j'étudie la façon de les faire fructifier.*

*Il y eut un lourd silence, bientôt rompu par Lluís, comme s'il avait depuis longtemps réfléchi à la chose :*

*— Mais Robert, avec tout le travail que te donne ta consultation et sans expérience, tu es sûr de pouvoir t'en*

occuper ? Ne serait-il pas préférable de confier cela à un de ces cabinets d'avocats spécialisés, qui placent l'argent sur des actions sûres et rentables ?

Robert ne répondit pas tout de suite. Il s'essuya les lèvres du bout de sa serviette brodée, se tourna vers Lluís avec un air peu amical et lui répondit en contrôlant le ton de sa voix :

— En décidera celui que notre père aura nommé son héritier et, d'après ce que je sais, la tradition de notre famille veut que ce soit à moi de décider. En tout cas, je retiens que mon frère avocat pense que je ne suis pas capable de gérer les affaires familiales.

Et il continua à manger, comme si ce qu'il venait de dire était une affaire de plus parmi toutes celles qu'il faudrait affronter.

Maria fut surprise par le comportement de son frère préféré. Robert s'était toujours montré agréable avec elle, doux, aimant, compréhensif, comme s'il la protégeait… À présent aussi, il parlait calmement, mais sur le ton de celui qui se sait investi d'un pouvoir et qui est déterminé à l'exercer jusqu'au bout. L'avertissement donné à Lluís dénonçait la soumission qu'il attendait de ses frères et elle trouvait cette attitude excessive, en tout cas tant que le testament n'avait pas été ouvert. Et aussi alors qu'ils ne savaient pas qu'il existait un autre document qui la rendait propriétaire de la Principal avec tous les biens qu'elle contenait et que contenait le cellier… Il était évident que Robert aurait un pouvoir indiscutable sur ses frères et sa sœur, en qualité d'héritier, mais brusquement Maria trouva qu'il le revendiquait peut-être un peu trop. Ou alors n'était-ce qu'une manie chez lui, ou la conséquence de la tension qu'avait entraînée le fait de représenter la famille pendant de si nombreuses heures, en complimentant tous ces notables et leurs épouses et en se comportant avec la distinction requise pour un Roderich. Il avait été irréprochable.

Elle réfléchissait à cela lorsqu'elle l'entendit dire :

— De toute façon, en plus des valeurs et de l'argent liquide qu'il peut y avoir à la banque, cette maison renferme une vraie fortune.

Ses frères et Maria le regardèrent, surpris. À la Principal ? Mais la propriété n'était-elle pas ruinée ? Le phylloxéra n'avait-il donc pas rendu la maison mère absolument stérile ? Maria ne bougea pas un seul muscle du visage. C'était comme si on lui avait planté un couteau dans le cœur.

— Vous l'ignoriez ? Vous ne vous en êtes donc pas aperçus ? Il y a ici un patrimoine d'une centaine de milliers de bouteilles de notre vin. Elles sont toutes à vendre à un prix incalculable sur un marché assoiffé, et à moindres frais pour nous. Cela va nous rapporter de l'argent rapidement et nous n'aurons pas besoin de vendre les actions ni les valeurs ni les maisons pour traverser les prochaines années.

— Mais notre père avait dit qu'il conservait juste un peu de vin, qui pourrait peut-être nous aider… dit le séminariste.

— Un peu ? Deux vendanges complètes. Une déjà en bouteilles et l'autre qui attend qu'on l'y mette sans tarder, affirma Robert d'un air triomphant.

— Et lorsqu'il n'y en aura plus ? demanda le curé qui semblait le plus intéressé des trois.

— C'est très simple, Joan. Nous en tirerons tout le jus que nous pourrons, et lorsqu'il n'y en aura plus, nous verrons bien ce que nous ferons de la Principal.

L'héritier eut enfin un sourire. Ses deux frères sourirent de conserve et Maria fit semblant, mais demeura sérieuse.

— Notre père a promis que la maison serait pour Maria.

Il y eut un lourd silence. C'était Lluís qui avait à nouveau parlé. Tous, sauf Robert, tournèrent les yeux vers elle, qui ne savait quelle pose adopter. Puis un commentaire sec, à l'extrémité de la table, fendit l'air :

— Nous verrons bien ce que dit le testament.

— Oui, mais il nous a fait promettre que… commençait à préciser Lluís.

— Moi, je n'y étais pas. Nous verrons ce que dit le testament.

Lluís se tut et baissa les yeux, mais Maria sentit un millier d'aiguilles se planter dans son ventre. C'était le danger : ne pas parvenir à se contrôler. Il fallait écouter calmement, voir ce qu'ils avaient au fond du cœur et de quelle façon ils avaient l'intention de l'intégrer dans la nouvelle situation. Tout cela sans dire un mot.

Ce fut une soirée très trouble. Maria ne parvint pas à s'endormir. Elle ruminait le fait que son frère aîné trouvât normal de la laisser en marge de toute décision, pour la simple raison qu'elle était une fille. Elle avait également compris que Robert n'avait pas du tout l'intention de tenir les promesses qu'il avait faites à son père à propos du destin de la Principal, et cela malgré le témoignage de ses trois frères. Quoi qu'il en fût, elle se sentait forte. Ces prochains jours, les problèmes qui allaient fixer son avenir allaient se résoudre et elle se jura de lutter jusqu'au bout pour sauver la maison, sa maison. Et si maître Pagès, le notaire, lui avait dit la vérité… Elle devrait rester à Pous, oui, loin d'une vie plus attrayante. Mais à la Principal elle ne serait plus la pauvre petite sœur sans le sou qu'ils allaient continuer à traiter comme bon leur semblait. Elle ne s'assiérait jamais plus sur la dernière chaise restée libre. Plus jamais ? C'était fini tout ça, elle lutterait jusqu'au bout, quand bien même devrait-elle y perdre sa relation avec ses quatre frères. La dispute s'approchait tel un nuage noir, mais elle décida que, pendant ces prochains jours de cohabitation, elle feindrait d'être affable, soumise, prête à accepter ce que la providence ou la volonté de son frère Robert déciderait.

Puis vint le jour où le notaire convoqua la fratrie pour l'ouverture et la lecture du testament. Il les reçut en habit de cérémonie : lire les dernières volontés de son meilleur ami ne méritait pas moins. La mort subite d'Andreu l'avait troublé au plus haut point et cette réunion avec les siens représenterait pour lui comme la dernière accolade à son vieil ami. Ils s'étaient rencontrés alors qu'ils étaient tous deux étudiants, Andreu faisait des études commerciales afin de bien diriger et gérer la Principal, et lui des études de droit, car tout petit déjà il voulait à tout prix devenir notaire. Une vocation impossible à négocier que la plupart des gens trouvaient absolument bizarre et prétentieuse. Mais rien ne le fit revenir sur son ambition et il réussit finalement un très difficile concours qui faillit lui coûter la santé, mais qui lui permit d'entamer un parcours dans diverses études de notaire, en gravissant chaque fois les échelons, jusqu'à parvenir à postuler pour l'étude notariale de Felius avec de gros avantages sur ses concurrents. Il aurait pu facilement poursuivre sa carrière et obtenir des places plus importantes et rémunératrices, mais son rêve était aussi déterminé que l'avait été sa vocation enfantine : il voulait être M. le notaire de Felius, exercer ses fonctions avec dignité et honnêteté, rester auprès des siens et faire de longues promenades à travers les anciennes propriétés familiales, qui à présent lui appartenaient, accompagné par deux chiens aboyeurs qui lui soient fidèles. Lorsqu'il retourna à Felius pour s'y installer, les deux vieux amis réactivèrent les anciens liens qui les unissaient l'un à l'autre. Sans doute leur manqua-t-il la complicité particulière d'une amitié d'adolescence, mais ils surent nourrir leur relation de nouvelles connivences. Tous deux avaient perdu leur femme, tous deux connaissaient l'abîme de la solitude et tous deux apprirent à vieillir avec une certaine élégance. Et alors qu'il semblait qu'il leur restait encore des années de conversation à partager, Andreu mourut de façon tout à fait inattendue. Oui, il voulait se présenter à la lecture du testament avec le plus bel habit de cérémonie de la collection que sa profession l'obligeait à posséder.

Mme Carme invita les Roderich à prendre place autour de la vaste table ovale, dans une salle de réunion contiguë au bureau. Maître Pagès entra en tenant à la main deux enveloppes scellées de taille différente, l'une plus fanée que l'autre. Il les posa sur la table avant de s'asseoir et salua les cinq membres de la fratrie, l'un après l'autre, en les appelant par leur prénom. Puis il prit place sur la courbe d'une extrémité où un plumier de bois ouvragé, un support pour les encriers, un buvard et un fauteuil différent des autres chaises signalaient la place de la présidence.

Bien qu'il ait assisté aux funérailles, qu'il les ait accompagnés jusqu'au caveau de famille et qu'il vînt de leur serrer la main, il insista pour tous les nommer à nouveau :

142

— *Maria, ton père m'avait déjà dit que tu étais très belle, mais pas à ce point. Nous nous connaissons enfin. Bienvenue dans cette maison.*

Maria répondit en lui adressant un sourire de courtoisie et comprit immédiatement que le notaire n'avait pas l'intention de signaler sa visite antérieure. Elle sentit la moiteur d'une certaine complicité.

— *Robert, toi et moi nous sommes rencontrés il y a moins d'un an, bienvenue également.*

Le frère le plus jeune, Joan, se demanda pour quelle raison ils s'étaient déjà vus, mais le notaire poursuivit sans lui donner le temps de développer ses soupçons.

— *Et toi, Ernest, je sais que cette année tu finis tes études de pharmacie. Et toi Lluís, tu fais partie de ma corporation, tu as déjà fait la moitié du chemin, n'est-ce pas? Quant à toi, Joan, l'évêque Marull m'a dit que tu étais le meilleur élément du séminaire. Soyez tous les bienvenus dans mon étude.*

Il parlait en accentuant chaque mot et surtout chaque prénom, en s'accompagnant du regard pour les fixer chacun dans les yeux.

— *Vous connaissez les liens étroits qui m'unissaient à votre pauvre père et il n'est pas nécessaire de vous dire combien sa mort m'a affligé, comme si nous avions appartenu à la même famille. Je vous présente à tous mes condoléances, ou plutôt, je les partage avec vous…*

Il fit une pause. Son esprit s'était brusquement absenté. Puis il reprit :

— *Oui… mais à présent nous sommes ici pour résoudre, écouter et respecter ses dernières volontés et, malgré la confiance que je vous porte, je dois procéder conformément à la loi et aux bonnes coutumes de ma fonction.*

Il s'assit lentement, en regardant les enveloppes, et il en saisit une, sur laquelle était inscrit un prénom.

— Nous procéderons à l'ouverture du testament de votre père, mais auparavant, et pour suivre un obligatoire ordre chronologique, je dois remettre un document à votre sœur, Maria Roderich i Basses. Et en dévoiler le contenu dépend de sa seule volonté.

Silence. Il se passait quelque chose d'inattendu. Les regards des quatre frères s'entrecroisèrent. Le notaire tendit son bras, passa l'enveloppe à Robert, qui en tant qu'aîné avait pris place à ses côtés et qui, après avoir lu le prénom de sa sœur, l'avait passé à Lluís. Un éclair illumina furtivement le visage de celui-ci qui la fit suivre à Maria cantonnée à l'autre extrémité de la table. Elle la prit et la rangea juste devant elle. Elle posa ses mains dessus comme si elle voulait la caresser, mais ne l'ouvrit pas. Le notaire l'observa quelques secondes et, voyant qu'elle ne faisait pas le moindre geste qui pût justifier une pause, poursuivit.

— Bien! Nous allons donc passer à la lecture du testament de votre père, qui a dicté ses dernières volontés ici, assis à cette même table où nous nous trouvons. Ainsi que l'indique le document, il a fait son testament en cette année 1893, le 2 septembre...

Et il commença à lire le préambule à haute voix, passant rapidement sur les formules protocolaires. Malgré cela, cet homme savait, en modulant la voix, ou par un geste, ou en levant les yeux sur les personnes qui l'écoutaient, donner de petites inflexions, de petites indications lui permettant de transmettre à sa lecture une solennité parfaitement maîtrisée.

Après les premiers paragraphes, il fit une pause indiquant qu'il était arrivé au moment le plus important de la cérémonie. Celui où l'on lit et reçoit les biens. Et celui des déceptions.

Il poursuivit avec un ton différent et une diction plus précise.

— *"Je fais héritier de tous mes biens, titres, argent et possessions, mon fils aîné Robert Roderich i Basses."*

Maître Pagès le regarda à peine une seconde, suffisamment pour indiquer un point à la ligne. Ses frères aussi l'observèrent du coin de l'œil, mais sans la moindre surprise. L'héritier ne montrait aucune satisfaction, il avait plutôt l'air de songer à la grave responsabilité qui lui incombait, continuant à se concentrer exclusivement sur la lecture du notaire, qui poursuivit :

— *"Avec les obligatoires conditions d'exécution suivantes :*

*1º – Dans le cas où ma mort interviendrait avant qu'un de mes fils Ernest, Lluís ou Joan aient fini les études qu'ils mènent ce jour où je rédige mon testament, l'héritier devra prendre en charge avec effet immédiat toutes les dépenses générées par lesdites études et pour toute leur durée, en plus de leur assigner une somme de soixante-quinze pesetas par mois pour leur assurer une existence digne. À condition que les clauses suivantes soient honorées par les bénéficiaires :*

*a – Cet argent doit exclusivement servir pour finir les études et obtenir le diplôme.*

*b – En cas d'abandon des études ou de non-obtention du diplôme, non seulement le versement des sommes sera interrompu, mais les droits d'héritage de l'intéressé, détaillés plus loin, lui seront retirés.*

*c – Les droits d'héritage, décrits en b, viendraient alors automatiquement grossir les droits de l'héritier.*

*2º – L'héritier remettra à chacun de mes fils à la fin de leurs études la somme de huit mille cinq cents pesetas et leur cédera la propriété d'un étage, comprenant chacun deux appartements, de l'immeuble de la rue de l'Université à Barcelone, l'ordre descendant de l'âge correspondant à l'ordre montant des paliers à partir du principal, au premier étage."*

*L'étudiant en pharmacie, Ernest, balbutia :*

— *Je n'y comprends absolument rien.*

*Et avant que le notaire n'ait le temps d'éclaircir ses doutes, le futur curé expliqua :*

— *Mais si, notre père veut dire que Robert garde l'appartement principal et qu'après, par ordre de naissance, on monte chaque fois d'un étage. Moi, qui suis le dernier, j'hériterai de l'appartement le plus élevé.*

*Maître Pagès crut bon d'intervenir :*

— *Je vous serais reconnaissant de laisser les doutes et les interprétations pour la suite. À ce moment-là, s'il le faut, nous le relirons en entier et je vous expliquerai tout ce qu'il faudra, point par point.*

*Et il poursuivit la lecture. Alors qu'il atteignait bientôt la fin du dernier feuillet, où se trouvait la signature du père, il fit une pause quelque peu solennelle avant de conclure :*

— *"Je lègue à Francesca Farrés la maison dite Cal Llaraudor de Pous et la somme de dix mille pesetas."*

*Le séminariste ne put se contenir :*

— *Et qui est cette femme ?*

— *C'est Úrsula, Joan, Paquita Farrés c'est Úrsula, ta nourrice, et la mienne aussi, répondit calmement Robert.*

— *Et on peut savoir pour quelle raison il lègue une maison et plus d'argent à une domestique qu'à ses enfants ?*

146

Maître Pagès, qui avait déjà senti un certain malaise après la première interruption, coupa sec la seconde qui, de plus, faisait allusion à une intimité guère convenable à étaler dans son propre bureau.

— Joan, tout à l'heure, en privé, je t'expliquerai tout ce que tu voudras, en long, en large et en travers, sur les motivations de ce legs. Mais à présent je te demande un peu de silence et de respect. Il ne manque plus qu'à lire la dernière volonté de ton père et il me semble qu'il est de notre devoir de l'écouter respectueusement.

Quelque peu irrité, il fit une nouvelle pause. Ce gamin lui faisait perdre les rênes avec ses petits airs efféminés et... Il attendit qu'ils aient tous le regard rivé sur lui et poursuivit :

— "Enfin, je lègue à ma chère fille Maria l'appartement de l'étage principal de l'immeuble de la rue de l'Université avec tous les biens et les objets qu'il contient et la somme de dix mille pesetas."

Il respira profondément, remit les feuillets en ordre et les regarda l'un après l'autre.

— À présent, ça y est, nous avons achevé la lecture.

— L'étage principal, autrement dit l'appartement-palais ? demanda Robert alors qu'il était devenu tout rouge et que ses lèvres se contractaient.

Maître Pagès, qui d'expérience avait déjà prévu l'orage, tenta de l'éloigner en prenant la voix la plus douce possible :

— Oui, l'étage principal de la maison de la rue de l'Université est bien celui où se trouve l'appartement-palais de votre père.

— Ce qui signifie qu'il me nomme héritier, mais qu'il laisse l'appartement-palais, le lieu symbolique de la famille *à Barcelone, à la petite sœur? Sincèrement, ou c'est une erreur ou c'est à n'y rien comprendre!*

*Maria restait muette, les yeux pratiquement bais-sés, comme si elle priait. La nouvelle que son père l'avait nommée héritière de l'appartement-palais familial l'avait presque autant surprise que ses frères. Le notaire prit un ton plus autoritaire. Parfois, il valait mieux couper court dès les premiers assauts.*

*— Je suis le notaire de Felius, en plus d'avoir été l'ami intime de votre père. Et je peux vous dire que ce qu'il a décidé, il l'a fait avec détermination et après y avoir mûrement réfléchi. Si vous voulez plus de détails, j'ajoute-rais qu'avant de venir me voir, il avait déjà tout écrit sur une feuille de papier. Et il m'a expressément demandé de noter ce point à la fin du testament. L'appartement-palais de l'étage principal sera pour Maria, en vertu de la ferme volonté de votre père.*

*Il regarda Maria qui, si elle demeurait muette, avait levé la tête pour fixer Robert dans les yeux, mais sans intention de le provoquer. Elle ne l'avait jamais vu aussi angoissé. Lui, qui ne perdait jamais son sang-froid, semblait être quelqu'un d'autre, se tordant les doigts, visage transpirant, les traits extrêmement marqués, les yeux pleins de ressen-timent. Il était évident qu'il allait exploser. Et il explosa :*

*— Je ne comprends pas, merde!*

*Le notaire lui dit aimablement, d'une voix posée :*

*— Il n'y a rien à comprendre, Robert. Tu dois accepter.*

*Mais le jeune héritier avait déjà perdu tout contrôle de lui-même :*

*— Autrement dit, il me faut accepter que cette moins que rien s'installe dans l'appartement, symbole des Roderich*

à Barcelone, et que moi je devienne l'héritier d'une fortune sans la maison qui n'est ni plus ni moins que l'emblème de notre nom dans la capitale? Que j'habite dans l'appartement que pourrait occuper n'importe lequel de mes frères? Mon Dieu, ça y est, je comprends… j'aurais dû m'en douter plus tôt! Ça signifie que, pendant que je m'escrimais à finir mes études, cette sainte nitouche se consacrait à emboliner mon père.

À présent, il criait, il était tout rouge, regardant ses frères les yeux exorbités, attendant un peu de complicité de leur part, agitant les bras presque spasmodiquement. Méconnaissable, montrant Maria, mais sans la regarder.

— En se faisant passer pour simple d'esprit! Elle n'a rien étudié d'autre qui ne soit la broderie et le…

Brusquement, il l'observa, cligna des yeux comme pour mieux la transpercer du regard. À présent, il lui parlait directement. Sa voix adopta un ton volontairement plus distinct, tandis qu'il continuait à hurler.

— Oui… Toi… Je découvre quel genre de personne tu es. Écoute-moi bien. Aujourd'hui même, tu vas ramasser tes affaires à la Principal, qui en tant qu'héritier m'appartient, et tu files dans ton appartement-palais. Et je ne veux plus jamais te revoir. Plus jamais. Je n'habiterai jamais dans une maison que tu présiderais, même pas en rêve! Et sache bien que je ne veux plus te voir mettre les pieds à la Principal. Prends tout ce qui t'appartient parce que je vais donner l'ordre que tu n'en franchisses plus le seuil. Tu entends? Jamais plus.

Le ton de Robert était allé crescendo sur une pente de plus en plus rude et, après avoir atteint les sommets, le garçon se tut brusquement pour se laisser enfin aller et s'obliger à se décontracter. Il recula au fond de son siège pour sentir sa colonne vertébrale se reposer sur le dossier et tira un mouchoir de sa poche.

Maître Pagès s'était bien gardé de l'interrompre. Il observait Robert. L'héritier était encore tout essoufflé, rouge et transpirant, les yeux vitreux et le nez coulant. À présent c'était au notaire de donner une leçon de bienséance à ce gamin qui avait perdu les bonnes manières. Mais alors qu'il était prêt à commencer son discours pour lui rappeler que son père avait fait de lui un millionnaire, en lui laissant une bonne dizaine de maisons, plusieurs hectares de terrains constructibles, des valeurs et de l'argent, il s'aperçut que Maria se levait sans se presser mais sûre d'elle, ouvrant l'enveloppe qu'elle avait conservée jusqu'ici devant elle, et en tirant le document qu'elle contenait, sans le regarder. Elle le posa alors sur le précieux acajou de la table et le poussa suffisamment pour qu'il glissât jusqu'à son frère Robert.

Un rictus méprisant aux lèvres, mais surpris par l'attitude de sa sœur et la nouvelle situation, le garçon déplia la feuille de papier les mains encore tremblantes et commença à lire. Ce qu'il était en train de découvrir le paralysa. Il se sentit désarmé par ce qu'il lisait. C'est alors que Maria, debout, le fixant dans les yeux et avec un surprenant regard d'acier pour ses frères, prononça ces mots qui sonnaient le début d'une nouvelle ère :

— Robert Roderich, si j'ai bien compris, notre père m'a sacrifiée en m'enfermant dans la Principal, pour que de votre côté vous puissiez aller vivre à Barcelone pour votre travail, vos études et pour entamer une existence qu'on m'avait tout bonnement refusée. Il a jugé, sans doute à tort, que, vu les circonstances, c'était mieux pour la famille. Et vous, les mâles du clan, vous avez trouvé parfaitement normal que la fille de la maison acceptât de se faire emprisonner à vie entre les quatre murs d'une bâtisse luxueuse et ruinée pour surveiller un cellier rempli de richesses qui devaient vous revenir.

Maître Pagès l'écoutait, fasciné. Voilà l'intelligence de sa mère et l'autorité de son père réunis dans une jeune femme apparemment fragile, mais qui à présent, juste en cet instant, était en train de déployer ses ailes pour prendre son envol.

— Pour compenser le fait de m'avoir lésée, il a fait jurer à mes frères ici présents de ne jamais remettre en cause mes propriétés. C'est vrai, tu n'y étais pas. Mais connaissant notre père, aucun de nous ne peut imaginer qu'il ne t'ait jamais parlé de cette promesse. Et cela t'engage. Aujourd'hui, j'ai appris qu'il avait prévu de me dédommager pour le sacrifice qu'il me demandait… J'en suis profondément surprise et émue.

Brusquement, on aurait dit qu'elle allait fondre en larmes. Elle se tut, les retint un dixième de secondes. Elle finirait de dire ce qu'elle avait à dire d'une façon ou d'une autre.

— Évidemment, mon cher frère, lorsque tu as lu ce document tu es resté paralysé et pas parce que la Principal t'intéresse le moins du monde. Ce qui véritablement te soucie et te tourmente est la valeur des bouteilles de vin qui se trouvent dans le cellier ; si tu veux le savoir, j'en ai compté environ cinq cent quatre-vingt-six mille. Je te dis ça pour que tu puisses évaluer correctement tes pertes, lorsque tu sortiras de cette pièce.

Maître Pagès était peiné de devoir assister, comme souvent, à la lecture d'un testament qui se voulait juste et qui provoquait des affrontements presque fratricides. Mais par ailleurs, le plaisir de voir cette femme…

— Notre pauvre père avait presque tout prévu, sauf une chose : sa mort prématurée. Il avait pensé vivre suffisamment longtemps pour vendre les bouteilles et investir les bénéfices dans de nouvelles affaires qu'il comptait entreprendre pour la famille. Il savait également qu'une fois le vin vendu, la Principal n'aurait plus qu'une valeur symbolique et un patrimoine peu rentable. Je comprends que c'est pour cette raison, pour me protéger, et parce qu'il me sacrifiait pour maintenir vivant le symbole de notre passé qu'il a prévu de me laisser le symbole de notre futur, l'appartement-palais que tu convoites tant.

Elle n'avait pas fini. Tout le monde le savait.

— Donc voilà, mon cher Robert Roderich, c'est le testament de mon père qui le stipule : tu es l'héritier. Et tu n'as pas encore manifesté la moindre joie, ni prédisposition, ni seulement reconnaissance pour l'immense héritage qu'il t'a laissé. Jusqu'à présent, tu n'as su nous montrer que tes dents, ou plutôt tes crocs. Les avatars de l'existence et la volonté de mon père ont fait mien le symbole de la famille à Barcelone ainsi que là où se trouve sa véritable origine : ici, à Pous, avec les quelque six cent mille bouteilles et la fortune que tu sais pertinemment qu'elles représentent. Donc voilà, je demanderai à Raül de vous conduire, toi et les frères qui voudront bien t'accompagner, là où jusqu'à présent tu étais chez toi. Tu reprendras les affaires avec lesquelles tu es arrivé et tu retourneras chez toi. Seules les affaires que tu auras alors pu emporter seront à toi. Le reste, tu ne le verras jamais plus, dit-elle en respirant profondément. Fais avec le patrimoine que notre père te laisse ta fortune ou ta ruine, je ne *te souhaite aucun mal. Et si quelquefois la vie devait nous obliger à croiser nos regards, sache que mes yeux te souriront seulement pour m'éviter de perdre ma prestance, mais ils ne te regarderont jamais plus comme ceux d'une sœur.*

*Robert avait recouvré son assurance et son calme habituels. Tout en lui semblait s'être remis en place. Magnifique et fier, il regarda ses frères l'un après l'autre, comme s'il passait les troupes en revue, puis il se leva. Tous le suivirent sauf l'un d'entre eux. Ils prirent congé du notaire qui les raccompagna, en toute courtoisie, jusqu'à la porte de l'étude. Le dernier à sortir fut Joan, le plus jeune des frères. Avant de refermer la porte, il se tourna et regarda Maria, qui soutenait son regard. Il baissa les yeux et suivit Robert et Ernest. Lluís était resté assis à la table.*

*Comme si elle venait de recevoir un ordre, Maria fondit en larmes, elle se mit à pleurer comme une fontaine ; il n'était plus besoin de dissimuler. Une nouvelle époque commençait. La Vieille commandait désormais à la Principal et pourtant elle n'avait pas encore vingt ans.*

— ... c'est tout, à part ça, je ne peux pas vous dire grand-chose, monsieur l'inspecteur.

— Donc, tous les frères ont accepté la situation de bon gré.

— Ah, ça oui! On ne connaît presque rien de ce qui se passe dans le cœur des hommes, mais d'après ce que je sais, tout est allé comme sur des roulettes. Il ne pouvait en être autrement entre membres d'une même fratrie.

L'inspecteur n'ajouta rien. Il se contenta de prendre des notes sur son carnet noir, tout en pensant que cette vieille bonne femme était en train de lui raconter des histoires. Il se souvenait parfaitement que des gens de Pous, qu'il avait interrogés avec l'inspecteur Velarde le jour du crime, avaient témoigné que la famille s'était divisée au moment de l'ouverture du testament du dernier Roderich et que les couteaux volaient bas à la Principal. Peut-être que certains détails lui serviraient finalement à quelque chose. Pas trop. Mais patience.

— Très bien, Úrsula. C'est une version intéressante.

La nourrice ne comprit pas l'ironie et elle continua à mentir comme seules savent le faire les vieilles personnes.

— Je ne peux même pas y ajouter une virgule, dit-elle satisfaite.

— D'accord, fort bien, il faut que je m'en aille et la senyora Magí n'est pas encore rentrée. Vous lui présenterez mes respects et dites-lui que je reviendrai prochainement, mais pour ne pas faire le trajet pour rien, je lui enverrai d'abord un télégramme avec la date et l'heure du rendez-vous.

— Dès qu'elle rentrera, je le lui dirai, monsieur l'inspecteur. Mais dites-moi, pourriez-vous m'expliquer pourquoi le témoignage de la Senyora vous intéresse à ce point ?

— Il vaut mieux que je ne vous en parle pas. Mais rassurez-vous, ce n'est pas très important, c'est une question de procédure.

Il se leva d'un air décidé, en lui faisant bien comprendre qu'il faisait ce qu'il voulait, quand il voulait. Mais Úrsula ne put pas se retenir :

— Bien, monsieur, comme vous voudrez, mais il est écrit sur votre carnet, et pardonnez-moi parce que je suis tout sauf cancanière, une chose du genre "Le crime de la Principal" et...

La voix de l'inspecteur perdit brusquement la douceur qu'il avait adoptée avec la nourrice, lorsqu'il l'avait coupée :

— À très bientôt... Prévenez la senyora Magí de ma visite, je vous prie.

## 6

## CE QUE DÉSIR VEUT

*Jeudi 7 novembre 1940*

Toutes les histoires que sa mère lui avait racontées pendant les veillées auprès du feu, en lui expliquant ce qu'elle avait fait pour ressusciter la Principal et comment elle avait refusé de planter des noisetiers après le phylloxéra, pour prendre le risque de replanter de la vigne contre l'avis de la plupart des propriétaires de Pous et de toute la région de l'Abadia, lui revenaient en mémoire. Maria Magí se les rappelait en contemplant l'harmonie des arbres dans cette vallée d'automne dominée par les ocres, les jaunes et les verts rougeoyant des ceps de carignan. Ah, ces couleurs de novembre enveloppant tout son Mas Gran! Avoir demandé qu'on arrache les vignes l'avait beaucoup perturbée et à présent elle avait besoin de les contempler à nouveau, comme pour savourer au fond d'elle ce havre de beauté et s'en souvenir à jamais.

Il y avait peu de temps que M. Torres, le patron de la Grande Coopérative vinicole de Rius, lui avait dit, comme sous le sceau du secret : "Ce qui est en train de se passer en France peut tout à fait ruiner la région de l'Abadia et par ricochet la Principal, Maria. Commencez à réfléchir à des alternatives. Avec la guerre, les Allemands à Paris et le pays divisé en deux, il est probable que les caves françaises ne voudront pas de notre vin. Un pays envahi et coupé en deux ne peut pas être un bon marché pour nous. Il est bien possible que ce soit la dernière année que les Français vous en achètent. Tout ça va finir en eau de boudin. Dans la plaine, après le phylloxéra, nous avons décidé de remplacer la vigne par des noisetiers, c'était la meilleure alternative. Mais la senyora Roderich, paix à son âme, n'a pas voulu suivre notre conseil et a décidé de replanter des vignes. Ne le dites à personne, s'il vous plaît, mais vous devriez agir rapidement. La vigne, les ceps, le raisin, le vin… tout ça est bel et bien fini!"

Lorsque Hitler avait envahi la Pologne, elle revenait tout juste de son exil en France. Et lorsqu'en juin dernier les Allemands avaient défilé à Paris, elle avait pris peur. La mise en garde d'un homme aussi rompu au commerce international que M. Torres finit par la décider.

Pendant ces deux semaines, on ne parlait pas d'autre chose au village. À la Principal, on arrachait les ceps des vignes les plus riches de l'Abadia et personne ne comprenait pour quelle raison. La Senyora était devenue folle. Il est vrai que la rumeur courait sur les Français, mais cette année ils avaient encore acheté toute la vendange à un bon prix et ils assuraient que l'année prochaine ce serait la même chose.

Tandis que Maria admirait les peupliers, les couleurs et les ombres équilibrant les formes et les tons, son regard se fixa sur le visage de l'homme qui avançait sur le chemin du milieu : c'était Llorenç. Il traversait la plaine et se dirigeait vers le mas. Elle l'avait fait venir et, en l'observant de loin, elle tentait de se rappeler le nombre d'années qui s'étaient écoulées depuis le second incident. Cinq ans, ou six ans? Davantage, peut-être : ils devaient avoir un peu plus de vingt ans, car il n'y avait pas si longtemps qu'ils avaient enterré la Vieille. Elle se demandait encore comment elle avait osé lui faire une chose pareille. Elle se souvenait de tous les détails. Plus que le souvenir d'une situation vécue, cela lui semblait un mauvais rêve.

### SOUVENIR D'UN MAUVAIS RÊVE.

— *Vous m'avez fait appeler, madame?*

*En effet! Elle l'avait fait venir à la bibliothèque parce qu'elle voulait en finir avec une angoisse qui l'obsédait. Llorenç était vêtu d'une chemise impeccablement blanche. Une ceinture lui serrait la taille. Il avait un corps svelte, une allure distinguée.*

— *Oui, en effet. Approche, s'il te plaît.*

*Elle demeura immobile. Il n'y avait pas longtemps qu'elle avait hérité et elle ne se sentait pas encore très sûre d'elle, mais c'était la maîtresse. Llorenç, en revanche, ne savait qu'une chose : il devait lui obéir. Parce qu'elle était la maîtresse et parce qu'elle possédait la clé d'un secret qui l'affaiblissait devant tout le monde, depuis qu'elle l'avait surpris avec Ricard. Llorenç s'arrêta à un mètre d'elle. Maria lui dit, sur son ton habituel :*

— *Tu peux t'approcher encore, que je puisse bien voir ton visage?*

Il s'approcha davantage, jusqu'à n'être plus qu'à un empan d'elle. Il la regardait à la dérobée. Il n'avait plus regardé la Senyora dans les yeux depuis ce jour… dans les écuries.

Alors elle allongea doucement le bras jusqu'à lui attraper le pantalon, au niveau de la braguette. Il ne bougea pas d'un pouce. Le silence était on ne peut plus dense. Il lui sembla que ce qu'elle sentait dans sa main n'était autre que… oui, son sexe. Et quelques secondes après, il palpitait déjà. Llorenç était toujours immobile, les joues… ah ces joues, rouges! Il avait le regard perdu vers le bas du balcon. Cependant, lorsqu'elle lui pressait le sexe, celui-ci répondait. Progressivement tandis qu'elle s'habituait à le lui manipuler, le visage du garçon se transformait.

— Tu veux bien dégrafer ton pantalon?

Il s'exécuta. Gêné, il se déboutonna. Elle introduisit sa main dans son caleçon et trouva cette chose chaude, vivante. Elle la saisit et, sans cesser de le regarder dans les yeux, la sortit pour commencer à le masturber. Déconcerté, abasourdi, Llorenç ressentait cependant un vif plaisir l'envahir. Elle voyait ses lèvres s'entrouvrir, ah oui, et aussi ses yeux qui se troublaient, oui, comme cette autre fois, dans les écuries. Maria continuait et observait toujours son visage. Les petites transformations de ses traits lui permettaient de savoir comment lui donner plus de plaisir. Llorenç était de plus en plus excité et fit un mouvement pour l'embrasser. Elle détourna la tête en signe de refus, mais sans cesser de le masturber, voyant comment ses lèvres étaient à présent gonflées, voluptueuses, ses yeux fébriles et ses narines dilatées… Lorsque tout son corps commença à ressentir le plaisir et qu'il se mit à haleter, Llorenç murmura "Maria", il allait jouir, ses yeux se révulsèrent et brusquement… il éjacula.

*Il se vida à tel point qu'il dut fermer les yeux. En revanche, Maria continuait à le regarder fixement, avec son sexe dans sa main, comme si elle voulait voir ses traits se remettre en ordre après le plaisir.*

*Puis elle s'écarta brusquement et, en s'éloignant en direction de la porte, se contenta de lui dire :*

*— Essuie tout ça !*

Mon Dieu, mais comment avait-elle osé ? Quel instinct l'avait ainsi empoisonnée ? Elle était tombée amoureuse de lui le jour même où elle l'avait surpris avec Ricard et elle ne put jamais plus contrôler son désir quand elle voyait son visage, son corps d'une étrange volupté. Elle désirait cet homme. Oui, elle ne désirait, ne souhaitait, ne voulait que cet homme.

Après cela, elle le nomma responsable de la Porteuse. Non pas tellement pour le dédommager de l'humiliation qu'elle lui avait infligée mais plutôt pour le garder constamment près d'elle, devant elle, et sentir à quel point la passion la dominait.

À présent, sept ans plus tard, elle le suivait du regard jusqu'à ce que son image se perdît dans l'entrée. Elle l'avait convoqué pour lui parler. Il monterait dans quelques secondes. Elle arrangea sa coiffure et ajusta son chemisier au niveau de la taille, qu'elle avait très fine, soulignant son corps magnifique. Elle prit place près du feu où se consumaient encore quelques braises et se reprocha de peut-être vouloir traiter trop de choses en un seul jour. Un instant plus tôt, elle avait demandé qu'on arrache ses vignes et maintenant elle voulait s'occuper de la confusion entre les sentiments et un désir impossible à ajourner, la tâche la plus intime, mais aussi la plus redoutable. Elle voulait laisser la porte ouverte à ses émotions ou la fermer pour toujours. Elle lui demanderait de s'asseoir devant elle… Elle sentit sa présence, elle aurait presque pu compter les mètres qui les séparaient, sans avoir besoin de se retourner.

— Entre, Llorenç. Je t'ai fait appeler…

— Désolé, si je suis en retard, s'excusa-t-il debout devant elle. Que demande la Senyora ?

— Je ne demande rien, Llorenç, je ne veux pas parler de travail, je veux juste bavarder avec toi. Tu veux bien t'asseoir devant moi ?

Llorenç devint tout rouge. C'était inévitable. Tout petit déjà, la moindre surprise le faisait rougir. Et avec la Senyora encore plus, car il avait des sentiments confus envers elle, un mélange de crainte, d'attirance et d'anciennes complicités. Neus, sa mère, était entrée au service de la Principal alors qu'il avait à peine deux ans, comme la fille de la maison. La Vieille qui interdisait à Maria de jouer dans la rue avec n'importe quel voyou de Pous crut, avec l'arrivée de la nouvelle cuisinière et de son petit Llorenç, avoir trouvé une solution pour que sa gamine puisse jouer dans la sécurité domestique et sous son contrôle. La distance entre les enfants s'estompa facilement : fils de patron ou de cuisinière, les rêves et les découvertes se ressemblaient et ils prirent l'habitude de jouer ensemble, presque comme des frères. Cette immense bâtisse pleine de chambres, de greniers, d'armoires, de cuves, de débarras, de pressoirs, d'écuries, d'étables, de poulaillers… était une source inépuisable pour l'imagination des enfants. Le petit Llorenç passait la moitié de sa vie dans les appartements des propriétaires, sous le regard bienveillant de la Vieille, qui le prit en sympathie et finit par lui payer l'école pendant plusieurs années. Plus tard, l'adolescence les sépara peu à peu, sans qu'ils s'en aperçoivent. Des réalités différentes redéfinirent inexorablement le territoire de chacun. Les études prenaient de plus en plus de temps à Maria, tandis que lui, à quatorze ans, grâce à la considération que la maîtresse avait envers lui, obtint le privilège d'être initié aux travaux des champs et à l'élevage des animaux. Être apprenti signifiait adopter les horaires d'un journalier soumis et consciencieux, du lever au coucher du soleil. Mais c'était la seule façon pour lui, au bout de quelques années et à condition que la Vieille l'acceptât, de devenir un jour un travailleur fixe de la maison et de toucher quelques sous à la fin du mois. C'est alors que les visites du jeune garçon à l'étage des propriétaires prirent fin. Sa nouvelle condition de travailleur ne lui permettait plus ce genre de familiarités dans l'espace privé des patrons. Llorenç fut remplacé par Caterineta, qui avait deux ans de moins que Maria et représentait, d'après la Vieille, une compagnie plus convenable. Cependant l'amitié des deux adolescents demeura relativement vive jusqu'à ce jour fatidique, dans les écuries, où tout bascula. Dès lors, la jeune femme avait tantôt l'air de le haïr et de vouloir l'humilier, et tantôt le désir de le protéger. Toujours avec un arrière-fond morbide et une singulière attirance l'un pour l'autre.

— Llorenç, j'ai demandé qu'on ne nous dérange sous aucun prétexte. Ce que j'ai à te dire est difficile à exprimer et il n'y a que toi qui doives l'entendre, lui dit-elle avec une lueur de gêne dans les yeux. Cependant elle sourit et reprit : Tu ne dois pas avoir peur ni te sentir nerveux. Et avant tout, si ce que j'ai à te dire doit te poser des problèmes insurmontables, ou ne te semble pas convenable, ou ne correspond pas à ce que tu sens et désires, lorsque tu te lèveras de cette chaise, rien de ce dont nous aurons parlé n'existera et ne t'obligera.

— Très bien, Senyora, dit-il en se calant sur son siège pour être plus confortable.

Il n'était pas habitué à s'asseoir sur un sofa aussi ample. Tout son être était aux aguets.

— Tout d'abord je voudrais te dire que si je te tutoie en ce moment, je ne le fais pas en qualité de maîtresse de la Principal, mais seulement comme une femme qui n'est ni plus ni moins que toi.

Llorenç l'observait dans une attitude soumise mais affectueuse. Maria était toujours surprise par cette façon qu'il avait de la regarder. Il dégageait une sensualité apparemment innocente mais dont la douceur cachait une forte attirance physique.

— Llorenç, nos vies ont toujours été quelque peu mal assorties l'une à l'autre. Les événements qui se sont déroulés il y a longtemps à présent ont marqué notre relation et, bien que nous ayons partagé la même enfance et vécu sous le même toit, nous n'avons jamais eu, ou plutôt je n'ai jamais eu le courage de t'en parler. J'ai donc décidé de le faire maintenant et sans détour. Je commencerai par dire que j'ai été complètement bouleversée le jour où je t'ai surpris avec Ricard dans les écuries… en train de vous donner du plaisir.

Elle hésita à finir la phrase et Llorenç regarda un moment par terre avant de lever rapidement les yeux.

— Les années ont passé Llorenç, et je commence à prendre de l'âge. Mais certains sentiments sont restés emprisonnés dans le temps, dans le cœur… ils ont survécu jusqu'à aujourd'hui… et tu ne peux pas imaginer combien j'ai tenté de les chasser de mon esprit.

Maria se tut, comme si elle n'avait pas encore dit la chose la plus importante. Elle plongea ses yeux dans les siens :

— Je veux t'avouer que mon comportement envers toi ces dernières années me fait honte, et avant de poursuivre, je voudrais te demander pardon. C'est le plus important pour moi aujourd'hui.

Llorenç n'avait jamais entendu de pareils trémolos dans sa voix, qui lui révélaient l'extrême sincérité de ce qu'elle ressentait.

— Je te demande pardon pour t'avoir dénoncé à ma mère le jour des écuries. Nous n'avions que quinze ans, je le sais, et cela pourrait plaider en ma faveur. Mais, s'il est vrai que j'étais très jeune, il est également vrai que te dénoncer à ma mère ne fut pas vraiment la réaction d'une gamine effarouchée ou scandalisée. En réalité, ce fut l'expression de ce maudit défaut qui m'habite, contre lequel je ne peux rien et qui s'appelle la jalousie. Oui, je t'ai dénoncé par dépit, poussé par la rage et… le désir.

Elle se tut. Sa voix redevint plus intime.

— Tu sais, je ne suis pas allée tout de suite tout raconter à ma mère. Je suis restée un moment dans ma chambre à calculer comment je pouvais te faire le plus de mal et j'ai choisi la façon la plus sûre, en sachant pertinemment la gravité que cela aurait pour toi et comment les conséquences de ma délation te marqueraient à jamais dans cette maison.

Elle le regardait droit dans les yeux. Lui aussi, sans bouger un seul muscle de son visage. La situation entre eux n'était pas tendue, elle était simplement dense, pleine d'émotion.

— Je voudrais également te demander pardon pour ce que j'ai fait cinq ans plus tard. Malgré le temps passé, je ne parvenais pas à oublier le mal que je t'avais fait et, malgré cela, j'étais encore poussée par un besoin de t'en faire davantage. C'était comme un tenace va-et-vient de répulsion et de désir. Bien, n'en parlons plus, c'est dans cette confusion des sentiments que je t'ai fait venir dans le grand salon pour te masturber… Quelle honte ! Je ne sais pas comment j'ai osé, mais le désir de te toucher et de te sentir entre mes mains était devenu aussi obsédant que celui de te blesser et de t'humilier. Tout se mêlait dans ma tête. Incroyable, mais je l'ai fait ! J'en mourais d'envie. Ah, et je le faisais en ayant conscience que j'étais en train d'abuser de ma condition de patronne.

Ils se regardaient toujours dans les yeux, comme s'ils se provoquaient.

— Ensuite j'ai tenté de tout oublier. Et j'ai même voulu me faire pardonner en te nommant responsable de la Porteuse, ce qui, comme tu le sais, dans ce petit monde de la Principal est une fonction importante. Eh bien je n'y suis pas parvenue, les blessures sont toujours ouvertes, je n'ai rien oublié de ce que je t'ai fait et le désir de toi me poursuit sans cesse. Je n'ai pas pu te chasser de mon esprit… ni de mon corps et Dieu m'est témoin que j'ai tout essayé.

Cette fois, c'est elle qui baissa les yeux. Llorenç ne l'avait jamais vue dans cet état, doutant de tout, lui demandant pardon, honteuse. C'était une belle femme. Peu à peu, elle releva la tête. Elle débordait de sérénité.

— Je ne suis plus si jeune, Llorenç, et aujourd'hui je dois admettre que mon attitude a toujours été dictée par mon amour envers toi. Je t'aime et j'ai tenté de te posséder en utilisant les deux pires armes de l'amour : la jalousie et l'autorité. Je t'ai demandé de venir pour t'expliquer tout ça et surtout pour te dire que depuis le jour où je t'ai surpris dans les écuries, je ne pense plus qu'à toi, je te désire, je rêve de toi et que si je devais offrir mon corps à un homme, ce ne pourrait être qu'à toi. Je ne me sens pas très à l'aise de t'avouer tout ça. Les femmes n'ont pas l'habitude d'aborder ce genre de sujets. Mais je ne parviens plus à me comporter comme une femme… ni comme un homme, je ne sais désormais plus me comporter que comme la Senyora… et cependant pour toi, je peux t'assurer que je voudrais être juste une femme.

Llorenç l'écoutait sereinement, sans le moindre trouble dans les yeux. Il se sentit obligé de répondre quelque chose.

— Ça me fait bizarre, Ma… Maria. C'est étrange de ne pas bien savoir que dire.

— Tu n'as rien à dire. Aujourd'hui, c'est à moi de te demander une autorisation, et pour une fois c'est toi qui décideras pour nous deux. Mais laisse-moi continuer, car si une fois de plus nous n'allons pas au fond des choses, il n'y aura pas de lendemain possible. Tu sais pertinemment que, si désagréable que cela soit pour nous deux, il y a une affaire dont nous devons parler. Je sais que probablement tu es… inverti, Llorenç… Homo, comme on dit. Et pas seulement pour t'avoir surpris avec Ricard. Après tout ce que je viens de te dire, tu peux bien imaginer que je t'ai observé… espionné… sans arrêt. À Pous et à la Principal, ce n'est pas très compliqué, et je suis convaincue que tu aimes les hommes. J'en suis tellement sûre que je n'ai même pas besoin que tu me le confirmes. Mais je sais aussi que tu t'amuses avec des filles, et que tu sais les contenter, dit-elle en souriant. Car le matin, je les vois s'activer par-ci par-là, toutes guillerettes.

Maria relâchait son langage et se détendait tout en parlant, comme si dire ce qu'elle ressentait lui permettait de chasser les préjugés, la honte, la dignité mal placée…

— Pendant des années, mon cher Llorenç, ta déviance, pardon, m'a tracassée, m'a énervée, m'a rendue jalouse… mais aujourd'hui, je m'en moque. Pour les curés tu es possédé par le diable, pour les phalangistes tu es un dangereux dégénéré et pour les gens en général à moitié homo… Tout cela m'est égal, tu me plais quand même et au point où nous en sommes, pour être sincère jusqu'au bout, non seulement je me fous de ce que tu es, mais peut-être même que ça m'excite de te savoir… différent.

Llorenç était complètement déconcerté. Il n'avait jamais parlé de sa perversion à quelqu'un qui n'en fût complice. Et voilà que maintenant, c'était une femme qui évoquait ouvertement son homosexualité et qui lui disait que ça lui plaisait! Le choc des sentiments était vraiment violent. Comme si elle l'avait remarqué, Maria fit une pause avant d'aborder la question d'une autre façon.

— Une femme de mon âge a besoin d'un corps qui la fasse vibrer, et dans ma tête ça ne peut être que le tien. Je suis prête à accepter que cette conversation puisse ne rien donner, mais en même temps je pense, ou j'ai besoin de penser, que tu m'as toujours regardée d'une façon… comment dirais-je… J'ai l'impression que tu m'aimes, malgré ce que je sais sur toi et les nombreuses raisons de me haïr que je t'ai données. Tu m'excuseras, mais je dois te poser une question directe et grossière : Llorenç, veux-tu être mon homme ? Comment dire… Au sens le plus ouvert possible ? Mais il faut que tu te sentes libre de répondre, et si tu dois me dire non, je te jure, vraiment, que tout restera comme avant. Tu sortiras d'ici et je continuerai à être la femme que vous appelez tous la Senyora. Et toi, malgré ce que je viens de te dire, tu me respecteras. En échange, mes sentiments n'interféreront pas, tu m'entends bien, ils n'influenceront en rien les règles de travail. Tu as compris ? Ni pour toi ni pour ta famille. Mais écoute-moi bien, c'est une chose très importante pour moi : si tu devais me dire oui, je voudrais que tu saches que je te demanderai de la loyauté, une immense loyauté, mais jamais, jamais je ne te demanderai de la fidélité, et je comprendrais tout à fait que tu ailles chercher ailleurs ce que je ne pourrai pas te donner. Tu as compris ?

— Oui, j'ai compris, répondit Llorenç en se levant de façon inattendue.

Elle le fixait dans les yeux, mais la réponse ne venait pas. Il s'approcha du feu pour ajouter des sarments sur les braises. Calmement, sans un geste ni le moindre mot. Au bout d'un moment, on entendit le crépitement du feu qui reprenait. Toujours en silence, Llorenç se redressa, regarda le haut de la cheminée, se tourna peu à peu pour regarder Maria dans les yeux, esquissa un sourire, et se contenta de dire :

— D'accord. Comment fait-on ?

Un sentiment ancien se réveilla au plus profond de Maria. Elle ne savait pas lequel, mais un espace s'était ouvert à l'intérieur d'elle.

— Monte… Pardon ! Si tu veux bien, tu peux monter dans ma chambre cette nuit.

— Je viendrai lorsque les autres dormiront. Je suis content, Maria. Je ne sais pas quoi dire d'autre.

— C'est suffisant.

Ils se regardèrent. Llorenç se leva, ne sachant trop quel comportement adopter. Il n'osa pas s'approcher d'elle.

## 7

## UNE SOIRÉE PARTICULIÈRE

*Jeudi 7 novembre 1940*

Lorsque Úrsula entendit les voix des journaliers et les ferrures des animaux claquant sur les pavés, elle se sentit soulagée. Les écuries et les étables se trouvaient sous la cuisine, avec accès sur l'arrière de la maison pour ne pas enlaidir l'entrée de la Principal, réservée aux voitures à chevaux et à la Porteuse. Elle allait enfin pouvoir s'épancher sur la torture que lui avait infligée le policier de Rius. Elle entendit la porte de l'entrée s'ouvrir et Maria monter directement dans ses appartements. Neus et Caterineta arrivèrent ensuite tout essoufflées, la mère avec un panier de choux et sa fille de choux-fleurs. Elles parlaient de tout et de rien... Úrsula les regardait attentivement sans les écouter. Elles grattèrent la terre des légumes et retirèrent les feuilles les plus dures que Caterineta irait donner aux lapins. À peine cinq minutes plus tard, Úrsula, qui avait les nerfs à vif, sortit de la cuisine sans rien dire à ces deux cancanières et grimpa au premier étage. Elle ne voulait raconter à personne le calvaire par lequel elle venait de passer sans en avoir d'abord parlé à Maria.

Lorsqu'elle entra dans le salon, elle la trouva sur le point de pénétrer dans sa chambre.

— Ma petite, il faut que je te parle tout de suite.

Maria avait l'air vraiment en pleine forme. Elle était belle, avait un regard magnifique et son visage avait repris des couleurs… La nourrice s'en aperçut, mais le moment n'était pas aux futilités :

— Tu ne peux pas savoir la journée que j'ai passée !

— Allez, Úrsula, à ton âge on ne se fait plus de souci, lui dit-elle en souriant. Voyons, qu'a à me dire ma chère nourrice qui l'ait mise dans un état pareil. Quelle nouvelle rumeur circule donc dans les rues de Pous ?

Maria entra dans sa chambre en sachant qu'Úrsula ne manquerait pas de la suivre, comme d'habitude. Elle déboutonna son chemisier en la regardant d'un air amusé. La nourrice conserva sa mine sombre et annonça d'une voix grave :

— Un inspecteur du commissariat central de Rius est venu jusqu'ici en demandant après toi.

— C'est parfait, répondit-elle sans perdre son sourire ; aucune nouvelle n'aurait pu lui faire perdre le bonheur de cet après-midi. Il est venu sans doute nous transmettre les salutations de M. le gouverneur civil ?

— Maria, s'exclama-t-elle en fronçant les sourcils. Il est venu pour te voir et il ne voulait pas s'en aller avant de t'avoir interrogée. Et je dirais qu'il n'était pas bien disposé, ajouta-t-elle pour lui faire peur. Il m'a laissée pour aller rendre visite au maire et certainement pour dire du mal de toi et de la Principal. Puis il est revenu pour attendre ton retour. Finalement, lorsque le jour a

commencé à décliner, il est parti dans une voiture officielle… Il y a moins d'une demi-heure.

— Avec cet hypocrite de maire ? Tu veux qu'on le fasse
appeler pour le voir trembler comme une feuille ? Allez,
Úrsula, ni toi ni moi, ni je pense personne dans cette maison n'a commis un crime. Rien de grave. Ne t'inquiète pas.

— Que je ne m'inquiète pas ? Il a dit qu'il reviendrait.

En voyant que le visage de Maria n'arrêtait pas de
sourire, elle éleva la voix dans un crescendo menaçant :

— Et que cette fois, il t'enverrait un télégramme pour
te convoquer à un interrogatoire.

— Très bien, ce sera une bonne excuse pour me rendre
à Rius et m'acheter une nouvelle ombrelle, ce matin je
me suis aperçue que la mienne était toute vieille.

Elle avait retiré sa robe et elle était en combinaison
de satin beige. Qu'est-ce que ça pouvait bien lui faire
que la police soit venue à la Principal. C'étaient les gens
comme elle qui gouvernaient, qui commandaient, qui
surveillaient et qui emprisonnaient.

Voyant qu'elle ne parvenait pas à émouvoir Maria, la
nourrice eut recours à un dernier stratagème.

— Il m'a posé beaucoup de questions…

— Ah bon ? Et tu as répondu poliment, j'espère que
tu ne l'as pas envoyé se faire voir ailleurs.

— Il m'a demandé pourquoi c'est ta mère qui avait
hérité, alors qu'elle avait quatre frères.

— Tu as raison, il est allé loin. Tu lui as raconté une
belle histoire ?

— Je ne sais pas inventer des histoires, Maria. Mais
lui peut-être bien que oui, parce qu'il a tout noté sur un
carnet noir.

— Eh bien dis donc, un policier cultivé, ce doit être un nouveau succès à mettre au crédit de Franco. Et quoi encore ? fit-elle sans pouvoir éviter de se moquer.

Úrsula se disait que son tour était enfin arrivé, qu'elle allait pouvoir l'impressionner. Elle serait obligée de s'asseoir sur son lit.

— Il y avait un titre sur la couverture du carnet. Et tu sais ce qui était écrit ?

— Pas du tout, Úrsula, j'attends que tu me fasses tomber sur les fesses.

— "Le crime de la Principal."

Et elle tomba sur ses fesses. Son visage changea d'expression et, toujours assise sur le lit, elle lui dit :

— Répète ?

— "Le crime de la Principal", répéta-t-elle sur un ton dramatique.

Maria baissa la tête, comme pour mieux réfléchir. D'après ce qu'elle savait, pendant la guerre, personne n'avait fait de bêtises dans cette maison, le seul crime qu'on pouvait relier à la Principal était la mort de cet homme enfermé dans un sac qu'Amadeu avait trouvé sur le banc de pierre, de bon matin, il y avait déjà quatre ans. Ricard, l'ancien contremaître. Ce furent des jours très troubles, les gens pouvaient mourir pour n'importe quelle raison, on était en pleine guerre civile après le coup d'État de Franco.

D'après ce que lui avaient dit les gens qui avaient vécu à Pous pendant ces trois effroyables années, il est vrai que l'énigme de ce crime n'avait jamais été résolue. L'affaire est restée un mystère, mais seulement un de plus parmi les nombreuses atrocités qui s'étaient produites pendant la guerre. Par ailleurs, elle et Úrsula n'étaient pas là, elles passaient l'été à la station thermale de Capdemon, puis elles étaient restées en exil pendant toute la durée de la guerre.

À mesure qu'elle réfléchissait, elle retrouvait sa bonne humeur. Qu'avait-elle à voir avec la mort de ce malheureux ? Les policiers pouvaient venir à cent s'ils voulaient. Et quand ça leur ferait plaisir. Qu'à cela ne tienne.

— Úrsula, calme-toi. J'imagine que ça a été désagréable pour toi, mais…

Et pendant plus de deux minutes elle lui assura qu'elles pouvaient être tranquilles, qu'il n'y avait pas à avoir peur. Elle lui fit une liste de tout ce qui pouvait démontrer qu'elles n'avaient aucun lien avec ce qui était arrivé. Elle lui dit qu'elle recevrait aimablement la police et qu'elle passerait des heures s'il le fallait à répondre aux questions qu'on lui poserait. Elle aiderait l'inspecteur du mieux qu'elle pourrait et tout serait fini. Maria observa que la ride tordue du front de sa nourrice se creusait de moins en moins. C'était le moment de l'embrasser et de lui dire de ne pas s'en faire pour elle, que c'était une femme forte et qu'elle oublie très vite tout ça. Elle lui fit quelques câlins dont elle avait le secret et finit par réussir à la calmer.

Maria était la gamine qu'elle aimait le plus au monde, sa Maria, et la voir tranquille lui suffisait. Et plus que tranquille, elle la voyait heureuse. Maria était satisfaite des décisions qu'elle avait prises ou alors elle avait quelque chose en tête. Úrsula attendit qu'elle ait fini de s'habiller en se disant qu'il y avait longtemps qu'elle ne l'avait pas vue aussi en forme, aussi énergique, dans la plénitude de ses trente ans.

Maria s'aperçut qu'elle la regardait, émerveillée. Elle sourit :

— Tu me trouves belle ?

— Très belle, ma fille, tu es lumineuse. Il se passe quelque chose ?

— Bien sûr. Tu dors toujours aussi mal ?

— J'ai du mal à m'endormir, oui. Tu le sais bien.

Maria eut un regard espiègle et baissa la voix :

— Si cette nuit tu entends quelqu'un monter, fais semblant de ronfler, s'il te plaît.

— Qui doit monter ?

— Tu le sais très bien, Úrsula, tu le sais très bien.

La nourrice la regarda tendrement, mais comme en la plaignant :

— Ah, ma fille ! Depuis combien d'années tu t'es mis ça dans la tête ? Tu ne pourrais pas te trouver un homme qui ne soit pas de la maison et te marier avec lui ? Pourquoi te compliques-tu la vie avec quelqu'un de la maison ? Et qui en plus travaille pour toi… et qui ?…

— Et qui ? la provoqua Maria.

Pour défendre sa protégée, Úrsula n'avait jamais hésité à lui dire ses quatre vérités.

— Ce n'est pas un homme complet, Maria, et tu le sais mieux que personne.

— Holà ! Il est tout autant un homme que n'importe quel autre, je peux te l'assurer.

— Ma fille, je ne voudrais pas te faire de mal, mais il ne sera jamais tout à fait à toi.

— Et si je ne voulais pas qu'il m'appartienne ?

— Tu es folle.

— Si tu veux, mais si tu l'entends frétiller, ne va pas lui faire peur. Hein ?

— Ma fille, tu t'en repentiras.

— Mais Úrsula, n'est-ce pas un brave garçon ?

— C'est le meilleur de tous.

— Alors souris, ta protégée est heureuse et cette nuit, je vais satisfaire un désir que je porte en moi depuis quinze ans.

Maria attrapa Úrsula par la taille et lui fit des chatouilles sous les aisselles, puis elle l'embrassa. La nourrice poussa un cri :

— Tu vois comme tu es folle ?

— Absolument, Úrsula, je suis folle et ne m'attache pas au sol… Je veux voler, voler… Je suis folle d'amour ! Folle de désir. Et je m'en moque, je veux voler !

Elle l'embrassa à nouveau. La nourrice était à la fois fière d'elle et inquiète. Maria la regarda, joyeuse :

— Mais bon, parlons de choses sérieuses à présent et demande à Neus de me préparer un dîner léger.

— C'est ça, mademoiselle veut se sentir légère… dit la nourrice en souriant enfin.

Elles descendirent l'escalier et croisèrent Llorenç juste devant la salle à manger. Úrsula devint à nouveau nerveuse en l'entendant qui disait :

— Senyora, dois-je préparer la Porteuse pour demain ?

— Non, Llorenç. Je n'en aurai pas besoin.

— Alors à demain, Senyora.

— Bonne nuit.

Llorenç avait dit cela avec un tel naturel que Maria se demanda si cet au revoir n'était pas une façon de lui dire qu'il ne monterait pas cette nuit, qu'il avait changé d'avis.

— Peut-être qu'il ne viendra pas.

— Il sera là avant l'heure.

Derrière ses orbites, Úrsula se souvint de la façon dont Andreu, mon Dieu, le grand-père de la gamine, prononçait les mêmes paroles devant tout le monde. "À demain, Úrsula, bonne nuit." Et deux heures plus tard, ils étaient déjà, tout fébriles, dans les bras l'un de l'autre.

La nourrice ne mangea presque rien pour le dîner, elle se contenta de servir les légumes que Neus avait fait bouillir, elle attendit à la cuisine que Maria ait fini de dîner. Ce n'est que lorsque cette dernière se leva pour monter, qu'Úrsula débarrassa un peu et monta dans sa chambre. Une pièce toute simple, dépouillée : une armoire où elle rangeait soixante-dix ans de vie, deux chaises, une petite table de nuit, un pot de chambre, deux quinquets en cas de panne d'électricité, un porte-manteau de fer accroché au mur et une photo de sa fille qui la faisait pleurer juste avant de se coucher. À part certains jours du mois de juillet ou du mois d'août, elle avait l'habitude de dormir avec une couverture. Ce qui diminuait ou augmentait était ses vêtements. À présent, en plein mois de novembre, elle dormait avec deux chemises de nuit. En décembre elle ajoutait des bas, des culottes et des maillots de corps. S'il neigeait elle rajoutait par-dessus une vieille robe de flanelle qui ne servait que pour ces occasions. Elle s'allongea sur son lit en redoutant l'insomnie et pensa à Maria. Son visage s'irradia, ses yeux s'illuminèrent… L'amour transforme les femmes au-dedans et au-dehors, inutile de lui raconter des histoires !

Aujourd'hui, la gamine lui rappelait sa mère, le jour où elle était tombée amoureuse. Et, comme chaque fois qu'elle convoquait un souvenir, Úrsula, témoin de tout ce qui s'était passé à la Principal ces dernières soixante-cinq années, partait très loin.

## DU MARIAGE DE LA VIEILLE AVEC MAGÍ.
## CONTE.

*Cela se passa, à la boutique de Roser Grau, où l'on vendait de tout – espadrilles, alimentation, outils de jardin… – et qui était bourrée de monde. Cela se passa quelques jours après que la nouvelle senyora de la Principal s'était brouillée avec presque toute sa famille. Une femme qui l'avait aperçue à la messe fit le commentaire suivant : "Cette gamine, si jeune qu'elle est encore, est devenue vieille en quelques jours." L'expression fit florès et, dès lors, tout le monde parlait d'elle en l'appelant par ce surnom : la Vieille.*

*Au début de 1894, Maria Roderich, qui gérait l'héritage de son père d'une main de fer et sans concession, s'était beaucoup endurcie. En quelques mois, la jeune femme qu'elle était se mit à se comporter comme la femme la plus puissante du village. Elle passa d'une vie protégée par une atmosphère familiale à une exaspérante solitude. Cependant, quel qu'en fût le prix, elle atteignit peu à peu les objectifs qu'elle s'était fixés. Un an et demi plus tard, grâce à la vente des bouteilles entreposées dans le cellier, Maria Roderich put replanter de ceps américains toutes les propriétés de la Principal, contrairement à d'autres grands propriétaires qui choisirent de boiser avec du noisetier. La Principal redevint un symbole de puissance et de richesse, à Pous.*

*Dès le départ, la Vieille s'était mis en tête de restaurer le cellier Roderich afin de continuer à élaborer deux sortes de vins différents : l'un réservé à la vente en vrac et l'autre dans la lignée de qualité qu'avait inaugurée son père avec la mise en bouteilles. Remettre la production en marche était coûteux et demandait du temps, mais la Principal disposait de la plupart des structures nécessaires, un personnel adéquat et expérimenté, un réseau de vente et de représentants encore récents, et de l'argent plus qu'il n'en fallait pour recommencer.*

*Mais alors que la replantation avait débuté, certaines rumeurs la firent s'interroger sur le bien-fondé de ses projets. On disait que des négociants français représentant d'importants celliers de la région bordelaise étaient venus à la grande coopérative vinicole de Rius et que, sachant la bonne qualité des moûts de la région de l'Abadia, ils voulaient convaincre les commerçants et les paysans du coin de replanter leurs terres avec du grenache et du carignan. En échange, ils promettaient d'acheter toute la production pour améliorer leurs vins en degré et en robe, particularités typiques de la région de l'Abadia.*

*L'offre finit par faire son chemin dans la tête de la Vieille. On ne peut pas dire qu'elle n'était pas vaillante ni qu'elle manquât de courage pour prendre des risques, mais lorsqu'elle se rappelait la vie de son père, toujours tributaire de négociations en cours, toujours inquiet à cause de la hausse ou de la baisse du marché, toujours en déplacement, menant d'âpres discussions à propos des pourcentages et des commissions, elle finissait par se mettre sérieusement* à douter. Il y avait également des considérations d'ordre économique : les rythmes d'un cellier étaient précis et inéluctables. Il ne s'agissait pas que de replanter. Encore faudrait-il attendre la croissance des ceps pendant trois à cinq ans avant qu'ils ne commencent à donner un fruit de qualité. Encore faudrait-il investir pour recycler les machines, stocker des milliers de bouteilles, acheter les bouchons, les étiquettes, des tonneaux de qualité afin que le vin y repose pendant un à deux ans. Tout cela signifiait la longue immobilisation d'un capital considérable avant de pouvoir vendre la moindre bouteille.

En revanche, sur l'autre plateau de la balance, le compte était vite fait : il suffisait de planter, d'attendre que la vigne produise, de vendre le raisin pour que les Français le pressent eux-mêmes, et de tendre la main pour toucher l'argent. Le prix au kilo qu'ils proposaient était suffisamment généreux et, à la Principal, on pouvait en vendanger énormément. Il suffisait de ne pas trop payer les paysans et ça elle s'en chargerait elle-même.

À tous ces problèmes, s'en ajoutait un autre, loin d'être négligeable et qu'elle ne pouvait partager avec personne : elle était une femme, et le vin était le sang d'un monde d'hommes et la plupart du temps de mâles nerveux. Les tractations commerciales étaient des écueils peuplés de requins et un parfum de femme pouvait éveiller les pires instincts chez les négociants. La plupart de ces commerçants prenaient comme une offense de devoir traiter avec elle. Mais ce n'était pas tout. À sa condition de femme s'ajoutait le fait qu'elle n'avait encore que vingt ans et, de plus, un caractère bien trempé, qu'elle savait parfaitement ce qu'elle voulait et ne lâchait jamais rien. Tout cela était insupportablement humiliant pour cette catégorie d'hommes, si tant est qu'il en existât une autre. Prendre une décision était très compliqué et Maria n'en dormait plus. Fermer le cellier familial était un acte impensable pour elle. Et cependant elle finit par le fermer.

Habitué à la noble prestance de M. Andreu, personne à Pous n'imaginait cette jeune femme capable de diriger la Principal. Mais ses dons de gestionnaire et la justesse de ses décisions firent que bientôt ses vignes devinrent les plus riches de l'Abadia. Elle pouvait être satisfaite. Elle avait réussi. Et au bout de quelque temps, elle n'eut plus à se faire du souci. Il lui suffit de gérer les affaires courantes des différentes propriétés, de mener son personnel à la baguette et d'allumer quelques bougies afin que sainte Basilissa fasse pleuvoir, mais sans exagération, il n'aurait pas fallu que le raisin pourrisse sur pied.

Peu à peu la Vieille imposa sa pâte entre les murs de la maison. Elle retoucha certains détails, réduisit le service et augmenta le nombre de journaliers, modifia les façons de faire, les habitudes anciennes qui ne correspondaient plus à rien. Elle redéfinit également l'espace où elle avait l'intention de vivre, changeant les objets de place, les armoires, les tableaux, les tapis… jusqu'à ce qu'un jour elle finît par estimer que tout ce qui l'entourait lui convenait parfaitement. Lorsqu'elle réussit enfin à vivre dans un lieu plus personnalisé, la Vieille cessa d'être aussi féroce qu'on la décrivait, ou qu'elle se décrivait elle-même. Bien que, de mauvaise humeur, elle explosât de tous côtés, sans distinction et sans pitié, il y avait désormais au fond d'elle quelques parcelles de tendresse et d'affection, pas très nombreuses, mais quand elle les montrait, leur rareté ne les rendait que plus touchantes aux yeux des siens.

*"Chaque chose à sa place", aimait-elle répéter. Et ainsi, à la Principal, le temps s'écoulait tranquillement sans querelles notables. Chacun avait sa fonction dans la rigoureuse routine imposée par la maîtresse. Jusqu'au jour de la grande fête du village de l'année 1900 qui vit se produire le prodige qui fit trembler toute la Principal. La Vieille venait de tomber amoureuse.*

*La chose eut lieu le samedi, pendant le premier bal de la fête de l'été, on l'appelait "la petite" et elle tombait le premier week-end de juillet. L'événement se tenait au casino. L'orchestre de cette année-là avait été précédé d'une très bonne réputation et toutes les salles de Rius se l'étaient disputé. Il s'appelait La Caribeña et l'on disait que les musiciens étaient de vrais Cubains qui venaient d'arriver en exil. La Vieille se para de ses plus beaux atours, comme si elle se rendait à une fête de la haute société à la capitale et non pas au bal d'un village perdu dans les montagnes. Le faisait-elle pour les gens? Non, elle le faisait tout simplement pour la musique.*

*Maria adorait la musique, l'harmonie des notes berçait doucement les aspérités de son esprit et elle se sentait entièrement prise dans les arcanes de cet esthétisme fascinant. Elle jouissait de toutes sortes de musiques, mais les mélodies américaines et les valses viennoises la rendaient folle. Elle tentait de le dissimuler en gardant son sérieux en surface, mais si on l'observait attentivement, on voyait que les rythmes musicaux lui provoquaient de petits tics au ventre et lui faisaient trembler les jambes en cadence.*

*Elle se fit accompagner par Úrsula. C'était comme s'armer d'une carabine de fort calibre pour aller à la chasse au gros gibier. Maria lui demandait de l'accompagner pour ne* pas se sentir seule, mais la nourrice prenait ce besoin de compagnie pour une demande de protection face aux attaques du premier prétendant venu. En réalité Úrsula n'avait pas grand-chose à faire. Car entre le sérieux qui émanait de Maria, son statut de femme la plus puissante de Pous du haut de ses vingt-sept ans et la réputation de mauvais caractère qui la précédait, aucun des garçons de village de plus de vingt-cinq ans n'osait l'inviter à danser. Ils préféraient voguer sur des eaux moins dangereuses. Cependant les garçons qui ne la voyaient pas souvent et ceux qui venaient de l'extérieur étaient franchement surpris qu'on ait attribué un si vilain surnom – la Vieille – à cette femme jeune et séduisante. Mais dans l'éventualité où ces dernières circonstances eussent pu générer quelque passion, elle pouvait compter sur le regard menaçant d'Úrsula, assise à ses côtés pour désarmer tout prétendant qui ne fût pas un candidat au suicide.

La famille Roderich disposait, bien sûr, d'une loge entière, que les deux femmes étaient seules à occuper. Ainsi personne ne pouvait les ennuyer et elles y prenaient place dans l'unique objectif d'écouter les derniers morceaux à la mode, qui permettaient à Maria de s'évader de son monde étriqué et de s'envoler en même temps que les mélodies vers un univers plus rythmé, plus harmonieux et plus cosmopolite.

C'est ainsi que, extrêmement bien pomponnées, les deux femmes firent une entrée particulièrement remarquée au bal du casino, juste au moment où l'orchestre avait cessé de jouer pour que tout le monde pût bien les admirer. Maria Roderich irradiait de beauté et à sa suite, plus raide que jamais, Úrsula agrémentait le tableau d'une large palette de gris dans le choix de chacun de ses vêtements, jusqu'au plus discret. Lentement et saluant avec parcimonie, elles traversèrent le parquet d'un bout à l'autre en direction de la loge. Le volume des rumeurs baissa sensiblement d'intensité parmi les danseurs qui se tournèrent vers elles pour les observer. Elles ne passaient pas inaperçues et c'était exactement l'effet recherché.

Le salon du casino était rectangulaire et son plafond agrémenté de motifs plus ou moins musicaux. Des loges entouraient tout le périmètre à l'exception de la scène réservée à l'orchestre et le côté diamétralement opposé où se trouvait la porte d'entrée. La disposition des lieux faisait que les quatre loges des angles étaient bien plus spacieuses que les autres et que la scène était encadrée par les deux les plus voyantes. L'une d'elles, celle de gauche, appartenait à la famille Roderich, et elle était aussi visible que l'orchestre lui-même. Seules au milieu d'une loge si vaste, les deux femmes étaient un pôle d'attraction pour tous ceux qui entraient dans la salle.

Juste sous les loges, au niveau du parquet, trois rangées de chaises formaient une sorte de grand périmètre autour de la piste, où s'asseyaient la plupart des villageois et quelques invités venus de l'extérieur. Ce n'était donc pas de ce côté-là que pouvaient surgir les surprises. Tout le monde se connaissait. Par ailleurs, les quelques étrangers présents étaient les invités d'autres familles qui revenaient régulièrement, autrement dit qui ne présentaient aucune nouveauté. Et comme il n'y avait rien à voir, la Vieille put commencer à jouir de la musique. L'orchestre jouait à la perfection et aussi bien le clarinettiste que le premier violon enchaînaient somptueusement les mélodies. Le choriste, en revanche, malgré sa doucereuse et belle voix, semblait n'avoir aucune sensibilité.

*Voilà une bonne demi-heure qu'elles étaient là, lorsque Úrsula prévint la maîtresse qu'elle l'abandonnait un instant car elle devait aller aux toilettes, qui se trouvaient de l'autre côté. Mais elle s'aperçut que la jeune femme regardait un point fixé de façon si intense, que ses yeux de lynx découvrirent immédiatement ce qui enchantait tant sa petite. Oui, c'était à prévoir, elle observait un garçon ni très grand ni très petit, ni moche ni mignon, ni mince ni gros, mais qui était vêtu très différemment des autres hommes. On ne peut pas dire qu'il était vraiment élégant, disons qu'il était plutôt original. Úrsula décida que son envie pouvait attendre, il n'aurait pas fallu qu'elle laissât sa protégée sans assistance, dans un moment aussi périlleux.*

*Quelques instants plus tard, elle sortit les griffes lorsqu'elle remarqua que, à trois reprises, le garçon lançait des regards insistants sur Maria. Elle décida de se retenir le temps qu'il faudrait, car elle n'avait aucun mal à contrôler ses organes devenus superflus. Cet étranger était en compagnie du garçon de Can Grau, une bonne maison, des gens peut-être un peu trop libéraux pour être si riches. La nourrice remarqua tout de suite que les garçons n'arrêtaient pas de bouger, comme si de rien n'était, tout en parlant entre eux. Mais elle en avait vu d'autres et ce genre de tactique masculine ne trompait pas l'instinct stratégique de notre brave Úrsula. Elle déduisit immédiatement que par ces mouvements, fruits d'une honteuse machination, ils allaient se retrouver dans moins de cinq minutes devant leur loge. Elle regarda sa maîtresse du coin de l'œil pour lui signifier qu'elle prenait la situation en main et s'aperçut que cette dernière était comme ensorcelée, les yeux aveugles à tous ceux qui n'étaient pas ce garçon. Elle décida de rompre l'enchantement.*

— *Tu veux que j'aille te chercher un sirop de grenadine ?*

*Pas de réponse : yeux rivés sur le garçon tandis que l'orchestre accompagnait ses sentiments.*

— *Tu veux un sirop de grenadine ?*

*À présent la voix d'Úrsula s'était faite plus aiguë, cherchant une réponse immédiate.*

— *Que dis-tu ?*

— *Que tu pourrais boire un sirop de grenadine, répéta-t-elle presque en hurlant.*

— *Mais Úrsula je n'ai pas encore goûté à mon vermouth avec l'eau de Seltz ! lui dit-elle sans la regarder.*

*Elle ne voulait pas perdre de vue l'étranger qui était en train d'atteindre la loge, à présent sans se cacher. Lorsque le jeune garçon s'approcha en souriant et se pencha légèrement vers elle pour lui demander : "Voulez-vous danser ?", Úrsula se contenta de répondre d'une voix ferme et décidée :*

— *Non.*

*Mais elle avait été seule à répondre, car Maria Roderich s'était déjà levée et se dirigeait vers la piste au milieu du vacarme de la musique et du silence de l'assistance. Si à ce moment-là l'orchestre s'était brusquement arrêté de jouer, on aurait pu entendre une mouche voler et juste les anathèmes que n'arrêtait pas d'enchaîner Úrsula. En effet les gens du village étaient abasourdis de voir la Vieille accepter de danser avec quelqu'un, si étranger fût-il.*

*L'orchestre jouait une valse de Strauss qui faisait fureur cette année-là, et ils se mirent à danser sans s'apercevoir qu'ils étaient le seul couple sur la piste ; tous ceux qui dansaient autour d'eux n'étaient que des gêneurs pour les habitants de Pous ne voulant rien perdre de cette scène qui ne se répéterait probablement jamais.*

186

— Je m'appelle Narcís Magí. Je peux savoir votre nom ?

— Maria Roderich, répondit-elle inquiète de ne pas trop savoir comment se comporter dans une situation pareille.

— Ah, c'est vous !

— Quoi moi ?

— Vous êtes la propriétaire de la Principal alors !

— Et comment le savez-vous ?

— Votre propriété est la plus riche de tout le village. Vous êtes connue jusqu'à Rius, mais en plus, lorsque vous y venez, tout le monde parle de vous…

Il s'arrêta, réalisant que sa franchise pouvait devenir inconvenante, et il n'était pas possible de faire cela à une jeune femme qu'on venait juste d'inviter à danser. Le garçon s'en aperçut à temps et corrigea le tir :

— On parle de vous en bien et toujours avec respect.

— Et on m'appelle aussi la Vieille, alors que je n'ai que vingt-sept ans, et on dit que je suis autoritaire, que j'ai mauvais caractère et que je paie mal mes journaliers.

— Personnellement, on ne m'a jamais dit tout ça… Comme on ne m'a pas dit que vous dansiez si bien. Vous aimez la musique ?

— Oui, mais à Pous, c'est difficile d'en écouter.

— Vous devriez venir aux concerts qui se donnent au Grand Cercle de Rius.

— Deux heures aller et deux heures retour.

— Mais les Roderich ont une maison à Rius.

— Il me semble qu'il y en a trois. Mais je ne vois pas pourquoi je devrais expliquer…

— Vous avez raison, je suis désolé.

— La bonne éducation consiste à ne jamais avoir besoin de s'excuser. Vos parents ne vous ont pas appris ça ?

*Maria avait soudain décidé de le mettre à l'épreuve, mais elle ne s'attendait pas à faire presque couler des larmes des yeux humides de son cavalier. Il leva les yeux sur un point déterminé, mais sentit le regard de Maria deviner sa soudaine tristesse.*

*— Ne faites pas attention à moi. Mes parents sont morts il y a à peine un mois. Ils venaient de Londres et leur bateau a fait naufrage…*

*Il fit une pause. Décidément ce garçon faisait tous les efforts du monde pour ne pas fondre en larmes.*

*— Je suis désolée, je ne voulais pas…*

*— Ce n'est pas grave. Vous n'avez tout simplement pas de chance. Vous avez accepté de danser avec un fils unique, gâté et trop sensible.*

*Il avait les yeux gorgés de larmes qu'il tentait de contenir au maximum. Brusquement, il la fixa et lui dit :*

*— Bon, je vous en dis quelques mots pour me soulager et ensuite on laisse tomber, d'accord ? Je suis dans cet état parce qu'une mort subite rompt obligatoirement des liens, détruit des projets et est toujours plus difficile qu'une mort annoncée. Lorsque quelqu'un est malade, on se prépare à subir ce qui va nous tomber dessus. Mais en réalité, ce qui m'empêche de faire mon deuil, c'est de ne pas avoir pu leur dire adieu, de n'avoir pas été auprès d'eux au dernier moment, et encore pire, de ne pas avoir pu leur offrir un lieu où reposer en paix. Leurs dépouilles demeureront à jamais au fond de l'océan… Toutes les nuits, je revois des images terribles, les cheveux de ma mère éparpillés dans l'eau…*

*Et la musique en était aux dernières mesures de la valse, qui devait forcément s'achever dans un grand vacarme et de façon subite. Percevant le crescendo final, Úrsula, qui avait les yeux rouges de les avoir si longtemps fixé sur le couple de danseurs, se leva en prévoyant de laisser passer Maria pour retourner s'asseoir sur son siège. Mais lorsqu'elle constata que sa maîtresse ne faisait pas du tout mine de vouloir regagner sa place, elle demeura plantée là, une moue de surprise sur les lèvres et la ride de son front creusée au maximum. Elle se leva et répéta la même opération pour les deux morceaux de musique suivants, puis elle cessa de le faire en s'apercevant que les gens de la loge contiguë, les Pellicer, ne se cachaient même plus pour sourire ironiquement.*

*La jeune femme n'arrêta pas de danser avec le fameux Narcís jusqu'au bis final, une façon musicale d'annoncer que le bal était fini. Après la dernière mesure, ils demeurèrent immobiles l'un en face de l'autre.*

*— Bien, merci, je suis très heureux d'avoir fait votre connaissance.*

*— Merci, répondit-elle.*

*— Vous reviendrez demain ?*

*— Non.*

*— Alors, je n'ai plus qu'à retourner à Rius.*

*— Bonne nuit et bon retour.*

*— Bonne nuit.*

*Le lendemain, alors qu'Úrsula avait perdu tout sens commun en voyant que pendant plus de douze danses ils n'avaient pas arrêté de discuter et de discuter sans fin, elle se dit qu'il valait mieux qu'elle commençât à trouver ce Narcís sympathique, car elle allait certainement devoir laver ses caleçons pendant plusieurs années.*

*Par rapport aux cinq ou six ans qu'imposait la coutume aux fiançailles, et qui venaient souvent à bout des illusions* des deux promis, la durée des leurs fut presque scandaleuse. Six mois. À Pous, non seulement cela provoqua un tremblement de terre, mais lorsqu'en plus ils décidèrent de se marier dans une simple petite paroisse de Barcelone, dont le curé était un ami d'enfance de Narcís, évitant ainsi une cérémonie en grande pompe au village, cela provoqua une moisson de commentaires, d'indignations et de médisances sur de prétendues précipitations d'ordre procréateur. Puis cela devint une véritable tragédie lorsqu'on sut que personne de Pous n'avait été invité, à part Úrsula qui, soit dit en passant et si elle avait pu, aurait volontiers échangé l'inépuisable réserve de lait de ses seins contre un glissement de terrain qui eût enseveli à jamais la route de Pous à Barcelone.

Les bizarreries de ce couple ne cessaient pas de surprendre les voisins du village. Par exemple : c'est lui qui déménagea à Pous, alors que la coutume eût voulu qu'ils s'installassent à Rius, où les gens riches jouissaient de presque tous les mêmes avantages qu'à Barcelone. En plus, tout le monde savait que les Magí avaient légué à ce jeune homme une des plus grosses fortunes de la ville, surpassant de loin celle de Maria Roderich.

Le jour où le mari fit apporter ses affaires, ce fut un remue-ménage d'une magnitude insensée pour la tranquillité du village. Les hommes arrivèrent à trois voitures à quatre roues tirées par six percherons, attelés les uns derrière les autres, si costauds que tous étaient impressionnés. Ils grimpèrent la côte qui menait à la Principal en attirant l'attention de tout le monde avec le vacarme des roues, le claquement des ferrures sur les pavés de la Grand-Rue et les hommes hurlant sur les chevaux pour les faire avancer plus vite. Après être arrivés devant l'entrée de la Principal, les cochers garèrent les voitures à l'extérieur, car il était impossible de les mettre toutes les trois dans la cour.

Après avoir dirigé l'arrière de la première devant la porte, les hommes qui se trouvaient dans les véhicules, aidés par ceux de la Principal, commencèrent à décharger le précieux contenu, sous le regard aimable de M. Narcís. On sortit des malles de voyage et des valises pleines de vêtements et d'objets personnels. Ayant repéré l'arrivée de l'expédition, les gens du village avaient déjà commencé à se réunir près du porche d'entrée et ils n'avaient jamais vu une telle quantité de bagages de toute sorte. Mais ce ne fut pas tout. Ils purent aussi assister au déballage des paquets, des objets couverts de housses, et ils s'amusèrent tout de suite à deviner ce qui s'y trouvait : et ça ce doit être une statue, un tableau, ou plutôt des dizaines de tableaux de toutes les tailles, des lampadaires, des céramiques, de la porcelaine, du cristal aux formes macaroniques… Le luxe n'avait pas de limites.

Lorsque la première voiture fut vidée, les spectateurs firent des conjectures sur ce qui se trouvait dans la deuxième, particulièrement dans la première malle qui était si lourde qu'il fallut quatre hommes costauds pour la soulever péniblement. M. Narcís, qui avait jusqu'ici observé le déchargement avec indifférence, poussa un cri et se précipita vers les journaliers pour leur demander de faire très attention : "Ce sont des livres", s'exclama-t-il. On commença à décharger des caisses de livres, des cartons de livres, des sacs de livres, des malles de livres, des ballots de livres attachés avec de la ficelle… Les livres n'arrêtèrent pas de sortir de cette deuxième voiture jusqu'à ce qu'elle fût complètement vide et les gens se demandaient en quoi on pouvait avoir besoin d'autant de culture et de savoir pour vivre à Pous. Quand ils furent empilés dans l'entrée, ils occupaient presque tout l'espace. Mais ce n'était pas fini, on déchargea encore des livres de la troisième voiture. Et à mesure qu'on les retirait du véhicule, apparaissait à l'intérieur une grosse chose inconnue bizarrement emballée. À première vue, il était impossible de deviner de quoi il s'agissait. Il y eut un silence tendu. Les gens se demandaient ce qui pouvait bien faire l'objet de tant de précautions. L'objet était entouré de grosse toile, de housses rembourrées, de sacs, de coussins, de ficelle… Et la nervosité des spectateurs se renforça lorsque M. Narcís crut utile de prendre personnellement les commandes de l'opération de déchargement. Les conjectures sur la nature du contenu allaient bon train et dans tous les sens. Trop grand pour être une commode, trop irrégulier pour être un lit, on ne construisait pas d'armoires d'une forme pareille, et ainsi de suite, toute une liste de propositions improbables. En tout cas, ça devait être très lourd, car le cocher de la troisième voiture sortit des cordes et des cordages du fond d'une malle pour les distribuer aux huit jeunes journaliers les plus costauds. Au prix d'efforts surhumains, tout rouges, les veines gonflées, hurlant et soufflant, ils déplacèrent le meuble jusqu'à l'extrémité de la plateforme. Là, ils le posèrent difficilement à plat et à la limite du déséquilibre. Aidés par les journaliers qui se trouvaient en bas, ils l'inclinèrent pour le faire glisser doucement jusqu'à terre. Ensuite, à petits pas et toujours en soufflant comme des bœufs, ils le déplacèrent jusque devant la porte qui donnait sur le salon de réception de la Principal. Ils firent une pause et continuèrent à descendre d'autres objets, également parfaitement emballés et protégés. Lorsque tout fut posé au sol, M. Magí dit aux porteurs : "La porte est suffisamment large pour le faire entrer et l'escalier également. Si nous nous y mettons à douze nous pourrons le porter sans le démonter jusqu'au grand salon, à l'étage, ainsi la structure souffrira moins."

Lorsque M. Narcís retira précautionneusement les toiles matelassées semblant avoir été taillées sur mesure, les badauds, déjà résignés à ne jamais savoir quel était cet engin, comprirent qu'ils allaient libérer le meuble de ses protections, avant de le monter. Cela produisit un incroyable suspense. D'autres toiles encore plus épaisses se cachaient sous les premières. En dégrafant la première rangée de boutons, on vit apparaître une espèce de crevasse toute noire, brillante, qui s'agrandissait peu à peu, jusqu'à ce que le nouveau maître, voyant que tout était enfin détaché, tirât d'un coup sur ce qui restait de toile et mît au jour la partie frontale du mystérieux meuble.

Eh oui! C'était un piano. Un piano à queue, brillant, noir, magnifique… impressionnant. L'instrument força l'admiration de tout le monde et humidifia les yeux de Maria Roderich. La musique qui avait bouleversé sa vie faisait enfin son entrée dans cette bâtisse, la musique qui lui avait fait aimer cet homme. On commenta longtemps cet épisode, au village.

Désormais installé à Pous, M. Magí n'adopta jamais le comportement qu'on pouvait attendre d'un homme comme il se doit. Il n'allait pas au casino jouer aux dominos ou aux cartes. N'exhibait jamais sa puissance et son épouse, à l'heure du vermouth, le dimanche à midi. On ne le voyait jamais au café. Et, pire encore, il n'allait jamais à la messe, même pas pour accompagner la Vieille qui, pour ce qui la concernait, n'en manquait jamais une. Il n'allait jamais à la chasse non plus, alors que ç'aurait été facile pour lui d'inviter ses amis de Rius, qui auraient payé une fortune pour que quelqu'un du pays les aidât à traquer la perdrix ou le sanglier… La liste des singularités du tout nouveau monsieur de la Principal était fort longue.

L'énergie de Maria Roderich redoubla avec son mariage et la présence de Narcís. Elle travailla davantage, améliorant les conditions de la culture de la vigne, en prenant des initiatives qui forçaient parfois l'admiration et d'autres fois la méfiance, mais dont elle se sortit pratiquement toujours honorablement. Peu à peu, sa réussite économique et sa personnalité hors du commun lui permirent de gagner sa notoriété parmi les femmes les plus connues de la région.

Mais tout cela tomba à l'eau après la mort de Narcís Magí. La Vieille referma les fenêtres qu'elle n'avait entrouvertes que grâce à l'aide de son mari. Et comme s'il s'était agi d'une vengeance envers cet abandon soudain, elle s'était renfermée sur elle-même, ruminant des idées sombres qui virèrent peu à peu au fanatisme religieux et à l'adoption des idées les plus réactionnaires qui pullulaient dans l'Italie et l'Allemagne de l'époque. Comme si Narcís n'avait été dans son existence qu'un heureux mirage. Comme si, avec sa mort, Dieu et la vie, dans leur infinie miséricorde, lui avaient pointé le chemin à suivre. La Vieille noya la nostalgie des idées de son homme en portant les siennes à l'extrême opposé. C'est alors qu'elle commença à fréquenter Pilar Vas, une femme apparemment affable mais aux idées très dangereuses qui, dans ces années 1930, fonda et organisa la section féminine de la phalange espagnole de la région avec un groupe de bourgeoises de Rius. La Vieille était arriérée et conservatrice, cela lui venait de famille, mais elle n'avait jamais attribué ces traits de caractère à quelque idéologie

*que ce fût. Cependant les féroces prédications des curés fai-*
*saient un certain effet sur elle et les réunions avec ces dames*
*exaltées, qui avaient adopté les idées alors en vigueur en*
*Italie et chez les vaticanistes les plus avancés, la rendirent*
*quelque peu fébrile. Son enthousiasme fut tel qu'au bout de*
*deux ans, elle était déjà devenue une des militantes les plus*
*en vue du mouvement factieux dans la région de l'Abadia.*

*Mais en 1933, peut-être pour s'épargner le spectacle*
*infernal de la Deuxième République, pendant laquelle elle*
*avait dû vivre ces dernières années, la Vieille eut la bonne*
*idée de mourir.*

Úrsula continuait à naviguer au sein de l'insomnie
sans s'en inquiéter outre mesure. Presentació, la sage-
femme qui faisait la guérisseuse à ses heures perdues, lui
avait déjà dit : "Tous les dix ans, tu dormiras une heure
de moins." Sans doute qu'à son âge, elle avait dépassé
tous les repères. En réalité, elle se contentait de somno-
ler et n'avait plus le sentiment d'être tombée dans un
sommeil profond.

Lorsqu'elle s'aperçut que Llorenç ne faisait pratiquement aucun bruit, elle imagina qu'il était monté pieds
nus. Ce garçon était vraiment beau, très beau, mais la
gamine n'aurait pas dû le mettre dans son lit. Il ne lui
attirerait que des complications, des médisances et autres
problèmes plus difficiles à comprendre et à résoudre. Cet
homme s'accouplait avec des hommes plus âgés que lui,
comme Ricard. Pauvre Ricard! Le fils des Nebot. Malgré tous les méfaits qu'il devait avoir sur la conscience,
il ne méritait pas une telle mort.

À l'étage du dessus, Maria ne dormait pas. Depuis son lit elle sentit la vibration des poutres. Elle avait laissé un quinquet allumé sur sa table de nuit, elle ne voulait pas qu'il y ait trop de lumière, mais si Llorenç arrivait, il fallait bien qu'il voie quelque chose. Lorsqu'il ouvrit la porte, il ne regarda même pas Maria, il se tourna pour fermer et tira le verrou qui n'avait jamais servi. Ensuite, il se déshabilla de dos et se glissa rapidement sous les draps. Tout cela sans parler, sans regarder autour de lui. C'était étrange, ils se connaissaient depuis qu'ils étaient enfants.

Les corps s'étreignirent et elle pensa qu'elle avait eu vraiment raison. Cet homme était son paradis.

# 8

## CELLIER VALL COSTA

*2001*

Maria Costa descendit de la 2CV Citroën devant les bureaux du cellier et monta dans son 4×4 Lexus. Ce n'était pas une bonne voiture pour grimper au sommet des montagnes, mais elle avait beaucoup d'allure et était silencieuse. Très silencieuse. Et lorsqu'elle devait avaler de l'autoroute jusqu'à n'importe quelle région pour présenter le vin de la nouvelle récolte du cellier Vall Costa, Maria transformait son véhicule en salle de concert. C'était une de ses seules passions. Elle cherchait des versions différentes des morceaux qu'elle aimait le plus, c'était un hobby presque obsessionnel. Avant chaque voyage, elle faisait un large tri de CD de ses symphonies préférées, concertos de piano, œuvres contemporaines, lieder… Elle emportait bien plus de musique qu'elle ne pourrait en écouter. Elle avait toujours regretté d'avoir arrêté le piano, mais son besoin de s'affronter à sa mère avait fini par avoir raison de l'instrument.

Elle voulait passer un moment à la maison pour dire au revoir et récupérer les quelques affaires qu'elle avait préparées pour le voyage. Elle faisait toujours râler son père en prétendant avec un petit air narquois qu'en matière d'affaires, il valait mieux pour une femme s'embarrasser de peu de vêtements et prendre plutôt beaucoup de vin dans le coffre.

Dans cette grande bâtisse, son père ne manquait pas d'espace pour loger ses quatre-vingt-onze ans, ses nostalgies et ses regrets. Quand Maria Costa décida de retourner à Pous pour réhabiliter et diriger le cellier, elle avait déjà réfléchi à restaurer le grenier de la Principal. Elle en ferait un nouvel espace neuf et original qu'elle dessinerait elle-même, où la lumière entrerait généreusement par la verrière d'une terrasse plantée de fleurs et de glycines, au-dessus des toits qui lui ouvriraient l'horizon.

Elle gara la voiture devant la grande entrée et entra d'un pas rapide. Elle n'était plus si jeune, mais elle avait pris soin d'elle. Elle faisait du sport toutes les fois qu'elle pouvait et, à son retour à Pous, après avoir vécu de si nombreuses années en ville, elle avait l'impression que la nature la revitalisait.

Elle grimpa l'escalier et entra dans l'appartement du milieu. Peu de lumière, beaucoup de tapis, des commodes, des tables, des chaises, des cheminées, des poêles en céramique, des lampes, des portraits anciens, des parfums mystérieux, des vases aussi fragiles que précieux, chaque recoin était plein d'objets inutiles. Et au milieu de tout cela, la présence du piano à queue, un somptueux Bechstein. Bref, comme elle se plaisait à le dire d'un air narquois, le musée de la Principal au grand complet.

Un musée dans lequel son père se sentait extraordinairement bien et qui pour elle était le comble du sordide. Elle ne le vit pas tout de suite, mais la pâle lumière qui filtrait de la bibliothèque de son grand-père Narcís la mena droit vers son père. Il était absorbé par la lecture de plusieurs feuillets A4 tout juste sortis de son imprimante Canon depuis un ordinateur suffisamment ancien pour qu'il sût encore s'en servir après quelques cours d'informatique, juste dans le but d'écrire des textes.

Lorsqu'il entendit les pas de sa fille, le vieil homme leva la tête et esquissa un sourire fatigué. Sa vie durant, c'est par cette porte qu'étaient toujours entrés les bonnes nouvelles et tout le meilleur en général, Maria, sa fille, la dernière personne à qui il tenait encore. Indépendante, solitaire, entreprenante, moderne, libre. Tout ce que lui n'avait jamais su ou pu être.

Maria embrassa son crâne dégarni. Autour des oreilles et sur la nuque, les cheveux du vieil homme n'étaient jamais devenus complètement blancs. Elle l'observa d'un regard faussement curieux et fixa les yeux sur les feuillets.

— Je m'en vais, papa. Tu es encore en train d'écrire ce truc?

— Ça fait combien de temps que j'ai commencé?… Cinq ans, ça fait cinq ans. Mais ça y est, je l'ai terminé. En réalité, je suis content que tu sois passée, parce que je voulais te remettre ce manuscrit.

— Tu plaisantes! Je ne savais pas qu'il était pour moi.

— Pour qui veux-tu qu'il soit? Tu ne crois pas que j'ai l'intention de publier un livre? dit-il en plaisantant à moitié, mais sans perdre le fil de ses idées. Si tu pars en voyage tu pourrais l'emporter, et ainsi, peut-être qu'à tes moments perdus…

— Des moments perdus, je n'en ai aucun, papa! Lorsque je vais vendre, je vais vendre, et je m'arrange pour ne pas en avoir. Je vois les gens que je connais, je me débrouille pour contacter ceux que je ne connais pas, et s'il me reste un peu de temps, je visite les œnothèques de la ville pour voir comment elles sont organisées. Et si nous y sommes présents.

— J'aimerais tout de même que tu l'emportes.

— D'accord… je le prendrai au cas où… et je découvrirai ainsi un nouveau talent littéraire : Llorenç Costa. C'est vrai que je t'ai vu beaucoup travailler sur ce manuscrit. De quoi ça parle ?

— De moi, de toi… de là d'où nous venons. Tu le sais bien, les manies des vieux qui, comme moi, veulent inutilement éviter que les traces s'effacent… Toutes ces sottises gériatriques… Enfin, si un jour tu as le temps de le lire, tu me diras ce que tu en penses. C'est mal écrit, mais c'est normal, personne ne m'a appris, mais tout ce qui y est dit est vrai. Ça peut être intéressant pour toi. Tu verras bien. Bref, parlons d'autre chose. Où vas-tu cette fois ?

— Je m'arrêterai d'abord à Marseille, probablement pour rien, parce que nous n'avons pas de clients là-bas. Tu sais bien, les Français acceptent difficilement qu'on leur fasse de la concurrence. Mais je voudrais aller visiter une cave qu'on vient juste d'inaugurer près du Vieux-Port. On m'a dit qu'ils exposaient des vins de la région de l'Abadia, je regarderai si nous y sommes et, de toute façon, je me présenterai aux responsables. Je dormirai là-bas, puis je pousserai jusqu'à Genève, où je resterai une journée. Et à Zurich une deuxième. Ensuite, je continuerai à monter, j'ai rendez-vous avec notre distributeur de Düsseldorf. Puis ce sera la partie la plus délicate du voyage, avec notre correspondant à Francfort. Il distribue plus de cinquante pour cent du vin que nous envoyons en Allemagne. Dans une semaine, je serai de retour.

— Tu devrais faire tout ça en avion. Ce serait plus simple et plus rapide.

— Ne crois pas, non, plus rapide peut-être, mais plus simple, je ne crois pas. Le voyage doit revenir plus cher en voiture qu'en avion, mais en revanche, je peux faire des visites beaucoup plus intéressantes, et j'ai toute liberté pour m'organiser comme je veux : m'arrêter ici, changer de projet, mieux m'adapter aux circonstances... Ne t'en fais pas, j'écoute de la musique... et je drague les jeunes étudiants qui aiment les femmes mûres. Je passe du bon temps. C'est pour ça que je n'aurai pas le temps de lire tes Mémoires.

— Mais tu les emporteras, hein ?

— Tu es têtu comme une...

Comme toi.

Maria sourit et lui caressa le crâne. Elle adorait son père. Elle avait réussi son coup en décidant de revenir s'installer à Pous pour reprendre l'affaire, il y avait plus de quinze ans. Mon Dieu, que le temps passe vite.

— Tu as raison, je suis bien plus têtue que toi.

— Et c'est une chance. Sans ton travail, tout cela serait tombé à l'eau.

— Allez, ne sois pas sentimental. Je m'en vais. Soigne-toi bien et fais attention que Dolors ne te fasse pas encore grossir. Tu sais ce qu'a dit le médecin : plus on est mince, plus on mange longtemps. Allez, donne-moi tout ça.

Elle attrapa la chemise où Llorenç avait rangé son gros paquet de feuillets, en sachant qu'elle n'aurait jamais le temps de les lire. Elle les laisserait sur la banquette arrière et, au retour, elle trouverait bien un moment pour le faire. Elle se tourna et sentit que son père continuait à la regarder de dos avec ses yeux vifs. Oui, il avait encore les yeux vifs, y compris à la lueur de cette lanterne anglaise qui était très belle, mais éclairait fort peu. Elle leva les bras et fit un signe particulier avec ses doigts. Il y avait bien longtemps qu'elle l'avait vu faire, à Liza Minnelli dans cette fameuse comédie musicale qu'elle n'oublierait jamais.

Comme d'habitude, elle grimpa deux à deux les marches de l'escalier menant à son appartement du grenier. Elle trouvait moins fatigant de monter ainsi et elle se sentait mieux. C'était son espace. Il n'était pas très grand, mais très intime et plein de lumière traversant les fenêtres. Elle ne comprenait pas pourquoi la plupart des gens du village vivaient dans des bâtisses aussi sombres, aux fenêtres minuscules, où l'hiver il faisait une sorte de nuit permanente, et où le froid était un combat quotidien. Bref. Il y a des choses qui ne changent jamais. Sa valise beige était prête. Juste l'indispensable pour se changer quand elle en aurait envie et la trousse de toilette. Il ne fallait pas oublier les clés de Barcelone. Elle passerait la nuit dans cet appartement immense, trop vieux et trop grand, qui ne lui servait que pour cela, pour s'y arrêter au passage. Le soir, c'était difficile de se garer dans la rue Enric Granados, mais normalement elle finissait par trouver une place.

Et elle en trouva une. Tandis qu'elle ouvrait la porte de l'appartement-palais, elle se souvint qu'elle allait sentir une odeur de renfermé, comme chaque fois qu'elle y entrait. Il y avait trois ans, elle avait engagé une de ces entreprises, dont les employés envahissent votre maison déguisés en extraterrestres et armés jusqu'aux dents pour faire un nettoyage à fond. Ils avaient vraiment bien travaillé, s'attardant sur les détails, allant dans tous les recoins et appliquant toutes sortes de produits nouveaux contre des problèmes anciens. Rien à faire, au bout d'une semaine l'odeur de renfermé avait vaincu le parfum des produits anti-tout-ce-qu'on-voudra les plus modernes et les plus incisifs. Lorsque son père ne serait plus de ce monde, elle n'y réfléchirait pas à deux fois. Elle vendrait ce malheureux appartement-palais, avec toute sa ribambelle d'objets et de meubles et elle en tirerait un bon million, pour sûr! Elle entra avec l'envie de se coucher tout de suite, elle alluma juste une lumière pour traverser les salons, les couloirs, les salles à manger, toujours poursuivie par cette odeur de renfermé. Elle n'avait même pas eu le courage d'arranger sa chambre et de la moderniser un peu. Elle s'allongea dans son lit ancien garni d'un matelas moderne et ferma les yeux en rêvant de Marseille et du Vieux-Port.

## 9

## LES CENDRES D'UN SYMBOLE

*Mardi 19 novembre 1940*

Ce 19 novembre, juste au moment où l'aurore annonçait un jour splendide, les hommes de la Principal fixèrent les jougs sur les animaux de trait. Après être arrivés au Mas Gran, sous le commandement d'Amadeu, ils se joignirent aux journaliers qui avaient dormi là, et se dirigèrent tous ensemble vers Pla de la Rosa. Une vigne toute plate, immense et facile à cultiver : le joyau de la couronne des Roderich. Avec d'interminables rangées de ceps de carignan qui avaient été vendangés à peine quinze jours auparavant et sur lesquels les sarments portaient encore des feuilles d'automne et de minuscules grappes vertes.

Amadeu, qui avait toujours su s'y prendre pour commander, réunit tout le monde pour distribuer les tâches et tout de suite après les hommes se dispersèrent pour commencer un travail inattendu et pénible : démâter le vaisseau amiral qui leur avait toujours fourni du travail, à eux et à leurs parents. Oui, ils allaient arracher les vignes qui avaient enrichi les propriétaires et donné à manger aux leurs. C'était un véritable sacrilège. Ou pire encore, une pure folie. Tous ces matins d'hiver avec les mains gelées et les narines fumantes, taillant un à un chaque cep, chaque coup de sécateur portant la mémoire des savoir-faire anciens, et à présent tout cela allait disparaître brusquement par la volonté d'une Senyora qui peut-être avait perdu la raison.

Les vieux de Pous étaient révoltés. La Principal appartenait à tout le monde : c'était le symbole le plus puissant du village. C'était clair et c'est également ainsi qu'ils l'exprimaient : arracher les ceps était une décision de personne démente. Cette gamine avait perdu la raison depuis "le mystère de la chose" et ça ne tournait plus rond dans sa tête. "Elle va laisser plein de monde sans travail." "Elle va ruiner la meilleure propriété du village." "Si la Vieille pouvait, elle ressusciterait pour l'arrêter." Et ainsi de suite, toute une panoplie de reproches qui, du casino au café, étaient devenus plus bruyants que le claquement des dominos sur le marbre.

À la Principal régnait, en revanche, une sérénité attentive. Depuis la bibliothèque, son lieu de commandement, la Senyora recevait les informations, notait les événements et soulignait des détails et des dates sur un carnet relié en cuir. De temps en temps, elle se levait pour consulter d'immenses plans dépliés où elle avait fait dessiner les propriétés en détail, grâce à l'aide du cadastre. Elle pouvait ainsi calculer de façon assez précise la quantité de noisetiers qu'elles pourraient contenir.

Oui, elle avait demandé qu'on arrachât les vignes pour planter des noisetiers. Après s'être personnellement renseignée sur le prix des plants chez les différents pépiniéristes, elle se fit conseiller sur les variétés convenant le mieux à des terrains secs, pentus, avec peu de terre ou à des zones humides et herbeuses comme dans les vallons. Elle avait également prévu de mélanger différentes variétés afin que la pollinisation fût meilleure. Elle avait donc évalué la productivité possible et la durée d'amortissement, mais en se méfiant des indications que lui avaient fournies les propriétaires de Rius. Là-bas, la terre était généreuse, facile à cultiver et l'eau coulait en abondance. La plaine de Rius n'avait rien de commun avec les paysages montagneux et secs de Pous. Ici, les arbustes ne pourraient boire que le peu d'eau qui tombait du ciel et ils seraient moins productifs.

Maria Magí était pressée. Il lui fallait planter pendant les mois de janvier, février et mars. Elle avait prévu que tout ce qui ne serait pas en terre à la mi-avril, elle le laisserait de côté. Les plantes devaient impérativement profiter des pluies d'avril et mai si elles voulaient survivre et planter toutes les terres de la Principal n'était pas chose facile.

La veille, le lundi matin, Úrsula se rendit dans la bibliothèque et, tout en faisant la poussière de la grande table, lança :

— Ma fille, Amadeu demande si tu peux le recevoir.

Maria ne fut pas surprise.

— Dis-lui de monter.

Il n'était pas question qu'Úrsula laissât un travailleur déambuler seul à travers les appartements des propriétaires et encore moins que la nourrice ne tentât de connaître le moindre problème qui préoccupait la gamine. Donc, ils montèrent tous les deux. Après un salut plutôt maladroit à sa patronne, Amadeu expliqua :

— Senyora, nous n'avons perdu que deux jours. Demain nous aurons fini de tailler tous les ceps et je suis venu vous demander la permission de brûler les sarments ce midi… Et si vous me le confirmez, après-demain nous arracherons les vignes… ensuite, il sera trop tard pour revenir en arrière.

Il prononça la dernière phrase comme s'il s'agissait d'un avertissement. Maria se dit qu'elle n'en tiendrait plus compte et fit un signe de tête en prononçant un très léger "oui". Rompant le silence, Úrsula prit l'initiative et se dirigea vers l'escalier. Amadeu la suivit, son béret à la main. Maria les observa s'éloigner et sourit : ce bonhomme, plutôt gros et bête, allure soumise, marchait derrière Úrsula, rabougrie en raison de son âge, mais sachant à tout moment où elle posait les pieds.

Le lendemain, alors que le coq n'avait pas encore chanté, l'homme qui l'avait serrée contre lui toute la nuit commença à bouger pour se lever. Il ramassa ses habits dans le noir, maladroitement car il ne connaissait pas bien les mesures de la chambre ni l'emplacement des chaises et des meubles. Encore à moitié endormie, Maria l'entendait se cogner un peu partout et prenait cela comme les signes d'une nouvelle vie s'ouvrant à elle. Elle sentait qu'elle frisait enfin le bonheur.

Pendant ce temps, au rez-de-chaussée, Neus s'affairait déjà avec les casseroles de lait, les tranches de pain, le lard, les œufs et les tomates. Llorenç entra dans la cuisine et lui dit "bonjour maman", comme chaque jour, puis il s'assit à table, devant son bol de lait. Il n'y eut ni geste ni commentaire. Tout n'était que sous-entendus. Neus le regarda fièrement. Voilà que ce gamin qui avait failli devenir homosexuel venait de passer la onzième nuit dans le lit de la maîtresse et, foi de Dieu, celle-ci avait l'air plus que satisfaite.

Lorsqu'une heure plus tard Úrsula monta dans la chambre, elle ouvrit les fenêtres en faisant le plus de bruit possible, puis servit le petit-déjeuner sur la petite table qui se trouvait dans l'alcôve. Tout en s'étirant lascivement, Maria lui demanda de faire préparer la Porteuse pour dix heures pile. Úrsula marmonna pour elle-même que, vu qu'elle passait toutes ses nuits à faire des cochoncetés avec le meneur de la chaise, elle aurait pu le lui dire elle-même. Elle n'avait pas besoin de dissimuler avec sa nourrice. De tout temps, les patronnes ont parfois eu un faible pour un de leurs employés, mais elle n'avait jamais vu cela d'un bon œil… Et en plus ce garçon mangeait à tous les râteliers.

Pendant ce temps, Maria avait d'autres sujets de réflexion. En ce jour si particulier, il était important pour elle de se rendre au Mas Gran. Elle voulait présider à la fin d'une époque, marquer sa présence afin que tout le monde la vît prendre la responsabilité de ses décisions.

En chemin, son cœur, allant et venant entre deux émotions différentes, battait la chamade. D'un côté, elle était consciente qu'une époque extrêmement risquée se présentait, pendant laquelle afin de juguler le déclin de la Principal elle allait rompre avec la tradition vinicole vieille de plus de deux siècles et tenter le tout pour le tout. D'un autre côté, elle vivait une surprise inattendue : que Llorenç la possédât avec un tel émoi amoureux.

Lorsqu'elle arriva à la propriété du Pla de la Rosa, pas très loin du Mas Gran, une grande activité y régnait déjà. Tout semblait normal sauf l'immense montagne de sarments qui pointait un événement inhabituel juste à l'endroit où se trouvait l'ancienne aire pour battre le blé dont plus personne ne se servait à présent. Normalement, on aurait dû les répartir en petits tas pour les faire sécher petit à petit et y mettre le feu. Cette espèce de don de Dieu que représentaient les sarments entassés les uns sur les autres était vraiment impressionnant.

Lorsque Amadeu la vit arriver, il surgit d'entre les ceps, en sueur et de mauvaise humeur.

— Bonjour, senyora.

— Bonjour, Amadeu. Tout se passe bien ?

— Oui, senyora, nous sommes en train de finir la taille des sarments. Nous les avons empilés à cet endroit, car sinon il aurait été difficile de se déplacer entre les ceps pour travailler correctement… Je veux dire, pour ce que vous nous avez demandé de faire : les arracher.

Le ton de la voix d'Amadeu laissait transparaître un terrible ressentiment qui lui faisait hacher les mots, mais la Senyora avait décidé de ne pas en tenir compte.

— Très bien, vous en avez entassé un bon tas. De loin, c'est impressionnant.

— Oui, senyora. Nous allons les brûler tout de suite, avant le déjeuner. Le bois est encore vert, mais vous verrez que tout ça fera un magnifique bûcher. Ensuite, nous arracherons les ceps, aussi profond que possible, pour passer la charrue à pointes longues afin de finir de les déraciner.

Tenant la conversation pour finie, la Senyora se tut. Et pendant qu'Amadeu retournait à son poste en donnant des instructions aux journaliers à tue-tête, elle descendit de la Porteuse, comme pour demeurer là, immobile entre les rangées de ceps émondés.

Llorenç lui demanda :

— Senyora, nous rangeons la chaise devant l'entrée ?

— Non, laisse-la sur l'aire, à côté des sarments. En attendant donne-leur un coup de main, jusqu'à l'heure du déjeuner.

Elle observa les trois hommes s'éloigner avec la Porteuse, le regard mélancolique, le bonheur imprégnant encore ses yeux, pommettes toutes rouges, lèvres douloureuses d'avoir trop embrassé. Décidément sa vie avait été complètement bouleversée. Celle de ses terres également.

Elle se promena entre les rangées de ceps détruits et, peu à peu, sa vue se troubla. Ces hommes qui la prenaient pour une folle ne pouvaient pas imaginer la rupture qu'elle éprouvait au fond d'elle, consciente qu'elle était en train de détruire un patrimoine constitué par plusieurs générations avant elle. Pire encore, elle était en train de détruire une façon de vivre, un paysage. Elle ne verrait jamais plus les feuilles d'automne des ceps, la façon délicate dont elles s'en détachaient, après que le vert, le jaune, le marron et le rouge s'étaient mélangés dans une atmosphère unique de beauté.

Elle eut brusquement la surprise de voir les journaliers sortir d'entre les rangées pour s'approcher du grand tas de bois. Maria s'aperçut qu'ils fabriquaient des torches avec les sarments afin d'allumer le bûcher. Elle pressa le pas, se mit presque à courir. Tout d'un coup, il lui sembla impossible qu'ils l'allument sans elle. Comment osaient-ils commencer sans qu'elle fût là pour donner le signal. C'était à elle de le faire. C'était son moment à elle… Elle leur cria : "Attendez, attendez."

Amadeu leva le bras pour que les journaliers s'interrompent. Que voulait encore cette folle ? Peut-être allumer le bûcher elle-même ?

Elle arriva avec une allure fière, les toisant les uns après les autres, les provoquant. Elle s'arrêta au milieu de tous ces hommes qui la détestaient secrètement. Ensuite, lentement, elle tourna son regard vers Llorenç et planta ses yeux dans les siens.

— Vous trois, attrapez la Porteuse et mettez-la au-dessus de la pile, demanda la Senyora.

Les porteurs demeurèrent immobiles, comme s'ils n'avaient pas entendu, puis ils regardèrent le contremaître, incrédules. Llorenç, qui soutenait le regard de Maria, commença à esquisser un sourire qui alla s'amplifiant. Oui, à présent, il venait de comprendre pourquoi elle avait demandé ça :

— Eh, les gars, allons, aidez-moi à placer la Porteuse tout en haut.

Les autres eurent du mal, car ils s'enfonçaient dans le tas de sarments sous l'effet de leur poids et de celui de la Porteuse. Mais ils parvinrent finalement à se hisser au sommet et à y installer la chaise. On aurait dit que quelqu'un allait s'asseoir dessus. Le premier à descendre fut Llorenç, qui attrapa des herbes sèches et des brindilles pour former une torche. La Senyora le fixa à nouveau et ordonna :

— Allumez. Allumez le feu ! Allez, qu'attendez-vous ? Allumez-le une bonne fois pour toutes !

Les hommes se postèrent à l'endroit d'où venait le vent et allumèrent le feu. Une fumée blanche se dégagea d'abord, puis des flammes se mirent à danser timidement avant que le brasier ne prenne des dimensions gigantesques.

Lorsque le bûcher fut à son maximum de fureur et que le feu commença à lécher la Porteuse, tous les hommes se turent. Ils l'observaient là-haut, se profilant, entourée de flammes, les hypnotisant, leur réclamant encore du respect. Puis Llorenç leva brusquement les bras et lança un rugissement étrange, long, féroce, comme s'il maudissait la chaise. Tout le monde ignorait qu'en réalité c'était son âme qui hurlait et glissait de sa fureur première à une explosion de joie et d'enthousiasme. Oui, avec la Porteuse se mit à flamber, comme une torche que le feu réduisait en cendres, le symbole de la Principal.

Tous les hommes se joignirent au rugissement de Llorenç, tombant dans les bras les uns des autres, levant leurs poings au ciel, brisant des chaînes secrètes. La Senyora souriait devant la réaction de Llorenç et de ses travailleurs, mais sans surprise, elle connaissait parfaitement la signification de cette chaise. Et même si personne ne s'en doutait, elle aussi était en train de briser des liens anciens.

Au bout de quelques secondes, son trône était parti en fumée. Oui, ses journaliers exultaient, ils considéraient l'embrasement de la chaise comme la fin d'une époque. Comme la victoire sur un passé d'humiliations, de pauvreté. En réalité ce ne fut pas aussi vrai pour eux que pour la Senyora. Pour elle, oui, incontestablement une ère nouvelle commençait.

II

# 10

## CONFIDENCES

*Vendredi 22 novembre 1940*

L'inspecteur Recader se réveilla tracassé. La veille au soir, lorsqu'il avait demandé l'autorisation au commissaire de retourner à Pous et d'emprunter l'Opel pour la matinée, celui-ci lui avait répondu qu'auparavant il devait passer à son bureau, car il avait quelque chose à lui dire. Tout cela exprimé sur un ton on ne pouvait plus sérieux.

Comme d'habitude, il s'était levé très à l'avance. Il aimait sortir de chez lui après s'être bien préparé et il prenait tout son temps. Il se lava à fond, changea sa lame de rasoir, choisit son linge de corps, sortit de la penderie un de ses deux costumes et repassa le pli du pantalon en le pinçant d'abord entre ses doigts. Puis, comme tous les matins, il brossa sa veste en insistant à hauteur du col et des épaules. Il ne supportait pas d'y voir des pellicules.

S'habiller correctement était un vrai travail, si l'on n'était pas marié ou si l'on n'était pas assez riche pour avoir du personnel de service. Lorsqu'il fut enfin prêt, il saisit son carnet noir, le reçu du télégramme qu'il avait envoyé deux jours avant à Maria Magí et les rangea dans la poche droite de sa veste. Il glissa mécaniquement sa carte de police dans la poche intérieure gauche et inspecta sa silhouette dans le grand miroir de l'entrée. Avant d'ouvrir la porte, il attrapa son imperméable car le temps était instable et prit la direction du commissariat en marchant d'un bon pas. Quinze jours s'étaient écoulés depuis sa première visite à la Principal et il ne voulait pas que cette affaire refroidît.

Au moment de frapper à la porte du bureau du commissaire, il entendit la voix du colonel de l'armée de terre : "Entrez, Recader." Lorsqu'il salua son supérieur, il n'eut pas l'impression que celui-ci était contrarié, bien au contraire, il avait l'air amusé en lui disant dans un castillan bien sonore :

— Asseyez-vous, Recader, asseyez-vous…

Il introduisit plusieurs documents dans un dossier de carton gris qu'il rangea dans un tiroir de son bureau. Puis il tira une cigarette jaunâtre d'un paquet d'Ideales et lui en offrit une. Ce n'était pas un geste anodin, ils traversaient une époque où ce n'était pas évident de pouvoir se payer du tabac.

— Non, merci commissaire, je ne veux pas m'habituer à fumer.

— Vous faites bien, Recader, vous faites bien. Donc, venons-en au fait. Mais je voudrais d'abord vous dire que cette conversation doit rester impérativement entre nous. C'est un ordre, Recader. Lorsque je vous aurai expliqué, vous comprendrez pourquoi.

Il alluma une allumette et l'approcha de sa cigarette en clignant des yeux, comme si la flamme pouvait abîmer sa vue.

— Il s'agit de l'affaire que vous venez de rouvrir et qui, sur le rapport que vous m'avez fait passer, s'intitule "Le crime de la Principal". Mais avant de continuer, dites-moi : vous avez pu tirer quelques conclusions ces derniers jours ?

— Non, commissaire, en réalité, il faut tout reprendre à zéro. Il n'y a aucun indice, aucun mobile, et la guerre a effacé toute trace d'une précédente enquête, s'il y en a vraiment eu une. Si vous m'en donnez l'autorisation, aujourd'hui je voudrais rencontrer la senyora Magí, l'actuelle propriétaire de la Principal. Elle n'a sans doute rien à voir dans cette affaire, mais en tout cas quelqu'un a abandonné le cadavre devant l'entrée de sa maison. Ce n'est pas nécessairement un indice, mais je pense que l'opinion de cette dame peut être intéressante. Peut-être, depuis le lieu où elle se trouve, a-t-elle entendu parler de quelque chose que nous devrions savoir.

— Bien sûr que son opinion sera intéressante, Recader, comment donc ! C'est bien pour cette raison que je vous ai fait venir, parce que tout ça commence à devenir très intéressant, dit-il en soulignant le *très*. Je sais que vous êtes à ce poste parce que vous aimez ce métier. Je sais aussi que vous êtes méticuleux et que vous allez parfaitement mener cette enquête. Mais je voudrais…

Il fit une pause, avala une profonde bouffée de fumée et la recracha lentement.

— Bordel, Recader, venons-en au fait. À partir de maintenant tout ce que je vais vous dire doit rester secret. Et n'allez pas me trahir, car c'est très important.

— Vous pouvez avoir confiance en moi, commis…

— Donc voilà : l'autre jour je suis allé assister au dîner organisé pour la remise de médaille à la femme du gouverneur civil qui, comme vous le savez, est une nièce du ministre du Travail. J'ai rencontré toutes les autorités de la région : le gouverneur militaire, le maire de Rius, le chef de la phalange de la province, paraît-il un neveu du capitaine général… Des personnalités civiles et religieuses parmi lesquelles se trouvait… l'évêque Joan.

Il tira longuement sur sa cigarette et recracha la fumée en le regardant fixement, comme pour indiquer que l'évêque était la clé de cet entretien.

— Un homme mince, raffiné et d'une parfaite éducation. Ce n'est pas un de ces gros évêques à la voix criarde qui… Bien, laissons ça. Pendant le dîner, je n'avais pas eu l'occasion de lui parler, évidemment c'est lui qui présidait la table aux côtés de l'épouse du gouverneur, mais après le dîner certains des convives s'étaient levés pour aller fumer dans la pièce voisine, car il est de notoriété publique que l'épouse du gouverneur souffre des poumons et son mari nous avait discrètement demandé de ne pas fumer en sa présence. C'est alors qu'on me l'a présenté. Lui aussi est fumeur… Quoique, ces cigarettes anglaises… je ne sais pas si on peut appeler ça fumer ! Elles ont une odeur bizarre, comme un parfum pour femmes. Bref, ce n'est pas du tabac pour les hommes.

Il regarda presque fièrement son mégot d'Ideales qui se consumait. Il huma la fumée et arqua les sourcils.

— Lorsque je lui ai dit que j'étais le commissaire de la province, il a eu l'air très intéressé. Il m'a demandé de quel coin je venais, à quels combats j'avais participé pendant la guerre, si j'avais été blessé. Moi, comme c'est mon devoir depuis que j'ai été nommé responsable de ce commissariat, j'avais déjà enquêté sur les couleurs politiques de tous les gens de pouvoir dans cette province et je connaissais donc toute son histoire. À part d'être issu d'une bonne famille, il avait été nommé juste à la fin de la guerre car son vieux prédécesseur, un certain Marull, avait fui en laissant son diocèse vacant. C'était un séparatiste convaincu et peu enthousiaste envers le nouveau régime, sans compter d'autres affaires qui ne sont pas à l'ordre du jour. Donc, je vous disais que l'actuel évêque s'était présenté à moi comme ouvertement des nôtres. À présent tout le monde l'est, des nôtres, mais celui-ci m'a alors semblé vraiment sincère.

Il recracha la fumée d'un air pensif.

— Pour alimenter la conversation et comme les questions religieuses ne sont pas mon fort, je lui ai demandé s'il était originaire de cette province. Il m'a répondu qu'il venait d'un tout petit village qui s'appelle Pous. J'ai fait semblant d'être surpris et, juste pour continuer à bavarder, je lui ai confié que nous avions rouvert un dossier, justement dans ce village. Et?… Surprise, Recader ! L'homme a brusquement rompu sa carapace cérémonieuse et s'est montré vivement intéressé par la chose. Je lui ai alors expliqué qu'il s'agissait d'une affaire très ancienne, que, le 18 juillet 1936, on avait retrouvé un homme poignardé. Lorsque je lui ai précisé la date, il a baissé les yeux, comme s'il réfléchissait. Et, tout d'un coup, il m'a dit qu'il connaissait parfaitement cette affaire. Alors, il m'a expliqué, avec une certaine affectation, que le mort avait été abandonné devant l'entrée de sa maison natale, la Principal de la famille Roderich.

Puis il a ajouté qu'il était le plus jeune des garçons qui y avaient habité. Bon, je ne vous donne pas plus de détails, car ils sont sans intérêt. Mais alors que nous revenions nous asseoir à table pour rejoindre les autres convives qui prenaient déjà le café, il m'a raconté qu'il se souvenait d'une confidence qui pourrait bien vous intéresser. Il a ajouté que, si je lui jurais d'être discret, je pouvais passer le lendemain au palais de l'évêché, vers six heures de l'après-midi. Puis il a ajouté, comme si de rien n'était, "vous et nous devons nous entraider". Comme si de rien n'était… Mais, je vais vous avouer quelque chose ! Ces gens du clergé ne lancent jamais rien au hasard.

Il éteignit le mégot de sa cigarette et se dandina sur sa chaise.

— En vérité, je dois dire que le lendemain je n'avais pas très envie de me rendre à l'évêché. Pour être sincère, je ne me sens pas très à l'aise parmi toutes ces soutanes et pourtant je suis croyant, un pur et dur, mais… En plus, l'évêque Roderich est une personne très distinguée et on ne sait jamais comment se comporter avec lui. Il parle comme un érudit, s'écoute beaucoup et vous pose juste une petite question, de temps en temps, pour vous permettre d'exister.

Il eut soudain une grimace ironique.

— Eh bien voilà, Recader, je n'étais jamais entré dans le palais d'un évêque et, merde alors, il m'a suffi de cinq minutes pour comprendre comment fonctionne leur pouvoir. Bordel, Recader, ces gens-là sont bien plus organisés que nous. Ils sont riches, discrets, puissants, sinueux, somptueux, hermétiques et, pour couronner le tout, protégés par Dieu lui-même, alors que voulez-vous que je vous dise. On peut comprendre qu'en haut lieu on nous demande d'être bien avec eux et qu'il vaut mieux ne pas leur chercher des noises.

Il fit une pause, comme s'il remettait tous les détails dans l'ordre, et poursuivit :

— Un jeune curé plutôt élégant est venu me recevoir et, tout en me faisant des révérences, avec une allure cérémonieuse, il m'a conduit devant l'évêque Roderich puis, après lui avoir baisé l'anneau, génuflexion incluse, il a disparu. En fait, ce petit curé de mes couilles doit certainement croiser l'évêque plusieurs fois par jour mais, lorsqu'il nous conduit devant son supérieur, il étale le rituel convenu pour qu'on perde tous nos moyens devant le hiérarque.

Il fixa le plafond, comme s'il réfléchissait.

— Quoiqu'on pourrait estimer qu'ils font pareil que nous, les militaires, lorsque nous nous saluons, mais de façon plus raffinée. Cependant, je vais vous dire, Recader, peut-être que dans leur cas la soumission à la hiérarchie est moins bruyante, mais plus authentique.

Maintenant le commissaire s'écoutait parler, dire quelque chose d'intelligent et il voulut enfoncer à nouveau le clou.

— Chez nous, c'est celui qui a le plus de couilles qui commande. Chez, eux, c'est le plus… astucieux et sibyllin. Nous, on nous apprend à tuer le corps ; eux, à tuer l'âme. Et c'est bien plus compliqué.

L'inspecteur Recader supposa que le commissaire s'était trompé et avait corrigé :

— Vous voulez dire à sauver l'âme ?

Le commissaire regarda son inspecteur avec des yeux de commisération. Il éteignit son mégot.

— Non, Recader, non. À la tuer.

Il se dandina à nouveau sur sa chaise comme s'il était mal installé et changea de ton :

— Mais reprenons. Donc l'évêque me reçoit assis sur une espèce de trône ouvragé et me fait asseoir sur une chaise confortable, mais beaucoup plus basse. Il portait l'habit correspondant à son rang, des anneaux, des lunettes en or, des croix en or… D'où ces gens sortent-ils tout cet or, bordel ?… En tout cas, je me suis assis, disposé à écouter ce qu'il avait à me dire. Et je m'attendais à une compilation de souvenirs d'enfance et autres sottises du même genre, avant de me demander un service, comme cela se passe souvent avec ce genre d'individu… Mais il vaut toujours mieux être bien avec l'évêque. On ne sait jamais… On peut en avoir besoin un jour. Là-haut, c'est évident. Et ici-bas, aussi.

L'expression de ses yeux était pleine de sous-entendus.

— À peine a-t-il commencé à s'adresser à moi, qu'il m'a parlé de la conversation de la veille au soir. Il m'a demandé si je m'occupais personnellement de cette affaire et je lui ai répondu que non, que je l'avais confiée au policier le plus compétent du commissariat, que nous commencions à peine l'enquête et que nous en étions encore aux premiers balbutiements. Il a commencé à me raconter des choses de son enfance, de ses parents, de la façon dont on vivait dans cette maison. Bordel de Dieu, Recader, ils vivaient comme des seigneurs. Alors que je pensais que j'allais devoir me taper tout l'arbre généalogique de la famille, il s'est soudain détendu et m'a dit qu'il avait quitté la maison avant l'âge de vingt ans et qu'il n'y était revenu qu'en 1933 à la mort de sa sœur, car, d'après lui, celle-ci avait réussi – et il a souligné le mot *réussi* – à hériter de la maison et d'une partie de la fortune de son père. Mais il a dit tout ça sans la moindre rancune pour elle, comme s'il lui avait tout pardonné depuis longtemps.

Il tira une autre cigarette de son paquet en faisant une petite grimace caustique. Il cligna à nouveau des yeux au moment de gratter l'allumette et aspira deux bouffées jusqu'à ce que le bout de l'Ideales devienne incandescent. Il suivit la fumée des yeux quelques secondes et reprit :

— Ces cigarettes sont très bonnes. Elles vous font une vraie voix d'homme. Bien, et pour être sincère avec vous, Recader, au bout d'une demi-heure à écouter des souvenirs séniles et alors que je commençais à me demander ce que je faisais là, il a lâché sa bombe. Écoutez-moi bien, Recader, parce que c'est vraiment une bombe. Brusquement, voilà qu'il m'a révélé que les obligations de son ministère l'avaient conduit à connaître le curé de Pous, un certain abbé Salvador, et qu'il le voyait plus ou moins tous les mois depuis la fin de la guerre. Donc voilà il y a quelques jours, le curé lui a demandé de le confesser "comme s'il s'agissait d'absoudre une action vraiment dramatique", m'a-t-il précisé. L'évêque a alors interrompu son récit. Il est devenu sérieux puis, avec plein de fioritures, s'efforçant d'être le plus solennel possible, il m'a tout simplement annoncé que, pour me rendre service, et sans le moindre intérêt pour lui, si je lui jurais au nom de Dieu d'être discret et de ne pas noter ce qu'il allait me dire dans quelque rapport ou document officiel, il était prêt à rompre le secret de la confession. Bien sûr, j'ai juré le plus gravement du monde, tout en me disant que ce n'était pas un, mais deux secrets de confession qu'allait rompre cet évêque : celui du fameux abbé Salvador et celui qu'en ce moment Son Éminence était en train de se passer par… l'entrejambe. Il m'a donc expliqué qu'il n'y avait pas très longtemps l'abbé avait recueilli la confession d'un jeune homme qui voulait à tout prix se faire absoudre pour son crime : il avait tué un homme. Je ne sais pas s'il est normal qu'un évêque viole un sacrement aussi important que le secret de la confession en cancanant avec un policier qu'il connaît à peine, même si celui-ci possède un grade élevé. Pour être franc, je ne trouve pas ça très loyal. Ce gros hypocrite m'a révélé qu'il ne pouvait pas me donner son nom, mais que le pénitent en question résidait à la Principal. Bien sûr, vous allez me dire qu'il y a beaucoup d'hommes qui vivent à la Principal et qu'il y a surtout des jeunes. Et comme si de rien n'était, il est passé des menaces à peine voilées des bûchers de l'enfer si jamais je révélais quoi que ce soit, à m'offrir un petit verre de vin doux des plus excellents.

Il se tut et l'observa avec ses yeux inquisiteurs, comme attendant un commentaire de sa part. L'inspecteur Recader, qui écoutait le récit en s'efforçant de mémoriser chaque détail, baissa les yeux et dit :

— Mer… credi !

— Mercredi ?… Merde, oui !… Et bordel et putain et… on ne peut pas faire confiance à ces gens-là, ils sont plus roublards que des faux jetons. Mais bon, pour l'instant, au point où nous en sommes, c'est tout ce que nous avons. Écoutez, Recader, je ne veux pas abandonner cette affaire, même si elle commence à sentir plus le soufre que l'encens. Mais écoutez bien ce que je vais vous dire : faites attention, d'accord ? Faites attention. Et ce n'est pas une recommandation, c'est un ordre. L'actuelle propriétaire de la Principal doit avoir beaucoup de pouvoir et des amis influents. Et l'évêque n'en parlons même pas. Et à présent, pour résoudre l'enquête sur cet assassinat nous allons tremper nos mains dans leur boue. Soyez discret, mais continuez votre enquête, je suis persuadé que vous allez trouver quelque chose d'intéressant.

— Comptez sur moi, monsieur. Vous me donnez carte blanche pour mener l'enquête à ma manière ?

— Si votre manière est prudente, oui. C'est pour cette raison que je vous ai autorisé à rouvrir ce dossier, pour que vous meniez l'enquête à votre manière. J'ai confiance en votre professionnalisme et en votre talent, mais souvenez-vous de ce que je vous ai dit. Faites attention et n'oubliez pas que ce que je viens de vous révéler ne pourra en aucun cas nous servir de preuve.

— Bien entendu. À vos ordres, commissaire.

— Ah, et faites-moi des rapports réguliers. Je suis persuadé que vous allez trouver anguille sous roche… et peut-être bien des soutanes.

Il eut un rire de salle de garde et fit signe à l'inspecteur qu'il pouvait se retirer.

Le commissaire observa son subordonné sortir de son bureau, avec la même allure que d'habitude, toujours impénétrable. Il appréciait ce garçon, il avait confiance en lui. Il le trouvait responsable, bien organisé, et sentait qu'il avait le désir de découvrir la vérité. Il n'était pas là pour profiter du régime mais pour le servir. Mais il peut tomber sur un nœud de vipères, se dit-il. Lui avait eu le poste qu'il occupait parce qu'il avait été un militaire brillant, spécialiste dans les mouvements stratégiques de l'infanterie, une de ces personnes qui avaient adhéré au coup d'État en pensant pouvoir établir une république différente, mais pas pour mettre en place un dictateur. Ses supérieurs hiérarchiques avaient dû le sentir car, malgré son désir de faire carrière dans l'armée, ils l'avaient affecté dans un commissariat, ce qui était une façon de briser sa carrière et son idéal. À présent, il commandait une bande d'illettrés qui ne savaient que dénoncer, torturer, emprisonner ou pire encore. Ce jeune était vraiment le seul à savoir mener une véritable enquête criminelle dans ce commissariat.

L'Opel ne démarrait jamais du premier coup. L'inspecteur Recader tira le starter au maximum et pompa la pédale de l'accélérateur six ou sept fois afin que l'essence arrive jusqu'au carburateur. Il ne fallait pas trop tirer sur la batterie, parce que s'il avait gelé dans la nuit et qu'on la sollicitait un peu trop, elle se viderait sur-le-champ. Si tout allait bien, le moteur tousserait une première fois, expulserait une épaisse fumée noire puis enchaînerait plusieurs secousses. S'il ne s'arrêtait pas quelques secondes plus tard, il trouverait peu à peu son rythme et se mettrait bientôt à ronronner. Mais s'il devait répéter l'opération et que la batterie ne répondait plus, alors il lui faudrait descendre de voiture avec la manivelle, glisser l'embout muni de ses deux ergots dans le trou pratiqué à cet effet à l'avant du moteur et, après les avoir calés dans les deux encoches correspondantes, commencer à tourner jusqu'à ce que le moteur… Quelle flemme, pensa-t-il. Mais par chance tout se passa bien. Au troisième tour de clé, le moteur démarra et l'inspecteur put quitter Rius et enfiler la route caillouteuse et pleine de virages qui menait à Pous.

Sur le chemin, il ruminait le récit du commissaire. Ils avaient donc une piste conduisant au criminel grâce à deux confessions, celle de l'abbé Salvador et celle de l'évêque. On pourrait parler d'une piste doublement avalisée. Il se dit qu'en tenir compte ne l'empêcherait pas de continuer à appliquer sa méthode. Au fond de lui, il était indigné. D'une certaine façon, l'aide de monseigneur l'évêque avait ruiné sa passion pour l'investigation. Créer un réseau de suppositions, les comparer, échafauder des théories, ressentir une émotion croissante au moment où l'on parvient enfin à entrevoir au fond du tunnel un petit point de lumière qui grandit, grandit, jusqu'à ce que l'affaire devienne transparente. Bordel, le processus le fascinait bien plus que d'emprisonner l'assassin. Et voilà que monseigneur l'évêque venait de lui prendre son tunnel et son émotion.

Cette fois-ci, il trouva que le trajet était court. Lorsqu'il arriva à la place Generalísimo Franco, à Pous, celle-ci était déserte. Il passa sa gabardine sur ses épaules pour se protéger de la pluie fine et prit la rue Major.

Cette fois, il actionna le heurtoir vigoureusement et entendit la voix d'Úrsula au bout d'un petit moment : "J'arrive, j'arrive!"

— Ah, bonjour monsieur l'inspecteur, nous vous attendions.

— Bonjour, Úrsula. Vous avez reçu mon télégramme, je suppose. La senyora Magí est à la maison.

Plus que le demander, il l'affirma.

— Bien sûr. Elle vous attend au salon du premier étage. Elle m'a demandé de vous proposer quelque chose à boire ou à manger, avant de vous accompagner.

— Merci, Úrsula, peut-être dans une demi-heure, je prendrai un verre d'eau.

— Vous ne voulez pas quelque chose de plus consistant ?

— Non, merci. Si vous me guidez, je vous suis.

Il fit un geste impératif car, à ce train-là, les civilités pouvaient durer une éternité. Úrsula le précéda dans l'escalier qui lui sembla d'une largeur surprenante, avec de grands vases, de délicates statues à chaque palier et les murs couverts de tableaux de scènes de chasse et de paysages. Les marches étaient recouvertes d'un tapis, mais il aurait juré que dessous elles étaient en marbre ; en tout cas, la rampe, elle, l'était. Ils atteignirent un palier avec deux portes moyennes et une plus grande. L'inspecteur se dit que cette dernière était celle qui donnait sur le grand salon de la maison. En entrant, l'inspecteur dissimula sa surprise devant un tel luxe. Cette demeure était vraiment imposante. Des meubles précieux, des objets de qualité répartis un peu partout et, ce qui attirait le plus l'attention, un immense piano au beau milieu de la pièce.

Úrsula, qui le précédait toujours, le conduisit vers l'endroit où se trouvaient fauteuils et canapés. Elle l'invita à s'asseoir, lui précisa que la Senyora venait tout de suite, puis demeura debout et immobile à ses côtés, sans rien dire.

Il entreprit de détailler ce salon magnifique. Quelque chose de curieux dans l'organisation de cet espace attirait son attention. La disposition des meubles le divisait en trois parties bien distinctes, comme trois atmosphères presque séparées. Il comprit vite que la grande table, qui aurait dû se trouver au centre, avait été décalée sur un des côtés. Et que l'endroit pour s'asseoir, recevoir la famille ou les visites occupait le côté opposé, celui où il se trouvait en ce moment. En revanche, le grand piano noir trônait au centre. Le piano à queue et un fauteuil à bascule. D'une certaine façon, il comprit que, dans cette maison, on donnait plus d'importance à la musique qu'à la nourriture ou à la conversation. Curieux. Il était en train de penser à cela lorsqu'il entendit des pas légers approcher dans son dos. La Senyora venait à sa rencontre.

— Bonjour, monsieur l'inspecteur.

— Bonjour, senyora Magí, répondit-il en se levant respectueusement.

— J'ai reçu votre télégramme avant-hier m'annonçant votre visite, dit-elle pour évoquer directement l'affaire.

L'inspecteur contemplait cette belle femme, bien habillée, détendue, sûre d'elle, qui lui tendait la main. Il la lui serra en se penchant légèrement en avant.

— Je vous remercie de me recevoir.

— Merci pour votre amabilité. Mais je m'y suis sentie obligée, vous le savez bien !

Elle dit cela avec un sourire ambigu qui désorienta l'inspecteur. Obligée par sympathie ? Ou obligée par force ? Il en déduisit que ce serait une rencontre intéressante. Pendant que l'inspecteur attendait qu'elle s'assît, ils demeurèrent l'un devant l'autre en se regardant de façon affable.

— Úrsula, tu peux te retirer. Je peux vous offrir un rafraîchissement, monsieur l'inspecteur ?

— Non, merci, senyora.

— Si nous avons besoin de quelque chose, je t'appellerai, Úrsula.

Lorsque la nourrice se résigna à partir, d'un pas lent, Maria l'entendit ronchonner intérieurement.

— Je vous écoute, dit-elle en regardant l'inspecteur dans les yeux.

— Senyora Magí, le commissariat de Rius m'a demandé d'enquêter sur un assassinat qui a eu lieu à Pous, le 18 juillet 1936. On a retrouvé le corps d'un certain Ricard Nebot abandonné par son assassin sur le banc de pierre qui se trouve devant votre maison, la Principal.

— Excusez-moi, inspecteur, quel est votre nom ?

Le policier se mit à sourire. "Tu es en train de lui parler d'un assassinat et cette femme te demande ton nom, tranquillement, comme si…"

— Lluís Recader, Senyora.

Il fit mine de tirer sa carte de police, mais…

— C'est inutile, monsieur Recader… Mais pourquoi souriez-vous ?

Il fut à nouveau surpris. Cette femme avait vraiment du toupet. Mais il répondit sereinement.

— Vous êtes la première personne de Pous qui me demande mon nom. D'habitude les inspecteurs de police font peur et personne n'ose leur demander leur nom, ni leur carte. Mais je vois bien que vous, je ne vous fais pas peur.

— Pas du tout, monsieur Recader. Je vous ai demandé votre nom simplement pour être courtoise en vous

230

appelant par votre patronyme. Bref, donc quelqu'un a abandonné un mort devant chez moi, et ?…

L'inspecteur fit une pause, il se dit qu'il devait être prudent. Pouvoir, évêques, richesses… Il était devant une femme encore jeune qui savait qu'elle maîtrisait la situation. Il se dit qu'un interrogatoire normal ne le mènerait nulle part et que tenter de lui faire peur serait inutile. Il ouvrit son carnet. Malgré la distance, Maria put lire : "Le crime de la Principal".

— D'après ce que je sais, vous n'étiez pas à la maison, ni ce jour-là ni les précédents. Toutes les déclarations des gens qui ont été interrogés concordent sur ce point. Cependant, si le fait que l'assassin ait laissé le corps de la victime devant votre porte peut être tout à fait fortuit, il pourrait également être un signe ou un message volontairement laissé par le bourreau. Vous étiez partie au début du mois de juillet pour passer tout l'été dans votre station thermale habituelle. Je sais également qu'ensuite vous êtes très intelligemment partie en exil. Par conséquent, vous êtes hors de tout soupçon. Mais à l'époque c'était déjà vous qui dirigiez cette maison ; si je ne m'abuse… depuis l'année 1933. Avant de commencer à enquêter sur votre territoire, je voulais, par respect pour votre famille et pour vous-même, vous exposer la situation et vous assurer que je ne cherche en aucune façon à vous ennuyer ni à porter préjudice à votre nom.

Il la regardait fixement pour bien confirmer ses propos.

— Par ailleurs, diriger une propriété comme la vôtre doit donner une vision globale des choses qui s'y passent. Ainsi, avant de commencer mon enquête et avant toute

chose, je voulais vous demander si vous avez connaissance de quelque détail sur le sujet ou une quelconque
impression qui puisse me guider au début de ma tâche.

L'inspecteur se dit que le commissaire aurait approuvé
sa façon de lui passer de la pommade.

— Bien, monsieur Recader, je vois que vous avez
déjà été remarquablement informé sur ma vie, fit-elle
avec admiration. Sincèrement, je ne connais l'affaire qui
vous préoccupe que par ouï-dire. Comme vous pouvez
le supposer on a beaucoup parlé de ce crime et, devant
quelques cheminées, on doit certainement en parler
encore aujourd'hui. Pour vous dire la vérité, je ne me
souviens presque pas de cet homme, mais c'est sans doute
normal, nous n'étions pas du même monde. Et je dois
ajouter que chaque fois que j'en ai entendu parler par
les domestiques, ils étaient tous convaincus que sa mort
était une sauvagerie de plus imputable à cette guerre…
ou aux temps perturbés qui l'ont précédée. Vous le savez
bien : des vengeances et des fanatismes qui ont semé la
haine dans le village et dans toute la région.

L'inspecteur l'écoutait en faisant mine d'être intéressé
par ses propos, mais soudain il eut envie de marquer
son territoire, afin que la femme perde son assurance. Il
regarda son carnet et se contenta de dire :

— Désolé de vous interrompre. Si je vous disais que
Ricard était le contremaître de la Principal, vous pourriez mieux voir de qui il s'agit ?

La Senyora ne sembla pas troublée par la question,
elle sourit franchement.

— Je ne me suis sans doute pas exprimée correctement, je voulais dire que si je m'en souvenais en effet, je

ne l'avais jamais fréquenté car j'étais très jeune lorsque ma mère l'avait renvoyé…

— C'est vrai, vous aviez quinze ans… Et pourquoi l'avait-elle renvoyé ?

— Je l'ignore, monsieur l'inspecteur. Moi, à cette époque, je n'avais aucun rapport avec les employés, si ce n'est les dames de confiance.

— Úrsula, Neus…

— Exactement.

Maria avait juré de ne pas tomber dans le piège de se sentir interrogée, mais elle n'appréciait pas du tout la tournure que prenait cette entrevue. Ce policier s'était préparé, il connaissait les détails, se souvenait des dates, et de temps en temps lui faisait clairement sentir que s'il était vrai que l'entretien avait lieu à la Principal, c'était tout de même bien lui qui en tirait les ficelles.

— Vous souvenez-vous si avant que la précédente Mme Roderich ne le renvoie le défunt dormait à la propriété ?

— Je n'en ai pas la moindre idée, car moi je vivais ici, dans l'appartement du premier étage, avec ma mère. Mais il est vrai que depuis la mort de mon grand-père, la tradition voulait que le contremaître de la Principal restât dormir à la maison. La nuit seules les servantes et le responsable des ouvriers avaient le droit de dormir ici, au cas où. Je pense donc que tout le temps qu'il a été le responsable, il a dormi chez nous. En tout cas, vous pouvez le demander à Úrsula en descendant, parce que…

— Et un certain Llorenç devait également dormir à la maison, n'est-ce pas ?

— Oui, mais ce n'était pas encore un homme, c'était un enfant. Llorenç et moi-même avons le même âge.

Maria veilla à ce que pas le moindre petit muscle de son visage ne trahît son nœud à l'estomac. Mais que voulait donc cet homme ?

— Je comprends. Ce qui signifie que lorsqu'on renvoie Ricard, Llorenç Costa n'a que quinze ans.

— Oui, c'était le fils de la cuisinière et ils dormaient tous les trois dans la même chambre, parce que Neus a également une fille...

— Caterina Costa. Continuez, continuez...

— Exactement. Et lorsque le fameux Ricard a quitté la maison, j'ai toujours entendu dire que le nouveau contremaître avait occupé sa chambre. La situation a changé quelques années plus tard, lorsque Amadeu a eu son troisième fils. Ma mère a considéré que Llorenç était devenu un homme et elle a autorisé le contremaître à retourner vivre avec sa femme et ses enfants... mais je ne connais pas précisément la date.

L'inspecteur Recader avait une question sur le bout de la langue et alors qu'il allait la poser, il s'en voulut car, sans vraiment s'en apercevoir, il était tombé dans le piège depuis un moment : ses questions étaient conditionnées par la délation de l'évêque et de cet abbé dont il avait oublié le nom. La nouvelle question qu'il allait poser ne dérogeait pas à la règle. Il se sentit mal à l'aise. Mais il la posa tout de même.

— Pourriez-vous me dire... pourriez-vous me dire si Llorenç et Ricard avaient une relation ?

— À quel genre de relation faites-vous allusion, monsieur Recader ?

Maria le fixa de façon insistante, mais en gardant une expression innocente. Elle avait peut-être répondu trop vite et l'inspecteur l'avait remarqué.

— Je voulais juste savoir, senyora Magí, si vous avez entendu, parmi les servantes ou parmi les travailleurs, un commentaire quelconque à leur propos…

Maria le coupa sèchement. À présent, elle était sur son propre territoire.

— Monsieur Recader, je n'en ai pas la moindre idée. Ainsi que vous pouvez vous en douter, à part leur demander de faire leur travail, je n'ai pas l'habitude d'avoir d'autres rapports avec les travailleurs et encore moins celle de m'intéresser à leur vie privée. Je suis désolée : je ne peux pas vous aider.

Recader remarqua une certaine tension dans sa réponse. Mais il se rappela les recommandations du commissaire, notamment celle d'être prudent. Il décida donc qu'il n'avait plus d'autres questions. Sauf peut-être celle qu'il ne résista pas à poser :

— Oui, je comprends. Vous avez parfaitement raison. Juste une dernière question, senyora Magí : votre oncle, l'évêque Joan, vient-il souvent vous rendre visite à Pous ?

À présent, oui, Maria se sentit brusquement décontenancée. Que venait faire son oncle Joan dans cette conversation ? Elle tenta de lui répondre en mesurant chacune de ses paroles.

— Presque jamais. En réalité je ne l'ai pas revu depuis la mort de ma mère, c'était sa sœur. Mon oncle, l'évêque, s'était disputé avec elle pour un différend lors de la répartition de l'héritage de leur père, alors qu'il était encore

abbé, et il n'est retourné à Pous que le jour de son enterrement. Je crois qu'il représentait l'évêque Marull et qu'il
était également là en qualité d'archidiacre du Saint-Siège.
Ce jour-là, j'ai tenté d'établir une relation avec lui, car je
n'avais jamais eu l'occasion de lui parler, mais il a eu l'air
fâché contre moi. Écoutez, je ne vois pas quel rapport il
peut avoir avec le sujet qui vous occupe, mais nous ne
nous sommes jamais plus revus depuis ces funérailles.

— A-t-il quelque intéressement dans la Principal ?

— Un intéressement ? Je ne vois pas lequel… réflé-
chit-elle. Je ne vois pas du tout.

— Très bien, senyora Magí. En ce qui me concerne,
j'ai terminé. Je vous remercie d'avoir accepté de répondre
à toutes ces questions et je voudrais vous demander l'autorisation d'enquêter discrètement parmi votre personnel, pour essayer d'obtenir peut-être quelques détails
supplémentaires qui pourraient me mettre sur une piste.

Ce ne devait pas être un hasard si, lorsque l'inspecteur
se leva pour prendre la main que lui tendait la senyora
Magí, Úrsula apparut depuis l'autre côté de la salle, la
ride tordue de son front extrêmement creusée. Maria ne
s'en étonna pas vraiment et, après les formules de politesse pour prendre congé, enchaîna immédiatement :

— Úrsula, tu tombes bien, veux-tu bien accompagner monsieur l'inspecteur jusqu'à l'entrée. Au revoir,
monsieur Recader, tous les gens de cette maison sont à
votre disposition, ainsi que moi-même.

Chaque fois que le ciel se couvrait, Úrsula boitait un
peu, mais elle compensait cela par une sorte de solennité affectée. Ils s'éloignèrent lentement tous les deux. La
vieille nourrice ne put s'empêcher de regarder du coin de

l'œil le couvercle du piano pour observer ce qu'elle savait déjà, que les grains de poussière sur la laque noire du bois prenaient du volume et s'animaient presque grâce au reflet de la lumière ténue qui entrait par la fenêtre. Elle n'eut pas le temps de se faire d'autres reproches qu'elle entendit la voix de la gamine :

— Monsieur Recader ?

— Oui, senyora ?

Un sourire ironique s'était dessiné sur les lèvres de la Senyora.

— Mon oncle, l'évêque Joan, est mon héritier naturel, car tous mes autres oncles sont déjà morts. Il est la seule famille directe qui me reste. Cela si je devais mourir avant de rédiger mon testament, bien entendu… et avant lui.

L'inspecteur et Maria sourirent à leur tour, comme si elle venait de raconter une blague. Mais la ride tordue du front d'Úrsula se creusa un tout petit peu plus.

Une fois en bas, alors qu'elle ouvrait la porte du salon de l'entrée, elle entendit l'inspecteur qui lui disait :

— Úrsula, avant de partir, je voudrais parler à M. Amadeu. Vous savez à quelle heure il va rentrer ?

— Oui monsieur. À midi. Pour le déjeuner.

— Pourriez-vous lui dire que je voudrais le voir à quatorze heures ?

— À cette heure-là, il doit retourner à son travail…

— Merci Úrsula, je m'en doutais. Donc, dites-lui s'il vous plaît que je l'attendrai ici à quatorze heures. Et si la salle à manger du rez-de-chaussée est libre, c'est là que je voudrais l'interroger et sans témoins.

— Comme vous voudrez, répondit Úrsula.

## 11

# FUNÉRAILLES AVEC FANTÔMES

*Vendredi 22 novembre 1940*

— Ne vous inquiétez pas, monsieur l'inspecteur, chaque fois que vous devrez venir au village, notre maison sera la vôtre et notre table sera ouverte. On m'a dit que vous étiez arrivé vers onze heures.

— Oui, je pensais être là plus tôt, mais la route était boueuse et j'ai été retardé. Merci pour le déjeuner et pour votre disponibilité. Cet après-midi, je dois voir d'autres personnes et il me faudrait me dépêcher.

— Ne vous inquiétez pas. Ça fait partie de mes obligations. Je vais immédiatement voir ma femme et je lui dis de préparer le repas tout de suite.

Un moment après, le maire réapparut suivi de sa femme qui osa à peine lever les yeux pour dire : "Bonjour, monsieur l'inspecteur." Elle mit le couvert : deux serviettes, deux verres et des couverts, un morceau de pain noir avec un couteau pour le couper et un pourou de vin. Puis elle retourna à la cuisine.

— Monsieur le maire, l'autre jour, lors de ma première visite, je n'ai pas voulu officialiser les motifs de l'enquête que je viens d'entreprendre, même si vous avez dû plus ou moins vous en faire une idée. Mais voyez-vous, j'avais mes raisons. Dans les villages, il y a inévitablement des rumeurs et si elles circulent trop, elles finissent par devenir fausses ou même calomnieuses. Il m'a semblé préférable de m'entretenir d'abord avec une personne aussi distinguée et puissante que la senyora Magí.

Le maire acquiesça maladroitement tout en mastiquant bruyamment son pain.

— À présent que cela est fait, vous allez devoir devenir, étant donné votre charge et votre fidélité au régime, mon homme de confiance au village.

— Ne vous inquiétez pas, monsieur, je sais parfaitement quel est mon devoir en ces moments si difficiles pour la patrie… fit-il sans cesser de mastiquer.

— Très bien. Aujourd'hui, je peux vous dire que j'ai obtenu l'accord de la senyora Magí pour commencer mes investigations. Elle a eu une attitude tout à fait coopérative et m'a même proposé sa maison comme siège des interrogatoires que je dois mener.

L'inspecteur voulait montrer qu'il maîtrisait parfaitement la situation.

— Mais j'ai accepté son offre seulement pour les gens qui travaillent à la Principal et par respect pour leur réputation. Pour les autres interrogatoires, je vais avoir besoin que vous m'ouvriez la mairie.

— Pas de problème, vous pourrez même vous installer dans mon bureau, dit le maire en prenant ensuite un ton de confidentialité. Si vous permettez, je vous dirais même qu'il serait plus intéressant que les ouvriers de la Principal témoignent également ici, à la mairie. Ils

239

seront plus intimidés et vous risquez d'en tirer davantage.

— Merci pour votre conseil, monsieur le maire, mais je déciderai moi-même ce qui est le plus intéressant.

— Bien entendu, monsieur l'inspecteur… je suis désolé, pardon.

— Je n'ai rien à vous pardonner et encore moins de vouloir m'aider, mais ce métier a ses propres rituels. Laissez-moi faire à ma manière.

L'inspecteur avait besoin d'un allié. Il n'aimait pas ce personnage, se demandait pourquoi on l'avait nommé maire, mais il n'était pas dans son intérêt de l'offenser ou de se le mettre à dos. Sa femme arriva avec deux assiettes pleines de chou-fleur et de pommes de terre. Le maire fit merci de la tête et ajouta tout de suite :

— Tout vient du jardin. Il n'y a que quelques jours que les choux-fleurs ont été cueillis. C'est l'avantage que nous avons, nous, ici au village. Il n'y a pas grand-chose mais tout est authentique, fit-il fier de lui.

— Ne m'en parlez pas… À Rius tout cela serait un vrai luxe.

La femme était déjà retournée à la cuisine. L'inspecteur reprit :

— Donc, comme je vous le disais, la senyora Magí m'a semblé avoir une forte personnalité. Elle est très belle. C'est le moins qu'on puisse dire.

— Et elle est bizarre, inspecteur.

— Je m'appelle Lluís Recader, monsieur le maire. Nous allons beaucoup nous parler ces jours-ci et ce n'est pas la peine d'être aussi formels. En tout cas lorsque nous sommes entre nous.

— Merci. Moi, je m'appelle Josep, dit-il en riant de satisfaction. Bordel, mais vous savez déjà tout ça, conclut-il en continuant à rire.

L'inspecteur laissa s'écouler quelques secondes pour que l'homme pût exprimer toutes ses âneries, mais il ne perdit pas le fil de sa dernière réponse :

— Pourquoi avez-vous dit bizarre, Josep ?

— Eh bien parce que…

Il s'essuya la bouche de sa main gauche.

— C'est vrai qu'elle est à la tête de la meilleure famille du village. C'est vrai que sa mère était des nôtres et qu'elle a participé à la création de la phalange dans la région de l'Abadia, dont j'ai moi-même été un des premiers adhérents. C'est vrai qu'elle va régulièrement à la messe. Qu'elle reçoit et traite avec générosité la garde civile lorsque celle-ci fait sa ronde… Mais quelque chose dans son comportement me pousse à soupçonner qu'elle n'adhère pas vraiment au régime, alors que sa condition sociale la protège et la rend intouchable.

L'inspecteur observa la façon dont un rictus se dessinait sur le visage du maire, comme s'il voulait souligner qu'il lui confiait une chose qui l'affligeait vraiment.

— Je vais vous dire, cette femme ne participe jamais aux fêtes patriotiques, même pas aux plus importantes. Je parierais qu'elle ne veut pas donner l'exemple en y assistant. La dernière fois que le gouverneur est venu nous rendre visite, elle a été *malade*, dit-il en soulignant ce dernier mot. Et son oncle, l'évêque, n'a jamais fait une seule visite pastorale à Pous, son village natal, comme on a dû vous le dire. Inutile de vous expliquer que ce serait vraiment positif pour la municipalité qu'il vienne ici. La religion est aujourd'hui plus nécessaire que jamais et, depuis que la senyora Roderich est morte, son frère a toujours refusé de venir nous voir. Et certaines personnes de l'évêché murmurent que c'est à cause de la nièce de l'évêque.

— Oui, mais cela peut tout à fait être la conséquence d'un conflit précédent que vous devriez connaître, au moment de la répartition de l'héritage du vieux M. Andreu Roderich.

— Vous avez sans doute raison. Tout le monde sait que cet épisode s'est très mal fini. Mais… Mais dans le village aussi on dit que cette femme a certains pouvoirs… qui ne lui viennent pas de la propriété. Lors des funérailles de la Vieille, il s'est passé quelque chose de mystérieux, quelque chose…

Recader éclata de rire et le coupa :

— Ah, oui. Le fameux "mystère de la chose". On m'en a souvent parlé. Dans plus de la moitié des interrogatoires effectués le jour même de l'assassinat, les gens racontaient à quel point la Senyora avait l'air particulièrement étrange. Les plus timorés la jugeaient mystérieuse et les plus audacieux la traitaient carrément de sorcière. Et puis on évoquait chaque fois le fameux "mystère de la chose". En fait, après le coup d'État, je suis resté sur ma faim, je n'ai jamais su de quoi il s'agissait. Peut-être que pendant que nous terminons notre repas, vous pourriez me le raconter ?

— Bien sûr, répondit le maire, satisfait de se sentir enfin utile. Je peux vous décrire tout ça dans les moindres détails, car j'y étais moi-même, sauf que j'étais un peu loin de l'autel, car à l'époque je n'avais pas de charge publique.

— Un instant, je vous prie.

Recader tira son carnet noir et un crayon de la poche de sa veste, il l'ouvrit à côté de son assiette presque vide et fit signe au maire de commencer.

— Donc, voilà, l'ancienne maîtresse possédait un très fort caractère… Elle avait plus de couilles que n'importe quel homme de Pous…

## LE MYSTÈRE DE LA CHOSE.
## LÉGENDE POPULAIRE DE LA RÉGION
## DE L'ABADIA.

*En ces temps-là, sous l'emprise et le caractère omniprésent de Maria, dite la Vieille, sa fille devint de plus en plus timide, effacée, peu préparée à commander et encore moins à conquérir les garçons. Ce n'était pas qu'elle fût moche ou mal faite, bien au contraire. Elle avait des traits plutôt gracieux et une silhouette harmonieuse. Mais son caractère inoffensif avait tellement pénétré dans ses chairs, qu'elle était devenue insipide. Elle eut quinze ans, elle eut vingt ans et cette gamine n'avait toujours pas de caractère propre. Elle vivait toujours dans l'ombre de la Vieille.*

*Au village, tout le monde lui prédisait un avenir incertain concernant ce qui semblait capital à l'héritière de la Principal : un mariage brillant ou, au cas où Dieu aurait prévu autre chose pour elle, un caractère suffisamment solide pour commander une propriété aussi complexe. L'horizon s'assombrit davantage un jour d'été où, après être tombée,* elle se sectionna un petit ligament, pas très important, d'après le vieux Dr Lluch de Rius, pour qui les hurlements de la gamine n'étaient que la manifestation d'une éducation de fille couvée surprise par l'offensive de la douleur. Elle avait treize ans et, jusqu'à l'âge de vingt ans, les séquelles de sa claudication ne disparurent jamais tout à fait. En tout cas, la voir si jeune et boiter de la sorte finit par persuader tous les gens de la maison, du village et de ses alentours, que lorsque la Vieille passerait sur l'autre rive du Styx, la bâtisse se verrait frappée d'innombrables mésaventures.

Les années passèrent et rien ne vint transformer le manque de caractère de cette gamine. Mais les choses ne se passèrent pas comme les villageois l'avaient prévu. Tout changea après la mort de la Vieille. Nous étions en 1933. C'est alors qu'eut lieu le phénomène inattendu qui bouleversa la vie du village et de la Principal. Un événement inexplicable qui, en l'absence d'un terme précis pour l'identifier, fut nommé par les gens de Pous "le mystère de la chose". Une expression qui, tout bien regardé, ne voulait absolument rien dire. Mais que les villageois prononçaient toujours à voix basse, en surveillant du coin de l'œil leur entourage, comme si elle cachait une entité secrète que seuls les citoyens de Pous devaient partager.

"Le mystère de la chose" eut donc lieu deux jours après le décès de la Vieille dans la luxueuse clinique Brandós, de Barcelone. Lorsqu'on la ramena à Pous, on honora sa généreuse dépouille par une cérémonie de classe supérieure permettant de l'accueillir dans le caveau des Roderich avec les meilleures garanties spirituelles, comme on le devait à la maîtresse de la Principal. Le gouverneur de la province, le maire de Rius, les autorités du village, ainsi que toutes les personnalités de la région, se trouvaient dans la nef de l'église pour donner encore plus de solennité à cette cérémonie.

La famille était juste représentée par ses plus jeunes frères, Lluís et Joan. Ce dernier était déjà devenu l'archidiacre de l'évêque. Il était tellement ému qu'il se sentit incapable de dire la messe, le gros hypocrite ! De toute façon, depuis son cercueil, la Vieille ne l'aurait jamais laissé faire. Elle était tout à fait capable d'échapper aux chaudrons de l'enfer, d'ouvrir sa bière et de le chasser de l'église. L'archidiacre Joan ne le savait que trop. L'évêque Marull, qui était si vieux qu'il ne sortait pratiquement jamais du siège, lui avait demandé de le représenter, et il ne voulait surtout pas décevoir une autorité qui pouvait servir son avenir et avec qui il avait maintenu une relation toute particulière depuis son entrée au séminaire. L'autre frère, Lluís, prit place sur un banc absolument quelconque, après avoir refusé de présider celui de la famille, qui lui revenait de droit par son âge et son statut. Il pleura beaucoup et seule Úrsula, qui avait expressément pris place à ses côtés, pouvait comprendre sa douleur.

Et là-bas, présidant toute seule, sa fille, Maria Magí, fragile et infirme, à la tête du deuil des Roderich dans une surprenante solitude.

C'est alors, pendant la messe, concrètement pendant la préparation de la consécration, l'église pleine à craquer, que survint "le mystère de la chose".

L'abbé Salvador était en train de murmurer des phrases en latin, lorsque tout d'un coup on entendit un bruit morbide et profond, comme l'écho d'un coup de tonnerre. On aurait dit que cela venait du cercueil où étaient enfermées les abondantes chairs de la Vieille et qui était disposé juste devant les marches menant à l'autel. Mais rien d'autre, ni là ni autour, ne semblait être à l'origine de ce vacarme. Les gens se regardaient les uns les autres du coin de l'œil s'efforçant de trouver l'endroit précis d'où provenait une rumeur aussi inquiétante.

Et tout d'un coup, un fantôme apparut, exactement une fumée blanchâtre qui, d'après le témoignage de l'assistance, filtrait depuis la partie supérieure du cercueil, entre la croix et les fleurs, les couronnes et les damas, pour rester curieusement suspendue au-dessus de l'installation.

D'abord, les fidèles les plus fervents optèrent pour une matérialisation éphémère de l'Esprit-Saint. Mais comme il ne possédait pas d'ailes et était sorti du cercueil, le sentiment que l'entité était quelque chose de bien plus absurde s'imposa rapidement. Très effrayés et en quête d'une explication pour ce phénomène, les gens en vinrent à conclure, par gestes, regards et commentaires à voix basse, que c'était certainement la partie positive de l'âme de la Vieille qui avait décidé de se manifester.

Donc après que la partie positive de l'âme de la Vieille eut fait quelques mouvements, certains timides, d'autres plus vifs et rapides, mais tout en restant compacte, l'entité fantomatique commença à tournoyer au-dessus du cercueil comme si elle voulait se libérer d'un lien atroce et qu'en même temps cet abandon la faisait souffrir. En tout cas, c'est ainsi que l'assistance l'interpréta. Lorsqu'enfin elle parvint à se libérer, elle se mit à monter lentement en tournoyant sur elle-même. Elle s'éleva doucement tout en haut de la nef, toujours à la verticale de la bière, s'arrêtant de temps à autre quelques secondes, comme pour se reposer. Les gens profitaient de ces moments pour reprendre leur souffle tandis que les enfants continuaient à la pointer du doigt. *Tout cela dura un bon moment, jusqu'à ce que la bonne âme de la Vieille allât se placer presque au-dessus du transept, là où commençait la partie basse de la coupole appuyée sur six arches ouvertes. Le fantôme s'arrêta un instant devant les cinq premières ouvertures, comme s'il cherchait quelqu'un. Les gens pensèrent tout de suite à une échappatoire. Mais il n'alla pas jusqu'à la sixième ouverture, celle qui donnait à l'ouest, il devina une fissure, une petite lézarde, dans le vieux bâtiment. On eut l'impression que brusquement la fumée devenait plus fine pour mieux se glisser, par petits mouvements spasmodiques, dans la lézarde et filer tout de suite après sur le chemin qui mène droit au paradis, et cela devant des fidèles aussi soulagés que déçus.*

Si la chose s'était arrêtée là, les assistants auraient interprété le mystère comme une ascension de l'âme de Maria Roderich propulsée par la bonté jusqu'ici inconnue de la senyora. Son frère, l'archidiacre Joan, n'en revenait pas et, bien qu'il l'eût toujours considérée comme une affreuse pécore, il finit par envisager le commencement d'une canonisation de la famille, mais l'époque républicaine ne s'y prêtait cependant pas.

Les gens regardaient encore en l'air, imaginant les tourbillons célestes du fantôme, lorsque brusquement, dans un tonnerre effrayant, une fumée noire et puante sortit du fond de la bière. Tout le monde identifia cela, et cette fois du premier coup, comme la partie mauvaise de l'âme de la Vieille qui déambulait à présent, sombre et difforme, sous le volumineux cercueil. On aurait dit un gros serpent qui se traînait à ras de terre. Au bout de quelques secondes, tout le monde se dit que cette partie noire de l'âme cherchait un trou pour se faufiler dans les profondeurs, là où la terre devient du feu. À un moment précis, les fidèles prirent peur, car le spectre, peut-être désorienté, finit par se diriger vers les bancs où ils étaient assis. Mais non, finalement la chose dévia sa trajectoire pour, se traînant sur les marches qui menaient au sanctuaire, s'approcher de l'autel, frôlant ainsi le sacrilège. Elle commença alors à rouler et à rouler, cherchant dans les recoins les plus reculés un petit interstice qui lui permît de rejoindre les profondeurs les plus inconnues, sans que l'abbé Salvador, qui continuait à marmonner en latin pour préparer l'élévation de l'hostie consacrée, ne s'aperçoive que l'immonde présence était en train d'effleurer en passant le bas de sa chasuble, car il y avait bien longtemps que l'enfant de chœur, le fils d'Atanàsia, avait carrément disparu.

Seule la gamine, Maria, la fille de la Vieille, regardait ce qui se passait sans s'effrayer et sans surprise. Indifférente, elle était assise à la place réservée à la famille, obligée de présider la cérémonie dans la tendre solennité de sa solitude. Les gens attribuèrent la sérénité avec laquelle la gamine assistait au "mystère de la chose" au fait qu'elle savait tout simplement ce qui allait se passer. Brusquement, ce monstre se dirigea vers elle, toujours à ras de terre, en forme de reptile noir, énorme et gluant, pour glisser sur les cinquante centimètres de tapis à fleurs qui le séparaient du pied droit de la chaise où était assise la jeune femme qui présidait. Puis tout le monde put assister à la façon dont la tête de la partie mauvaise de l'âme de la Vieille se divisait en neuf morceaux, comme neuf serpents minces et allongés. Deux d'entre eux se faufilèrent sous la robe de la gamine et devinrent invisibles et les sept autres grimpèrent le long du dossier. Tentant de contrôler leur frayeur, les fidèles restèrent muets, impuissants à pousser un cri pour prévenir la jeune femme. Ensuite, tout se passa très vite. En quelques secondes, les serpents rapetissèrent afin de pénétrer plus facilement dans chacun des trous de la tête de Maria. Ce fut horrible, devant cette vision maléfique, les fidèles imaginaient à présent la façon dont les deux autres serpents, ceux qui s'étaient glissés sous la robe, avaient pénétré dans les deux trous plus intimes.

Tout le monde se souvient de cela parce que l'église était absolument bondée en pleine lumière de midi. Aujourd'hui encore, parmi les plus mauvaises langues du pays, la rumeur insiste sur le fait que les mouvements finaux de cette chose avaient été fort mal interprétés. Qu'en réalité, ce n'était pas les serpents de fumée qui avançaient vers la gamine, mais que c'était la gamine elle-même qui les aspirait. Que ces sortes de serpents noirs avaient été ensorcelés par Maria Magí, et que ce fut elle, et seulement elle, qui par le haut et par le bas les avait absorbés à l'intérieur de son corps. Les autorités, les invités importants, les domestiques de la Principal et tous les assistants le virent. L'abbé Salvador également qui s'aperçut enfin, à la dernière minute, du phénomène qui se passait dans l'église, mais qui fut incapable de réagir. Qui ne tenta même pas de donner une explication plausible ou de faire un signe de croix salutaire pour sauver Maria de cette pénétration effrayante.

En tout cas, c'est à partir de l'instant précis où les fantômes se frayèrent un chemin à l'intérieur d'elle (et cela aussi tout le monde avait pu le voir) qu'eut lieu le changement diabolique qui transforma cette jeune femme insignifiante, la fille de la Vieille, en Maria Magí, une femme différente, transfigurée. Son regard avait changé, son allure aussi, ses traits, que seuls surent apprécier les gens à la sensibilité aiguë, presque tout le monde à Pous. À tel point que, depuis "le mystère de la chose", ce qui aurait dû rester une formule de politesse pour une femme de sa qualité devint le surnom sous lequel tout le monde la connaissait et parlait d'elle : la Senyora. Et cela pour toujours.

Même l'abbé Salvador pouvait certifier que quelque chose de démoniaque l'avait possédée lors du "mystère de la chose". Car avant que cet étrange phénomène eût lieu, il avait prévu qu'avec l'arrivée d'une femme trop faible à la difficile direction d'une propriété aussi complexe, une miraculeuse augmentation de la plus-value de la ferveur religieuse pouvait tout à fait voir le jour à la Principal. Elle aurait probablement besoin de conseils spirituels et peut-être même, pourquoi pas, financiers... Mais il put constater, et avant tout le monde, que "le mystère de la chose" avait quelque peu agi sur l'âme de la gamine et, par ricochet, sur son propre destin. Tandis qu'il suivait cérémonieusement, le long de l'allée centrale de l'église, le cercueil de la Vieille, l'aspergeant d'eau bénite à tort et à travers, il perçut un parfum étrange, ressemblant à celui du soufre, derrière lui. Il se retourna et vit l'héritière melliflue qui le suivait affligée et le regardait, une lueur maligne au fond des yeux. C'est alors que, devant tout le monde et à l'improviste, elle l'attrapa plutôt violemment par sa chasuble pour le faire arrêter puis, élevant la voix afin que tout le monde pût l'entendre, lui annonça qu'elle réduirait l'ensemble des prérogatives que la Vieille lui avait octroyées. Elle ajouta en haussant encore le ton que, de toutes les manifestations religieuses financées jusqu'ici par la Principal, il ne conserverait plus qu'une messe hebdomadaire au Mas Gran, en

*échange d'appointements ridicules qu'elle osa même quanti-*
*fier en public. Tous les fidèles furent malgré eux témoins de*
*la scène, son oncle bientôt évêque, le gouverneur et le corps*
*de la Vieille. L'abbé Salvador, tête baissée et mine honteuse,*
*n'eut pas le courage de faire autre chose qu'un geste de sou-*
*mission envers celle qui allait désormais prendre le com-*
*mandement de la Principal.*

## 12

## DEUX DOIGTS DE VIN DOUX

*Vendredi 22 novembre 1940*

— Parfait, monsieur Parcerissa. Je ne vous ferai pas perdre trop de temps. Vous souvenez-vous de moi ? Je suis déjà venu ici, le 18 juillet 1936, avec un autre inspecteur, pour enquêter sur l'affaire Ricard Nebot.

Amadeu était un paysan méfiant. Mais, bien entendu que ce visage… Oui, il s'en souvenait… Bordel, et même très bien, penché sur le ventre de Ricard plein de sang et transpercé de plusieurs coups de couteau. Le policier était agenouillé devant le cadavre, la mine exprimant une incroyable terreur, qu'il avait tout de suite attribuée à sa jeunesse. Le paysan acquiesça légèrement de la tête, comme si quelque chose lui revenait soudain de très loin. L'inspecteur s'y attendait. Il était persuadé qu'aucune des personnes présentes ce matin-là n'avait oublié le moindre détail.

— Donc voilà, Amadeu, disons que je suis revenu comme si nous étions le 19, pour continuer à chercher ce qui s'est exactement passé. Avant la découverte de son corps, vous saviez quelque chose de particulier à propos de Ricard Nebot ?

— Rien de particulier, monsieur. Un garçon travailleur qui était devenu contremaître à la Principal. Comme tout le monde, je savais que la Vieille, la maîtresse, la senyora Roderich, l'avait mis à la porte du jour au lendemain, brusquement. Moi, je l'ai appris avant tout le monde, car elle avait décidé que je prendrais sa place de contremaître. Ensuite, j'ai entendu dire qu'il était parti en France avec son frère. Et puis rien d'autre.

— Et vous savez… ou vous avez une idée de la raison pour laquelle la Vieille… la senyora Roderich l'avait renvoyé ?

— Absolument pas. Aucune idée.

— On dit qu'il avait eu des relations avec…

Tout d'un coup, l'inspecteur ne trouvait plus le mot juste.

— … Avec une personne inappropriée.

— Je n'en sais rien, monsieur l'inspecteur, on dit tellement d'âneries dans le village. Mais moi, je vous assure que je n'en sais rien. L'inspecteur le fixa intensément dans les yeux. C'était un paysan malin, mais il avait l'air d'un brave homme. Il demeura plusieurs secondes en silence pour vérifier s'il ne parvenait pas à déceler quelque secret dans le réseau de rides qui creusaient son visage. Rien, à peine un petit battement de paupières dénonçait il ne savait quoi.

— Vous avez dormi à la Principal pendant quelques années n'est-ce pas ?

— Oui, monsieur. C'était une tradition. Le contremaître dormait toujours dans la maison. Je l'ai donc fait jusqu'à ce que ma femme accouche de notre troisième enfant. Ensuite, l'ancienne maîtresse m'a toujours permis de dormir avec ma famille.

— Et c'est Llorenç qui a pris votre place.

— Oui, monsieur.

— Pensez-vous que la vieille senyora avait fait le bon choix ?

— Bien entendu, c'est un bon garçon, de confiance, travailleur, courageux et costaud. En plus, il avait toujours dormi à la maison. C'était le fils... C'est le fils de la cuisinière.

— J'ai entendu dire que lui et Ricard avaient des rapports un peu particuliers, et qu'ils avaient été la cause du renvoi du contremaître, vous savez quelque chose à ce sujet ?

Amadeu attendit quelques secondes, pendant lesquelles pas le moindre muscle de son visage ne bougea.

— Monsieur l'inspecteur, c'est un petit village ici et la jalousie est une pourriture qui se glisse dans toutes les maisons. Je ne sais rien de tout ce que vous me dites, à part que Llorenç est un bon garçon et qu'il est travailleur.

L'inspecteur continuait à le fixer, c'était un visage de pierre sculptée. Il n'y avait pas une seule fissure par où pénétrer.

— Une dernière chose, Amadeu. Vous saviez en 1936 si Ricard était revenu de France ?

— Je ne sais pas si je devrais le dire, mais je ne veux pas avoir de problèmes avec la police. Au village, tout le monde savait que la Vieille lui avait interdit de revenir à tout jamais, mais, quelques jours après sa mort, la rumeur affirmait que Ricard était à nouveau chez nous, pour s'installer et travailler à Rius, dans une des nouvelles fermes. Sûrement que personne n'avait prévenu la Senyora, pour éviter tout esprit de vengeance.

— Vous saviez ou vous avez entendu dire s'il venait rendre visite à quelqu'un au village ?

— Non, monsieur, que je sache, non.

L'inspecteur, qui n'avait pas arrêté de prendre des notes dans son carnet pendant tout le temps de la conversation, le referma et leva la tête.

— Très bien, Amadeu, il me semble donc que nous avons fini. Merci. Si j'ai besoin de vous pour d'autres précisions ou confirmer certains détails, je vous préviendrai.

— À votre service, monsieur l'inspecteur.

Avec un geste qui venait de loin, il remit sur son crâne la casquette qu'il avait gardée à la main pendant tout l'interrogatoire.

L'inspecteur Recader, quant à lui, s'en voulait vraiment, il n'était pas content du tout. Bien au contraire. Et ce n'était pas à cause de la progression de son enquête. Ni à cause des réponses du contremaître, ni de ce que lui avait dit la Senyora, le matin même. Il était profondément en colère contre lui-même : il n'aimait pas du tout sa façon de faire. Il était déçu car il sentait ne pas pouvoir éviter que, pendant ses interrogatoires, son subconscient fût influencé par les confidences de l'évêque Roderich au commissaire. Avant chaque rendez-vous, il se jurait de rester neutre et professionnel, mais ensuite il ne parvenait pas à se détacher de la culpabilité de Llorenç, alors même qu'il n'avait pas la moindre preuve contre lui. Jusqu'à présent, il n'avait rien trouvé à lui reprocher.

L'inspecteur Recader arborait toujours un air serein, même lorsqu'il se proposait de mettre quelqu'un en difficulté. Il se leva brusquement. Il venait de ressentir une envie irrépressible. Il sortit de la Principal comme une furie et se dit : "Et puis merde pour l'orthodoxie et les méthodes." C'était désormais clair pour lui. Il valait mieux se fier à sa première intuition. Il avait à peine salué Úrsula en partant et était monté jusqu'à la place de l'église. Il avait prévu de ne pas faire cette visite avant d'y être poussé par un indice qui ne provînt pas du secret de la confession. Mais : "Merde pour les prévisions", se dit-il.

À en croire la croix sculptée sur le bois et le heurtoir en forme de Sacré-Cœur, il se dit que ce ne pouvait être que la porte du presbytère. Il frappa. Pas de mouvement, pas de réponse. Il insista en frappant plus fort. Rien. Soudain, sur la place déserte, il aperçut une belle jeune fille souriante. Elle s'approcha de lui pour lui dire, naïvement :

— Si vous voulez que le recteur vous ouvre, il faut entrer et sonner à la petite porte. Sinon l'abbé ne vous entendra jamais.

L'inspecteur n'eut même pas la délicatesse de lui répondre et Caterineta se dit que cet homme devait être le policier dont Úrsula lui avait parlé.

L'inspecteur Recader ouvrit la lourde porte de bois et en aperçut une autre plus petite dans le fond de l'entrée munie d'une sonnette. Il tourna le bouton et entendit le son. Il était impatient. On le sentait très nerveux. On pouvait entendre la musique sortant d'un poste de radio. Quelqu'un éteignit l'appareil. Puis, il entendit des pas approcher. L'inspecteur respira profondément en se disant qu'il lui fallait absolument se calmer, reprendre ses esprits. Mais soudain, il n'entendit plus rien, comme si la personne s'était immobilisée derrière la porte. Ou elle l'épiait par un trou qu'il n'avait pas repéré, ou bien elle arrangeait sa tenue avant d'ouvrir, ou bien… Le verrou fut tiré et un curé avec un visage tout endormi apparut, qui demanda sans regarder son visiteur : "Que veux-tu, mon fils ?" tout en tendant sa main pour qu'on la lui baise. Le policier se pencha vers lui et déclina son nom et sa profession :

— Bon après-midi, l'abbé, je suis l'inspecteur Lluís Recader du commissariat central de Rius.

Il lui baisa la main et se redressa en tentant de reprendre une attitude d'autorité. L'abbé le regarda d'un air indifférent.

— Que puis-je pour vous ? Entrez, entrez, lui dit-il en lui faisant un geste d'invitation.

— Merci, monsieur le curé, je serais heureux de bavarder quelques minutes avec vous, si je ne vous importune pas trop.

— Vous ne m'importunez pas du tout, inspecteur, dit-il en ouvrant grande la porte pour lui permettre d'entrer. Ma gouvernante n'est plus là pour nous préparer un rafraîchissement, mais en revanche, je peux vous servir un petit verre de vin doux.

— Merci, monsieur le curé, ne vous dérangez pas.

— Mais si, je vais me déranger, ce n'est pas souvent que je reçois une personnalité ici. En plus, c'est un vin qui vient du haut des coteaux, vous allez voir, il est délicieux. Tenez, asseyez-vous donc ici.

L'abbé lui indiqua un des deux fauteuils autour d'une petite table ronde couverte d'un napperon brodé sur laquelle était posé un bougeoir. Il se dirigea vers une étagère que présidait une radio de marque Invicta. Il ouvrit la porte de la vitrine qui se trouvait juste au-dessus, et en tira une bouteille de verre très épais et transparent légèrement travaillé ; elle était à moitié pleine. Il plongea deux doigts de son autre main dans deux verres étroits et se dirigea lentement vers l'endroit où était assis l'inspecteur pour les poser sur le napperon quelque peu fané par le temps. Il s'assit à son tour, déboucha la bouteille et servit deux doigts de vin doux.

— Goûtez, inspecteur, goûtez-moi ça. Après qu'ils ont tout brûlé pendant la guerre, il ne nous reste plus que ce petit vin à offrir à nos visiteurs.

— Vous avez là un bien beau presbytère, monsieur l'abbé.

— Oui, j'ai eu la chance de récupérer beaucoup de choses. Mais la plupart de tout cela m'a été donné. Avec la paix, les gens sont redevenus plus dévots. En réalité, presque tous les meubles et les objets de cette pièce où nous sommes m'ont été offerts par les deux sœurs du pharmacien qui sont des fidèles de sainte Basilissa et incroyablement pieuses. L'une d'elles est morte il y a peu de temps et l'autre ne tient plus qu'à un fil relié à Dieu Notre-Seigneur. Je m'y rends tous les jours pour réciter le chapelet et la pauvre fait encore des offrandes. C'est une sainte femme. Mais vous n'êtes pas venu ici pour entendre ça. Qu'est-ce qui vous amène, inspecteur ? En quoi puis-je vous être utile ?

Tandis que l'abbé demandait cela, Recader l'observait. C'était un homme costaud, avec un peu de ventre, les cheveux peignés en arrière et collés sur le crâne avec du gel. Il avait le visage brillant comme s'il transpirait en plein mois de novembre. Peut-être était-ce pour cette raison que le col rond et blanc qui dépassait de sa soutane n'avait pas l'air très immaculé. Il devait friser la cinquantaine, peut-être un peu plus. Tout en le regardant, l'inspecteur ne parvenait pas à oublier que cet homme lui avait gâché sa première enquête criminelle, et à présent il l'avait là, à sa merci, absolument étranger au fait de lui avoir détruit sa première affaire policière.

— Eh bien, voilà monsieur l'abbé, je suis venu à Pous pour enquêter sur une affaire que nous n'avons pas eu le temps de résoudre en 1936. Le 18 juillet exactement, on avait retrouvé le corps d'un certain Ricard Nebot, expliqua-t-il tout en portant la main à sa poche pour en tirer le carnet noir.

— Ah, oui, ce pauvre Ricard. Ç'a été terrible. Je m'en souviens parfaitement. Que je sache, rien de tel ne s'était produit à Pous auparavant.

— Ce jour-là, je suis déjà venu au village comme simple policier, subordonné au commissaire en charge de l'affaire, pour procéder aux premières constatations. Et vraiment il y a eu dans cet assassinat un acharnement difficile à oublier.

— Grâce à Dieu, ce matin-là, je me trouvais à Felius et je n'ai pu ni voir la victime ni l'assister. Je l'ai beaucoup regretté à l'époque… Les fidèles m'ont raconté que la vue de ce garçon était effrayante.

— Un garçon? Je pensais que c'était un homme déjà bien accompli, d'une quarantaine d'années passée.

— Excusez-moi. Il avait un caractère si jovial que je me suis sans doute mal exprimé.

— Vous le connaissiez bien, monsieur l'abbé?

— Comme n'importe quel autre fidèle au village. Il n'était pas vraiment dévot, mais il venait souvent à la messe et demandait quelquefois à se confesser. Mais, avant la guerre, c'était déjà beaucoup.

— Vous le teniez pour un brave homme?

— Aux yeux de Dieu chacun d'entre nous mérite ce qualificatif. Disons qu'il était particulier.

L'inspecteur se dit que l'abbé lui ouvrait le chemin avec ce dernier adjectif :

— Ah bon? C'est sans doute parce qu'il était si particulier que la senyora Roderich l'a renvoyé?

Le curé fit un geste de la main, comme s'il époussetait une miette de pain restée sur le napperon. Toujours sur un ton mesuré et respectueux, il répondit :

— Écoutez, inspecteur, j'aimerais ne pas avoir à parler de cela. C'est un sujet difficile, qui fait appel aux tortueuses passions humaines…

L'inspecteur l'interrompit immédiatement :

— J'ai entendu dire que vous étiez présent lorsque la senyora Roderich…

L'abbé l'interrompit aussitôt :

— Oui, oui, bien entendu, mais je voudrais éviter d'expliquer des affaires en rapport avec mon ministère…

L'inspecteur décida de lâcher le morceau :

— Monsieur le curé, vous devriez… vous devez comprendre que vous ne pouvez pas refuser de collaborer à une enquête sur un assassinat. Concernant cette entrevue particulière, vous ne pouvez pas prétexter les impératifs de votre ministère pour garder le silence. Au village, exagéra-t-il, tout le monde prétend que vous avez assisté au renvoi de Ricard Nebot, et il ne s'agit pas d'une action religieuse, que je sache…

Il y eut un silence. L'abbé Salvador saisit son verre de vin doux, en but une petite gorgée, pencha sa tête en arrière, ouvrit la bouche et aspira un peu d'air pour le mélanger au liquide sucré, afin de mieux jouir du goût et de l'arôme du vin. Il garda le silence. L'inspecteur Recader ne posa pas une autre question, afin de bien lui signifier qu'ils étaient en train de toucher à la clé du mystère.

— Vous devriez le goûter, monsieur l'inspecteur, je ne pense pas qu'il existe un vin doux meilleur que celui-ci dans toute la région de l'Abadia.

L'inspecteur se dit que si l'abbé se montrait serein, lui-même le serait davantage, et il saisit son verre. Celui qui a déjà gagné la partie n'a nul besoin de se hâter. Alors qu'il approchait ses lèvres de ce vin doux à la robe rouge tuile, il entendit l'abbé se mettre à parler.

— Eh bien voilà, monsieur l'inspecteur, mon ministère me fait quelquefois traverser des moments délicats et difficiles. Il arrive que, pour faire respecter les commandements de Dieu, on soit amené à condamner sans appel certains comportements. Ce jour-là, en fin d'après-midi, une servante vint dire à Atanàsia, ma gouvernante, que la senyora Roderich me demandait de venir le plus vite possible à la Principal. Étant donné que, malgré les excellentes relations que j'entretenais avec la senyora Roderich, il n'était pas fréquent qu'elle m'envoie chercher avec une telle urgence, je m'y suis tout de suite rendu, assez inquiet. Lorsque je suis arrivé à la propriété, j'ai vu la maîtresse, sa fille et…

— Pardon, monsieur l'abbé, vous dites que sa fille, l'actuelle maîtresse, Maria Magí, s'y trouvait également ? demanda-t-il tout en notant ce détail sur son carnet. Vous en êtes certain ?

— Même s'il y a maintenant longtemps, on n'oublie pas ce genre de situation, monsieur l'inspecteur. La Senyora, Maria Magí, qui n'était encore qu'une adolescente, était assise à la droite de sa mère. Et il y avait également ce pauvre malheureux, Ricard… Ricard Nebot.

— Personne d'autre ?

— Non, personne d'autre.

— Et que s'est-il passé ?

— Bien, en ce qui me concerne, j'ai tenté de sauver son âme et la senyora son corps.

— Monsieur l'abbé, vous m'aideriez beaucoup si vous utilisiez des phrases moins ambiguës. Le comment et le pourquoi de cette réunion ?

— Très bien, je suis désolé. La senyora Roderich, qui possédait une solide foi religieuse, avait décidé d'expulser Ricard loin du village, en France. Son comportement méritait certes une punition mais elle lui évitait ainsi un châtiment autrement plus grave. Car si l'on avait su de quoi on l'accusait, ou s'il avait continué à pécher…

— Justement, monsieur l'abbé, c'est précisément ce qui m'intéresse, de quoi l'accusait-on au juste ?

L'abbé le regarda en coin, tout en cherchant ses mots.

— D'un comportement sexuel antinaturel.

L'inspecteur voyait déjà venir le reste, mais il fit semblant de ne pas comprendre, l'invitant à continuer.

— Ce qui signifie que ce garçon, Ricard, avait des relations pécheresses, inverties avec un gamin d'une quinzaine d'années, des relations épouvantables aux yeux de Dieu et de l'Église.

Le curé le regarda pour s'assurer que l'inspecteur l'avait bien compris.

— Oui, d'accord, des relations homosexuelles, confirma-t-il.

— Et sodomites, insista le curé comme si cela amplifiait le péché.

— Mais comment savez-vous ça ? Quelles sont donc vos preuves ?

— Moi, c'est la senyora Roderich qui me l'a dit. Et elle, c'est la personne qu'elle voulait protéger le plus, qui le lui avait dit.

— Pouvez-vous me dire de qui il s'agit ?

— Sa fille.

— Vous voulez dire que c'est la senyora Magí qui les a surpris.

— Oui, et en pleine action, dans les écuries. Après s'être remise de sa frayeur, elle a eu le courage de les dénoncer à sa mère, pour qu'elle punisse Ricard et protège l'adolescent.

L'inspecteur demeura bouche bée.

— Vous êtes surpris, inspecteur !

— Pas du tout, j'essaie d'analyser la situation. Autrement dit, celle qui a dénoncé – c'est une façon de parler – Ricard et son complice n'est autre que Maria Magí.

— Parfaitement.

— Très bien. Donc, venons à la question cruciale. Avec qui Ricard était-il en train d'avoir cette relation antinaturelle ?

L'abbé Salvador ne répondit pas, il saisit son petit verre de vin doux et le porta à ses lèvres. L'inspecteur s'aperçut qu'il ne buvait pas, qu'il faisait semblant pour gagner du temps. Et il s'attendait déjà à la réponse.

— Je suis désolé, monsieur l'inspecteur, mais je ne peux pas vous le dire.

— Autrement dit, vous considérez que c'est un secret de confession ?

— Pas exactement, mais…

— Il est évident que non. Et un secret de confession, que le droit canonique pourrait vous exempter de révéler, n'est pas la même chose devant la loi qu'un témoignage direct qui vous y oblige devant la justice des hommes. Si vous ne me dites pas le nom, vous êtes sous le coup d'une entrave à la loi.

— Je suis désolé, inspecteur, Mais je ne vous dirai pas le nom de ce pauvre garçon.

Ils se regardèrent tous les deux. Les yeux de l'inspecteur étaient fermement fixés sur ceux de l'abbé et perçurent qu'ils avaient une étrange expression. Ils avaient laissé de côté toute fierté, comme cherchant brusquement une échappatoire. L'inspecteur comprit que le curé finirait par craquer.

— Si je ne vous demandais plus son nom, est-ce que vous accepteriez de me donner des indices ?

— Je m'y sentirais obligé.

"Allez, nous arrivons enfin au fond du puits", se dit l'inspecteur Recader.

— Peut-être une simple question suffira-t-elle, dit-il et il laissa s'installer un moment de silence.

L'inspecteur réfléchit un moment à cette question en pesant chaque mot, puis il la verbalisa :

— Le garçon dont vous avez parlé et qui a été complice du méfait à cause duquel Ricard Nebot a été renvoyé de son travail et expulsé du village, habitait-il à la Principal ?

Le curé eut l'air surpris. Le policier lui avait posé cette question précise et pas n'importe quelle autre parmi les nombreuses possibles… sans doute parce qu'il connaissait déjà la réponse. Il respira profondément et continua à regarder l'inspecteur du coin de l'œil.

— Oui.

— Cette circonstance ne fait pas de lui un assassin, mais allez savoir si elle n'en fait pas un suspect.

Le curé avait cessé de siroter son verre. Il avait l'air inquiet et ne savait que dire. L'inspecteur avait l'impression de savoir pourquoi. Mais il savait que s'il lui posait des questions trop directes, il ne lui répondrait pas. Finalement il décida de lui tendre un piège.

— Monsieur le curé, je suis un jeune inspecteur et mon commissaire m'a confié cette affaire car il croit en mes capacités, et je serais très peiné de le décevoir. Je ne connais pas les gens de ce village. Pous a la réputation d'héberger une population de gauche et celle-ci refusera de collaborer avec moi. Pour elle, je représente l'autorité de l'État et vous, pour moi, vous représentez l'autorité de l'Église. En ce moment, où il est difficile de gérer notre victoire, il me semblerait souhaitable que ces deux autorités s'accordent entre elles, pour le bien de tous. Je connais les devoirs et les servitudes de votre ministère et je ne voudrais absolument pas les bafouer. De votre côté, vous avez la possibilité de connaître l'âme et souvent même le cœur de vos fidèles. Je vous le demande avec tout le respect que je vous dois. Il n'est pas nécessaire que vous me le confirmiez avec des mots, un geste me suffirait amplement. Depuis votre situation prépondérante dans le village, possédez-vous quelque indice qui vous permettrait de me conseiller de faire de ce garçon mon suspect numéro un ?

L'abbé Salvador l'observait fixement, les rides autour de ses yeux s'étaient creusées, l'inspecteur savait qu'il était en train de calculer à toute vitesse sa prise de risques. Peu à peu, le curé commença à baisser la tête, très lentement, sans cesser de regarder l'inspecteur. Ce dernier pensa qu'il était en train d'entamer un geste affirmatif, mais lorsqu'il l'eut complètement penchée en avant, il ne la releva pas. Il continuait à l'observer, les yeux complètement obstrués par ses sourcils. Il continuait à réfléchir. Puis brusquement une détermination illumina son regard et il releva la tête pour finir son acquiescement. Ses lèvres s'abstinrent de sourire mais, oui, il y avait quelque chose qui souriait dans ses yeux.

— À la bonne heure, monsieur le curé, je vous remercie de votre collaboration.

Lluís Recader quitta le presbytère avec sa courtoisie habituelle, à la fois contrarié et satisfait. Au moins à présent, grâce à ce dernier interrogatoire, il était parvenu au même résultat que celui qui lui venait de la violation de deux secrets de la confession. L'ami homosexuel de Ricard était bien Llorenç et, grâce à la collaboration de l'abbé, il était le suspect numéro un. Par ailleurs, Maria Magí lui avait caché qu'elle avait été témoin du renvoi du contremaître. Voulait-elle protéger Llorenç? Ce n'était pas évident. Y avait-il une autre étrange raison qui lui échappait?

Il s'éloigna de la place de l'église en descendant par la rue du Cardinal Gomà, puis par la rue Major. En passant devant, il regarda la Principal du coin de l'œil. Un individu, qu'un abbé, un évêque et le silence de Maria Magí désignaient comme le suspect, habitait dans cette bâtisse. Un individu qui, en ce terrible jour de 1936 tandis que lui l'inspecteur Velarde et le juge inspectaient un corps au ventre lacéré, était assis sur le banc de pierre d'à côté pleurant comme une Madeleine. La vie est vraiment très étrange!

La capote de l'Opel était encore humide à cause de la pluie de midi. Encore tout pensif, il s'installa au volant. La nuit n'allait pas tarder à tomber. En tournant la clé de contact, il n'était pas certain du résultat, mais le moteur s'ébranla dans un grand vacarme de vibrations et d'épais nuages de fumée noire, jusqu'à ce qu'il recouvrât peu à peu son régime normal. Recader se dit que son métier était presque plus fascinant qu'un roman noir anglais.

## 13

## LE GRAND SECRET

*Vendredi 22 novembre 1940*

Il entra dans le lit tout nu et brûlant de désir. Il souffla sur le quinquet que Maria laissait toujours allumé sur la table de nuit. Il s'allongea et chercha son corps. Il la serra contre lui en plaquant son sexe sur ses fesses. Elle se retourna et commença un jeu de caresses, de mots susurrés à l'oreille, de baisers… Le désir surgissait par tous les plis des corps. Ils s'embrassaient et se touchaient à se faire vibrer. Bientôt tout l'espace de la chambre se remplit du bruit des draps se froissant, du frôlement des peaux l'une sur l'autre, de leurs lèvres gonflées de plaisir, de leurs mouvements passionnés et de leurs gémissements… puis d'un silence heureux.

Un silence heureux tandis qu'ils respiraient encore les parfums du plaisir, embrassés, abandonnés, émerveillés par ce qui leur arrivait. C'est Maria qui le rompit la première.

— Nous devons parler, Llorenç. Je suis désolée d'interrompre ce moment, je suis si bien avec toi… Mais nous devons parler. Je ne sais pas si c'est grave, mais en tout cas c'est urgent.

— Mmm, vas-y alors parce que je ne vais pas tarder à m'endormir…

— Tu sais qu'un inspecteur est venu me rendre visite ?

— Mon Dieu, tout le village le sait !

— Et on t'a raconté ce qu'il est venu faire ?

— Non, pas encore. Qu'est-ce qu'il voulait ?

— Il enquête sur la mort de Ricard.

Une seconde, deux, trois…

— Tu as peur ?

La voix douce de Maria voulait le caresser.

— Non. Pourquoi devrais-je avoir peur ?

— Je ne sais pas, Llorenç… Tu sais bien… Je ne sais pas.

— Maria, je me souviens de son cadavre le jour de sa mort et j'en suis encore tout retourné. Mais pourquoi voudrais-tu que j'aie peur ? Je n'ai pas peur. Pour quelle raison ?…

— C'est que l'inspecteur m'a posé des questions et tout d'un coup il m'a sorti ton nom. Il m'a demandé des choses. Ce n'est sans doute qu'une intuition, mais j'ai l'impression qu'il cherche à te mettre la mort de Ricard sur le dos.

— Ça va être difficile. Je n'ai rien à voir avec ça.

— Après avoir parlé avec moi, il est passé au presbytère.

— Toi, tu n'en perds pas une !

— Comment veux-tu ?… Un étranger que tout le village connaît et à qui Caterineta a expliqué quelle était la porte du presbytère… Combien de minutes penses-tu que Neus a mis pour prévenir Úrsula ? Et combien de secondes crois-tu que la nourrice a mis pour m'avertir ?

— Si je comprends bien, le curé et l'inspecteur étaient encore en pleine conversation, que la maîtresse de la Principal était déjà au courant de tout !

— Oui, et je ne suis pas tranquille, parce que l'abbé Salvador est une crapule.

— Tu ne sais pas à quel point.

— Que veux-tu dire ? Tu as quelque chose à voir avec lui ?

— Lorsque je dis tu ne sais pas à quel point, je veux dire la même chose que toi : c'est une crapule. J'ai mes raisons de le penser… mais je ne connais pas les tiennes, en revanche. J'aimerais bien savoir pourquoi tu détestes à ce point l'abbé… lui dit-il en souriant d'un air narquois. Il est évident que tu fais tout ce qui est en ton pouvoir pour lui être désagréable. Sans le moindre égard. Depuis les funérailles de ta mère, tu n'as jamais cessé de lui rendre la vie impossible.

— Tu ne sais vraiment pas à qui on a affaire. Je le connais parfaitement et j'ai la clé d'un secret qu'il cache très bien sous son petit air bonhomme, ce fils de pute.

— Un secret, vraiment ?

— Tu sais ce qui s'est passé, le jour où ma mère a renvoyé Ricard ?

— Pas en détail, non. Mais tout le monde sait à Pous qu'elle l'a foutu dehors, après l'avoir convoqué et en présence de l'abbé Salvador.

— Oui, et en ma présence, aussi.

— Tu y étais. Merde alors ! Ça, les gens ne le savent pas.

Llorenç se tut. Il prit une allumette et alluma le quinquet. En se tournant, il observa comment la flamme ténue de la lampe soulignait le grain de la peau de Maria et conférait une singulière lueur à ses yeux. Llorenç était prêt à tout entendre à condition de pouvoir continuer à la regarder.

— Oui, ma mère m'avait demandé d'assister à cette réunion comme témoin, au cas où Ricard aurait nié ce qui s'était passé, mais tout ça n'a plus vraiment d'importance à présent.

Maria s'écarta un peu de Llorenç.

— Écoute bien ce que je vais te dire. Après que l'abbé l'a eu traité de tous les noms, ma mère a prononcé sa sentence et, lorsqu'elle a demandé au contremaître de sortir du salon, l'abbé l'a suivi comme un petit chien. Moi, je suis restée assise, encore tout étourdie par ce que je venais de vivre. Quelques secondes plus tard, ma mère s'est contentée de me dire : "Maria, n'oublie jamais ce qui s'est passé aujourd'hui." Tu imagines ? Comment voulais-tu que j'oublie. Je lui dis rapidement que oui, pour pouvoir m'échapper. J'étais effrayée. Tout ce qui s'était passé était de ma faute et j'ai décidé de descendre à la cuisine pour en parler à Caterineta et me libérer de ce cauchemar. La maison était dans l'obscurité. Je n'y voyais presque pas, mais je connaissais suffisamment les lieux pour avancer à l'aveuglette. Je l'avais souvent fait, car nous n'avions pas encore l'électricité et je n'aimais pas allumer la mèche à carbure, en plus c'était dangereux. Quand je suis arrivée à la cuisine, il n'y avait personne. Au retour, en traversant la pièce des domestiques, j'ai cru voir un faible rai de lumière filtrer sous la porte de la chambre de Ricard. Je me suis dit qu'il devait être en train de réunir ses affaires. Je me suis approchée en faisant attention de ne pas me cogner contre un meuble et, arrivée près de la porte, j'ai entendu comme un chuchotement. J'ai d'abord cru qu'il était en train de parler tout seul, qu'il se lamentait, mais brusquement j'ai entendu une voix lui répondre : c'était celle de l'abbé Salvador. Ils parlaient volontairement tout bas, mais je me suis aperçue qu'ils se disputaient et hurlaient en silence. On comprenait tout ce qu'ils disaient : "Mais qu'est-ce que je t'ai fait ?" Et l'abbé répondait : "Tu m'as été infidèle avec ce gamin, c'est encore un enfant. – Ne me casse pas les couilles avec ton numéro de jalousie. Si tu avais pu, tu aurais fait la même chose que moi. – Ricard, ne me traite pas comme ça, ne me dis pas ça, tu as été le plus important pour moi, ces dernières années… le plus beau… je t'aime." Tu peux te douter que moi j'étais toute retournée en entendant tout ça, craignant que si ces hommes me découvraient ma mère elle-même ne pourrait pas me sauver. Ricard lui répondit en faisant claquer les mots : "Qu'est-ce que tu me racontes, tu m'aimes… Eh bien moi pas !" Silence. Et l'abbé : "Comment peux-tu être aussi ingrat ? – Ne viens pas me dire que je dois te remercier pour les quatre croûtons de pain que tu m'as donnés ! – Et mon affection, mon amour ? – Et ta puanteur au lit… allez, va te faire voir… moi, si j'étais avec toi, c'est parce qu'il n'y avait personne d'autre à enculer, au village. – Et à présent, tu viens de trouver un gamin qui se laisse faire. – Oui, et avec qui je prends bien plus de plaisir. – Ah, oui ! Eh bien voilà, notre histoire est finie, tu es un fils de pute ! – L'abbé, ces mots ne sont pas dignes de toi, c'est mieux lorsque tu m'insultes avec le reste, comment tu disais tout à l'heure ? Ah, oui, « quand tu pèches comme tu viens de le faire, les flammes de l'enfer devraient te carboniser le sexe »… Tu manques pas d'air, toi, hypocrite, si le tien ne carbonise pas, c'est moi qui vais te le trancher ! Tu m'entends ? Je vais te le trancher, aussi vrai que je m'appelle Ricard !" J'ai ensuite entendu une certaine agitation dans la chambre et j'ai compris que l'abbé s'en allait. Je me suis accroupie sous la table et un instant plus tard le curé passait tout près de moi. Il s'est arrêté une seconde car il ne voyait rien et j'ai encore pu entendre la voix de Ricard qui disait : "Espèce de pédé de merde !" Ensuite, le curé a dû se guider vers la porte de sortie grâce à la lumière du bougeoir qui reste toujours allumé dans l'entrée. Il s'est cogné contre deux chaises et a disparu en pleurnichant.

— Bordel, mais quel fils de pute !

Il y eut un petit silence. Puis Llorenç recouvra une voix plus douce :

— Tu me crois lorsque je te dis que je n'ai rien à voir avec ça ?

— Je m'en moque.

— Qu'est-ce que ça veut dire, je m'en moque ?

— Llorenç, moi, je t'ai rencontré récemment, le jour où tu es entré dans ce lit. Tout le reste ne m'intéresse pas.

— Ce n'est pas moi, Maria.

— Si tu me le dis, je te crois. Mais si tu m'avais dit que c'était toi, je m'en serais fichue, dit-elle en le regardant plus intensément et en se collant à lui. Mais écoute-moi, fais attention. Vraiment. Ce n'est sans doute qu'une intuition mais, lorsque cet inspecteur est parti d'ici, j'ai eu l'impression qu'il avait une idée toute faite. Il te cherche.

— Et moi, c'est toi que je cherche. Tu veux que je te trouve tout de suite, hein ? plaisanta-t-il en éteignant le quinquet.

# 14

## UNE CONVERSATION
## ON NE PEUT PLUS CLAIRE

*2001*

Elle gara sa Lexus au garage où se trouvaient dans le temps les écuries. Elle était fatiguée d'un voyage qui s'était prolongé, mais avait porté ses fruits pour le cellier Costa. Elle avait traversé trois pays pour rencontrer des importateurs, des distributeurs, des restaurateurs, des commerçants, des sommeliers... Bref, elle ne pouvait pas se plaindre. Elle devait faire de nombreux voyages comme celui-ci, dans l'année. L'implication du maître de chai dans la promotion de son vin est toujours payante.

Monter à l'appartement depuis le garage était pratique. Elle y avait fait installer un ascenseur qui traversait un placard de l'ancienne cuisine, une chambre déserte du premier étage et donnait directement dans le salon d'entrée de son appartement. Lorsqu'elle avait accepté de prendre la tête du cellier, elle avait imposé quelques transformations à son père et un certain nombre de conditions. Si diriger le cellier avait impliqué de pénétrer dans un monde ancien jonché de toiles d'araignée, elle serait restée à Barcelone, où elle gagnait parfaitement sa vie et vivait comme elle l'entendait, en toute liberté, dans une grande ville. Même si elle n'était plus très jeune, elle voulait vivre au XXIᵉ siècle et diriger un cellier du XXIᵉ siècle. Par chance, son père n'avait jamais tenté de lui imposer quoi que ce fût. Il lui demanda juste que si elle décidait de s'installer dans la partie haute de la maison, elle lui laisse occuper l'étage du milieu, tel qu'il était, sans rien changer.

Lorsqu'elle posa ses valises, elle n'avait plus le courage de se faire à déjeuner. Elle préférait manger dans l'appartement de son père, avec lui. Elle ouvrit sa mallette, rangea les reçus et les factures pour les reporter dans sa comptabilité. Elle alluma l'ordinateur et mit son téléphone à charger. Elle avait une heure devant elle pour se reposer. Elle vida sa valise et enfourna directement ses affaires dans la machine à laver. Puis elle regarda par la fenêtre, par-dessus les toits de Pous, survolant son paysage personnel, son horizon intime composé de plusieurs bleus aussi lumineux les uns que les autres. Le ciel de la région de l'Abadia ne cessait pas de la surprendre, on ne retrouvait la qualité de ses bleus que dans certains endroits du Péloponnèse… Combien d'années s'étaient écoulées ?

Son père était en train de lire le journal devant le balcon. Il ne l'avait pas entendue entrer. Cette salle bourrée de meubles et de tapis amortissait tous les sons. Maria l'observa un instant avant d'aller à sa rencontre.

— Bonjour, papa, je suppose que Dolors t'a dit que je déjeunais avec toi. Comment vas-tu ? Tu ne te sentais pas très bien lorsque je suis partie.

— C'est toi qui dois me dire comment tu vas, après avoir parcouru la moitié du monde. Tu dois être fatiguée comme une mule, non ?

— Papa, si tu traites ta fille de presque… presque soixante ans… de mule, sans envisager qu'elle puisse être une vigoureuse jument, tu vas finir par la démoraliser.

Llorenç Costa sourit. Il admirait sa fille, courageuse, habile, on pouvait lui lancer n'importe quelle sorte de balle, elle la reprenait au bond et vous la renvoyait avec une incroyable intelligence. Il se dit que si les choses étaient toujours en place dans cette maison, c'était parce que Maria avait renoncé à mener une autre vie pour sauver ce qui restait de la Principal.

— Tu n'as pas à avoir de complexes. Tu es encore une jeune femme mature, pas une vieille jeune femme. Et tu fais encore tourner la tête à quelque bel homme par-ci par-là.

— Pas cette fois, papa. Je suis aussi seule que le chiffre un. Tous les hommes que j'ai croisés voulaient seulement parler affaires. Dommage, mais je ne vais pas me plaindre. Qu'ils s'intéressent plus au vin qu'à ma troublante beauté, dit-elle en souriant d'un air malicieux, ne me gêne pas vraiment par des temps aussi difficiles.

— Assieds-toi à côté de moi. Dolors m'a dit qu'elle allait nous servir tout de suite. Ensuite tu iras faire la sieste, puis au cellier. Commander : c'est bien ce qui te plaît ?

— Bien entendu, comme Maria Magí et Maria Roderich… Après avoir lu tes histoires, je me sens être la dernière des trois Maria. Celle qui n'aura pas de relève. Et ce serait sans doute un bien.

— Alors tu l'as lu ? lui demanda-t-il curieux.

— Pas en entier, mais j'en ai lu pas mal.

Elle l'observa fixement, elle savait qu'il allait finir par lui demander ce qu'elle en pensait et elle attendit.

— Allez, ma fille, ne me fais pas languir, tu vas me dire comment tu le trouves. Même si tu as détesté ça.

— D'accord, répondit Maria, puis, après un petit silence, elle se lança sans trop réfléchir : D'un côté j'ai beaucoup aimé apprendre des choses qu'on ne m'avait jamais dites, comme par exemple tes secrets sexuels, dont je ne me doutais même pas. Tout d'un coup, j'apprends que mon père aimait bien qu'un certain Ricard l'enc…

Elle s'interrompit sèchement. Elle n'avait pas voulu s'exprimer ainsi. Elle remarqua la façon dont son père la regardait, avec une étrange neutralité. Comme s'il s'attendait déjà à ça, ou même à pire.

— Excuse-moi, je ne voulais pas être grossière, mais j'ai été tellement surprise par certaines des choses que tu racontes, que… dit-elle un peu honteuse. Après un nouveau silence, elle reprit : Que veux-tu que je te dise, à mesure que je lisais ton livre, j'ai dû assumer que ma grand-mère était une fasciste des premiers jours, fondatrice du groupe qui, moyennant une oiseuse idéologie, soutenait la brutalité d'État des franquistes. Puis, lorsque j'ai bien assimilé ça, après être passée par des exercices de relaxation orientale, en me disant même que toute famille possède son mouton noir, voilà que j'apprends que ma mère, ma chère mère, que j'avais bien idéalisée, passait son temps à masturber ses travailleurs. Et qu'en plus, elle le faisait depuis une position dominante. Alors, j'ai laissé tomber l'Orient et je me suis dit : "Maria, calme-toi, toi tu es une post-soixante-huitarde et tu te dois de le comprendre comme un des éléments de la libération féminine." Puis lorsque je me retrouve en train d'assumer que mes fantasmes sexuels sont de la gnognote à côté des pratiques de mes aïeux, je tombe sur le fin mot de l'histoire et je découvre que mon père est un homo. Merde alors ! Je ne vais pas en faire un drame, bien entendu, mais tu comprendras que ça m'a tout de même fichu un coup !

Llorenç esquissa un sourire. Il était encore doux. Sa fille semblait dépassée, mais à ce moment-là rien ne pouvait plus l'émouvoir.

— Attends un peu, je n'ai pas encore fini d'écrire.

Maria provoqua son père du regard pendant quelques secondes, et brusquement elle éclata de rire, comme si elle n'en revenait pas.

— Regardez-moi ça. Moi qui ai toujours pensé que vous étiez des antiquailles aux habitudes paléolithiques, finalement je m'aperçois qu'il vaut mieux ne rien savoir de vos vies respectives, au risque de passer pour des êtres complètement inhibés et bourrés de complexes.

— N'exagère pas, ma chère. Moi, je suis allé à l'école juste le temps d'apprendre à lire et à écrire un peu. Ta grand-mère paternelle était une cuisinière qui a dû aller de maison en maison pour gagner sa vie et réussir à être engagée à la Principal. C'était déjà un privilège. Nous avions de quoi manger et où dormir.

— Je sais tout ça, papa…

— Oui, mais je voudrais te dire que, en ce qui me concerne, découvrir à cette époque-là que tes attirances ne sont pas – comment dire – habituelles était quelque chose de très difficile, pour ne pas dire impossible à affronter. Et pour te dire la vérité, lorsque j'étais tout juste adolescent j'avais déjà remarqué que si j'aimais jouer avec les filles, j'aimais aussi que les garçons jouent avec moi… On va le dire comme ça.

— Halte à la fausse pudeur! Si tu dois parler, fais-le franchement. Tu aimais que les garçons jouent avec toi, ça signifie que tu aimais qu'ils te… baisent, n'est-ce pas?

— Oui, c'est exactement ça.

— Excuse-moi, papa : ce qui signifie qu'au moment de distribuer les rôles – quelle expression absurde –, toi tu préférais le rôle passif?

— Maria, je t'en prie, ne me fais pas donner trop de détails. Tu es ma fille et je suis gêné. Je connais ta façon de penser et je sais que cela vient de moi, pas de toi, mais ça m'embarrasse vraiment. Oui, mon rôle actif, je préférais le jouer avec les filles et le passif avec les garçons. Je répartissais bien les choses… dit-il en souriant à nouveau, mais de résignation, cette fois.

— Et comment as-tu osé mettre ça en pratique?

— Je n'en sais rien… Je suppose que c'était l'instinct et la prudence insufflés par la peur qui m'en donnaient le courage. La peur terrible de ce qui se passerait si l'on me découvrait. En tout cas, mais je ne sais pas si je peux généraliser, je me souviens que les jeux des découvertes sexuelles enfantines étaient osés, tout était permis et, pour être sincère, il me semble que la découverte en elle-même était bien plus agréable que les mécanismes sexuels que nous apprenions. Il est également vrai que les gamins osaient expérimenter plus facilement la chose avec d'autres gamins qu'avec des gamines. Et c'est sans doute pour cette raison qu'en mon for intérieur j'ai vécu ces pratiques avec une absolue normalité. Ensuite, petit à petit, c'était comme si les gamins devenus jeunes hommes découvraient un désenchantement que d'aucuns appelaient, appellent la normalité. Et moi, j'étais resté à mi-chemin, pour ainsi dire, je ne m'étais jamais décanté. Ou peut-être, je dis bien peut-être, que j'étais attiré par le côté contraire. Et c'est à partir de là que je me suis senti, comment dire… déplacé ?

Il regarda sa fille et comme s'il avait trouvé une façon plus claire de s'exprimer, il poursuivit :

— Il me faut également dire que peut-être si à quatorze ou quinze ans j'avais pu réprimer ce côté-ci, va-t'en savoir si avec le temps je n'aurais pas fini par être convaincu que tout cela n'était qu'un jeu d'adolescent. Mais cela s'est passé autrement. Et tu sais pourquoi ? Parce que les adultes, soi-disant plus raisonnables que moi, les hommes comme Ricard et d'autres aussi, m'ont poussé à continuer mon petit jeu. Et il est vrai que j'adorais jouer avec eux. Je suppose que je ne dois pas avoir honte de le dire tout haut, n'est-ce pas ?

— Bien entendu que tu peux le dire tout haut. Mais tu aurais tout de même pu me le dire avant, c'est tout. À présent, je n'aurais pas l'impression d'être une imbécile. Mais dis-moi… et avec ma mère ?

— Houlà, ça ne fait que cinq minutes que nous parlons et tu voudrais déjà que je te fasse un résumé complet ? Tu dois savoir que ta mère me plaisait, qu'elle m'attirait beaucoup. Tu le verras, si tu continues ta lecture. Au début, ç'a été comme une attirance malsaine. Elle m'avait surpris avec un homme, c'était la fille de la Vieille, ensuite elle était devenue ma patronne. Tout cela faisait d'elle un fruit interdit, dangereux, et en même temps, c'est cela qui la rendait particulière. Moi, j'allais avec d'autres garçons, mais depuis mes quinze ans, ta mère était mon objectif érotique… féminin.

— Et l'objectif… amoureux ?

— C'est venu plus tard, et si je suis sincère, bien plus tard… dit-il en faisant une pause. Une lueur illumina son regard : Ça s'est sans doute passé le jour où elle a brûlé la Porteuse. Oui, ce jour-là, le lit où nous nous aimions est devenu bien plus large.

— C'est ça, fais-moi des figures littéraires, maintenant !

— Tu as trouvé mauvais ce que tu as lu ?

— Papa, je suis incapable de te lire comme un vrai écrivain ! Au début, je ne comprenais rien du tout, je mélangeais les Maria, les époques, et de temps en temps il me fallait tout reprendre pour savoir où j'en étais. Et lorsque j'étais parvenue à me retrouver, voilà que tu arrivais avec tes contes, tes rêves, tes légendes, je ne sais plus comment tu appelles ça. Heureusement que tu changeais de typographie, sans les italiques ç'aurait été illisible.

— Tu as lu tout ce que je t'ai donné ?

— Presque. J'en suis au conte du "mystère de la chose". Qui est-ce qui te l'a raconté ?

— Personne, ma chère. J'y étais.

— Et lorsque tu étais avec ma mère, tu sentais aussi le soufre ?

— Certains soirs, au milieu de mon plaisir, je me demandais si tout cela n'était pas surnaturel.

Ils éclatèrent de rire de conserve.

— Bien, à part mes déviances sexuelles… dit-il d'une voix triste et Maria l'interrompit immédiatement :

— Papa, aujourd'hui on dirait plutôt mes dérivations sexuelles…

Ils éclatèrent à nouveau de rire.

— Ah, oui, j'aime bien ce concept. C'est un peu trop tard, mais je m'en servirai. Je ne sais pas très bien avec qui. Mes dérivations sexuelles… parfait. Non, mais je te demandais s'il y avait autre chose qui t'avait particulièrement intéressée dans ses péripéties familiales.

— La grand-mère est un personnage d'opérette. Une femme dure, entreprenante, mauvais caractère, avec une faiblesse qui la rendait parfois tendre mais toujours avec un arrière-goût de méchanceté… Assise dans la Porteuse : c'est une image très forte, c'était une autre époque. Pourtant j'habite dans la maison, mais je n'arrive pas à l'imaginer. Elle devait être terrible.

— Pour te dire, moi, je la haïssais. Mais je ne pensais pas alors à elle comme à une belle-mère, dit-il en souriant, détendu. Aujourd'hui, je ne la trouve pas aussi mauvaise, tu sais. Ce n'est pas que je veuille justifier sa façon d'être, mais je la comprends mieux. Est-ce que tu peux imaginer ce que signifiait être une femme dans ces années-là ? C'était un véritable esclavage dissimulé… J'exagère, même pas dissimulé. C'était un esclavage en pleine lumière. On lui imposait une morale rétrograde, avec les chaînes de la tradition et les boulets de la religion, qui la soumettait à un homme pour qui la considérer comme un être inférieur était une simple loi de la nature. Tu comprends ? Et qui, soit dit en passant, était la plupart du temps un gros imbécile incapable de la faire jouir.

Maria l'écoutait, indifférente du dehors et absolument charmé de l'intérieur. Voilà que son père, dont elle avait toujours apprécié la bonté et la simplicité, était en train de lui révéler une autre facette de lui-même qu'elle n'avait jamais soupçonnée. Voilà que, tandis qu'elle militait pour le féminisme dans les années 1980, en cachette de ses parents au cas où ils ne l'auraient pas comprise, son père vivait en silence une révolte insupportable. Elle se tut, au cas où il lui aurait réservé d'autres surprises, le laissant parler.

— C'est la vérité. Je ne l'aimais pas du tout, mais commander un groupe d'hommes alors qu'on est une femme, tenter de sauver la Principal, ce navire qui sombrait dans un monde empreint d'un racisme sexuel dont personne n'était conscient, car cela faisait partie de la normalité sociale, ne devait pas être chose facile. Cela demandait du courage… J'allais ajouter : masculin… Ah, putain de langage !… Cela demandait un courage solide.

Llorenç regardait loin devant lui, comme s'il était ailleurs, comme parlant tout seul.

— Une femme pouvait être riche, elle pouvait avoir du pouvoir, mais les gens qu'elle commandait ne lui obéissaient que par crainte. Pas par respect ni considération, et encore moins parce qu'on pensait qu'une femme était aussi apte à commander que le plus machiste des propriétaires. Mais ta grand-mère leur a démontré le contraire, contre vents et marées. Et cela m'émeut encore aujourd'hui. Ta grand-mère, qui était la seule fille au milieu de quatre garçons, a eu la chance que son père lui ait permis d'être une personne puissante. Mais cette puissance, chez une femme, est le début d'un autre chemin épineux, car elle aura à s'acquitter de multiples péages – comme vous dites aujourd'hui – tout au long de sa vie. En réalité il ne pouvait rien y avoir de pire pour elle : sauf devenir une femme pauvre. Comme ma mère.

Llorenç cessa de parler un instant. Juste le temps de remettre ses pensées en ordre. Mais sa fille en profita pour prendre la parole.

— Papa, tu me parles de ces choses, comme si moi, je n'avais pas eu à les vivre. À un autre niveau, d'accord, mais je sais parfaitement ce que tu veux dire. Tu penses que mes premières années, lorsque j'étais jeune, à Barcelone, je n'ai pas moi aussi senti cette pression ? Avoir sans arrêt à démontrer que tu vaux mieux que les garçons qui t'entourent. Toucher du doigt que goûter à la liberté, lorsque tu es une femme, c'est s'attirer des jugements compliqués. Je sais, on a beaucoup vanté mai 1968, cependant chaque espace de liberté que gagnaient les femmes devait être obtenu sous la "tutelle" des garçons progressistes qui pensaient théoriquement de la même façon qu'elles. Et ne parlons pas du domaine sexuel. Dans ces années-là, être libre sexuellement était facile surtout si tu étais un garçon. Mais si tu étais une fille, le jugement était totalement différent. Et les premiers à mal te juger étaient justement les garçons libérés qui baisaient à tire-larigot et ne supportaient pas que les filles fassent comme eux. D'une certaine façon, on était libre juste le temps de satisfaire la liberté de l'autre.

Brusquement, ils étaient entrés dans une ronde de reproches. Elle observa son père.

— Excuse-moi, papa, je t'ai interrompu, on a toujours l'impression d'être le centre du monde.

Elle lui prit la main et l'invita à continuer d'un petit hochement de tête.

— Pas de problème, ma fille, pas de problème…
Voilà donc ce que je vivais, à Pous : les garçons que tu
fréquentais et qui s'apercevaient que tu aimais faire ça
te traitaient de pédé devant les autres, mais lorsque tu
étais seul, ils n'avaient qu'une hâte : baisser leur pantalon.

Il cessa de parler quelques secondes et comme s'il voulait chasser quelqu'un de sa tête, il fit un geste de fatigue.

— Mais parlons d'autre chose. Tu me disais que tu
avais l'impression d'avoir une grand-mère d'opérette. Tu
as raison. La voir, avec ses cent vingt-trois kilos, assise
sur la Porteuse, avec des porteurs qui avaient acquis la
musculature de gymnastes aiguillonnés par le nerf de
la faim… Ah! et cette procession de travailleurs misérables!… On aurait dit une représentation subversive
d'*Aïda*…

Maria l'interrompit.

— Père, tu devrais peut-être apprendre à dire la chaise
à porteurs et arrêter de la nommer avec une majuscule,
comme un nom propre, comme un fantôme. Lorsque
je viens ici avec des amis et que tu commences à parler
de tes petites luttes révolutionnaires en évoquant la Porteuse, personne ne comprend…

— C'est toi qui ne comprends rien, Maria, dit-il
en souriant. Si je dis la chaise à porteurs, je parle d'un
meuble et si je dis la Porteuse c'est un symbole, toute
une époque. Tu peux penser ce que tu veux, moi je dirai
toujours la Porteuse. Mais, de quoi parlais-je?

Maria le remit sur les rails en évoquant une cantilène
qu'elle connaissait par cœur :

— Oui, papa. Elle devait être impressionnante à
voir…

— Oui, ça semble ridicule. Je la revois perchée sur la Porteuse le long de ces chemins pentus, avec tous ces gens endimanchés, presque tous en habit noir… La Porteuse était sa Lexus à elle, ma fille. Et fabriquée maison, pas d'importation asiatique, fabriquée maison et fonctionnant au carburant humain…

— Je vous sers le déjeuner ?

Dolors demandait ça pour la forme, car en réalité elle arrivait avec le plat de macaronis prêt à être servi. Les années travaillées dans cette maison avaient été on ne peut plus paisibles. À vrai dire, elle n'avait même pas à s'occuper de Maria, sauf quand elle partait en voyage. Elle montait au grenier, dans le réduit qu'elle occupait et elle nettoyait tout à fond. Son vrai travail était de soigner M. Llorenç. Oui, un vrai monsieur. Bien élevé, affable, bonne pâte. Rien ne pourrait la faire dévier de cette opinion, même pas les bêtises qu'on racontait dans le village à son propos. Rien, un vrai monsieur ! Et tout en pensant à cela, elle les avait laissés en suspens, car son arrivée avait interrompu leur conversation et ils s'étaient tus de conserve, sans même prendre la peine de dissimuler.

Lorsque Maria s'aperçut, du coin de l'œil, que Dolors avait disparu, elle redémarra :

— Papa, tu exagères ! Tu n'as pas le droit de comparer ma Lexus à la Porteuse ! Tu dis ça pour m'ennuyer, un point c'est tout.

— Oui, c'est vrai, j'adore te taquiner.

— Ah, oui ? reprit-elle avec des yeux inquisiteurs. Alors allons-y : combien de fois as-tu trompé ma mère ? Tu t'es souvent échappé pour te vautrer dans les bras d'un quelconque journalier ?

— Jamais la nuit…

— Saleté! Et le jour?…

— Le jour… De temps en temps.

— Pendant combien d'années?

— Pas beaucoup, jusqu'à ta naissance. Je crois que lorsque je t'ai vue, je n'ai plus ressenti aucun plaisir passif.

Ils restèrent un dixième de seconde en silence, à se regarder, puis ne purent retenir un grand éclat de rire. Maria se précipita dans ses bras.

# 15

## ÇA VA VERS LA FIN

*Samedi 23 novembre 1940*

L'inspecteur Recader entra dans la Principal tout excité. Les choses s'éclaircissaient enfin. Il n'informerait pas le commissaire de ce que lui avait dit le curé, parce que le vieux colonel risquait de tout précipiter. Avant de prendre la décision d'arrêter Llorenç Costa et de le faire parler en lui faisant subir un interrogatoire musclé, il voulait être bien sûr de tout. Sans compter qu'il avait une dette à se faire payer : interroger Maria Magí qui, en toute élégance, lui avait parfaitement menti. Il actionna le lourd heurtoir de la porte avec tant de force que le vacarme produit lui fit comprendre qu'il lui fallait se calmer, que ça n'était pas très professionnel et qu'il devait prendre un peu de distance. Suivre la méthode qui consistait à rationaliser ses sentiments. Il entendit des pas qu'il connaissait. Úrsula ouvrit, le regarda fixement en disant :

— Eh ben, dites donc, il ne vous aura pas fallu longtemps pour apprendre à frapper comme un sourd. Bonjour, monsieur l'inspecteur.

— Bonjour, Úrsula. Comment allez-vous ?

— Je vous dirai ça va bien, et ça m'évitera de dire la vérité.

Il suffit à l'inspecteur Recader de la voir pour recouvrer sa bonne humeur. En tout cas sa ride tordue était toute lisse en travers de son front, pas de tempête à l'horizon donc. Elle avait l'œil particulièrement vif et le résultat de son chignon bien serré était que ses cheveux lui tiraient la peau du visage.

— Ce n'est pas une réponse pour un policier, Úrsula. La vérité, ce serait ?

— Plutôt que : ça va bien, j'aurais dû dire : ça va vers la fin ! Voilà la vérité vraie, monsieur l'inspecteur ! Mais on vit dans un monde de macaques qui, lorsqu'ils vous posent cette question "comment ça va, Úrsula ?" ne supportent pas que vous leur répondiez "ça va vers la fin" – soit dit en passant ça fait des années qu'il en est ainsi – et qui vous serinent toujours des banalités du genre : "Mais non, Úrsula, tu as bonne mine, tu es très bien conservée." Ces crétins s'adressent à vous comme si vous étiez un hareng fumé ou une sardine à l'huile. Et si vous n'y prenez garde, ils vous lancent la pire des menaces qui soit : "Il te reste encore de beaux jours et de nombreuses années à vivre !" Des ânes, je vous dis, ce sont de vrais ânes. Ils disent me connaître et ne se sont même pas encore aperçus que j'en avais par-dessus la tête de vivre. Bref, c'est des bêtises, tout ça. Moi je leur dis : Ça va bien et comme ça, ils la ferment.

En pénétrant dans la maison, l'inspecteur pensa que la matinée promettait d'être fantastique. Soit parce qu'elle en avait reçu l'ordre ou parce qu'elle le traitait déjà comme s'il était de la maison, pendant sa longue diatribe, Úrsula le mena directement jusqu'à la cuisine.

— Je vous sers un verre de lait, avec une tranche de pain ? Avec de l'huile et du sel ?

— Caramba, Úrsula, si vous me traitez toujours aussi bien, je vais revenir souvent enquêter ici.

La vieille nourrice eut l'air contrariée et dit le plus naturellement du monde :

— C'est ce que m'a dit la gamine : "Voyons, Úrsula, si tu es capable de bien traiter monsieur l'inspecteur chaque fois qu'il viendra nous rendre visite."

— Ah bon ! Demandé par la senyora Magí, c'est carrément un honneur.

— Ne vous emballez pas. Lorsqu'une femme veut vous amadouer…

— Ça, j'en sais quelque chose, Úrsula. Ma mère aussi me le disait.

— Votre mère vit toujours ?

L'inspecteur était surpris qu'elle l'ait déjà fait asseoir sur "sa" chaise habituelle, fût en train de lui servir le verre de lait et lui parlât aussi familièrement.

— Bien sûr, elle a à peine un peu plus de soixante ans. Avant mes parents habitaient à Rius, mais après la guerre ils sont retournés au village, il est très petit, il s'appelle Caps. Là-bas, ils ont un potager et ils mangent correctement.

— Caps ? Je n'en ai jamais entendu parler. En réalité, je n'ai jamais bougé d'ici.

— Ne dites pas cela, Úrsula. Vous avez même voyagé en France.

— Je veux dire, sans être accompagnée de la gamine.

291

— Au fait, voudriez-vous demander à la senyora Magí si elle veut bien me recevoir ?

— Elle ne pourra pas, parce qu'elle est à Rius, et elle y est allée avec le *pato**.

— Le *pato* ? C'est le surnom d'un journalier ou d'un cheval ?

— Non. La Senyora conduit elle-même. Le *pato* est le nom d'une voiture que la gamine a achetée en France, pendant son exil. À part la Senyora personne ne sait prononcer le vrai nom du *pato*, dans cette maison.

— Ne me dites pas que la senyora Magí possède une Citroën Stromberg ? Caramba, elle a bien choisi. C'est une voiture magnifique.

— On a les moyens, dans cette maison…

— Úrsula, ne le prenez pas mal. Mais parmi les voitures de luxe, on dit que celle-là, malgré son origine française, est la plus moderne de toutes. On l'appelle Citroën Stromberg.

— C'est bien ça, c'est notre *pato*.

L'inspecteur sentait un grand creux à l'estomac depuis déjà quelque temps, mais ne voulant pas rompre le charme de ce moment avec Úrsula, il s'était retenu au maximum.

— Bon, si la senyora Magí n'est pas là, je vais m'en aller, Úrsula. Je vous remercie beaucoup pour ce petit en-cas…

— C'est la Senyora qui…

---

* *Pato* signifie "canard" en catalan et en espagnol. C'est le surnom qu'on donnait à la Traction Citroën, en Espagne en général, à cause de son avant qui rappelle la forme d'un bec de canard.

— Oui, je sais, Úrsula, mais je vous remercie pour cet instant. C'est comme si j'avais été à la maison.

— C'est ce que m'a demandé la Senyora, comme s'il était de la maison.

— Eh bien, je vous remercie beaucoup. À quelle heure me conseillez-vous de revenir, pour présenter mes respects à la senyora Magí.

— Elle m'a demandé de lui préparer le déjeuner et de le lui mettre de côté au cas où elle serait retardée. J'imagine que vers trois heures, heure du soleil bien entendu, elle devrait pouvoir vous recevoir.

L'inspecteur abandonna la Principal en se disant qu'Úrsula ferait un épatant personnage de roman policier. Sûr qu'Agatha Christie aurait su en tirer tout le jus. À Londres, les brumes permettent de brouiller les pistes et de sophistiquer le mystère ; en revanche, ici, il y a trop de soleil, la terre est trop sèche et les crimes sont plus primaires, moins sélects, mais Úrsula saurait tout de même donner le change, c'est évident. L'inspecteur sourit à ses propres élucubrations et s'engagea dans la rue qui mène à la mairie. Il emprunterait le bureau du maire pour rédiger le premier brouillon du rapport officiel, où il expliquerait les raisons pour lesquelles il fallait arrêter et inculper Llorenç.

# 16

## LE ROUGE D'UNE CALOTTE

*Samedi 23 novembre 1940*

L'inspecteur ne pouvait pas imaginer qu'à l'instant même une femme, vêtue à la dernière mode et avec une allure très digne, venait d'entrer dans la cour à arcades du palais épiscopal de Rius, en faisant résonner ses hauts talons à bouts ferrés. Elle était précédée par un jeune curé venu l'accueillir à la porte du palais, grand, très bien habillé, soutane d'un noir discrètement brillant, juste pour être élégant mais sans trop, tonsure luisante sur le haut du crâne, et un pas silencieux et étudié lui permettant de bouger la tête linéairement, sans ces va-et-vient latéraux et verticaux des gens qui marchent. Muet, mais doté d'une gestuelle complexe pour indiquer les marches à gravir et les directions à prendre, il la guida jusqu'à un espace vaste et somptueux. C'est alors qu'elle aperçut au fond de la pièce cet homme qu'elle ne reconnut pratiquement pas. Et c'était pourtant bien lui, l'oncle Joan, plus vieux mais le même qui avait assisté aux funérailles de sa mère. L'éminentissime évêque Joan Roderich i Basses. En traversant la longue salle, Maria était émerveillée par tant de somptuosité. Elle n'avait pas imaginé être reçue dans un endroit aussi luxueux. Est-ce que ce malappris s'était paré de tous les atours de l'Église, de tous les rouges, broderies, anneaux, calotte, crosse, trône, vernis... seulement pour l'intimider?

Elle entendit une voix vaguement familière, comme si elle reconnaissait quelque chose des Roderich dans sa façon de prononcer les mots :

— Ma fille, quelle joie j'ai ressentie ce matin lorsqu'on m'a annoncé que tu sollicitais une audience. J'ai bien entendu remis tous mes rendez-vous pour passer un moment, malheureusement trop court, avec toi, et écouter ce que tu avais à me demander.

"Fils de pute, voilà tu m'as fait ton numéro pour que je me sente inférieure à toi", pensait Maria qui esquissa un sourire soulignant sa beauté. Lorsqu'elle arriva devant lui, elle attendit que le jeune abbé qui l'avait accompagnée baisât l'anneau de son supérieur hiérarchique et lui avançât une chaise. Elle fit mine de s'asseoir en même temps que l'évêque Joan lui tendait la main pour qu'elle baise à son tour l'anneau. Leurs regards se croisèrent juste un instant. Ce n'était pas une provocation, il y avait bien longtemps qu'ils avaient entamé un conflit larvé.

Maria s'assit comme si elle n'avait pas aperçu la main tendue. L'évêque la retira, continua à sourire tout en redressant son dos vieilli et douloureux. "Comme sa mère, se dit-il. Ou pire."

— Je ne te connais pas beaucoup, ma fille, mais les gens qui te fréquentent disent que tu fais honneur à ta mère. Ainsi, je sais que tu n'as pas de temps à perdre en formalités. Et comme j'ai fait modifier mon agenda pour t'accueillir, moi non plus. Que puis-je faire pour toi?

— Je viens vous demander un conseil, mon oncle. Je peux vous appeler ainsi?

— Bien sûr, ma fille.

L'évêque Joan fut très surpris. Il n'avait pas prévu ça. Sa nièce lui demandant conseil. Elle avait conservé le caractère rêche d'une Roderich, mais elle s'abaissait tout de même à lui demander conseil! Malgré son attitude hiératique, ses yeux perdirent leur dureté et devinrent plus vifs.

— Par la grâce de Dieu, je mets à la disposition de ma chère nièce tout mon humble savoir et te promets de te donner mon avis le plus perspicace.

Maria croisa ses jambes discrètement, mais avec une coquetterie évidente.

— Merci, mon oncle. Je suis venue vous voir, car je me trouve dans un dilemme délicat, qui requiert tact et intelligence. Je ne sais pas si vous savez ou si vous vous souvenez que, voilà quatre ans de cela, le corps d'un homme a été abandonné dans un sac, le ventre et les parties génitales déchiquetées, sur un des bancs de pierre de l'entrée de la Principal. C'était au mois de juillet.

Elle reprit son souffle quelques secondes, pour organiser son discours.

— Donc, ce malheureux…

— Oui, je suis au courant et je m'en souviens parfaitement. J'ai même prié pour toi.

— Il ne fallait pas, mon oncle.

Et tandis qu'elle se disait qu'il était intéressant de remarquer que, grâce à quelques détails, l'évêque avait rapidement compris de quoi il s'agissait, elle se souvint que l'inspecteur Recader lui avait demandé des nouvelles de son oncle à brûle-pourpoint, au moment le plus inattendu. Serait-ce que ce vieux prélat fût lié à ce drame ?

— Donc, ce malheureux n'était autre que le contremaître de la Principal, atrocement poignardé à plusieurs reprises, un certain Ricard Nebot que ma mère avait engagé quelques années auparavant.

— Continue, ma fille, continue.

— Puis ma mère l'avait renvoyé et lui avait ordonné de partir en France avec sa famille, en échange de ne pas le dénoncer.

— Et de quoi aurait-elle dû le dénoncer, ma fille ?

Maria n'aimait pas que l'évêque Roderich l'interrompît à tout bout de champ. On aurait dit que son récit se transformait peu à peu en interrogatoire. Lui, juché là-haut sur son trône et elle plus bas, en train de lui répondre. Et en plus, cet hypocrite connaissait certainement la réponse.

— D'avoir des relations coupables, mon oncle.

— Quel genre de péché, ces relations, ma fille ?

— Mon oncle, j'ignore comment vous et l'Église établissez la gradation des péchés. Mais pour le dire le plus simplement possible, et j'espère ne pas offenser votre sensibilité : ils s'enculaient.

Maria expliquait tout cela avec une apparente neutralité. Dans la solennité de ce salon, le dernier mot qu'elle venait de prononcer avait pris une dimension sacrilège. L'évêque Roderich demeura immobile, déconcerté. Est-ce que cette femme était vraiment là, devant lui, pour lui demander conseil ? En toute sincérité ? De façon chrétienne ? Ou cachait-elle quelque menace ?

— Ils se sodomisaient… Tu es certaine de ce que tu avances, ma fille ?

— On ne peut plus certaine. Je les ai surpris moi-même en plein exercice de leur péché, et les ai dénoncés à ma mère.

— En dévoilant une telle perversion, tu n'as fait que ton devoir, ma fille. Et tout cela nous conduit où ?…

— À un cul-de-sac, mon oncle. Voilà quelques semaines, un nouvel inspecteur du commissariat général de Rius a ouvert une enquête sur la mort du fameux Ricard. Et ce policier m'a posé des questions sur vous, vous savez pourquoi ?

— Tu es la première à me parler de cette affaire, ma fille. Je n'étais au courant de rien.

— Voilà : cet inspecteur m'a demandé de témoigner. Et cela me pose un problème de conscience. Actuellement, le principal suspect du crime du sodomite est le garçon avec qui je l'ai surpris en train de pécher. Et c'est la raison pour laquelle je suis ici. Car il se fait que ce garçon, Llorenç Costa, est aujourd'hui, ni plus ni moins, mon compagnon. Mon homme, si vous préférez.

Silence. Comme si l'évêque égrenait les secondes. Une… deux… trois :

— Oh, mon Dieu, ma fille. Si j'ai bien compris, vous vivez en concubinage… sans sacrement. En toute concupiscence !

— Oui, mon oncle, sans sacrement, pour l'instant. Mais c'est l'homme que j'aime. Et je pense que si je continue à dire tout ce que je sais, je vais vous offusquer bien davantage. Voilà pourquoi je suis venue vous demander un conseil. Dois-je dire la vérité et aider à condamner l'homme que j'aime ?

— Que tu aimes… dans le péché, Maria, sans le consentement de Dieu. Ni de l'Église.

Il fit une pause et voulut se lever. Ses mouvements étaient mal assurés et, lorsqu'il tournait son cou, ils dénonçaient une vieillesse maladive. Lorsqu'il se fut correctement redressé et eut repris une allure solennelle, il poursuivit :

— Ton devoir moral, envers Dieu et envers les autorités, est de confesser tout ce que tu sais, même si tu dois trahir tes propres sentiments que, au nom de Dieu et de l'Église, je te demande formellement de corriger. Tu ne dois pas tourner le dos au moindre renoncement qui pût satisfaire la servitude envers Dieu.

— Bien sûr, mon oncle. Merci. En réalité, je suis venue pour entendre ces paroles de la bouche de mon évêque, afin qu'il me donne le courage de faire mon devoir. Je suivrai votre conseil, malgré la douleur que suppose pour moi un tel acte. Je le regretterai pour lui, conclut-elle en faisant une pause étudiée. Et aussi pour la sainte Église, car je vais me voir forcée de révéler également des faits qui la compromettent.

Encore quelques secondes de silence. Une… deux…

— De quoi veux-tu parler, ma fille ?

— Qu'en accord avec votre jugement, il me faudra déclarer que l'amant perverti et régulier de Ricard Nebot n'était pas Llorenç Costa, qui n'avait que quinze ans à l'époque. Il me faudra expliquer que Ricard, l'homme assassiné, était l'amant de l'abbé du village. Vous le connaissez très bien, lui et ses faiblesses, c'est l'abbé Salvador.

— Mais Maria, comment oses-tu ?

Elle se dit que, contrairement aux minutes précédentes, elle avait cessé d'être sa fille. Elle conserva sa froideur :

— J'ose parce que j'ai été témoin de leur péché. Cette même soirée où le contremaître a été expulsé par votre sœur, j'ai aperçu l'abbé Salvador, en proie à une crise de jalousie. Je l'ai entendu mendier amour et sexe à notre fameux Ricard parce qu'il avait fait la chose avec un gamin. Et je pense que si l'on reproche seulement au suspect actuel d'avoir été l'amant de Ricard, alors les autorités pourront adresser le même reproche à votre curé.

L'évêque s'assit sans répondre. Un profond silence envahit cette salle pleine de tapisseries, d'images pieuses et d'ornements. Il s'écoula un long instant. L'évêque se remémorait l'endroit où se trouvait chaque pièce du jeu d'échecs. Il en avait déplacé quelques-unes depuis que le curé de Pous lui avait confessé cet acte effroyable. Et il était convaincu d'avoir bien joué. Il se disait également que les menaces religieuses n'auraient aucun effet sur cette femme. Elle couchait avec un sodomite, voilà ce que sa sœur avait réussi à engendrer, et à présent elle venait mettre à mal toutes ses machinations. Il pourrait peut-être parvenir à mettre fin à cette enquête, mais ce n'était pas du tout ce qu'il avait prévu. Il pourrait également ne rien faire et lâcher le curé, mais il se demandait si ce prélat aurait la force d'esprit de garder des secrets qui risquaient de compromettre certains notables du village.

— Tu es ta mère crachée.

— C'est un honneur, éminence.

— Pourquoi es-tu venue ?

— Parce que je connais votre intelligence, mon oncle, votre puissance et vos vices. Et parce que, même si ce n'est qu'une fois, nous – les deux seuls Roderich encore vivants – avons le même intérêt : éviter que l'enquête se poursuive.

— Ne surestime pas ma puissance, lui dit-il sur un ton sévère. Ni la tienne.

Maria se leva et lui tourna le dos sans autre cérémonie. Tandis qu'elle traversait la pièce en sens contraire, elle décida de marcher en dehors du tapis qui menait vers la sortie. Elle se réjouit d'entendre ses hauts talons crépiter sur les mosaïques du sol.

## 17

## DANS LES ÉCURIES

*Samedi 23 novembre 1940*

À trois heures de l'après-midi, heure du soleil, l'inspecteur Recader décida de repasser par la Principal. La Senyora n'était pas revenue et Úrsula le lui dit, non sans une certaine ironie :

— La Senyora ne viendra que plus tard. Elle m'a téléphoné depuis la poste de Rius pour me dire qu'elle voulait flâner dans quelques boutiques. Je vous conseille de ne pas l'attendre. Lorsque la gamine commence à essayer des robes, elle perd tous ses repères… plus rien n'existe… même pas les inspecteurs.

Lluís Recader se força à sourire. Il aurait aimé parler avec la senyora Magí puis, après l'avoir acculée avec ses mensonges, interpeller Llorenç Costa pour l'enfermer dans une cellule tout de suite après l'avoir interrogé. Très bien, il n'avait plus qu'à procéder différemment et, selon la façon dont les choses allaient tourner, la conclusion de son travail serait la même.

— La Senyora m'a demandé de vous dire de l'excuser et que, étant donné qu'aujourd'hui nous sommes samedi, si cela vous convient, elle vous attendra lundi.

— Dites à la Senyora que je lui téléphonerai pour lui indiquer le jour où je viendrai la voir. À présent, Úrsula, dites-moi où je peux trouver Llorenç Costa.

La nourrice eut un pressentiment qui creusa aussitôt la ride tordue de son front, mais elle répondit sans hésiter, car elle connaissait l'emploi du temps et le lieu où se trouvait tout le personnel de la Principal.

— Normalement, il devrait être aux champs, mais étant donné que nous sommes samedi, il doit commencer à préparer la litière et la nourriture, pour aujourd'hui et demain, des animaux qui ne devraient pas tarder. Vous le trouverez dans les écuries.

— Très bien, Úrsula. Je sais où elles se trouvent. Si je me souviens bien, je dois faire tout le tour de la maison, n'est-ce pas ?

— Pas du tout, monsieur, ce n'est pas la peine. On peut y aller directement d'ici. Vous sortez par cette porte et vous allez à droite, sur le palier ; là, vous trouverez un escalier qui descend à la cuisine et donne directement sur l'arrière des écuries.

L'inspecteur prit congé, presque attendri par cette femme. Finalement, elle était juste là pour défendre contre vents et marées celle qu'elle appelait sa gamine et finir son existence ici. Tout en suivant les instructions, il sentit que son cœur commençait à battre plus fort. Têtu, il avait évité de rencontrer le seul suspect qu'il avait, juste pour rester fidèle à sa méthode. Mais celle-ci ne lui avait pas fourni la moindre preuve, seulement quelques indices, certaines contradictions et la confession de l'abbé Salvador. En réalité la seule preuve à charge était la parole du curé.

Tandis qu'il descendait les marches, il se dit que si, comme le lui avait expliqué Úrsula, il arrivait par-derrière, le suspect ne s'attendrait peut-être pas à le voir ; et il le prendrait par surprise. La première réaction de Llorenç Costa face à lui serait très importante. Il fallait être attentif à tous ses gestes et aux expressions de son visage.

Il n'y avait pas de porte entre la cuisine et les écuries. Il entra dans cet endroit immense et aperçut tout de suite Llorenç de dos, la fourche à la main, étalant de la paille par terre pour les animaux. Il ne s'était pas aperçu de sa présence et continuait à travailler, étranger à tout le reste. L'inspecteur regardait son gibier avec la curiosité d'un chasseur. Il voyait un homme fort, larges épaules, bras musclés, gestes précis. Il n'avait pas du tout l'air d'un homosexuel. Il devait avoir plus ou moins le même âge que lui. Il ne l'appela pas, il voulait que Llorenç le découvre lui-même, afin d'analyser sa réaction. Quelques secondes supplémentaires s'écoulèrent. Puis le garçon dut sentir une présence. Il posa sa fourche par terre et se tourna lentement jusqu'à lui faire face.

Sa première réaction fut de lui sourire : un large sourire lui tendant les lèvres au maximum. Il avait une expression aimable, agréable. Tout son visage irradiait de joie.

— Zut, je ne vous ai pas entendu arriver. Vous cherchez quelqu'un ?

— Vous ne me connaissez pas ?

— Non, je n'ai pas ce plaisir. Qui êtes-vous ?

— Je suis l'inspecteur Recader du commissariat central de Rius.

— Ah, c'est vous ? Je vous pensais plus… plus vieux.

Recader se dit que rien chez ce garçon ne pouvait donner l'impression qu'il se sentait coupable de quoi que ce fût. Tout chez lui n'était que bonhomie. Sa présence détendait l'atmosphère, peut-être même trop.

— Moi non plus je ne vous connais pas, mais la senyora Úrsula m'a dit que je vous trouverais ici ; vous êtes monsieur Llorenç Costa. C'est bien ça ?

— Absolument, c'est moi-même. En quoi puis-je vous être utile… et ne m'appelez pas monsieur, je n'ai pas l'habitude… Bref, c'est comme vous voudrez.

— Fort bien, monsieur Costa. Je voudrais vous interroger. Mais cela peut être assez long. Pourrions-nous nous asseoir quelque part ? Il me faudrait écrire. Et sur ma jambe ce serait plus commode.

Llorenç ne répondit pas. Il se dirigea vers un coin tout en désordre et sale des écuries et en rapporta un banc en bois de pin, dont il essuya la poussière et les brins de paille du plat de la main. Il le posa près de l'inspecteur.

— Est-ce que cela vous convient ?

L'inspecteur fit mine de s'asseoir tout en tirant le carnet de sa poche.

— C'est parfait.

Il prit place à une des extrémités, en pensant que le suspect s'assiérait sur la partie restée libre. Mais, d'un pas agile, Llorenç s'éloigna à nouveau, entra dans un réduit à part, servant d'étable, d'où dépassaient deux cornes et une échine noire et blanche. Il attrapa le tabouret de la traite et revint vers l'inspecteur, en souriant toujours.

— Ne vous inquiétez pas. Mettez-vous à l'aise. Moi je vais m'asseoir sur le tabouret à traire Paquita.

— Vous l'appelez Paquita ?

— Oui, elle est un peu vieille, mais elle donne encore du bon lait. On l'appelle comme ça à cause d'Úrsula. Vous m'avez dit que vous la connaissiez… Vous n'êtes certainement pas venu ici pour entendre ça, mais c'est une femme que j'aime beaucoup. Comme ma mère était toujours occupée par son travail, c'est Úrsula qui a été ma nourrice ; elle devait avoir plus de quarante ans… vous vous rendez compte ? J'ai grandi grâce à son lait, ce doit être pour ça que j'ai l'impression que nous sommes de la même famille.

L'inspecteur avait envie de lui répondre que lui aussi appréciait beaucoup l'ursuline Paquita, mais ce n'était pas convenable et il n'était surtout pas là pour ça. L'inspecteur se disait que ce garçon avait un comportement innocent, ou plutôt, d'innocent. Mais c'était typique chez tous les coupables, dans n'importe quel roman policier. Cela faisait partie du suspense, pour tromper le lecteur. Non, non, il n'allait pas l'influencer, tout indiquait que c'était lui l'assassin. Llorenç s'assit devant lui. Il était plus bas. À présent, il le regardait franchement en attendant ses questions.

L'inspecteur prit son carnet et, toujours en silence, l'ouvrit à une nouvelle page. Il tira une lame de rasoir usagée et commença à tailler son crayon. Cela dura plusieurs secondes volontairement longues. Prendre garde de ne pas rompre la mine de charbon le détendait et, en plus, cela pouvait lui servir à effacer la complicité qui avait pu s'installer pendant les présentations. Au sommet de la feuille, il écrivit : Llorenç Costa et, lentement, traça un cercle autour de son nom. Il prit ensuite une mine sévère et se lança :

— Llorenç Costa, vous êtes le fils de la senyora Neus, l'actuelle cuisinière de la Principal et le frère de la senyora Caterineta, qui travaille également dans cette maison.

Llorenç ne prit même pas la peine de lui répondre. Son visage expressif et souriant avait valeur de confirmation.

— En quelle année êtes-vous arrivé dans cette maison?

— Houlà, je n'en sais rien, mais j'avais deux ans, alors si vous voulez faire les comptes…

— Inutile. À partir de quel âge avez-vous commencé à travailler?

— La Vieille, l'ancienne senyora, m'a payé l'école jusqu'à douze ans et ensuite elle m'a mis au travail. J'ai toujours été bien traité et au début je ne travaillais pas beaucoup. Je donnais à boire aux animaux, je trayais les vaches, je faisais des commissions…

— D'accord, d'accord. Et quand avez-vous commencé à faire des travaux d'homme?

— À quatorze ans. À partir de cet âge-là, j'ai commencé à aller aux champs.

L'inspecteur compta rapidement dans sa tête et lui posa la question suivante, obsédé par l'idée de repérer les modifications dans l'expression du visage du suspect.

— Sous les ordres de qui?

— D'abord de Ricard Nebot et ensuite d'Amadeu… Mince, alors! Je ne connais pas son nom de famille, dit-il sur un ton amusé.

— Parcerissa.

— C'est la première fois que je l'entends. Vous savez, dans les villages…

— Vous n'avez pas travaillé très longtemps avec M. Ricard Nebot, n'est-ce pas ?

À présent, oui : juste une ombre légère. Quelque chose venait d'assombrir son regard.

— Non, un peu plus d'un an et demi.

— Je vois que vous vous en souvenez très bien. Et savez-vous pour quelle raison il a été renvoyé, puisqu'il était contremaître à la Principal ?

La réponse fut immédiate.

— Je suppose que vous devez le savoir.

L'inspecteur ne laissa pas transparaître sa surprise. Il fit semblant de consulter son carnet. Puis il le fixa dans les yeux.

— Oui, mais je voudrais entendre votre version des faits.

— Monsieur, il n'y a pas de version. Ce que vous savez est la vérité, un point c'est tout. Je suppose que vous en avez parlé avec la Senyora. C'est elle qui…

— Non, je n'ai pas pu lui parler aujourd'hui…

— Donc, si la senyora Magí ne vous l'a pas dit, il serait peut-être nécessaire que je vous…

Une pensée particulière lui fit perdre son calme. La douceur de son visage s'évanouit pour laisser place à de grosses veines qui lui déformaient le cou, le front…

— Continuez, je vous prie.

Llorenç prit sa tête entre ses mains et demeura en silence. L'inspecteur poursuivit :

— Bien. Qui me l'a dit, ce n'est pas important.

À peine l'inspecteur eut-il fini sa phrase que Llorenç releva la tête. Son visage s'était transformé. À présent, oui, il avait enfin devant lui une personne capable de tuer.

L'entrevue donnait des résultats, pensa-t-il. Le suspect était sur le point d'exploser. Il l'entendit dire :

— Bien sûr que c'est important, parce qu'il y avait un malfaisant…

— Vous osez dire ça d'un…

— D'un fils de pute sans pitié, oui !

— Si j'étais vous, monsieur Costa, j'essaierai plutôt de ne pas aggraver mon cas… ma culpabilité, si vous préférez !

— Ma culpabilité d'avoir eu un petit dérapage à quinze ans avec un homme plus âgé que moi, qui était mon supérieur, pour qui je travaillais ?

— Non, monsieur Llorenç. Vous savez très bien noyer le poisson, mais ce n'est pas de cela qu'on vous accuse. On vous juge coupable d'avoir tué Ricard Nebot la nuit du 17 juillet 1936 ou peut-être la matinée du 18.

Llorenç Costa reçut cette phrase à la façon d'un grand coup de pied dans le ventre. Il demeura quelques instants étourdi. Puis il se leva de son tabouret comme mû par un ressort sorti de terre. Il se planta devant l'inspecteur, fort comme un chêne. Il le pointa du doigt, comme s'il avait voulu le menacer. Sa voix résonna comme le tonnerre :

— Mais putain, comment osez-vous me dire une chose pareille ? Pour qui vous prenez-vous pour m'accuser d'un crime ? Allez vous faire foutre !

Il se retourna et s'éloigna à grands pas en direction de la porte d'entrée des écuries.

— Restez où vous êtes, monsieur Costa. N'oubliez pas que je suis inspecteur de police et que je peux vous arrêter tout de suite.

Mais Llorenç ne l'écouta pas et continua à s'éloigner. L'inspecteur posa sa main sur son pistolet :

— Restez où vous êtes. C'est un ordre !

Llorenç s'éloignait toujours.

— Arrêtez-vous ou je tire !

L'inspecteur dégaina son arme.

— Pour la dernière fois, je vous ordonne de rester où vous êtes.

Il leva son arme, retira le cran de sûreté, le visa dans le dos. Il n'avait encore tiré sur personne depuis la fin de la guerre. Au dernier moment, il baissa le canon pour le diriger vers ses jambes.

— Dernière sommation : arrêtez ou je tire !

Cet homme ne s'arrêterait pas, il en était sûr. Il atteindrait le portail ouvert dans deux secondes et il le perdrait de vue. Un… deux… Il n'osa pas tirer.

L'inspecteur demeura le bras tendu, sa main empoignant le revolver qui visait le rectangle vide de la sortie à contre-jour. Vide. Il se sentit ridicule, se calma. Sa peau était glacée. Oui, il avait froid. Il connaissait cette impression de sueur, des gouttes de sueur qui perlent, froides. La sueur froide comme lorsqu'il avait tué un homme, au corps à corps, dans une tranchée boueuse, il y avait à peine deux ans. Il tenta de se calmer. Pourquoi n'avait-il pas tiré ? Avait-il eu peur ? Par lâcheté ? Non ce n'était pas vraiment ça. Non ce n'était pas pour cela.

C'est la méthode qui l'en avait empêché. Malgré deux secrets de confession avalisés par un curé et un évêque qui l'accusaient, il n'avait pas la moindre preuve tangible contre lui. Peut-être pourrait-il encore aller le chercher, ne serait-ce que pour lui faire peur et sauver son autorité.

Le conduire au commissariat central et l'emprisonner quelques jours, le soumettre à des interrogatoires exténuants et lui appliquer quelque méthode expéditive. Mais Recader s'était dit que vu ce qu'il venait de constater, ce garçon avait beau être aussi pédé qu'on voulait, le menacer ou le torturer ne servirait absolument à rien. Il leur faudrait le tuer. Et il ne mangeait pas de ce pain-là. Il refusait de résoudre ses affaires de cette façon. Il voulait gagner à la loyale. Pas en lui arrachant les ongles.

Le bras encore tendu, il regardait fixement l'encadrement vide de la porte, qu'il visait toujours de façon absurde, lorsqu'il sentit soudain le poids du pistolet dans sa main. Après avoir remis le cran de sûreté, il le rangea à nouveau dans son étui. Puis il s'approcha du banc pour récupérer son carnet et son crayon dont, par chance, la mine n'avait pas été cassée. Troublé, il se dirigea vers la porte de sortie des écuries et décida de retourner à Rius. La nuit allait bientôt tomber et il ne pouvait plus faire grand-chose à Pous. De plus il était de garde au commissariat, ce soir et jusqu'au lendemain, dimanche. Il vaudrait mieux ne pas arriver en retard.

Sur la place, il y avait toujours les mêmes enfants en train de faire rouler trois ou quatre cerceaux, de s'exercer à l'équilibrisme et de dépenser toute leur énergie. Le moteur de l'Opel qui toussait attira leur attention. Un instant plus tard, l'inspecteur Recader suivait la route de Rius contrarié par il ne savait pas très bien quoi. Pour la première fois depuis qu'il avait entrepris cette enquête, il se sentait piégé. C'était comme si on lui avait dicté la fin du roman, mais pas les derniers chapitres pour l'atteindre. Finalement, il trouvait ce Llorenç très sympathique.

D'accord, c'était un pédé, mais c'était aussi un brave garçon. De plus, tout bon criminologue sait que les apparences sont trompeuses et qu'un assassin peut être un immense acteur, parfois parce qu'il sait dompter son esprit et d'autres fois parce qu'il risque sa peau.

Et ce garçon ne lui semblait pas être un assassin. Il n'avait jamais ressenti une certitude aussi forte. Et cependant, il s'était interdit toute pulsion et toute intuition. Il se voulait un policier rationnel et méthodique. Il en faisait sa devise et sa fierté. C'était seulement dans les brumes londoniennes des romans que tout à coup les neurones du détective étaient traversés par une idée lumineuse, une révélation. Il ne voulait pas de ça pour lui. Cependant… il était persuadé que ce garçon n'était pas un assassin ; quelque chose d'irrationnel le lui affirmait.

Par ailleurs, les gens dévoilent leurs pensées les plus sombres dans un confessionnal. Et ce garçon s'était confessé. La voiture négocia les premiers virages des mille vingt-sept qui menaient jusqu'à Rius. Il parla à haute voix pour s'entendre le dire : "Il a confessé l'avoir tué." Tandis que l'Opel avalait le paysage austère de l'Abadia, il le cria plus fort : "Llorenç Costa a confessé l'avoir tué." À travers les vitres embuées du véhicule, il voyait de quelle façon les arbres, qui avaient perdu leurs feuilles, se déplaçaient plus vite à mesure que les virages se fermaient. La nuit tombait rapidement. Il alluma les phares. Le seul qui fonctionnait encore sur ce chemin cahoteux n'arrêtait pas de clignoter. Lorsqu'il prendrait la grand-route tout à l'heure, il y verrait mieux. Juste avant d'y arriver, il imagina que si Agatha Christie avait décrit cette scène, elle y aurait ajouté un point d'interrogation et son détective à moustaches aurait ainsi inversé le sens du roman, comme s'il avait retourné une chaussette. Transformer la phrase en question. Il prononça à voix haute ce qu'il venait d'imaginer pour mieux entendre l'effet que cela ferait : "Llorenç Costa a-t-il confessé l'avoir tué ?" Le bruit de la vieille Opel étouffa à moitié le son de sa voix. Il prononça la phrase encore une fois, bien plus fort, puis une autre fois, et une autre et une autre, comme s'il était devenu fou dans sa voiture, dans l'obscurité, en train de hurler cette question. Il arriva au croisement de la grand-route qui menait à Rius, répétant encore la question. Mais à présent sans y penser, juste se contentant de la prononcer mécaniquement. Il le faisait d'instinct, car son cerveau lui avait incrusté une image dans la tête et ses yeux étaient une caméra. C'était une image nette, un ventre poignardé, plusieurs dizaines de blessures sanguinolentes, les testicules arrachés, le pénis ne tenant plus que par un lambeau de peau. La caméra ne put pas soutenir ce qu'elle voyait et il baissa la tête. Elle cadra un banc de pierre de l'autre côté de la porte, oui, ses yeux recomposèrent cette scène. Il y avait un beau garçon, très beau, qui pleurait, désespéré. C'était Llorenç Costa. Il agrandit le souvenir, l'image, jusqu'à distinguer parfaitement son regard. C'était évident ; ce n'étaient pas les remords qui le faisaient pleurer. C'était la douleur. Une profonde douleur. Il était sur le point d'arriver à Rius. Il freina, se gara près du fossé. La route était déserte. Il inspira longuement, puis se mit à crier, comme un fou, tout seul, le petit voyant rouge lui indiquant simplement que la dynamo ne chargeait pas. Il avait enfin la réponse et il la hurla :

— Non! Non! Il ne l'a pas tué! Pire encore! Il ne s'est jamais confessé.

Le régime du moteur de la vieille Opel augmenta, l'embrayage grinça et les roues dérapèrent.

Lorsqu'il arriva à Rius, il faisait noir, six heures, heure officielle. Il traversa la ville plongée dans l'obscurité, de nombreux lampadaires ne fonctionnaient pas. "C'est la pénurie, la reconstruction, pensait l'inspecteur. Même sans lumière, nous relèverons le pays."

Il entra au commissariat par la cour de derrière, où la voiture serait à l'abri. Certains agents rentraient déjà chez eux. En se dirigeant vers son bureau, il croisa les deux autres inspecteurs qui avaient fini leur service. Il vérifia s'il y avait de la lumière dans le bureau du colonel Fresnos. Non. Ce serait donc lui le commandant en chef du commissariat jusqu'au lundi matin suivant. Il rangea quelques papiers et se dirigea vers la salle commune. Encore tout excité, mais reprenant une allure autoritaire, il salua le sous-inspecteur, le caporal et les deux agents au garde-à-vous. Il donna ses instructions pour la garde de nuit à la guérite. Fermer et mettre en sécurité les cellules, barricader portes et fenêtres, sauf l'entrée principale. Le sous-inspecteur s'occuperait des mains courantes, si c'était nécessaire ; le caporal et les deux autres policiers surveilleraient à tour de rôle l'accès au commissariat. Lui, il resterait dans son bureau, près du téléphone, et ferait de petits sommes entre deux rondes, pour s'assurer que tout allait bien.

Il s'assit sur le fauteuil et continua à imaginer son roman. Il ne dormit pas de toute la nuit.

# 18

## ON ABAT LES CARTES

*Dimanche 24 novembre 1940*

Près d'elle, la flamme du quinquet s'ennuyait, était fatiguée d'attendre inutilement Llorenç qui ne viendrait pas.
Maria était réveillée et la place de son amant était vide.
Inquiète, elle ne pouvait concilier le sommeil, chasser de
son esprit la conversation qu'elle avait eue avec Úrsula,
avant de se coucher. Comme chaque soir, alors que Maria
se brossait les cheveux, la nourrice était entrée pour placer
le pot de chambre sous le lit. Elle ne s'en servait jamais,
mais la nourrice s'entêtait à l'y mettre "au cas où", après
l'avoir rincé avec de l'eau et essuyé avec un chiffon.

Depuis qu'elle était revenue de Rius, elle n'avait plus
eu de nouvelles de Llorenç. Elle avait demandé à Úrsula
si elle l'avait vu. C'était la seule personne de la maison et
du monde avec qui elle pouvait parler de ses transports
amoureux. La nourrice lui avait répondu, en sachant que
cela allait énormément l'inquiéter, mais elle n'avait pas
le droit de lui cacher un tel épisode.

— Non, ma fille, mais l'inspecteur est venu ici pour
te parler. Et comme tu n'étais pas là, il m'a demandé où
il pouvait trouver Llorenç.

— Tu lui as dit où il était ?

— Oui.

— Et où était-il ?

— Ma fille, tu sais bien que le samedi, il est aux écuries.

Maria sentit l'angoisse s'emparer de tout son corps.

— Et tu as accompagné l'inspecteur ?

— Non.

— Úrsula, ne joue pas au chat et à la souris, explique-toi, merde !

La nourrice la sentit tellement à bout de nerfs, qu'elle arrêta son petit jeu.

— Non, je l'ai fait passer par le palier et l'escalier de derrière, pour éviter de faire tout le tour.

— Pourquoi tu ne l'as pas accompagné ?

— Je lui ai juste indiqué le chemin, Maria. Je me suis dit que comme Llorenç était déjà en bas, il pourrait le recevoir sans moi.

— Donc, tu n'as rien vu.

— Non.

— Et ensuite… le policier ou Llorenç sont retournés à la maison ?

— Non, je n'ai vu personne… Llorenç ne s'est pas présenté au dîner.

— Mon Dieu…

Úrsula avait deviné les craintes de Maria. Mais elle avait une bonne nouvelle.

— Il est reparti tout seul.

— Explique-toi !

— Neus m'a dit que Presentació avait vu la voiture de police démarrer sur la place à grand fracas. L'inspecteur était seul et il avait l'air très contrarié. Il n'a emmené personne du village avec lui.

— Tu en es sûre?

— Parce que tu penses que je ne prends pas soin de Llorenç?

La ride de son front se creusa un peu plus, elle cligna des yeux et Maria y décela une lueur. Elle s'approcha d'elle et l'embrassa. La nourrice ne put éviter de fondre en larmes.

— Ma fille, je ne t'avais rien dit pour ne pas t'inquiéter.

— Je me demande comment tout ça va finir. C'est comme si les loups nous encerclaient et qu'ils flairaient notre présence de plus en plus près. Et Llorenç ne saura jamais se défendre.

— Moi, je suis persuadée que quelqu'un tire les ficelles, pour compromettre Llorenç. Si je savais qui…

La nuit fut très froide à la Principal. Maria ne dormit pas. Úrsula ne prit même pas la peine de se coucher. Elle monta en catimini pour aller s'asseoir sur le fauteuil à bascule de M. Andreu et choisit deux coussins bien moelleux pour y attendre le lever du jour. Passer son insomnie dans son lit ou sur le fauteuil à bascule, c'était la même chose. Au moins là, à côté du grand piano à queue, elle était plus près de la gamine. La pauvre avait trouvé un brave garçon avec qui elle aimait partager ses nuits. Une bonne surprise, disons! Mais il était clair que cela ne finirait pas bien. Chaque fois qu'un malheur approchait, le sillon de la ride tordue de son front non seulement se creusait, mais la démangeait. Et voilà déjà deux jours qu'elle sentait cette démangeaison.

Les heures passant, la respiration agonisante de la chouette qui nichait depuis deux mois dans la chambre du haut vous fichait des frissons. Demain, elle demande-rait à Amadeu de la chasser. Un peu plus tard, à la clarté qui se profilait à présent sur le balcon, elle comprit que l'aube poignait. Oui, elle avait déjà fait la poussière sur le piano. À midi, "s'il n'y a aucune catastrophe", elle nettoie-rait la bibliothèque. La gamine n'avait pas fait le moindre bruit de toute la nuit. Et, malheureusement, Llorenç non plus. Elle se pencha en avant pour faire incliner le fau-teuil à bascule et, concentrant toutes ses forces, se leva lourdement de ce siège sur lequel elle ne se serait jamais assise, s'il n'avait pas été le préféré d'Andreu.

Elle descendit à la cuisine en se tenant à la rampe : un de ces jours elle allait trébucher, elle espérait le plus tôt possible, et au revoir. En se dirigeant vers la salle à man-ger du bas, elle s'approcha de la chambre de Llorenç. "Mon Dieu, comment sont les choses… se dit-elle, l'an-cienne chambre de Ricard…" D'un coup d'œil, elle s'aperçut que le lit du garçon était intact. Elle entra dans la cuisine avant Neus. Úrsula n'avait pas beaucoup de qualités, mais elle était toujours la première à se lever.

Lorsque la cuisinière se présenta, peu après, elle faisait déjà une tête de *mater dolorosa*. Personne ne lui avait dit quoi que ce fût, mais l'atmosphère générale laissait pres-sentir qu'il se passait quelque chose de grave avec son fils. À présent que celui-ci commençait à voler de ses pro-pres ailes… Elle avait vieilli dans cette maison, s'y était toujours crue protégée, et brusquement elle avait peur. Elle ne dit rien à Úrsula, car au premier mot elle aurait fondu en larmes.

Lorsque la sonnerie du téléphone retentit, il devait être huit heures. L'appareil se trouvait à la bibliothèque et pour qu'on l'entende sonner dans toute la maison, l'électricien de Pous y avait branché une autre sonnette amplifiée qui faisait un vacarme insupportable. Ernesta, la téléphoniste de la petite centrale de Pous, était prévenue que si la Senyora ne répondait pas, seule Úrsula avait l'autorisation de répondre à sa place. Et comme elle connaissait aussi bien la lenteur de la nourrice que la taille de la maison, elle laissait sonner pendant une heure s'il le fallait. Úrsula se trouvait déjà sur le deuxième palier et elle eut l'impression d'entendre les pas de Maria dans le salon, mais le téléphone continuait à sonner. Elle arriva devant la porte de la bibliothèque de M. Magí et la sonnerie du téléphone résonnait encore. En rentrant, elle aperçut Maria assise devant la petite table où se trouvait l'appareil, le regardant fixement, sans oser décrocher.

— Ma fille, mais que fais-tu. Pourquoi tu ne réponds pas ?

Maria, absente, répondit dans un murmure :

— Je ne veux pas entendre ce qu'on va me dire.

La nourrice saisit le téléphone, en hurlant pour que sa voix passât mieux le long du fil de cuivre :

— Allô, Ernesta.

— Bonjour Úrsula. Tu en as mis du temps… – Elle le lui faisait toujours remarquer. – Tu as un appel du commissariat central de Rius, dit-elle en faisant une pause. Je te le passe ?

— Mais bien sûr, que tu me le passes.

La nourrice savait que cela risquait d'être long et elle dit : "Un appel du commissariat de Rius." Maria prit sa tête entre ses mains et se mit à sangloter. Pendant ce temps, Úrsula entendait Ernesta, qui elle non plus ne faisait pas trop confiance à ces fils, vociférer : "Centrale de Felius, centrale de Felius, tu es là ?... Oui, voilà... Je ne t'entendais pas... Oui, oui..."

— Allez Natalia, la communication est acceptée, tu peux me passer Rius.

Il y eut une suite de bruits bizarres, puis une voix virile résonna en castillan dans le téléphone :

— Allô ? fit-elle. Puis plus fort : Allô ?

— Oui, allô...

— Allô... Allô...

— Oui allô, je vous entends !

— Ici le commissariat de Rius. Je voudrais parler à la senyora Maria Magí Roderich.

— Allô, elle n'est pas là !

— Et qui est à l'appareil ?

— Je suis la seconde, je suis la seconde, dit-elle en rougissant.

— Très bien. Vous allez la voir, ce matin ?

— Bien sûr que je la verrai.

— Alors dites-lui que l'inspecteur Recader du commissariat central de Rius passera à la Principal vers deux heures.

— Comment ? Deux heures, heure du soleil ?... Pas de problème... Mais vous m'entendez ? Bien, bien, pas de problème, je le lui dirai.

Elle conclut la conversation avec un "au revoir" tonitruant et elle raccrocha tout excitée. Avec tout ça, elle avait oublié Maria.

— Cette pipelette d'Ernesta va raconter ça à tout le monde.

— Que lui est-il arrivé ?

— Rien, ma fille, ça n'a rien à voir. Il ne lui est rien arrivé. C'est le commissariat qui nous prévient que l'inspecteur Recader viendra te rendre visite avant le déjeuner. Tu m'entends ?

Les yeux de Maria s'illuminèrent.

— Alors il ne lui est rien arrivé ? Il n'est pas au commissariat ?

La nourrice la prit dans ses bras. Depuis qu'elle connaissait les plaisirs de la chair, cette femme volontaire, déterminée, dure lorsqu'il le fallait, s'était attendrie au point de rester sans défense.

— Calme-toi, Maria. Calme-toi. Llorenç doit être… Peu importe où il se trouve. Il est bien là où il est.

Lorsqu'elle retourna à la cuisine, Neus lui dit à voix basse, comme pour ne réveiller personne :

— Úrsula, mon gamin est enfin rentré.

La nourrice acquiesça de la tête et, tandis que sa ride se lissait un peu, décida de ne rien dire à la gamine, car elle risquait de descendre et de faire tout un drame et qu'il valait mieux pour l'instant ne pas faire de vagues.

Lorsque, à deux heures de l'après-midi de ce dimanche, la sonnette de la porte d'entrée retentit, Úrsula était déjà assise dans l'entrée en train de dodeliner de la tête sur une chaise assortie au porte-parapluie. Elle se leva d'un coup pour aller ouvrir.

Elle se retrouva face à l'inspecteur. Elle trouva qu'il était fatigué, le blanc des yeux un peu rouge. Et elle aurait même juré que c'était la première fois qu'il était venu sans se raser.

— Bonjour, inspecteur.

— Bonjour.

— Je vous attendais. Vous venez voir la Senyora ?

— Oui, Úrsula. Vous voulez bien m'accompagner… demanda l'inspecteur, en sachant parfaitement que cela serait inévitable.

Dans le grand salon, Maria était assise à une extrémité du canapé, son corps appuyé contre l'accoudoir. Elle était belle, élégamment vêtue, les cheveux bien soignés, les jambes gracieusement croisées, une petite jupe plissée de couleur beige et une blouse soulignant sa poitrine harmonieuse. En la voyant aussi apprêtée, plutôt que de faire l'annonce, Úrsula poussa un cri.

— Senyora, l'inspecteur Recader souhaite vous voir.

La senyora Magí esquissa un splendide sourire.

— Entrez, inspecteur, je vous en prie. Je suis très heureuse de vous voir. En réalité, je vous attendais. Asseyez-vous, je vous prie. Oui, dans ce fauteuil, nous serons plus à l'aise pour bavarder. Vous êtes fatigué du voyage ? Nous vous offrons un rafraîchissement ?

La fatigue de l'inspecteur ne lui évita pas d'être surpris. Cette femme possédait une magnifique prestance. Séduisante, pensa-t-il. Peut-être parce que c'est dimanche ? Ou alors pour l'impressionner…

— Non, merci, juste un verre d'eau.

— Inspecteur, vous n'acceptez jamais une quelconque attention de ma part. Úrsula, montez-nous une carafe d'eau fraîche et préparez deux sirops de grenadine.

Elle sourit à l'inspecteur. Décidément, cet homme avait l'air très fatigué.

— Je m'aperçois que vous êtes fatigué, inspecteur. Ou peut-être préoccupé ?

— Merci de vous intéresser à moi, senyora Magí ; en réalité, c'est tout simple. Je suis de garde tout le week-end, au commissariat.

— Vous auriez pu remettre à demain.

— Non, je voulais vous voir aujourd'hui, lui dit-il sur un ton plus grave.

Il n'y avait pas la moindre tension. Chacun jouait tranquillement ses cartes.

Úrsula revint avec un plateau tintinnabulant. Le silence se fit et ils observèrent les gestes plutôt maladroits de la nourrice. Elle posa deux verres vides pour l'eau qui se trouvait dans une carafe en verre et deux autres verres contenant une grenadine très sombre. Maria pensa qu'elle avait dû forcer sur la dose de sirop, comme presque toujours. La nourrice se retira sans que la gamine le lui demande et, profitant de passer près du piano, elle examina le couvercle laqué… Non, il n'y avait pas le moindre grain de poussière.

— Je suis donc à votre entière disposition, monsieur l'inspecteur.

— Je n'en doute pas. Ce que j'ignore c'est si vous êtes dans de bonnes dispositions.

Maria ne perdit pas sa charmante contenance et lui dit d'un ton enjôleur :

— Monsieur l'inspecteur, ne me dites pas ça…

L'inspecteur eut un sourire fatigué et garda le silence. Il but la moitié du verre d'eau par petites gorgées. Puis il le reposa lentement. Il se recula sur son siège jusqu'à toucher le dossier et croisa les jambes. Il tira le carnet et le crayon de sa poche et les posa près du plateau. Puis le rituel d'un interrogatoire auquel il avait réfléchi pendant tout le voyage put enfin commencer. Cette fois, il suivrait la méthode, mais pas l'ordre du commissaire de la traiter avec égard. Il respira profondément pour chasser la tension qu'il cachait depuis son arrivée.

— Senyora Magí. Je suis conscient que vous êtes quelqu'un d'important dans le pays, en plus d'être très belle. Je suis absolument sincère. Vous êtes la continuité d'une famille puissante et d'un nom des plus anciens et prestigieux de la province. Comme vous le savez, je connais également votre parenté avec l'évêque Joan Roderich, qui représente l'autorité la plus importante de Rius.

Le ton était serein, mais il commençait à être moins poli. Maria avait perçu un changement dans la modulation des mots et elle se prépara intérieurement à l'épreuve.

— Je voudrais savoir pourquoi, consciente de tout ce que je vous ai exposé, vous avez osé mentir aussi effrontément à une autorité du régime ? Faut-il que je vous rappelle que vous avez falsifié une information capitale pour éclaircir une enquête sur un assassinat ? Ce motif pourrait être suffisant pour vous passer tout de suite les menottes.

Il s'y prenait bien, pensa l'inspecteur. Il avait trouvé un bon équilibre entre la dureté du contenu et la sérénité des formes. Pour l'instant, il poursuivrait ainsi. Le crescendo serait pour plus tard.

— Non seulement vous mentez, mais vous n'avez pas honte de cacher des détails essentiels. Autrement dit, vous entravez sciemment le travail des autorités de l'État. J'imagine que vous savez que si vous n'étiez pas qui vous êtes, je pourrais vous conduire aujourd'hui même au commissariat, vous retenir le temps qu'il faudrait et vous interroger jusqu'à ce que la mémoire vous revienne, sans compter les problèmes judiciaires que tout cela vous créerait.

Maria tentait de soutenir son air digne, se forçait à maintenir son regard sur lui et, toujours en souriant, elle lui répondit :

— Monsieur Recader, on dirait que vous avez décidé de me faire peur. Je vous avoue que vous y êtes en partie arrivé ; en tout cas, votre accusation est pertinente. Peut-être pourrais-je me justifier en vous avouant que personne n'était encore entré dans cette maison pour mener une enquête sur un assassinat. Et que le premier jour où je vous ai reçu, malgré les apparences, j'étais terriblement impressionnée et je ne savais pas ce que je devais dire ou pas, si je faisais du mal à quelqu'un, si j'étais assez prudente. Malgré ça, j'ai tout fait pour vous aider.

— De la merde, oui, senyora Magí!

Et il la fixa dans les yeux. Oui, à présent il allait durcir le ton.

— De la merde, oui, senyora Magí. Je vous assure que nous n'avons pas gagné cette guerre pour tolérer que les riches se moquent de la loi et des autorités du nouveau régime.

— Si vous devez continuer sur ce ton, je vous prie de vous retirer immédiatement.

— Vous me demandez quoi ? Que je me retire ? Senyora Magí, vous ne savez même pas dans quel monde vous vivez ni la terre que vous foulez. Faites-moi le plaisir d'attendre patiemment les questions que j'ai à vous poser. Et si, car je ne suis pas d'humeur, vos réponses ne me semblent pas pertinentes, je vous conduis au commissariat de Rius.

— Vous n'oserez pas.

L'inspecteur se leva. Il s'approcha d'elle, s'appuya sur l'accoudoir du canapé où elle avait posé son coude et, son visage touchant presque celui de la femme, lui dit :

— Je n'oserai pas ? Mes couilles, oui ! Je vous assure que je le ferai. Et ce sera avec l'accord du commandant du commissariat et des hautes autorités de la province, n'en doutez pas. Et même avec la bénédiction de votre oncle.

Il y eut de longues secondes de silence. Pour elle, c'était presque un plaisir d'avoir ce visage sensuel à quelques centimètres de ses lèvres.

Tentant de masquer son malaise, elle conserva un regard absolument neutre.

— Inspecteur, si vous cessez de me crier dessus, alors j'essaierai peut-être de vous aider et même si vous me le demandez avec un langage aussi ordurier qu'à présent.

Ils étaient face à face. Le vaste espace intensifiait le silence.

Lentement, l'inspecteur regagna son fauteuil. Lorsqu'il se tourna pour la regarder, elle souriait à nouveau. Cette femme n'avait pas perdu un brin de sa superbe.

— Senyora Magí, vous êtes formidable et je ne doute pas que vous ayez de qui tenir, comme dit toujours ma mère. Autrement dit, je sais que vous appartenez à une famille très puissante.

Il s'assit, se mit à l'aise.

— Mais tout ce que je vous ai dit, senyora Magí, n'importe quel autre policier aurait pu vous le dire dans les circonstances actuelles. Vous n'ignorez pas qu'à présent c'est nous qui sommes tout-puissants, que nous avons désormais la possibilité d'aller droit au but. Il est vrai que vous, les riches, êtes protégés par le régime, mais, n'en doutez pas, seulement si vous collaborez. Tout comme j'ai le droit de les proférer, je peux si ça me chante mettre à exécution les menaces que je vous ai faites. Et vous n'imaginez même pas à quel point!

— Je ne voudrais pas vous contrarier, monsieur Recader, mais je crois pouvoir parfaitement l'imaginer.

— Non, senyora Magí, personne ne peut l'imaginer. Sauf ceux qui comme moi font partie de cette machinerie indispensable pour régénérer le pays.

Elle ne répondit pas.

— Senyora Magí, pourquoi m'avez-vous menti à propos de Ricard Nebot en me faisant croire que vous en aviez juste entendu parler, alors qu'en réalité vous avez été témoin du méfait qui a entraîné son expulsion?

— Je ne sais pas, j'avais peur, je ne savais pas ce que vous cherchiez exactement.

— Et à présent vous le savez?

— Je pense, monsieur l'inspecteur.

— Nous parlerons de cela ensuite. Continuez : aviez-vous une autre raison de falsifier votre témoignage?

— Oui, parce que je ne pensais pas que les participants à cette réunion avaient quelque intérêt à en parler.

— Oui, mais au village tout le monde doit le savoir.

— Pas du tout, inspecteur. Je vous le répète. Sur les quatre personnes impliquées dans ce drame, deux sont mortes, et nous, les deux survivants, n'avions aucun intérêt à ébruiter l'affaire.

— Alors si les gens du village ne sont pas au courant, qui me l'a dit?

— L'abbé Salvador.

Le ton était sec. Cela ne surprit plus l'inspecteur.

— Mais puisque ni lui ni vous n'aviez intérêt à l'ébruiter…

— Jusqu'à ce que vous repreniez l'enquête, bien sûr, aucun intérêt.

L'inspecteur commença à se dire qu'il était en train d'ouvrir un autre chapitre d'un des nombreux romans policiers anglais qu'il avait déjà lus. Sans doute celui-ci serait-il moins raffiné, mais ça commençait à devenir intéressant.

— Et lorsque je reprends l'enquête?

Maria sourit.

— Dans un premier temps, il prend peur. Puis il entrevoit soudain une grande opportunité…

La sonnerie du téléphone retentit de façon angoissante et coupa la conversation. L'interruption arrivait au pire moment.

Maria Magí se leva et se dirigea vers la bibliothèque. L'inspecteur la suivit du coin de l'œil. Elle avait un physique à la fois délicat et pulpeux. Il la vit entrer dans la bibliothèque et comprit qu'elle avait décroché lorsque la sonnette s'arrêta.

Il entendait sa voix lointaine : "Je vous le passe tout de suite", "Oui, oui, ne vous inquiétez pas, il est près de moi".

Lorsqu'elle entra le policier s'était déjà levé.

— On vous demande au commissariat.

Le policier n'en fut pas surpris. Ce dimanche, le commissariat était sous son commandement et il avait prévenu le sous-inspecteur qu'il serait à Pous, à la Principal, et que pour toute urgence, la maison possédait le téléphone. Il entra rapidement dans la bibliothèque. Malgré sa hâte, il balaya du regard les murs tapissés de livres de couleur différente dans un ensemble accueillant d'espaces, de tonalités et de volumes savamment agencés. Le téléphone se trouvait sur une petite table, près d'un fauteuil anglais pensé pour qu'on y passe des heures de lecture. Il ne s'y assit pas.

— Allô.

— Monsieur l'inspecteur, Márquez à l'appareil. Le commandant Fresnos a appelé en demandant après vous.

— Vous lui avez dit où j'étais ?

— Non, monsieur. Il ne me l'a pas demandé.

— Très bien. Dites-moi ce qu'il voulait, Márquez.

— Oui, monsieur. Il m'a juste dit que demain matin, lundi, il désirait vous voir à huit heures cinq. "Avant toute autre chose", a-t-il insisté.

— C'est tout, Márquez ?

— Oui, monsieur, à part ça la journée est très calme. Rien de nouveau.

Pensif, il raccrocha. Puis il continua à penser, pas tant à sa conversation téléphonique, qu'à la découverte de ce magnifique repaire. Depuis plusieurs jours la Principal était devenue pour lui une espèce de boîte à surprises, mais cette pièce l'avait vraiment impressionné. Elle était démesurée, comme la moitié du grand salon ou même plus, tapissée de livres du sol au plafond. Avec quatre échelles mobiles. Une pour chaque mur, permettant d'accéder aux rayonnages les plus élevés. Il se dirigea lentement vers la porte de sortie. Il comprit que c'était une porte car il avait aperçu la serrure, mais en réalité, on avait maroufllé sur toute la partie supérieure une lithographie représentant un garçon avec une corbeille de fruits. Cette maison était vraiment curieuse. Et cette peinture aussi. Elle avait l'air tout à fait innocente et cependant dégageait quelque chose d'inquiétant.

— Un problème, inspecteur?

— Pas du tout. Poursuivons, senyora Magí. Vous étiez en train de me dire que lorsque l'abbé Salvador a appris que l'enquête était rouverte, il a entrevu une opportunité unique… Pourquoi donc?…

— Je suppose que c'était pour se débarrasser de son sentiment de culpabilité et de danger, qui le poursuivait depuis quatre ans.

L'inspecteur écoutait Maria Magí, émerveillé. Voilà que tout ce qu'il avait imaginé la veille, au prix d'une nuit blanche, cette femme le lui offrait à présent sur un plateau. Il commençait à se sentir fasciné.

— Je ne suis pas certain de bien comprendre ce que vous insinuez, senyora Magí, mais si c'était le cas, cela signifierait que vous savez quelque chose que personne ne m'a encore expliqué. C'est bien cela?

— Oui, c'est bien cela. Je possède la clé qui peut orienter cette affaire dans une direction tout à fait différente… et très intéressante.

— Intéressante?

— Pour une vocation de criminologue, comme la vôtre, si je ne me trompe…

L'inspecteur se sentit un peu trop flatté et il se montra à nouveau méfiant.

330

— Et je pourrais savoir quelle est la clé qui nous ouvrira la porte de tous les secrets ?

La Senyora ne releva pas son ironie. Sentir son triomphe tout proche était bien plus passionnant pour elle.

— C'est très simple, inspecteur. L'amant de Ricard n'a jamais été Llorenç Costa. Cet homme trouvait agréable de batifoler avec un jeune garçon de quinze ans, au corps ferme, qui le soulageait. Mais en vérité Ricard était l'amant d'un autre homme, bien plus protégé et malin, plus discret et plus dangereux aussi : vous voyez de qui je veux parler ? J'en suis persuadée, monsieur Recader, vous savez très bien de qui il s'agit : l'abbé Salvador. Il n'y a pas d'autre secret que celui-là. Un secret jamais percé jusqu'à présent. Mais moi, je n'hésiterai pas à le divulguer, si c'est nécessaire.

— Vous êtes absolument certaine de ce que vous avancez, senyora Magí ?

— Absolument, inspecteur. On ne peut plus certaine, car j'ai été témoin de la dispute qui a éclaté entre le père Salvador et Ricard lorsque ce dernier est allé rassembler ses affaires dans sa chambre, le même jour où ma mère l'a renvoyé. Lui mendiant sexe et amour, l'abbé était on ne peut plus catastrophé.

— Explicitement ? Je veux dire, c'est précisément ce que vous avez entendu ?

— Je pourrais même vous l'écrire. J'étais terrorisée, mais j'écoutais derrière la porte et j'ai entendu explicitement parler de sexe et de prétendus sentiments.

— Et Ricard répondait à... ses requêtes... si je puis dire ?

— Absolument pas. Il lui a dit de tout!

— Ricard est parti cette nuit-là?

— Oui, en France. D'après ce que je sais il avait un frère là-bas et il a trouvé refuge chez lui.

— Vous savez s'il est revenu ici?

— Oui, bien sûr. Mais il n'a osé le faire qu'après le décès de la Vieille… pardon, de ma mère. On l'appelait ainsi.

— Je sais. Et vous, vous avez été prévenue?

— Le lendemain où il a traversé les Pyrénées.

— Et vous n'avez rien fait?

— Pourquoi aurais-je fait quelque chose?

— Écoutez, je ne voudrais pas mettre vos paroles en doute, mais il existe une vérité que tout le monde connaît : vous haïssez l'abbé Salvador.

Maria s'appuya au dossier du canapé.

— Avant, disons plutôt que je le trouvais répugnant. À présent, c'est vrai, je le hais. Ou les deux à la fois.

— Et c'est pour cette raison, parce que vous connaissiez tous ces secrets que vous lui avez monté ce petit numéro, le jour des funérailles de la senyora Roderich?

— On vous a raconté cela aussi? Eh bien oui. Je ne pouvais pas supporter toute cette hypocrisie. Je l'avais vu hurler contre Ricard, se servir de la rhétorique du catéchisme pour fustiger ce malheureux, alors qu'en réalité il s'agissait de jalousie et de sexe.

— Ou peut-être est-ce le "mystère de la chose" qui vous a troublée… sourit l'inspecteur, à nouveau détendu.

— On vous a aussi raconté ça? dit-elle en éclatant de rire. Mon Dieu, quel village de cancaniers. La vérité est que moi, je n'avais rien remarqué, et donc je suis incapable de vous décrire les sentiments qui bouillonnaient à l'intérieur de la sorcière. Mais, malgré ça, Úrsula me jure qu'elle a vu les fantômes, les serpents, des blancs, des noirs, pénétrer à l'intérieur de moi… Foutaises. Mais il est vrai qu'on a dû voir ma colère brusquement déborder… Je suis désolée, parce que, sincèrement, ce que j'ai dit à l'abbé, là-bas, devant tout le monde, je n'aurais jamais cru en être capable.

— Très bien. Toutes ces affabulations que vous êtes en train de me raconter ont pour seul but d'innocenter Llorenç. Et pour arriver à vos fins vous seriez prête à aller répéter au tribunal tout ce que vous venez de me dire, n'est-ce pas?

— Absolument, monsieur l'inspecteur. Au tribunal et partout où cela sera nécessaire. Mais ne vous inquiétez pas, on ne vous laissera pas aller jusque-là.

— Si je le décide, vous verrez que oui.

Maria le regarda un instant, sans doute en se demandant si elle avait devant elle un téméraire ou un doux rêveur. Comme si elle voulait résoudre ce dilemme, elle lui demanda :

— Inspecteur, puis-je vous poser quelques questions à mon tour?

— Au point où en est le roman, je pense même que je n'attends que cela.

— Vous devez vous souvenir que lors de notre première rencontre vous m'avez demandé, de but en blanc et sans raison, si je voyais toujours mon oncle, l'évêque.

— Je m'en souviens parfaitement.

— C'est juste une intuition, et vous savez que chez les femmes l'intuition est à peu près la seule chose qui fonctionne bien, comme vous dites. Est-ce que l'évêque est l'instigateur de la réouverture de l'enquête?

Recader sentit une sorte de démangeaison dans ses mains. Décidément, la senyora Magí était d'une perspicacité impressionnante.

— Non, senyora, l'instigateur, comme vous dites, c'est moi. Mais j'avoue que vous avez du nez, car au bout de quelques jours et sous un prétexte quelconque, lors d'une rencontre fortuite… ou peut-être pas, votre oncle a approché mon commissaire et ils ont comme par hasard évoqué le cas de la Principal. Après cette conversation avec mon commandant, votre oncle l'a invité à l'évêché et là, il a fait quelque chose qu'on pourrait qualifier au minimum de très étrange et qui, soit dit en passant, a conditionné toute l'enquête. Ainsi que moi.

— Je n'arrive pas à imaginer quoi, mais je le sais capable du pire.

Voilà un bon moment que l'inspecteur rendait des comptes. Il n'avait aucun intérêt à lui dire tout cela, mais pas davantage à le lui cacher.

— Votre oncle, l'évêque, a reçu l'abbé Salvador en confession et celui-ci lui a expliqué, pendant le sacrement, qu'il avait reçu la contrition d'un jeune qui s'accusait d'avoir commis l'assassinat d'un homme, exactement à la date qui nous intéresse.

— Mon Dieu! Mais ce sont des monstres!

— Oui, pour nous qui croyons en l'Église, il nous est difficile d'assumer que, même si c'est pour aider la justice, deux de ses membres éminents trahissent leur devoir canonique qui consiste à conserver le secret de la confession.

— Non, monsieur l'inspecteur, ce n'est pas pour cette raison qu'ils sont des monstres. Ces gens sont tout simplement des immoraux qui prétendent avoir l'immense pouvoir de contrôler la moralité de chacun. Et ils se servent de ce pouvoir pour se protéger mutuellement, en pratiquant une abjecte répression, tandis qu'ils s'adonnent à leur propre débauche et éliminent tout ce qui se dresse sur leur chemin.

L'inspecteur était encore en train d'évaluer la pertinence de ce que lui affirmait cette femme, lorsqu'elle poursuivit :

— Inspecteur, sincèrement vous croyez… Bien, est-ce que vous croyez que l'évêque a rompu le secret de la confession pour vous aider, vous et la justice ?

— Et vous, senyora Magí, le croyez-vous ?

Il se dit qu'il aurait aimé l'appeler Maria, ne serait-ce qu'une fois.

— Bien sûr que non, absolument pas.

— Et alors ?

— Ils doivent avoir eu une bonne raison pour s'être engouffrés dans cette faille qui leur a permis d'accuser un pauvre malheureux.

— Et si ce pauvre malheureux était vraiment l'assassin ?

— Mais vous ne croyez pas vous-même qu'il soit l'assassin.

— Qu'est-ce qui vous permet d'affirmer ça ?

— Cette conversation que vous avez avec moi.

L'inspecteur sourit. Elle était courageuse, oui, et habile.

— Peut-être. Mais j'aimerais bien savoir pour quelle raison vous vous escrimez à défendre ce fameux Llorenç.

— Ah, inspecteur, vous, les hommes, avez parfois votre pouvoir de perception bien ramolli. Vous ne l'avez pas encore deviné? Llorenç est mon amant, mon homme, dit-elle en regardant l'inspecteur avec un grand sourire, presque provocateur. Je vous ai sans doute surpris! La Senyora de la famille Roderich en train de s'envoyer en l'air avec un pédé? Eh bien, c'est ainsi, monsieur Recader, je suis amoureuse. Voilà pourquoi je défends cet homme, dont le seul délit est de posséder un corps magnifique. Et d'être homosexuel… du moins, partiellement homosexuel.

— Senyora Magí, je n'ai pas à juger vos sentiments. Mais ce que vous me dites ne confirme en aucun cas qu'il soit ou ne soit pas coupable.

Ils conversaient à présent de façon passionnée. Les deux verres de grenadine étaient toujours pleins et encore plus rouges que tout à l'heure.

— Vous imaginez que Llorenç puisse être coupable? Vous le voyez capable de tuer un homme et de cette façon?

L'inspecteur sourit.

— Je dois encore terminer l'interrogatoire que j'avais commencé avec lui.

Maria ne répondit pas sur-le-champ. Pendant un dixième de seconde, elle se dit que le moment était peut-être venu de tout miser sur une seule carte.

— Voulez-vous que je le fasse venir?

L'inspecteur Recader pensa qu'elle était en train de fanfaronner. Qu'elle n'oserait pas le faire.

— Vous pouvez le faire venir? Vous pensez qu'il vous obéira? demanda-t-il sur un ton moqueur.

Elle fit mine de se lever, le regarda dans les yeux et lui répondit :

— Nous sommes encore à la Principal, inspecteur.

Et elle se leva. L'inspecteur Recader l'entendit descendre l'escalier, puis plus rien. Plusieurs minutes s'écoulèrent. L'inspecteur réalisa combien cette femme lui plaisait. Une femme solitaire, courageuse, sachant défendre sa maison, son homme, sans dépendre de qui que ce soit. Elle était tombée amoureuse d'un pédé, bref, un demi-pédé comme elle disait. Il est des amours qui tuent et celui-ci devait certainement en être un, mais il fallait reconnaître qu'elle avait le courage de prendre des risques, malgré les dangers consciemment encourus. Dans le fond, cela n'était pas son problème. Cependant, cette femme méritait une attention particulière…

Lorsqu'ils pénétrèrent tous les deux dans le salon, l'inspecteur comprit qu'effectivement ils étaient à la Principal. Llorenç marchait devant et il avait l'allure d'un fantôme. Comme si on lui avait aspiré l'âme. L'inspecteur ne bougea pas de son fauteuil, au bout du compte il regrettait que ce malheureux lui soit sympathique. Il n'eut pas de mal à le regarder méchamment, il lui suffisait de le considérer comme son rival envers cette femme. Lorsque Llorenç s'approcha de lui, il regarda l'inspecteur sans le voir et lui dit d'une voix abattue :

— Inspecteur, je vous présente mes excuses pour mon comportement d'hier. J'ai perdu le contrôle de moi-même et, si vous l'aviez voulu, vous auriez pu me tuer. J'étais tellement en rage que je ne l'aurais même pas senti. Pardonnez-moi.

— Bien sûr que vous l'auriez senti, monsieur Costa. Asseyez-vous, demanda-t-il sèchement.

C'était un ordre.

— Monsieur Costa, hier vous m'avez désobéi à plusieurs reprises et si vous êtes encore vivant aujourd'hui devant moi, c'est que Dieu n'a pas voulu que je vous tire dessus. Je veux également vous préciser que si je suis ici encore aujourd'hui, c'est parce que, malgré quelques indices que vous ignorez et n'imaginez même pas, je ne vous juge pas d'avance. Mais il existe des preuves sérieuses qui indiquent que vous pourriez être l'auteur de l'assassinat de M. Nebot. Voilà pourquoi je veux vous interroger dans les règles, car au point où nous en sommes, il n'y a que vous qui puissiez vous innocenter. Si vous répondez et si vos arguments sont recevables, je vous aiderai.

L'inspecteur continuait à parler à Llorenç, mais son regard était dirigé vers Maria.

— Vous devrez m'expliquer de nombreux points et même m'avouer des éléments plus intimes et douloureux. Si vous le voulez, je peux demander à la senyora Magí de se retirer pour ne pas influencer ce que vous aurez à me dire, je suis persuadé qu'elle le comprendra.

Llorenç fit non de la tête et, tendant le bras, il serra la main de Maria dans la sienne.

— Inspecteur, j'aimerais qu'elle puisse rester. J'ai plus de la moitié de ma vie cachée et cela est en train de devenir un vrai calvaire. J'ai bien peur que si je ne parle pas…

— Très bien. À votre aise, dit l'inspecteur avant de commencer une nouvelle feuille de son carnet. J'irai droit au but. Vos relations sexuelles avec Ricard, quand ont-elles débuté ?

— J'ai commencé à travailler avec les hommes à l'âge de quatorze ans. Il était le contremaître et il me commandait. Il m'a tout de suite pris en sympathie. Il me faisait travailler, mais il me respectait. Et au bout de quelques mois…

— Il vous a forcé, la première fois ?

— Non, monsieur, jamais.

— On peut donc dire qu'il s'agissait de relations consenties ?

— Oui, monsieur, consenties et agréables, dit-il sans la moindre affectation.

— Il n'y a jamais eu le moindre différend entre vous…

Llorenç le coupa.

— Elles ont toujours été consenties et agréables.

L'inspecteur se dit que la répétition n'allait pas dans son sens.

— Ainsi, lorsque la senyora Magí vous a surpris ensemble, il y avait déjà plusieurs mois que vous aviez une relation.

Llorenç fit oui de la tête.

— Pendant tout le temps que vous vous voyiez… intimement, est-ce que M. Nebot vous a dit qu'il avait des relations avec un autre homme du village ? A-t-il fait des blagues du genre "tiens celui-là a l'air de boiter" ?

— Non. Jamais. Il a toujours été discret.

— Autrement dit vous ne pouvez pas confirmer le témoignage de la senyora Magí, selon lequel M. Ricard retrouvait le curé du village pour avoir des relations sexuelles avec lui.

— Non, monsieur.

— Après cette soirée et avant l'assassinat, vous avez revu M. Nebot?

Llorenç regarda un instant la main qu'il serrait dans la sienne.

— Oui.

— Vous pouvez m'expliquer comment et quand cela s'est-il passé?

— À la mort de la senyora Roderich, Ricard est revenu travailler à Rius. Il avait peur que Maria ou les habitants lui compliquent la vie s'il rentrait au village. Au bout d'un moment, il m'a envoyé une lettre pour me demander si l'on pouvait se voir.

— Et vous avez gardé cette lettre?

— Non, monsieur, je l'ai déchirée, comme toutes celles qu'il m'a écrites depuis la France.

— Vous vous êtes rencontrés à Rius?

— Non, on se retrouvait dans la cabane du Coteau aux magnolias.

— Pourquoi là-bas?

— Parce qu'on n'a pas besoin de passer par le village pour s'y rendre. Moi, avec mon travail, je ne pouvais pas partir. Et de toute façon, je n'avais pas les moyens de le faire. Lui ne travaillait pas le dimanche et il gagnait plus que moi.

— Vous avez encore eu des relations?

— Oui.

— Régulières? Longtemps?

— Oui.

— Quelques jours avant son assassinat aussi?

— Oui.

— Combien de jours avant?

— Le jour même.

L'inspecteur, qui notait sur son carnet à mesure qu'il posait les questions, leva lentement la tête. Il se dit que c'était le moment crucial.

— Et aussi au Coteau aux magnolias ?

— Oui.

— Monsieur Costa, pourriez-vous m'aider un peu. Vous me répondez par monosyllabes. Et il faut que je vous tire les vers du nez. Vous pouvez me dire si vous avez eu des relations la dernière nuit et si vous avez eu ensuite une conversation qui puisse nous fournir un quelconque indice ?

— Nous avons eu des relations. Nous en avions toujours, puis nous passions un moment ensemble dans la cabane, à bavarder enlacés. C'était notre repaire. Ce jour-là, il m'a dit qu'il allait se rendre au village car il avait rendez-vous. Moi, j'ai eu peur et je lui ai demandé si c'était prudent que les gens le voient. En fait, je lui ai demandé de ne pas y aller. Il a essayé de me rassurer en me disant qu'il s'y rendrait tard, lorsque la nuit serait tombée. Mais j'étais inquiet et je lui ai demandé ce qu'il avait à faire de si important pour se mettre ainsi en danger. Et finalement, devant mon insistance, il m'a expliqué qu'il devait régler une affaire avec l'abbé. D'abord, je me suis tu, mais j'avais peur que quelqu'un le surprenne et j'ai continué à insister pour qu'il n'y aille pas. À ce moment-là, je ne savais pas encore que… C'est alors qu'il m'a expliqué qu'avant d'être avec moi, il s'était passé quelque chose entre lui et le curé et qu'il devait lui parler. Que peu après son retour, l'abbé l'avait cherché partout et avait fini par le trouver à son travail et que, à partir de ce moment-là, il ne l'avait plus laissé en paix. Qu'il voulait rompre une bonne fois pour toutes, parce que l'abbé lui parlait de façon menaçante. Il m'a dit qu'il lui faisait une sorte de chantage pour qu'il couche avec lui.

— Vous l'avez vu partir?

— Bien sûr. Nous sommes restés ensemble jusqu'à ce qu'il fasse presque nuit et lorsque nous sommes descendus vers le village, on n'y voyait déjà presque plus. Il a dit qu'il attendrait minuit ou plus tard et moi j'ai pris le chemin de la Principal. À toute vitesse avant que ma mère ferme la porte, car les battants sont très lourds et je l'aide tous les soirs. Nous nous sommes séparés à ce moment-là.

— Vous l'avez revu, cette nuit-là?

— Non, je l'ai revu… de bon matin. Amadeu est venu me chercher pour que je lui donne un coup de main avec un sac qu'on avait laissé sur un des bancs de pierre, à la droite de la porte. Et…

La voix de Llorenç se défit. À présent, c'était la main de Maria qui pressait la sienne.

— Le reste, je le sais, monsieur Costa. Je n'ai pas besoin que vous me le détailliez. Vous avez parlé à l'abbé Salvador, ce jour-là, vous l'avez rencontré?

— Non, monsieur, pas ce jour-là. Ensuite, il a disparu je ne sais où jusqu'à la fin de la guerre.

— Très bien, monsieur Costa. Merci. Vous m'avez fourni une aide précieuse. Quelqu'un peut témoigner que vous avez bien dormi à la Principal, cette nuit-là?

— Oui. Ma mère et Caterina.

— Quelqu'un d'autre, à part la famille?

— Personne d'autre.

— Donc, ça ne servira pas à grand-chose. Qui d'autre possède les clés de la maison ?

— Amadeu et je suppose… la senyora Magí.

Maria acquiesça de la tête.

— Très bien, monsieur Costa, nous avons fini.

Llorenç se tourna vers Maria. Il la regarda intensément comme pour lui demander pardon. Elle comprit qu'il se passait quelque chose parce que son regard s'assombrit.

— Non, ce n'est pas fini, monsieur l'inspecteur, dit Llorenç.

L'inspecteur eut une moue interrogative, il le regarda posément et croisa à nouveau les jambes tout en rouvrant le carnet qu'il venait de refermer. Il attendit quelques secondes, émerveillé par le scénario qu'on lui servait. Pour sûr que le détective belge allait être jaloux.

— En revenant de la guerre, j'aurais dû subir des représailles. Ce n'était pas que je fusse très mouillé, mais j'avais été au front du côté de la République… et peut-être qu'auparavant je m'étais un peu trop fait remarquer également. Vous voyez ce que je veux dire.

L'inspecteur s'efforça de ne bouger aucun muscle de son visage. Bien sûr qu'il voyait.

— Lorsque la guerre a été finie et qu'il ne m'est rien arrivé de mal, je me suis d'abord dit que j'avais eu de la chance. Ensuite, j'ai commencé à comprendre que sans la protection de la Senyora… de Maria… il n'y aurait pas eu de chance. Le fait que je sois revenu juste les premiers jours après la fin de la guerre m'a sauvé, car d'autres qui ne s'étaient pas fait remarquer autant que moi le paient encore.

Llorenç regardait Maria. Son instinct lui disait qu'il valait mieux ne pas regarder l'inspecteur en abordant ce genre de sujet. Il ne faudrait pas qu'il pense qu'il était en train de le provoquer.

— Dès que Maria est revenue de France, elle nous a réunis tous les trois, ma mère, Caterineta et moi, pour nous remercier d'avoir veillé sur la maison. Elle nous a dit de ne pas nous en faire, qu'elle nous protégerait du mieux qu'elle pourrait. Mais en me regardant dans les yeux, elle a ajouté qu'il fallait surtout ne pas lui compliquer les choses.

Il continuait à observer sa compagne :

— Pour être loyal avec elle, pendant cette première année, je n'ai pas arrêté de donner des preuves d'adhésion au nouveau régime et j'ai tenté de ne pas créer de problèmes. Mais il est toujours resté une zone d'ombre : la relation avec l'abbé. Moi, je ne voulais pas mettre les pieds à l'église et, comme vous pouvez l'imaginer, ça n'était pas seulement pour des raisons de foi. Je savais que le curé avait participé à l'expulsion de Ricard du village, autrement dit qu'il connaissait l'existence de notre relation. Et c'est pour cette raison que je m'en méfiais. Par ailleurs, j'étais pratiquement certain que c'était la dernière personne qui l'avait vu... Oui, j'avais peur de lui... et je le haïssais.

Il tourna la tête vers l'inspecteur.

— Vous savez parfaitement que si aujourd'hui vous n'allez pas à la messe, vous ne vous confessez pas, ou vous ne communiez pas devant tout le monde, vous vous faites mal voir par le curé. Vous devez également savoir qu'ici, dans les villages, lorsque vous avez besoin d'un quelconque document, on vous demande un certificat de bonne conduite avant de vous le délivrer et si le curé ne vous le fournit pas, vous êtes fichu. Ma mère et ma sœur n'ont pas arrêté de me dire d'aller à l'église, d'assister à la messe et de me montrer en train de communier. Il nous fallait aider la Senyora qui nous protégeait et méritait que la Principal soit exemplaire aux yeux du nouveau régime. Un jour, j'ai appris que le curé confessait les fidèles, et j'y suis allé pour faire plaisir à ma mère et à ma sœur. À peine m'étais-je agenouillé dans le confessionnal que l'abbé Salvador me dit d'une voix agréable qu'il était très content de me voir là, comme s'il me connaissait déjà, que ça faisait très longtemps qu'il m'attendait. J'ai confessé quelques péchés pour obéir à ce qu'elles m'avaient demandé, mais lui n'arrêtait pas de me poser des questions sur mes parties intimes, et tout en faisant le signe de la croix pour m'absoudre, il m'a demandé de lui rendre visite chez lui.

— Et vous y êtes allé ?

— Bien entendu.

— Pourquoi bien entendu ?

— Vous devriez le savoir. Parce que juste quelques jours après la fin de la guerre, comme maintenant, si le curé… sait que vous êtes en faute et qu'il veut vous faire mal, vous êtes perdu.

— Et que s'est-il passé ?

— Je suis allé au presbytère. Au début, il a été très aimable. Mielleux et aimable. Très vite, il a évoqué ma relation avec Ricard, en m'assurant qu'il ne dirait jamais rien de nos péchés. Il ne soupçonnait pas que je connaissais les siens… ce salopard ! Ensuite, il a commencé à insinuer que quand il était jeune, au séminaire, il avait eu quelques petites expériences… Bien, je voudrais éviter tout ce tas d'insinuations scabreuses… À la fin, il m'a dit que, si je voulais, il pouvait me procurer le même plaisir que Ricard.

— Monsieur Costa, j'imagine que vous comprenez que ce que vous dites là est très grave, et capital. Vous l'avez revu ? Vous avez eu des relations avec lui ?

— Non, je n'ai pas eu de relations. Et je ne suis pas retourné à l'église pour le voir. Il me dégoûtait.

— Très bien, tout ce que vous venez de me dire, vous seriez capable de le répéter devant un tribunal ?

— Si on ne me tue pas d'abord, oui, monsieur.

L'inspecteur eut un sourire protecteur et, tout en refermant son carnet, lui confirma :

— Personne ne vous tuera Llorenç. Fort bien. Merci.

L'inspecteur venait de faire un signe de la tête à Maria, comme pour lui dire que le pire était passé, lorsqu'il entendit que le garçon réclamait à nouveau son attention.

— Je n'ai pas fini, monsieur l'inspecteur, répéta Llorenç.

L'inspecteur le regarda attentivement, ce n'était pas qu'il fût fâché contre le garçon, mais il était évident qu'il y avait à présent un bon moment qu'il ne dominait plus la situation, et cela le gênait énormément. Il s'installa à nouveau sur son siège et d'un geste de la main encouragea Llorenç à continuer. Le silence était dense, puis sa voix résonna brusquement :

— Hier j'y suis allé. Chez l'abbé.

Le temps se suspendit. Puis l'inspecteur recommença à respirer.

— Hier ? Et vous pouvez me dire ce que vous êtes allé y foutre ?

— Lui dire que s'il ne témoignait pas contre moi, il pourrait me prendre.

— Et… il vous a pris ?

— Non. Nous avons rendez-vous après-demain.

Silence. Maria le regardait d'un air incrédule, mais déterminé. Tout d'un coup, elle lança :

— Tu n'en auras pas besoin, Llorenç, tu n'en auras pas besoin.

Lluís Recader se dit que cette fois la senyora Magí n'avait pas raison.

19

## ON CASSE LE JEU

*Dimanche 24 novembre-*
*lundi 25 novembre 1940*

Lorsque l'inspecteur se présenta au commissariat, ce dimanche, fatigué mais décidé à prendre le commandement du service de nuit, il était complètement bouleversé : il sentait que le roman qu'on lui faisait vivre allait avoir une fin très ambiguë. Nul besoin de trop se creuser la tête, les probabilités étaient plutôt simples à énumérer. S'il acceptait la version de Llorenç Costa, et il avait de bonnes raisons de le faire, la culpabilité retombait sur le curé. Mais emprisonner un religieux sous ce régime politique était impensable et plus encore sans éléments matériels. Il ne possédait que les témoignages d'un pédé, de la mère de celui-ci et d'une femme tombée amoureuse de ce pervers. Cela ne le mènerait nulle part. S'il persistait dans cette idée, il lui faudrait prendre des précautions. La première : se montrer d'une discrétion totale. La seconde : s'il décidait de donner un coup, il fallait qu'il fût mortel, définitif, comme la morsure d'un serpent venimeux. Mais pour cela, il fallait des preuves irréfutables. Il n'y avait qu'une seule façon de les trouver.

Les chercher dans la tanière du présumé assassin, au presbytère lui-même. C'était impressionnant rien que d'y penser. Il était sûr qu'avec une bonne perquisition dans les règles, il les trouverait. Le malfaiteur s'y sentait tellement protégé qu'il avait dû laisser traîner plusieurs éléments révélateurs. Mais c'est à ce moment-là qu'il serait lui-même en danger. En ces temps d'après-guerre, il suffisait de donner un grand coup de pied dans la porte de n'importe qui pour pénétrer dans son appartement, mais il était impensable de le faire chez le curé. Il faudrait demander l'aval d'une autorité supérieure qui refuserait de se mouiller devant une affaire aussi scandaleuse. La demande remonterait de bureau en bureau jusqu'au gouverneur civil qui ne donnerait jamais le feu vert avant d'avoir négocié avec l'évêque. Non. Il serait forcé de s'introduire chez lui sans crier gare, tout seul, par surprise. Il ne se concentrerait que sur deux preuves : les traces de sang et le couteau ou la lame avec lesquels l'abbé avait massacré ce pauvre Ricard. Et s'il ne trouvait rien ? Eh bien, ça ruinerait sa carrière. Et s'il trouvait des indices ? Ça la lui ruinerait également. Il ne s'endormit pas avant le petit matin.

Lorsqu'il se réveilla, il avait encore la cervelle embrumée par les spéculations de la nuit. Il s'était assoupi sur son fauteuil en cuir et tout son corps était courbatu. Il se redressa pour regarder l'horloge. Il était huit heures moins le quart. Il alla faire sa dernière ronde avant l'arrivée des policiers du matin et s'aperçut que le bureau du commissaire Fresnos était déjà allumé. Il se dit que son supérieur avait dû le convoquer pour un motif très important. Trop important, peut-être. Il s'y rendit directement.

Jusqu'à présent, le commissaire avait toujours cru en lui. Voilà un an que dans ce commissariat les seules investigations ou actions importantes consistaient à débusquer les "rouges", les séparatistes, les anarchistes et les républicains de sensibilité politique trop raffinée. Mais à présent qu'on lui avait confié une affaire typiquement criminelle, une investigation au sens noble du terme, et que ses supérieurs lui avaient fait une confiance aveugle, les choses étaient en train de se gâter et risquaient de mal tourner.

Pourquoi voulait-il donc le voir ? En réalité, le colonel Fresnos savait très peu de choses sur cette affaire et ses conséquences. Le dernier rapport qu'il avait lu datait de plusieurs jours. Avant d'entrer, il tâta la poche de sa veste. Par chance, il avait le carnet sur lui, au cas où on lui aurait réclamé un détail pointu. Il frappa à la porte et perçut la voix rocailleuse du commissaire.

— Entrez.

La puanteur des Ideales était insupportable. D'habitude, le commissaire en chef ne fumait pas le matin, mais aujourd'hui l'épaisse fumée avait envahi toute la pièce. Il le reçut en fouillant dans ses dossiers… Il n'avait pas l'air contrarié.

— Asseyez-vous, asseyez-vous, Recader, et fermez bien la porte.

"Ça, c'est un signe", se dit l'inspecteur.

— Un instant, je vous prie. Nous avons besoin de bavarder longuement et je voudrais d'abord ranger ces dossiers qui m'embarrassent.

L'inspecteur s'assit, ouvrit son carnet et croisa les jambes, en attendant. Son attitude était si normale qu'il eut l'impression d'avoir dernièrement pris l'habitude de croiser les jambes. Avant, il ne l'aurait jamais fait. Peut-être avait-il besoin de manifester le calme qui lui faisait tant défaut.

Lorsque le commissaire Fresnos eut terminé avec ses papiers, il débarrassa un angle de sa table de travail pour allonger ses jambes et y poser les pieds. Il fit craquer les articulations de ses doigts. Il avait l'air sûr de lui.

— Bien, Recader, nous devons avoir une longue conversation, car je voudrais savoir où en est exactement l'affaire Roderich. Avant toute chose, pourriez-vous me résumer la situation.

L'inspecteur se détendit : finalement il s'agissait d'une réunion normale ; seul l'étonna le fait que l'affaire de la Principal soit soudain devenue l'affaire Roderich. Il tira son carnet de la poche, mais ne l'ouvrit pas, il savait par cœur tout ce qu'il avait à dire. Il s'efforça de s'exprimer dans un langage châtié.

— Monsieur le commissaire, nous sommes devant un cas délicat et un scénario bien plus complexe que nous ne l'avions prévu. Comme vous le savez, l'enquête reposait sur une information qui, bien qu'elle ne fût pas exploitable d'un point de vue judiciaire, nous menait directement à un suspect en la personne de Llorenç Costa. J'ai concentré tous mes efforts à prouver la culpabilité de ce M. Costa en me basant sur un secret de confession qui aurait dû nous permettre d'obtenir des résultats rapides et définitifs. Mais si cette information semblait être au début un avantage, elle s'est vite révélée inopérante et m'a juste permis de démasquer un pédé. Cependant, tout au long de l'enquête, différents petits indices ont commencé à faire surface, d'autres alternatives. Et ces…

— Eh, Recader, je vous ai demandé un résumé. J'ai confiance en votre talent d'enquêteur, je suis persuadé que vos méthodes ont été les bonnes. Vous êtes en train d'insinuer que notre premier suspect, ce sodomite, n'est pas le coupable, n'est-ce pas ?

— J'ai bien l'impression que non, commissaire. Il existe de nombreux indices prouvant que cette nuit-là Llorenç Costa était enfermé dans la Principal.

Le commissaire ne sembla pas surpris :

— D'accord. Dès le début, j'ai trouvé un peu étrange que l'assassin ait déposé le corps de sa victime devant chez lui, comme pour qu'on le suspecte d'emblée. C'est peut-être un putain de pédé, mais il ne serait pas assez imbécile pour… Et vous nous avez trouvé un suspect de rechange ?

— Oui.

— Merde, Recader ! Crachez le morceau, une bonne fois pour toutes.

L'inspecteur fit une pause, il voulait montrer à son supérieur qu'il n'était pas né de la dernière pluie.

— C'est que, commissaire, je ne sais pas… Quelque chose me dit que vous êtes déjà au courant…

À présent, c'est le commissaire qui fit une pause. Il commença par esquisser un sourire, retira les pieds de sur son bureau et se leva. Son sourire laissa place à une moue revêche, il plissa les yeux, puis tout son visage se froissa dans une terrible grimace. L'inspecteur le pressentait, l'orage n'allait pas tarder à éclater.

— Putain, Recader, quelque chose vous dit que je suis déjà au courant ? Eh bien, bravo ! Bien sûr que je suis au courant ! Vous m'entendez ? Vous ne pouvez pas savoir combien je suis au courant, bordel !

À présent, il hurlait et remontait les manches de sa chemise découvrant ses avant-bras, et devenant tout rouge.

— Qui vouliez-vous que ce soit, Recader? Ça ne pouvait être que ce fils de pute de curé de Pous!

L'inspecteur le fixait, surpris et se demandant comment le commissaire en était arrivé à cette conclusion, mais surtout convaincu qu'il devait se taire. Il avait vu les éclairs, entendu le tonnerre et à présent il attendait le déluge. Le visage du colonel Fresnos se gonflait par moments. Sa voix augmentait de volume, le ton devenait plus aigu avec des ponctuations rauques.

— Et vous savez pourquoi je suis au courant? – Plus fort. – Vous savez pourquoi, bordel? – Encore plus fort. – Pourquoi un couillon de militaire comme moi, qui ne comprend que la boucherie, est au courant? – Silence. – Parce que Dieu lui-même ne peut pas nier que si le soupçon provient d'un secret de confession et que si celui-ci est faux, cela signifie que celui qui commet le sacrilège accuse quelqu'un pour se protéger lui-même. – Et à présent, il postillonnait partout. – Et je sais très bien que si les choses se sont passées comme ça, c'est parce que ce fils de pute est un pédé pervers bien plus dangereux que celui que nous avions auparavant, car quels peuvent être ses mobiles sinon les enculages de ces dépravés?

Il manquait d'air et, comme tout fumeur qui vide ses poumons, il commença à tousser.

Soudain l'inspecteur ressentit une certaine sympathie pour ce militaire détrôné. Mais le colonel commissaire allait reprendre son numéro et, comme les grands acteurs qui savent ne pas pouvoir faire monter la tension davantage, il baissa la voix au maximum, prit un ton des plus méprisants, en même temps que son élan pour le bouquet final :

— Et je ne vous ai pas encore tout dit, inspecteur de mes deux ! Vous savez pourquoi je sais qu'il est coupable ? Eh bien, parce que samedi ce fils de pute d'évêque Roderich m'a appelé au téléphone en me conseillant de laisser tomber l'affaire et lorsque j'ai répliqué à cette poupée de porcelaine qu'il n'avait qu'à s'enfoncer la crosse dans le cul, que cette affaire était de notre ressort et que nous ferions ce que nous avions à faire, il m'a répondu avec un grand éclat de rire de bonne femme hystérique que j'étais un pauvre malheureux. Et savez-vous pourquoi il riait, inspecteur de pacotille ? Eh bien, parce que lorsque je me suis couché, un peu plus tard, j'ai reçu un coup de téléphone de M. le gouverneur civil et chef du Mouvement national en personne, qui me donnait l'ordre, je répète, qui me donnait l'ordre exprès d'abandonner immédiatement, je répète, immédiatement, cette enquête et de brûler ou de détruire tous les dossiers qui se trouvaient au commissariat. Puis l'excellentissime gouverneur a raccroché sans me dire ni bonne nuit ni merde ! Je vous félicite, inspecteur, parce que personne n'aurait su mener cette enquête aussi rondement que vous l'avez fait. Et je continue à hurler en vous félicitant parce que je meurs d'envie d'envoyer un coup de pied dans les couilles de quelqu'un… n'ayez pas peur, je ne parle pas de vous. Je vous félicite de tout cœur. Cela dit, levez-vous !

Le commissaire avait l'air tout démantibulé. L'inspecteur se leva et se mit au garde-à-vous. Il regarda le commissaire enfiler sa veste, s'approcher de lui et se mettre à son tour au garde-à-vous pour le saluer militairement :

— C'est un honneur pour moi de vous avoir fait confiance, inspecteur Recader, je répète, un honneur. Je vous félicite de tout cœur et vous demande d'accepter toute ma considération, car je ne peux rien vous offrir d'autre.

— Oui, monsieur. Merci, monsieur.

— C'est une honte pour moi, une véritable honte, de devoir vous donner l'ordre d'arrêter immédiatement votre enquête, d'oublier tout ce que vous savez et de brûler tous les dossiers et les rapports concernant cette affaire. Entendu ?

Le commissaire se mit au repos et lui donna l'accolade. L'inspecteur était presque ému.

— Allons au travail. Vous avez des dossiers, des preuves ?…

— Non, monsieur.

— Alors vous pouvez rentrer chez vous.

L'inspecteur était déjà près de la porte lorsqu'il se retourna soudain :

— Monsieur, il reste ce carnet, monsieur.

Le commissaire ne leva même pas la tête.

— Inspecteur, lui dit-il sur un ton militaire. Vous m'avez entendu vous parler d'un carnet ? Ai-je dit quelque chose à propos d'un carnet ?

— Non, monsieur.

— Et alors inspecteur ?

— À vos ordres, commissaire.

— Jamais plus, souvenez-vous, nous ne devons jamais plus parler de cette affaire. Il vaut mieux jeter ces insanités au fond d'un puits et les enterrer sous la chaux vive.

L'inspecteur retourna vers la porte et, alors qu'il allait la refermer, il entendit que le commissaire lui disait, sans le regarder :

— Gardez-le bien. Il pourra vous servir, un jour.

L'inspecteur se dirigea vers son bureau. Il souriait. Dans le fond, on venait de lui ôter un poids. On lui gâchait son roman, mais il savait parfaitement que cette affaire aurait ruiné sa carrière. Il s'assit et réfléchit à Maria Magí en train de dire : "Tu n'en auras pas besoin, Llorenç, tu n'en auras pas besoin."

Oui, cette femme était très intelligente.

## 20

## LA NOUVELLE SE RÉPAND

*Mercredi 27 novembre 1940*

— Úrsula, Úrsula, la bonne a trouvé le curé pendu dans la salle à manger du presbytère. Úrsula, mais où es-tu ?

Lorsque Neus était allée acheter des légumes et des oignons chez Grau, à l'épicerie, la nouvelle s'était déjà répandue comme une traînée de poudre. Úrsula se trouvait à la cuisine en train de manger un croûton de pain trempé dans du vin. Elle devait le laisser longtemps dans le verre car toutes ses dents du côté gauche bougeaient et de l'autre côté il n'y en avait plus. Mais jeter un bout de pain était pire qu'un péché. Et avec du vin, il devenait tout mou… et ça améliorait son jugement.

— Tu n'as pas entendu ? On a trouvé le curé se balançant au bout d'une corde, langue pendante et il s'était pissé dessus.

Il semblait surnaturel à Neus qu'un curé se pende, mais qu'il se pisse dessus en plus, c'était carrément démoniaque. Elle regardait Úrsula, qui semblait ne pas réagir, elle se contenta juste de lever la tête quelques secondes après :

— L'abbé Salvador ? Je n'y crois pas, Neus, un curé n'a pas le droit de se suicider.

— Écoute, Úrsula, ça ils le cacheront comme ils pourront, mais Atanàsia était en larmes en disant qu'il s'était pendu, qu'il était tout mouillé, et qu'il y avait une feuille par terre, au milieu de l'urine, que seul a pu lire le maire jusqu'à présent, dit-elle. Puis elle ajouta en baissant la voix : Il paraît qu'il a écrit une confession.

— Si ce que tu dis est vrai, que Dieu lui pardonne, pauvre homme. Un curé si dévot ! Et dire qu'il ne pourra peut-être pas monter au ciel ni reposer en terre sacrée.

Elle fit une moue de tristesse et commença à réciter une prière sans cesser de mastiquer son pain. Mais la ride tordue qui traversait le front d'Úrsula était parfaitement lisse, et malgré la peine qu'elle montrait elle ne parvenait pas à se creuser. Neus en conclut qu'elle ne le regrettait pas autant qu'elle voulait bien le laisser croire.

# FINALE

## 21

## LES CENDRES SE SOUVIENNENT

— Prends garde au pressoir, il ne faudrait pas que la pression monte. Si tu vois qu'il ne conserve pas celle qu'on a programmée, téléphone au responsable de la maintenance, qu'il vienne tout de suite.

Joan reste immobile, le regard fixé sur le manomètre. Voilà quelques jours, ce genre d'incident leur a fait perdre une cinquantaine de litres du meilleur vin.

La senyora Costa continue à marcher parmi les cuves du cellier. Elle est fatiguée à cause du *jet lag* ; en revenant de l'aéroport, elle a failli s'endormir à deux reprises. Elle aperçoit l'œnologue devant la cuve 41. Un homme d'âge moyen, sérieux. Maria remarque tout de suite qu'il a les yeux cernés. Ils sont en train d'achever les vendanges et il est éreinté, se dit-elle.

— Bonjour, Marcel. J'aurais besoin de te parler un instant. Je suis arrivée des États-Unis ce matin. Le nouveau millésime a été vraiment très bien accueilli là-bas. Écoute, j'ai fait un petit tour du cellier et, avant d'aller à la maison, je voudrais te parler d'un problème que j'ai repéré. Lorsque tu auras fini, je t'attends dans mon bureau.

— J'en ai pour cinq minutes.

— D'accord, je m'avance.

Au bureau, rien ne traîne sur la table de travail. Elle l'avait laissée toute nette avant de partir. Maria disait toujours en plaisantant que "tête bien ordonnée commence par un ordre logistique". Elle s'assoit et allume l'ordinateur. Puis elle ouvre son sac et en tire toutes sortes de papiers. Elle demande à Mercè de photocopier plusieurs données qu'elle vient de rapporter concernant le marché américain et d'imprimer des doubles de tous ses frais de séjour. Puis elle trie et range dans une pochette en cuir les cartes de visite de ses nouveaux contacts. Elle entasse sur un angle de la table les publicités concernant les celliers visités, afin de les consulter ensuite, elle adore savoir comment travaillent ses concurrents. Enfin, pour passer le temps, elle consulte son agenda pour les jours à venir.

Lorsque Marcel se présente, elle le fait asseoir et aborde directement le point qui la préoccupe. Elle a toujours été ainsi, les gens qui travaillent avec elle le savent parfaitement, elle va droit au but, ne fait jamais de détours.

— Marcel, dis-moi comment se passent les fermentations.

— Bien, le taux de sucre du carignan est plutôt bas, avec une acidité pratiquement normale. Cette année, le grenache a été vendangé très mûr et ce sera plus difficile, mais je pense pouvoir m'en sortir.

— Autrement dit, toutes les fermentations vont s'enchaîner et nous pourrons bientôt tout mettre en fûts, n'est-ce pas ?

— Je crois que dans une quinzaine de jours, nous aurons pratiquement tout pressé.

— Eh bien, nous avons un problème, Marcel, en vérifiant tout à l'heure les fûts qui viennent d'arriver de France, j'ai remarqué que, soit ils n'ont pas compris, soit ils se sont trompés. La plupart d'entre eux ont subi un toastage fort et tu sais bien que ce n'est pas notre ligne. J'ai demandé à Mercè le mail de notre commande pour vérifier si l'erreur venait de notre français, mais tout était parfait : nous avons bien commandé un toastage moyen ou léger pour tous les fûts. Je ne comprends pas pourquoi tu as accepté la livraison.

— Je ne l'ai pas vérifiée. D'habitude ce sont des gens de confiance. Tu en es sûre ?

— Évidemment, tu iras vérifier tout à l'heure ; je ne peux pas t'accompagner, je suis absolument épuisée. Je vais tout de suite demander à Mercè qu'elle leur envoie un fax pour leur dire qu'on leur retourne les fûts qui ne nous conviennent pas.

— Et ça signifie un retard de vingt-cinq jours à un mois. Ça va être compliqué. Et s'ils nous disent qu'ils n'en ont plus en stock, comment fait-on ?

— Marcel, je suis très contente de ton travail d'œnologue. Mais laisse-moi te dire que si je te demande de prendre cette décision, c'est parce que tu ne l'as pas fait toi-même avant.

— Je suis désolé, Maria, je ne m'en étais pas aperçu, excuse-moi.

— Ça aussi, c'est ton problème, Marcel. Tu es l'œnologue de cette cave, et tu dois vérifier chaque étape du processus. Tu ne peux pas déléguer ça aux travailleurs, qui n'ont pas la moindre idée du toastage que nous souhaitons. Je ne suis pas contre le fait que tu délègues, mais c'est toujours toi qui dois faire les dernières vérifications.

Marcel se tait. Maria change de ton mais reste déterminée.

— Excuse-moi, Marcel, j'ai besoin de toi et tu en sais bien plus que moi. Mais lorsque j'ai pris la responsabilité de gérer ce cellier, j'ai défini la philosophie à suivre et elle doit rester une ligne immuable pour notre avenir. Je veux dire que les centaines de décisions à prendre dans l'élaboration d'un vin, depuis le choix de la terre jusqu'à la qualité du pressage, doivent tenir impérativement compte d'une ligne qui offre une continuité et reste bien droite. À Pous et à l'Abadia, nous avons une terre qui donne un moût extraordinaire, tous les œnologues et les sommeliers le reconnaissent. Alors profitons-en, nom d'un chien! Nous avons la chance de pouvoir faire un vin fabuleux, fruit de notre terroir, il ne faudrait pas qu'on le masque à cause d'un toastage excessif des fûts. Nous avons décidé qu'il soit doux pour qu'il n'efface pas la richesse aromatique du vin et ne souligne pas trop son tanin. Je sais que si nous devons attendre trop longtemps les nouveaux fûts, nous allons prendre du retard dans tout le processus. Eh bien, on s'en fout. Je peux compter sur toi?

— Tu as raison, je suis désolé. Je suis stressé par toute la campagne des vendanges, et finalement on affronte les problèmes comme on peut, et on relâche son attention, et…

— Marcel, s'il te plaît. Je le sais. Peut-être ne devrais-je pas te parler ainsi. Moi aussi je suis très fatiguée par ce voyage, et je ne suis pas très objective, ou plutôt, pas assez pondérée. Excuse-moi, si j'abuse, mais c'est justement maintenant, alors que nous sommes le plus épuisés, que nous entrons dans le moment le plus délicat du processus et que nous risquons de tout faire rater en un instant, à cause d'une mauvaise décision.

Marcel sourit, se lève et lance un dernier commentaire en sortant du bureau :

— Tu as tout à fait raison, Maria, j'ai compris, mais ne m'accable pas trop.

Lorsque Maria quitte le cellier elle monte dans sa Lexus. Si ce n'était pas à cause des valises qui se trouvent dans le coffre, elle trouverait ridicule de prendre la voiture pour faire cent cinquante mètres, mais elle est épuisée. En sortant de l'ascenseur, elle trouve Dolors dans l'appartement, qui est en train de faire le ménage. Il est trois heures et demie, mais elle lui demande tout de même si elle doit lui préparer quelque chose à manger.

— Non, merci, Dolors, avec le décalage horaire et les repas dans l'avion, mon estomac ne sait plus où il en est. Je me couche tout de suite. Dis à mon père que je suis montée directement me reposer et qu'on se verra pour le dîner. Si à huit heures je ne suis pas descendue, tu viens me réveiller.

À peine allongée, le sommeil la saisit immédiatement. Elle s'endort avec cette lourdeur que laissent les vols trop longs. Quatre heures plus tard, Dolors la réveille en l'appelant plusieurs fois, elle a l'impression d'avoir la tête dans un sac, sa bouche est pâteuse, elle tremble de tous ses muscles et lorsqu'elle se lève, elle titube un peu. Elle pense qu'à part le *jet lag*, elle commence à se faire vieille. Elle se rafraîchit le visage, les yeux, hésite et décide de laisser la crème hydratante pour plus tard, lorsqu'elle ira se coucher. Elle observe méticuleusement sa peau. Aujourd'hui, elle est vieille, c'est clair. Elle enfile ses jeans et descend à l'étage inférieur.

Le couvert est dressé et son père l'attend.

— Eh bien, comment va l'homme de la maison ? Excuse-moi de ne pas être passée tout de suite t'embrasser, mais j'étais exténuée.

— Dolors me l'a dit. Ton voyage a été vraiment pénible ?

— Non, tout s'est bien passé. C'est de ma faute. J'ai voulu rentrer directement de Los Angeles, sans me reposer quelques jours à New York : escales, décalage horaire, mauvais repas à n'importe quelle heure et puis le fait que lorsque tu as réussi à t'endormir, on vient tout d'un coup te réveiller, pour te proposer je ne sais plus quoi… on ne m'y reprendra plus, non !

— Tu dois prendre ça plus calmement, Maria.

— Oui, je m'en aperçois. Il me faut à présent acquérir le calme des sexagénaires.

— Ma fille, ne dis pas à un vieux nonagénaire comme moi que tes soixante ans sont une montagne !

— Si j'ai bien compris, tu insinues que je commence à peine à entamer ma descente.

— Exactement ! Alors tes problèmes gériatriques… hum !

— Au fait, comment vas-tu ?

— Eh bien, si je reste ici, assis, en train de lire, de réfléchir ou de regarder la télé, je me sens en pleine forme. Si je me lève et fais un tour dans la maison, vérifie les pièces fermées, descends pour regarder l'ancien salon, ce qui reste de la cuisine, et entre dans mon ancienne chambre d'il y a de nombreuses années, alors lorsque je décide de remonter, je me sens fatigué et j'ai les jambes qui flageolent. Mais si brusquement, j'ai des délires suicidaires et que je sors dans la rue pour m'asseoir sur un des bancs de pierre et saluer une personne qui ne me reconnaît plus ou si je vais faire une petite promenade de quelques mètres, lorsque je remonte, je deviens le vieillard le plus décrépit et désireux d'en finir une bonne fois pour toutes.

Maria l'observe avec tendresse. Elle se souvient de lui, une cinquantaine d'années auparavant : à trente ans passés, il avait l'air d'un gamin. Costaud, amoureux, joueur… Il doit être compliqué de porter sur son dos les facéties d'une mémoire. Ce doit être très lourd et encore plus si l'on a toute sa tête. On naît au degré zéro et l'on retourne au degré zéro. On sait à quel moment on le quitte, mais on ignore quand on y retourne. Absent de tout à présent, il se demande à quel moment de sa vie la montée vers le degré zéro s'est infléchie pour entamer la descente vers le degré zéro. Il tente vainement de deviner à quel moment il a cessé de continuer à vivre pour commencer à se diriger vers la mort. Úrsula prétendait, il y a de nombreuses années, qu'elle s'en allait vers la fin. Quand est-ce que ça commence ? À cinquante ans ? À quarante ans ? Avant ?

— À quoi penses-tu, Maria ?

— Au banc de pierre.

— Au banc de pierre ? Pendant un moment, j'ai cru que tu somnolais… que tu *siestais*.

— Arrête, ce mot n'existe même pas. Le verbe *siester* ne figure dans aucun dictionnaire.

— Regardez-moi cette charmante savante qui a obtenu son doctorat de lettres, pour finir par devenir chef d'entreprise! Et qu'est-ce qu'il te disait donc, le banc de pierre?

— Je ne sais pas. Lorsque je sors de la maison et que je le vois là, insensible au temps, à nous, il m'impressionne, dit Maria qui, ne voulant pas lui parler de la mort, improvise. Ça va te sembler idiot, mais maintenant il me fait peur. D'accord, c'est un objet inanimé, comme disent les gens qui se croient être des personnes animées, mais quand je passe devant lui, j'ai l'impression que le vieux banc de pierre m'observe, moi et l'espace si court que représente ma vie, les passions qui me motivent chaque jour et qui n'ont presque pas de sens. Il doit me trouver ridicule, un chaînon de plus de cette chaîne de gens absurdes avec laquelle notre famille a décidé de s'enchaîner à cette bâtisse. Le vieux banc de pierre a eu le temps de nous observer. Génération après génération, nous lui avons livré nos espoirs, nos bassesses, nos cruautés… J'ai presque honte de passer devant lui, papa.

— Tu devrais dîner et aller te coucher.

— Moi, je suis là en train de tenter de prendre de la hauteur et toi, gros paysan décati, au point de devenir écrivain, tu me terrorises avec ta jalousie. Tu me plais, papa. Allez, mangeons la soupe de Dolors, elle nous réchauffera l'âme…

— Qu'il paraît que nous possédons.

— Il vaut mieux l'appeler comme ça plutôt que "bouillon cérébral ribonucléique".

— Houlà, Maria, il faut absolument que tu ailles te coucher, et vite!

— Tu vas devoir me supporter. Nous nous servirons, Dolors, ne t'inquiète pas. Tu en veux encore?… Un peu de soupe?… Tu vas devoir prendre sur toi et me faire la conversation, parce que je suis bien réveillée. Même Dolors sait que le *chat lac* t'empêche de dormir la nuit, alors tu vas devoir me supporter.

— Tu sais bien que pour moi, ce n'est pas un problème. D'après ce que disait Úrsula, je n'ai besoin que d'une demi-heure de sommeil.

— Dis donc, cette Úrsula! Depuis que tu m'en parles, je regrette de ne pas l'avoir mieux connue.

— Vous vous êtes tout juste croisées. Elle est morte peu après que Maria, mon Dieu quel micmac de Maria, te mette au monde. Ce fut une mort en accord avec le personnage. Moi, je vivais déjà en haut, comme un patron, sourit-il.

Maria regarde son père, elle a toujours apprécié le côté plaisantin de son père.

— Va pas imaginer!… Pendant les quatre premiers mois de grossesse de ta mère, je montais tous les jours dans le lit, mais je ne me suis jamais installé dans la chambre. Il faut dire qu'elle ne me l'avait pas demandé non plus. Et après tout ce temps, il me semble vraiment qu'elle le faisait pour me faciliter la vie. Mais je m'étais dit qu'Úrsula voulait rester à côté de ta mère tout le temps qu'elle te porterait dans son ventre, comme pour l'aider. À l'époque, je pensais que les enfants étaient la réalisation de deux personnes, mais c'est une ineptie. Les pères ne sont que des acteurs solidaires, c'est vous, les femmes, qui portez tout le poids de l'œuvre… Ça y est, je dérape… Où en étais-je? Ah, oui, dès que j'ai monté toutes mes affaires en haut, Úrsula a commencé à m'appeler M. Llorenç et à empêcher ma mère de laver mes vêtements, car la lessive des patrons, c'était son affaire personnelle. Je ne me souviens plus très bien quand cela s'est passé, mais un jour elle est montée à l'appartement avec la même tête que d'habitude, en boitant ni plus ni moins, et sans laisser transparaître une fragilité particulière. Elle s'est plantée devant nous qui te tenions dans les bras. Elle a attendu qu'on la regarde, a pris un air solennel, s'est raidie du mieux qu'elle a pu et a annoncé : "Monsieur Llorenç, ma chère fille, je pense que je vais mourir demain." Elle a fait une longue pause que nous n'avons pas osé interrompre tellement elle était sérieuse et elle a ajouté : "Je ne veux ni curé ni cérémonie. Vous m'habillez en gris. Si c'est possible, mais seulement si c'est possible, j'aimerais reposer en paix à côté de la senyora Blanca et de M. Andreu. Voilà, j'ai dit ce que j'avais à dire. Et ma fille, je te connais bien, attention à toi si tu ne fais pas ce que je te demande."

Il fait une pause et reprend :

— Elle a fini ainsi, sans plus. Elle t'a prise dans ses bras. T'a dit une ribambelle d'onomatopées de toutes sortes pour te faire rire, tout en te pinçant les joues, puis elle t'a embrassée et a fait demi-tour. Nous étions paralysés. Lorsque nous nous sommes regardés, nous nous sommes contentés de sourire, nous savions parfaitement, l'un comme l'autre, que les choses se passeraient comme elle avait dit. Lorsqu'elle a atteint le seuil de la porte, elle s'est tournée pour dire : "Ma fille, je te vois heureuse. Je pars très heureuse." Puis elle a disparu.

Le lendemain, ta mère est descendue à la cuisine avec toi et s'y est installée pour voir si elle pouvait être utile à quelque chose. Úrsula agissait comme si elle ne se sentait pas observée, travaillant toute la matinée. À midi, elle a dit à Maria : "Je monte faire la poussière sur le couvercle du piano. Il fait soleil et je la verrai mieux." Ta mère s'est mise à pleurer comme une Madeleine. La chose avait l'air sérieuse. Nous avons demandé à Neus de servir le déjeuner à la cuisine pour pouvoir être au plus près. À l'heure de se mettre à table, Úrsula a annoncé qu'elle ne mangerait pas, ainsi elle serait mieux préparée. Après nous avoir servis, elle a demandé à ta mère si elle pouvait te prendre un instant dans ses bras. Lorsque Neus a débarrassé les assiettes à moitié pleines, elle lui a dit qu'elle ferait la vaisselle. Nous la regardions en train de bouger ses petits bras devant l'évier, très inquiets. Lorsqu'elle a eu fini, elle s'est arrangé le chignon et nous a regardés avant de dire : "Je m'en vais."

Personne ne l'a suivie. Nous sommes tous restés dans la cuisine, et tu peux t'imaginer que Neus, Caterina et ta mère se sont mises à pleurer et à sangloter. La seule qui ne pleurait pas, c'était toi. Une heure plus tard, ta mère a réalisé une de ces choses étranges qui pouvaient faire penser que le "mystère de la chose" existait encore : "Neus, va demander au curé de sonner le tocsin." Ma mère a répondu affligée : "Sans aller voir si elle est vraiment morte ? – Neus, vas-y et dit au curé de sonner le tocsin."

Ma mère, qui avait l'habitude d'obéir, est passée devant la chambre de la soi-disant défunte en faisant un signe de croix, mais sans oser y entrer. Quant à nous, nous étions restés à la cuisine et Neus est arrivée juste lorsque les cloches commençaient à sonner lentement. Nous étions tous assis, sans rien dire, attendant de façon absurde. Lorsque le tocsin s'est arrêté, ta mère s'est levée pour dire : "Allons l'habiller." Et les trois femmes se sont éloignées sans me laisser les suivre, car il y avait certaines choses que les hommes ne devaient pas voir.

On l'a enterrée le lendemain. Je ne sais pas comment ta mère a réussi à la faire enterrer dans le panthéon familial car, à l'époque, sans messe ni funérailles, il était interdit de se faire enterrer au cimetière. L'immense panthéon des Roderich était une sorte de vaste passage où les sépultures étaient organisées par couple, les hommes à droite et les femmes à gauche, va-t'en savoir pourquoi. Les inscriptions les plus neuves étaient celles de ta grand-mère Roderich et de son mari Narcís, l'inscription de Blanca Basses occupait la deuxième position à côté de celle d'Andreu, et ainsi de suite en remontant jusqu'à on ne savait quelle génération. Ta mère a fait creuser une fosse au beau milieu des deux et c'est là qu'on a enterré l'ursuline Paquita Farrés i Grau. Je m'en souviens comme si c'était hier. Et lorsque ç'a été achevé, ta mère a dit : "Elle est là où elle devait être."

Maria avait les yeux brillants.

— C'est incroyable. Tu sais, lorsque j'entends ce genre d'histoire, c'est comme si avant les gens étaient… différents ?… Étranges ?… Peut-être même exotiques. C'est comme si parmi les personnes que je connais, aucune d'entre elles ne pouvait être décrite avec une telle richesse de… particularités ?… qu'Úrsula.

— Non, Maria, le problème, c'est que nous ne savons plus les regarder. Ou plutôt que nous ne savons plus regarder. Nous vivons la complexité des humains dans un présent ahurissant et ce n'est que si nous arrivons à vivre vieux et que nous réussissons à percer cette complexité depuis le passé, que nous parvenons à découvrir des profils insoupçonnés chez les gens. Des profils que pourtant ils ne cachaient pas, mais que nous étions incapables de voir. Bon, je crois que je m'emberlificote.

Maria n'avait pas très bien compris ce qu'il voulait dire, mais elle se dit qu'il ne s'emberlificotait peut-être pas du tout.

— Houlà, je suis vraiment bien réveillée, tu sais? L'histoire que tu m'as donnée à lire, dit-elle en riant et en prenant un ton solennel, que tu m'as obligée à lire, m'a certainement aidée à comprendre ma géographie intime… Je veux dire que moi je possédais mes propres souvenirs, mes antécédents, mes jugements et les préjugés qui m'ont construite, comme par exemple les références de cette maison avec ses meubles excessifs, ses tableaux à vomir et sa somme d'objets inutiles, qui m'expliquaient sans doute des choses sans que je le sache, à la façon d'un puzzle que, soit dit en passant, je n'ai jamais éprouvé le besoin de reconstituer. Et à présent, avec ton récit, c'est comme si chaque pièce occupait un endroit précis dans ma cervelle, comme disait la Vieille. Chacune prise séparément ne m'indique pas grand-chose, mais l'ensemble de ces pièces définit un réseau de singularités qui m'explique mieux qui je suis… Bon, j'arrête! Sinon, je vais finir avec le vieux poncif, "d'où je viens, où je suis…" etc. Il n'en est pas question. Voilà.

— Eh bien mon récit aura au moins servi à quelque chose. Je crois que tu devrais te décider un de ces jours à ne plus dire la Vieille, mais ma grand-mère. Tu dois te réconcilier avec elle.

— Non, tu vas bientôt me demander de faire le salut romain. Mais après avoir lu le portrait édulcoré que tu as fait d'elle, j'ai l'impression que je ne pourrai plus la juger tout à fait de la même manière… Oui, mais ne te fais pas d'illusions, je continue à penser que c'est une facho. Et si elle a vécu des années difficiles, les autres aussi… non… elle a vécu bien mieux que pratiquement tout le monde et je ne lui trouve aucune circonstance atténuante. Mais c'est vrai que ton récit permet de mieux comprendre pourquoi grand-mère… attends, tu n'as pas encore gagné… pourquoi la Vieille acceptait de se plier à toutes les règles qui assuraient en retour les privilèges des puissants, car au-delà d'y croire fermement, l'atmosphère du pouvoir la protégeait en tant que femme. Plus tard, ma mère a méprisé toutes ces règles et s'en est bien moquée, mais elle a continué à s'en servir et à en profiter un maximum. Et si je devais être cohérente, au moins une fois dans ma vie, je pourrais admettre que moi-même, je les critique farouchement, et j'en bénéficie à mon tour.

— Ne t'inquiète pas, je ne te le reprocherai pas, même lorsque tu me traiteras encore de diplodocus.

Llorenç souriait de tout ce que sa fille disait et de ce qu'ils étaient en train de vivre tous les deux, là, autour de cette table, en ouvrant réciproquement leur cœur à l'autre. Maria, qui définitivement ne dormirait pas cette nuit, se sentait merveilleusement bien.

— Grand-mère est tombée amoureuse d'un homme cultivé, romantique, différent de tous les autres et hors du temps. Elle n'a pas choisi un patriarche travailleur qui la protège en échange de sa soumission. Elle n'a pas non plus cherché refuge dans la grandeur de la capitale. Elle a fait front chez elle, à Pous, et elle a aimé un homme qui avait des valeurs bien singulières pour l'époque. Probablement que grand-père Narcís avait l'intuition que sa femme cherchait un espace abstrait de liberté et, bien qu'ils ne partagent pratiquement aucune idée dans la vie, il s'arrangeait pour lui offrir des outils lui permettant de suivre son chemin à elle et pas celui que la société lui imposait. Il est mort trop tôt et il n'a pas eu le temps de finir d'ouvrir grandes toutes les fenêtres.

— Tu vois, ma fille, tu vas même plus loin que moi.

— Ça te surprend de ma part ?

— Oh, non ! Ça me rend juste jaloux. Mais continue… Et que dirais-tu de ta mère ?

— Ma mère est tombée amoureuse d'un inverti. D'un péd… Oh, merde, non ! Pire encore ! Elle est tombée amoureuse d'un in-dé-fi-ni ! De ce qu'on appelle un bisexuel, c'est vraiment laid comme mot. D'un saboteur de la classification sociale, qui n'est ni tout à fait un pédé ni un testostéronique baiseur de femmes. Le petit Llorenç est entre les deux. Un peu d'ici et un peu de là-bas… À y regarder de plus près, ce sont les plus dangereux, on ne peut pas les classer, ils ne portent pas d'uniforme, ils sont parmi nous et avancent masqués… C'est terrible, une vraie panique morale… Sais-tu que je n'y avais jamais réfléchi ? Ce sont les pires et ils n'ont presque pas de nom : les bisexuels. Merde alors ! On dit que si l'on se laissait aller, sans conditionnement social et moral, plus de la moitié d'entre nous seraient bisexuels. Mais où irait-on comme ça !

C'était étrange d'entendre l'écho de ces paroles parmi les meubles et les chaises vétustes. Mais ce qui était encore plus bizarre était l'allégresse de celle qui les prononçait et l'amusement de celui qui les écoutait, sous cette lampe imposante et autour de cette table.

— Continue, continue.

— Eh bien, oui, ma mère est tombée amoureuse de quelqu'un de dangereux. Et pour satisfaire son désir ou son amour, elle a dû tourner le dos à toutes les règles établies et elle a pris le risque d'écouter ses sentiments. Disons que c'est le sexe qui l'a conduite à se rebeller, comme je suppose que cela s'était passé pour toi auparavant. Finalement, lorsqu'elle a pris la décision d'aller jusqu'au bout et de t'aimer, elle l'a fait avec toutes les conséquences que cela comportait, par-delà les évêques et les assassinats. Sincèrement, je ne peux pas la juger.

— Et toi?

— Moi?… Papa, tu es ignoble! Moi, je n'ai pas été capable de tomber amoureuse, d'aimer sérieusement quelqu'un, par peur de perdre ma liberté. Je n'ai tout simplement pas fait comme elles, je n'ai pris aucun risque. Je suis la pire des trois Maria. Ou peut-être est-ce parce que moi j'ai eu l'occasion de choisir et pas elles. J'ai satisfait mes désirs, lorsque mes désirs me le réclamaient. Un jour je t'en parlerai, car tu vas certainement avoir des surprises. Je ne m'en plains pas. J'ai profité de ma liberté et, si je l'ai parfois payé, je l'ai fait avec plaisir. Mais, il y a cependant une chose dans tout cela que j'ai payée vraiment très cher car, pour être sincère, lorsque j'avais une trentaine d'années et plus, mon corps me réclamait, en fait exigeait de moi à grands cris, un enfant. Je suppose que mes chromosomes se rebellaient et tentaient d'imposer leur loi. Mais j'ai refusé de baisser la garde et à présent je suis en manque d'une autre Maria en train de courir dans cette maison, de mélanger ses problèmes d'adolescence avec nos difficultés de vieux.

— Mmm… On n'est pas si mal, comme ça, non plus.

— Certainement, mais je trouve que le prix a été très élevé et que j'ai dû le payer longtemps. Bref, pour en revenir aux autres Maria, au moins elles ont vécu courageusement. Avec des privilèges, bien entendu. Ta mère, elle, a vécu la même chose ou bien pire, mais toujours depuis la pauvreté et le mépris.

— Et sans un homme pour la protéger.

— Ou pour lui gâcher la vie. Au fait, la présence d'un père t'a manqué ?

— Sincèrement, non, jamais. Seulement lorsque nous jouions à l'époque et que les autres gamins me le reprochaient. C'était comme s'ils m'avaient accusé de ne posséder qu'un bras. Plus grand, c'est comme si j'avais été un fils de pute. Voilà pourquoi, j'aurais aimé avoir un père, pour ne pas supporter toute cette sottise. Mais au quotidien, non, jamais, il ne m'a jamais manqué.

— C'est curieux, non ?

— Oui, peut-être, mais c'est ainsi. Lorsque, plus grand, j'ai découvert que j'étais déviant… non, comment disais-tu ?… tu parlais de dérivation sexuelle… il m'a bien sûr fallu trouver un coupable et je me suis dit que peut-être… le manque de père…

— Houlà, ne me dis pas que M. Sigmund a réussi à t'atteindre…

— Non, ma pauvre, je ne le connaissais même pas, mais il est vrai que je me suis dit ça.

— Et maintenant, papa, comment vois-tu tout ça? Je veux parler de ton homosexualité.

— Eh bien j'imagine comme toi ou comme n'importe quel jeune qui a fini par se débarrasser de toutes ces sottises. Simplement, lorsque j'y pense, je râle contre mon époque et, s'il le faut, contre mon anti-époque, et contre le destin, la nature... Merde de merde, je suis né bien trop tôt. Ce n'était pas le bon endroit ni la bonne époque. Aujourd'hui, j'aurais pu vivre ma nature sereinement, joyeusement, sans complexe, sans remords, sans crainte... Merde, oui, je suis vraiment furieux que le hasard m'ait mis au monde un siècle trop tôt.

Ils demeurèrent en silence un long moment, les yeux dans le vague, puis Llorenç fixa son regard sur sa fille avec tendresse.

— Allez, va te coucher.

— Papa, je dois avoir une tête fatiguée, mais je n'ai pas du tout sommeil, vois-tu? Lorsque j'ai eu fini de lire ton histoire, j'ai regretté que tu ne la continues pas.

— Tu as raison.

— Que veux-tu dire?

— Qu'elle n'est pas finie.

— Tu ne vas pas recommencer, cinquante ans plus tard, le numéro que tu as fait à Recader.

— Et pourquoi pas?

— Et comment penses-tu l'achever?

— Tu crois que tu tiendras une heure de plus sans aller te coucher?

— Bien sûr! Même deux. Allez, dis-moi comment ça finit. Je veux connaître la vraie fin.

Llorenç la regarde avec un sourire qui a cessé d'être amusé. Il se redresse pour attraper un bougeoir qui orne depuis toujours l'autre extrémité de la table, l'allume et le place entre elle et lui, avec une théâtralité excessive.

— Je ne vais pas te la raconter, Maria. J'ai déjà écrit la fin, et je vais tout simplement te la lire. Il manquait encore deux feuillets au gros paquet que je t'ai déjà donné. Ce sont juste deux malheureux feuillets que je brûlerai lorsque je te les aurai lus.

Le sourire de Maria s'évanouit également. Autrement dit, l'histoire n'était pas finie. Tout d'un coup, elle pense y voir plus clair. Son père se lève pour se diriger vers la bibliothèque et elle a l'impression qu'un pressentiment, auquel elle n'avait jamais donné le moindre crédit, voudrait à présent se matérialiser. Il revient vers elle, une grande enveloppe marron usagée à la main. Il marche à petits pas, jambes un peu fléchies, comme si ses genoux n'en pouvaient désormais plus. Maria le trouve soudain vieux, extrêmement vieux, et comprend que tout ce qu'il fait à présent consiste à régler ses comptes avec lui-même et peut-être également avec elle. Son esprit bouillonne littéralement. Tout devient trop évident. Son père vient s'asseoir à côté d'elle, il a l'air profondément triste. Il s'agissait d'une enveloppe qui ne s'adressait pas à elle, mais à une autre Maria, sa grand-mère, Maria Roderich. La calligraphie de l'entête avait quelque chose de macaronique : Enric Pagès Albons, notaire. Pas besoin de beaucoup de mémoire pour se le rappeler.

— Papa, ne me dis pas que tu as gardé toutes ces années l'enveloppe qui contenait le titre de propriété de la Principal.

À la fois triste et fier, Llorenç lui répond :

— Oui, je vois que tu es vraiment bien réveillée, dit-il en tirant les feuillets de l'enveloppe. Attends que je regarde lequel vient en premier.

— Papa, donne-les-moi, je vais les lire moi-même.

— Mais il me semble que mon devoir est de…

— Tu n'as aucun devoir envers moi, mais comprends-le, tu parles faiblement, tu respires mal, et si tu dois m'expliquer quelque chose d'important, et en plus de ça une seule fois, je préfère le lire moi-même. Je dirai le texte à haute voix et ce sera comme si tu me le lisais toi-même.

Llorenç hésite, il semble confus à l'idée de contrevenir ainsi à une volonté prévue de longue date. Finalement, il retire ses lunettes de vue fixées à une cordelette suspendue autour de son cou et murmure, résigné :

— Comme tu voudras.

Les feuillets ne sont pas anciens, il les a écrits récemment. Son père se prépare à écouter. Maria pose ses coudes sur la table comme pour mieux lire, mais en réalité elle approche, de façon calme et volontaire les feuillets de la flamme du chandelier. Le papier s'enflamme et brûle en un instant.

Lorsqu'il s'en aperçoit, son père demeure abasourdi. Il sait qu'il ne peut pas faire de mouvements rapides et précis pour modifier le cours de la situation. Il assiste à la destruction par le feu de son dernier secret, il constate qu'il ne reste plus qu'un coin des deux feuillets que sa fille abandonne au pied du bougeoir pour ne pas se brûler les doigts. Il se tourne vers elle, l'observe un instant, les yeux humides. Impossible de lui poser la moindre question.

— Papa, je n'ai pas besoin que tu m'expliques que c'est toi qui as tué l'abbé. Il y a bien longtemps que je l'ai compris.

Llorenç la regarde et lui sourit tandis que plusieurs larmes roulent sur ses joues. Maria se sent triste de le voir ainsi, mais elle insiste :

— Tu as peut-être besoin de le faire pour toi, papa. Mais moi, je ne veux pas te voir te justifier de quoi que ce soit.

Llorenç s'essuie les joues avec l'index.

— Le second feuillet comportait l'ensemble de mes aveux.

Leurs regards s'entrecroisent avec une amusante complicité. Maria l'observe, fascinée. Elle a devant elle un homme dont le rituel, préparé dans les moindres détails pour lui permettre d'avouer à sa fille un assassinat atroce, vient de lui échapper. Le voilà devant elle, en train d'esquisser un sourire ironique pour s'adapter et pour l'écouter, elle, sans la moindre pointe de rancune.

— Et le premier feuillet ?

— C'était la description des préparatifs. La façon dont ça s'est passé, etc.

— Mais, papa ! Je ne veux surtout pas que tu m'expliques les détails de cette affaire. Je ne veux pas connaître toute cette boue morbide que je suis incapable de juger. Je ne suis pas prête à aborder ces détails. Mais en revanche, j'aimerais bien te poser trois ou quatre questions pour tenter de comprendre des choses qui restent importantes pour moi...

Cette fois, ce fut Llorenç qui la coupa.

— Je les imagine et elles ont toutes la même réponse : oui.

— Papa, arrête de faire des devinettes. Je voudrais savoir si maman…

— Ta mère m'a tout simplement aidé. Nous l'avons fait ensemble.

Maria ne semble pas surprise, mais elle n'aime pas la rapidité de la réponse et elle ralentit le débit de sa parole :

— Je l'imaginais. J'ai toujours pensé qu'elle t'aimait à la folie.

Llorenç sourit.

— C'est vrai, oui. Et en plus de ça, elle était bien plus habile que moi, tu sais? En réalité, moi, je ne me serais jamais rendu au presbytère. Le dégoût, la haine que m'inspirait cet homme étaient pires que la crainte qu'il aille m'accuser d'être l'assassin de Ricard. Je ne sais pas, je pressentais que si j'y allais, les choses allaient mal finir. Mais ta mère pensait différemment et m'a convaincu du contraire. D'après elle, il fallait éclaircir les relations et éviter tout chantage de la part de l'abbé. Elle m'avait assuré que sa seule présence dissuaderait le curé de toute tentative inopportune. Mais une fois là-bas, les choses se sont compliquées.

— Laisse tomber, papa. Pour moi, la seule chose importante est que vous l'ayez bien fait pour ne pas être accusés. Et aujourd'hui, tu es là, avec moi, et ma mère a pu mourir dans son lit. Vous avez su parfaitement vous y prendre.

Llorenç l'observe tout en reprenant sa respiration difficile, qui le trahit chaque fois qu'il est trop ému. Ils sont parvenus à un point important de la partie et hésitent à dévoiler tous les triomphes de la bataille ou à cesser de continuer le jeu.

Finalement, il décide de jouer encore. À fond. Il a attendu ce moment trop longtemps et il ne veut plus retourner en arrière. Il va ouvrir une lettre à laquelle sa fille ne s'attend pas.

— Écoute-moi bien, Maria : le plus curieux de cette affaire est que nous avons été découverts.

Un lourd silence a envahi la pièce. Il la regarde intensément, attend sa réaction. Il sait que sa révélation est en train de détruire les certitudes de sa fille. Il suppose qu'elle est surprise, extrêmement surprise, et il comprend à ses yeux qu'elle réfléchit à toute vitesse.

— Ne dis pas n'importe quoi, papa. Ne me dis pas que vous avez été découverts. Si c'était vrai, nous ne serions pas ici, en ce moment. Tu ne vas tout de même pas me faire avaler que pendant la première année de la dictature de Franco, alors qu'on abattait les gens sommairement, sans autre forme de procès, vous deux, vous avez impunément assassiné rien moins qu'un curé ?

— Tu vois que le premier feuillet que tu as brûlé était important ?

— Tu ne vas pas me reprocher ça maintenant. Si je comprends bien, vous avez mal calculé votre coup ou vous n'avez pas su…

— Nous avions laissé tellement d'indices accablants, qu'on aurait dit que nous avions fait exprès de signer notre crime.

— Un travail d'amateur, quoi ! Merde alors, papa, je vous croyais bien plus malins.

— Ne juge pas trop vite, ma belle! Et évite de parler au pluriel. Voyons, est-ce que tu vas me laisser t'expliquer la chose?

Maria trouve cela amusant.

— Oui, mais évite de me parler de sang, s'il te plaît.

— Je vais essayer de t'expliquer ça proprement. Comme je te le disais avant que tu m'interrompes une fois de plus, j'avais décidé de ne pas me rendre au presbytère. À midi, j'étais allé prévenir ta mère de ma résolution, mais elle m'a répondu que nous devions affronter le problème, sinon celui-ci risquait de devenir une épée de Damoclès que le curé utiliserait quand bon lui semblerait contre moi ou contre elle. Elle tentait de me convaincre qu'elle pouvait m'aider. Que si elle faisait comprendre à l'abbé qu'elle connaissait sa relation avec Ricard, celui-ci se retrouverait en position de faiblesse à son tour, que les rôles seraient inversés et que c'est lui qui serait ensuite à notre merci.

— Et elle avait raison, non?

Llorenç ne répond pas. Il se demande si c'est le moment d'abattre une autre carte et lorsqu'il décide de le faire, il lui parle sur un ton posé :

— Oui, ma fille. Elle avait raison. Et elle m'a embobiné comme un bleu.

Commençant à soupçonner que la partie va être longue, Maria le guette de façon inquisitrice.

— Papa, tu ne pourrais pas aller droit au but?

— Non. Cette fois, il te faudra avoir de la patience, car je vais tout t'expliquer à ma façon et comme ça me conviendra.

Avec une moue de gamine contrariée, elle se résigne, respire profondément et se prépare à l'écouter.

Llorenç commence son récit comme s'il disait un conte. Une lueur malicieuse illumine le fond de ses yeux. Il sait qu'il va surprendre et fasciner son auditrice avec une histoire inattendue. En réalité Llorenç jouit de cet instant.

— Eh bien, oui, nous nous sommes entretenus long-temps ta mère et moi. Je n'étais pas tellement d'accord qu'elle mette en jeu sa position sociale et son nom. Cette histoire était encore une conséquence de mon problème intime et je devais le régler tout seul, comme je le pourrais. Mais, tu sais bien ? En plus de la solidité de son plan d'action, un autre facteur avait fait pencher la balance. Et c'était que, tout simplement, je ne savais rien lui refuser. Je n'avais été élevé ni préparé à la contrarier. Depuis l'âge de deux ans que je l'avais ser-vie, et au-delà de l'amour que je lui portais, j'étais resté fidèle à l'ancien respect que je devais à son statut de maî-tresse. Elle était restée la Senyora et, malgré la chaleur que nous partagions au lit, cette condition supérieure était demeurée. J'ai fini par accepter ses raisonnements et, à dire vrai, j'avais honte de l'avoir fait. Car, lui don-ner raison signifiait que je ne me sentais pas capable, en tant qu'homme, de me défendre seul. En tout cas, nous avons passé l'après-midi à préparer nos arguments, nos menaces, et de quelle façon nous agirions le moment venu. Tout s'enchaînait parfaitement, il semblait tout à fait clair que nous allions nous en sortir. Même lorsque Úrsula nous avait apporté le sac…

— Papa, ne te moque pas de moi ! Úrsula aussi était dans le coup ? Mais que vient faire Úrsula dans tout ça ? Vous avez organisé un assassinat familial ?

— Ma fille, tu n'es pas en train de regarder un film à suspense anglais, il s'agirait tout au plus de nouveau réalisme italien, genre De Sica, mais en plus humoristique. Avec certainement une fin intéressante, mais plus par son côté grotesque que par son côté raffiné. Patience, tu vas comprendre. En tout cas, lorsqu'à neuf heures du soir Úrsula a apporté le sac ne va pas croire que j'étais plus inquiet que ça. D'une part, j'étais habitué à ce qu'elle flaire toujours ce qui se passait à la Principal, et d'autre part, je connaissais la faiblesse de Maria qui lui demandait systématiquement conseil, en cas de situation délicate.

— On peut savoir ce que contenait ce sac mystérieux?

— Une corde, un couteau et…

— Mais tu es en train de me décrire un vaudeville! l'interrompt Maria en éclatant de rire. Mon Dieu! Et vous lui avez demandé pourquoi?

— Écoute ça : la corde, "au cas où il faudrait le ligoter". Le couteau "parce qu'on ne sait jamais", et le reste, "au cas où au dernier moment vous n'auriez pas le courage".

— Et voilà! On joue à nouveau aux devinettes. Mais plus rien ne me surprend, à présent. Quelle était cette troisième chose?

— Un flacon avec un liquide, lance-t-il en riant.

— Ah, quelques gouttes de ciguë, pour le finir, souffle-t-elle d'un air complice.

— Non, c'était un flacon d'*Aigua del Carme*.

Maria demeure un instant interdite, puis elle éclate de rire, tandis que Llorenç ajoute :

— Pour cela : "au cas où au dernier moment nous n'aurions pas le courage", lance-t-il le plus sérieusement du monde.

Puis il sourit amusé et fier de sa plaisanterie. À son âge, plus rien n'était sérieux, même pas la mort. Et cette histoire le rajeunissait.

Il se passe un moment avant que Maria se calme et retrouve son sérieux.

— Ce n'est pas possible!

— Eh bien, je n'ai pas encore achevé, explique-t-il d'un air provocateur. Je continue. Lorsqu'à minuit nous sommes arrivés au presbytère, la grande porte avait été poussée, mais on n'avait pas fermé le verrou. Cela voulait dire que le curé m'attendait pour "me prendre". Lorsqu'il a ouvert et aperçu ta mère, il n'a pas su réprimer une moue de désagrément, mais il n'a pas perdu son calme. Il ne s'est pas demandé ce que nous faisions là, à une heure pareille, et tout en nous demandant si nous avions besoin d'aide, le gros hypocrite nous a fait entrer. Je lui ai dit que nous étions venus ensemble parce que Maria savait... pour moi... pour Ricard et pour lui. Lorsqu'il a entendu que je parlais de lui, il s'est mis à rougir. Il était clair qu'il allait perdre son quant-à-soi. Cela n'a pris que quelques secondes. Il a commencé à m'insulter en me reprochant de le calomnier et de le mettre dans le même sac que les deux premiers pédés venus. Me disant que je n'en avais plus assez avec ma propre perversion et que j'éprouvais le besoin de pervertir la dignité des autres. Il hurlait, soufflait, suffoquait en lançant des mots de pénitence, d'enfer et de damnation... Et il allait bientôt atteindre le comble de la rage lorsque brusquement ta mère est venue se placer entre lui et moi. Je ne pouvais pas voir l'expression de son visage, mais elle devait être terrible, car l'abbé s'est arrêté de hurler juste au moment où elle a prononcé le mot "saleté". Il était pétrifié, regardant Maria, les yeux exorbités. Puis, dans cet espace de silence, la voix ferme de ta mère s'est mise à résonner : "Comme avec Ricard, l'abbé, tu es en train de faire la même chose qu'avec Ricard ce jour-là. Hypocrite, fils de pute, tu es en train de faire la même chose, exactement, que devant ma mère, lorsque tu condamnais ce pauvre Ricard, tout en ne pensant qu'à saisir son sexe. Caché sous ta soutane, tu souilles ton existence de lâcheté, d'hypocrisie… J'avais quinze ans, mais je m'en souviens comme si c'était hier. Ah oui : « Les hommes qui pèchent comme tu viens de le faire devraient mourir dans des douleurs effrayantes pendant que les flammes de l'enfer leur carbonisent le sexe. » Fils de pute. Judas. Quinze ans après tu continues à empoisonner avec tes mensonges le pauvre lambeau d'âme qui te reste encore. Et en plus, tu oses le faire devant moi, qui ai entendu comment cette nuit-là tu mendiais l'amour à Ricard, dans sa propre chambre, tandis que le pauvre malheureux bouclait sa valise pour s'enfuir en France. Tu t'en souviens ? J'ai tout vu et j'ai tout entendu. À présent, tu vas bien écouter ce que je vais te dire : ne t'aventure pas à toucher à un cheveu de mon homme, ni à le menacer avec tes chantages, car s'il devait lui arriver quoi que ce soit, je raconterai par le menu ce que tu es allé vomir cette nuit sur Ricard, tandis que lui te crachait à la figure." C'est alors que l'abbé a levé un bras menaçant sur ta mère et c'est aussi alors que…

— Vous l'avez tué. Je ne veux pas en savoir davantage, papa. Tu as compris ? Je ne veux pas savoir comment vous vous y êtes pris, dit Maria devenue très nerveuse.

Ce qui m'intéresse en revanche, c'est de savoir comment vous avez été découverts. À quel moment vos plans sont tombés à l'eau, parce que vous vous étiez mal préparés.

Llorenç continue à l'observer. Elle est encore désorientée.

— Je te l'ai déjà dit, nous avons laissé tellement d'indices que nous étions conscients que le lendemain la police se présenterait chez nous. Lorsqu'elle est arrivée au village, nous l'attendions déjà.

— C'est du néoréalisme italien ça, arrête de m'embêter ! On a parlé d'une pièce de théâtre amateur.

— Oui, nous avons monté une représentation, mais il n'est pas si sûr qu'elle soit amateur, dit-il en laissant planer un doute.

— Tu ne m'as pas dit que le lendemain vous les attendiez déjà ?

— Oui. Atanàsia expliquait à qui voulait l'entendre, et Úrsula le voulait, que la police était arrivée chez le curé un peu avant midi. Ils étaient quatre et la bonne disait qu'il y avait "toujours le même", l'inspecteur Recader, avec deux hommes en uniforme, et un monsieur plus âgé avec une tête de méchant qui donnait des ordres à tour de bras. Très offensée, Atanàsia expliquait qu'après qu'elle les avait accompagnés, ils l'avaient mise dehors. Ils l'avaient écartée de l'affaire sans lui permettre d'expliquer où se trouvaient les choses et avaient fermé au verrou pour que personne ne puisse venir voir. Elle disait que peu après que le clocher avait sonné une heure, ils étaient sortis en laissant deux agents pour monter la garde devant la porte. Qu'ils avaient ensuite pris la direction de la maison du maire, où on leur avait préparé un bon déjeuner. Que de retour au presbytère, le policier le plus vieux, celui qui commandait, avait le visage tout rouge, car à Pous tout le monde savait que le vin du maire, s'il ne vous trouait pas l'estomac, vous chamboulait la tête. Qu'ils se sont à nouveau enfermés dans le presbytère et qu'au bout d'un court instant, on avait pu entendre les cris du vieux policier depuis la place de l'église. Que la moitié de ce qu'il disait était des injures et que l'autre moitié était impossible à comprendre, car il parlait à toute vitesse et en castillan. Lorsque Úrsula a eu fini de nous expliquer ce qu'Atanàsia lui avait confié dans le plus grand secret, ta mère et moi sommes allés nous habiller pour les recevoir dignement, surtout s'ils avaient décidé de nous emmener à Rius.

— Mais, papa, pourquoi étiez-vous si sûrs qu'ils viendraient vous voir ?

— Parce que, à part quantité d'autres détails, ta mère avait oublié de reprendre le sac d'Úrsula sur lequel étaient brodées les initiales de la maison et que l'inspecteur Recader l'avait immédiatement reconnu…

— Tu me charries ?… Je pensais que ma mère était plus futée que ça.

— Elle était très futée. Tu vas comprendre. En tout cas, lorsque les policiers sont sortis du presbytère, nous l'avons su par Caterineta. Neus l'avait envoyée comme guetteuse sur la place et elle était rentrée en courant à la maison. Ils ont mis moins de cinq minutes à se présenter.

— Oh, l'angoisse !…

— Moi, oui, j'étais angoissé et effrayé par le souvenir de cet homme qui se balançait…

— Papa, je t'en prie !

— Excuse-moi, je voulais dire que j'avais l'esprit à ce point bouleversé et que je me dégoûtais tellement moi-même, que je me foutais de ce qui allait arriver.

— Continue. Ils ont frappé à la porte et?…

## PREMIER DÉNOUEMENT DU CRIME
## DE LA PRINCIPAL.
### RÉCIT.

*Úrsula alla ouvrir avec un naturel de grande actrice professionnelle. Maria et Llorenç les attendaient assis sur la partie centrale du canapé et ils les virent entrer guidés par la nourrice, comme lorsqu'elle venait présenter des invités. Derrière elle, suivaient le commissaire Fresnos et l'inspecteur Recader. Si Úrsula donnait l'impression d'être dans les limbes, le colonel Fresnos avait sa tête des mauvais jours et l'inspecteur un rictus absolument inexpressif. Lorsqu'ils arrivèrent devant le couple, Úrsula se retira et Llorenç et Maria se levèrent pour leur serrer la main. L'inspecteur avait un paquet dans les mains et ne fit pas le moindre geste. Avec une moue de mépris, le colonel garda ses mains derrière son dos et, après les avoir observés un instant, comme des êtres bizarres, il se retourna ostensiblement pour s'éloigner de quelques mètres, jusqu'à venir se planter devant l'ange de marbre de style art déco. L'inspecteur commença à déchirer les feuilles paroissiales qui enveloppaient le paquet qu'il avait dans les mains et dit à Maria en la regardant dans les yeux : "Vous avez oublié le sac à pain."*

*L'inspecteur continua à fixer la Senyora qui, imperturbable, l'observait à son tour. Il fouilla dans le sac et en tira le couteau qu'il lança dédaigneusement sur la chaise qui se trouvait à côté de lui. "Nous avons vérifié que vous n'avez pas eu besoin de vous en servir." Il continuait à regarder Maria avec un air à la fois accusateur et subjugué. Il observa un long silence. Pendant ce temps, le colonel Fresnos était en train de détailler un tableau représentant une scène de chasse sur un des murs du salon. Il avait l'air absolument émerveillé. De temps en temps, il soupirait bruyamment et se dressait un instant sur la pointe des pieds en faisant des mouvements de hanches. L'inspecteur continua.*

*— Vu la scène du crime et après les conversations que nous avons eues il y a trois jours avec M. Costa, au cours desquelles lui-même a précisé qu'il devait rendre visite à l'abbé hier pour "se faire prendre", la paternité de cet assassinat est évidente.*

*— Putain de merde, tonna le colonel Fresnos, qui avait l'air sur le point d'exploser, mais n'écartait pas ses yeux de la scène de chasse.*

*L'inspecteur fit une pause de quelques secondes au cas où le commissaire de Rius aurait voulu glisser un commentaire. En l'entendant gratter une allumette pour allumer une de ses Ideales, il poursuivit :*

*— Il nous a suffi de cinq minutes pour mettre en évidence votre culpabilité. Vous avez laissé des indices partout afin que nous ne risquions pas de nous tromper, comme si vous nous aviez pris pour des incompétents. Par exemple, le sac portant les initiales de la maison dans lequel vous conservez habituellement le pain et qui contenait un couteau bien...*

*— Ça, c'est mon idée, intervint brusquement Úrsula depuis l'autre côté du salon, près de la fenêtre du milieu, avec un air provocateur.*

— Silence, hurla Fresnos, qui soufflait comme un rhinocéros avant la charge et la regardait comme s'il allait se jeter sur elle.

L'inspecteur, toujours impassible, se tut un instant pour permettre à son supérieur de s'étendre davantage. Voyant qu'il ne le ferait pas, il continua d'exposer ses considérations sur un même ton neutre, comme si tout cela ne le concernait pas et sans cesser de regarder la femme. Il le faisait de façon insolente. Llorenç, qui l'avait remarqué, commençait à s'indigner vraiment.

— Un bon vieux couteau de cuisine très bien enveloppé dans du papier journal, dit-il en faisant une pause malicieuse. Et comme si ce n'était pas suffisant, la note du pendu est rédigée avec une calligraphie si soignée que, plutôt que l'écriture d'un malheureux avant le trépas, elle ressemble à celle d'une demoiselle bien élevée. Je suppose, senyora Magí, que je n'aurais même pas besoin de la comparer à un feuillet écrit de votre main, pour confirmer mes soupçons.

Voyant que la senyora Magí n'avait pas la moindre intention de répondre, l'inspecteur porta sa main à sa poche pour en tirer le carnet noir. Il alla directement à la dernière page, compulsa une note et poursuivit :

— Et l'un de vous deux n'a rien trouvé de mieux que de laisser la note de confession de l'abbé, bien en évidence, à la verticale du pendu. Alors que tous les protocoles de comportement des suicidés indiquent que personne ne se pend avec sa lettre d'adieux à la main, ne serait-ce que pour ne pas être gêné dans les dernières opérations à effectuer avec la corde. Habituellement, les pendus aiment laisser leur dernier message dans un lieu qui attire l'attention, afin que la famille ou la police le trouvent. Et en plus de rendre la scène plus crédible, vous auriez ainsi évité aux enquêteurs de toucher la pisse de la victime.

Il tourna la page de son carnet.

— De plus, l'un d'entre vous a laissé la chaise à une distance du point où pendait la corde supérieure à la longueur de celle-ci. Une disposition plus digne d'un trapéziste de haut vol que d'un suicidé accomplissant son saut mortel. Sans parler de l'énorme bosse que le curé avait à la tête, faite par sa bouteille de vin doux. Vous l'avez frappé au beau milieu de sa tonsure, comme pour mieux dénoncer qu'aucun homme assommé n'est capable de se passer tout seul la corde au cou. J'imagine que c'est la senyora Magí qui a… manipulé… la bouteille, car il semble impossible que quelqu'un d'autre qu'un homme fort ait pu immobiliser l'abbé.

— Putain de merde, hurla à nouveau le colonel, qui avait à présent posé ses bras sur la laque impeccablement brillante du couvercle du piano, sous le regard vigilant et inquiet d'Úrsula.

L'inspecteur continuait à fixer Maria. Seulement elle. Son attitude avait plus l'air d'une admirative ou séductrice contemplation que d'un regard accusateur, comme le cas l'aurait semblait-il voulu.

— Et le bouquet final, c'est l'un d'entre vous qui l'organise lorsque, au moment de partir, au lieu de malmener la serrure pour faire croire à une effraction et diriger les soupçons vers une violation de domicile avec vol, il passe curieusement la clé sous la porte, pour indiquer qu'on a ouvert de l'intérieur et que donc les intrus sont bien élevés et de bonne famille.

— Merde ! Putain de merde ! répéta le colonel en appuyant sa taille contre la courbure en harpe de l'instrument et en se hissant rythmiquement sur la pointe des pieds, talons joints, hanches serrées, à plusieurs reprises.

L'inspecteur continuait à fixer la femme. Llorenç naviguait sur un océan de doutes et de sous-entendus. Il commençait à percevoir que les mots de l'inspecteur renfermaient un message qu'il ne comprenait pas encore tout à fait et que même sa façon particulière de regarder Maria en faisait partie.

— Comme vous pouvez l'imaginer, devant une telle générosité de preuves à charge, nous avons conclu qu'il sera impossible de découvrir quelqu'un qui soit plus coupable que vous-même. Nous vous remercions. Et tout particulièrement vous, Maria Magí. Nous avons tout compris. C'est pourquoi monsieur le commissaire et moi sommes venus vous inculper pour le crime commis hier soir sur la personne de M. Salvador Vendrell.

Les deux policiers restèrent là, à les observer, comme pour mieux parvenir à évaluer l'effet de leur déclaration. L'inspecteur les yeux toujours fixés sur Maria et le colonel Fresnos la mine satisfaite malgré le bruit continu émis par ses bronches goudronnées. Et brusquement, au milieu de ce silence, la voix de Llorenç, forçant le ton pour revendiquer sa présence et se rendre crédible, résonna dans toute la pièce.

— Monsieur l'inspecteur, monsieur le commissaire, c'est moi qui ai tué l'abbé.

Pour la première fois, et comme s'il le regrettait, l'inspecteur cessa de regarder la femme et se tourna lentement vers Llorenç.

— Bien entendu, monsieur Costa, c'est vous qui l'avez tué.

— Je veux dire que ma femme n'a pas participé à l'assassinat, elle m'a juste accompagné pour éviter qu'il se passe ce qui est finalement arrivé.

— Ah, monsieur Costa, je vous sens bien capable de croire toute cette histoire.

Une ombre d'ironie soulignait les yeux de l'inspecteur, comme s'il était en face d'un simple d'esprit. Llorenç lança un regard en coin à Maria, mais celle-ci, continuant à regarder l'inspecteur, demeura impassible. C'est alors qu'il pressentit soudain qu'une fenêtre allait violemment s'ouvrir pour éclairer son esprit et lui dévoiler une situation inattendue.

— Oui, monsieur Costa, bien que vous soyez coupable d'avoir assassiné quelqu'un, vous êtes toujours innocent, dit l'inspecteur en dirigeant son regard de commisération vers Maria, avant de poursuivre : Senyora Magí, dans la petite mise en scène que vous nous avez montée, il reste une pièce du puzzle qui, au milieu du non-sens de tout ça, a attiré mon attention. – Il fit une petite pause. – Il y a des indices que vous avez rangé la corde dans le sac ; on peut le comprendre. Vous y avez aussi caché le couteau, au cas où. – L'inspecteur aurait aimé faire un clin d'œil de complicité à Úrsula, mais c'était impossible. – Nous avons également un flacon mystérieux et sans trop de rapport dont j'ai bien l'impression que le contenu n'est autre que… de l'Aigua del Carme.

On put entendre le frisson qui secoua Úrsula, en train de revendiquer depuis l'endroit où elle s'était cachée :

— Ça, c'est moi qui en ai eu l'idée!

L'inspecteur ne put éviter de sourire. Il s'était certainement dit que s'il se retournait pour demander à la nourrice pourquoi elle avait ajouté le flacon, elle lui aurait répondu *"au cas où au dernier moment, ils n'auraient pas eu les couilles de"…* Définitivement son roman policier n'aurait rien d'anglais. Il s'en était toujours douté : trop de paille et de sang chaud pour ces délicatesses criminelles.

Mais son sourire se figea lorsqu'il entendit la voix tonitruante du commissaire Fresnos.

— Finissons-en une fois pour toutes, Recader, dit-il en s'approchant de quelques pas. Vous êtes une paire d'assassins. Des… des pervers et je n'en dis pas plus car, malheureusement pour moi, vous êtes une dame.

Avec la volonté de protéger son aimée, Llorenç tenta d'intervenir :

— Elle n'y est pour…

— Taisez-vous, imbécile.

Il y avait un bon moment que Llorenç se sentait ainsi : imbécile. Il ne se vexa pas, il fit comme on lui avait appris à faire depuis l'âge de deux ans, lorsqu'il était arrivé à la Principal : il se prépara à attendre que l'orage passe. Et celui-ci ne faisait encore que s'annoncer.

— Vous, en plus d'être un pédé, vous êtes un imbécile et un faible.

Bien que Llorenç fût parfaitement d'accord avec le jugement du commissaire, ce dernier le regardait d'un air furieux.

— Mais cette tapette n'a-t-il donc pas encore compris ce qui se passe ? lança le commissaire Fresnos sur un ton à présent surpris.

Mais à cet instant, ce n'étaient pas les jugements du commissaire Fresnos qui indignaient Llorenç. Ce qui le mettait vraiment hors de lui était que, pendant qu'il l'insultait, au lieu de le regarder lui, il regardait l'inspecteur et Maria comme si tous les deux avaient été d'accord avec ce qu'il disait.

Fresnos s'approcha de lui d'un air décidé, rougit encore un peu et, se mettant sur la pointe des pieds et cambrant les hanches comme pour prendre son élan, lui envoya une gifle terrible du revers de la main. Il devint fou. Il enchaîna un coup de poing, puis un autre et, lorsqu'il sembla que tout allait basculer, il se calma brusquement, se dirigea vers le piano, s'y retint des deux mains, toussa un instant ses Ideales et finit par se contrôler. L'inspecteur ne savait que faire, attendant la suite éventuelle. Soudain, le commissaire se retourna d'un air décidé et fit la seule chose qu'il savait faire parfaitement en demeurant sûr de lui : il donna un ordre.

— Inspecteur, je vous attends sur la place. Faites sans délai et précisément ce que je vous ai demandé.

Alors qu'il s'éloignait du piano, le commissaire remarqua qu'Úrsula l'observait d'un air inquisiteur.

— Et vous, qu'est-ce que vous avez à me regarder, putain de merde ? On peut savoir ?

— Vous êtes en train de laisser les marques de vos doigts sur le couvercle du piano.

Le commissaire s'approcha d'elle. Tout le monde craignait le pire. Il s'arrêta devant elle, lui saisit les bras, l'attira vers lui… et posa un baiser dur son front.

— Inspecteur, finissons-en. Comme je vous l'ai demandé.

Úrsula, probablement émue, se précipita à sa suite pour l'accompagner jusqu'à l'entrée. À la Principal, on n'oubliait pas facilement quel était le rôle de chacun.

— Attends, papa, arrête un instant, il y a un bon moment que j'ai envie de me servir une bière. Tu veux que je t'apporte un verre d'eau?

Llorenç fait non de la tête.

— Maria, tu ne vas pas boire une bière avant d'aller te coucher!… J'ai presque fini. Et cette fois, c'est vrai.

— Oh, je m'en moque. Au cinéma, j'aurais pris du pop-corn pour me passer les nerfs, ici je vais m'envoyer une bière avec des noisettes grillées.

Pendant que Maria se lève et se dirige vers le réfrigérateur à boissons encastré dans une commode, Llorenç ne peut s'empêcher de lui demander :

— Tu vois venir la chose?

— Si tu veux parler du dénouement, je crois que oui, mais je n'ai pas envie de le deviner. Si j'ai bien compris, c'est bientôt le tour du monologue de l'inspecteur, avec sa folie envers maman et sa manie d'imiter le fameux détective belge. De temps en temps, on passe une série de lui à la télé et, à vrai dire, ça me barbe.

Lorsque Maria va s'asseoir avec une des canettes de bière qu'elle a rapportées il y a longtemps de Baden-Baden, Llorenç s'empresse de poursuivre. Malgré le suspense qui le tient en éveil, on voit qu'il est profondément épuisé. Mais Maria…

— Papa, tu ne crois pas que nous sommes des êtres amoraux?

— Mais qu'est-ce que tu racontes?

— Nous sommes là, tout guillerets, toi en train d'expliquer, et moi en train de t'écouter dire que vous avez tué un homme, et je ne sais pas, je n'ai pas l'impression que tu éprouves le moindre remords, ni que ton récit provoque chez moi la moindre répulsion… J'étais tout simplement en train de me demander si, en ce qui nous concerne, le qualificatif qui nous définirait le mieux serait celui d'immoraux ou d'amoraux.

Llorenç se gratte le cou tout en regardant au plafond, comme pour mieux réfléchir.

— Si je devais choisir, je prendrais "immoraux". Ça fait bizarre, mais je préfère les êtres immoraux que les amoraux. Dans ma vie, j'ai pu voir plusieurs fois de quelle façon on pouvait changer la morale selon les convenances, en détruisant des vies, en malmenant des sentiments, en convoitant des pouvoirs… Mais en revanche, je ne me sens personnellement pas amoral, autrement dit je possède une morale bien à moi.

— Oui, mais accepter que chacun ait le droit de posséder sa propre morale, ne serait-ce pas une excuse pour faire ce qu'on veut ?…

— Non, Maria, pour moi, ce n'est pas une excuse, j'ai toujours vu cela comme une exigence, une règle de vie, qui peut devenir parfois très dure. Je pense que, grâce à la liberté relative dont nous jouissons, la société a fini par créer sa propre morale, disons sociale, et celle-ci a peu à peu remplacé celle que les religions et les pouvoirs politiques monopolisaient auparavant. La morale de l'Église ne m'autorise pas à être homosexuel, mais en revanche la morale sociale me protège, y compris devant les tribunaux. Et c'est en ce moment que ce bouleversement des valeurs se produit. Si tu parles de l'ancienne morale, je suis un immoral absolu ; si tu te réfères à la moralité civique, je ne m'en sens pas très éloigné. Même si… il est vrai que j'ai tué un homme.

400

— Oui, un homme qui se servait de l'ancienne morale et la manipulait à son aise pour t'anéantir. Holà, papa, fuyons donc toute cette fange. Retournons là où nous étions auparavant, nous y étions très bien. Voilà… donc, tu me disais… Úrsula était en train de raccompagner le commissaire Fresnos…

## DÉNOUEMENT FINAL, EXTRAIT DES CENDRES D'UN FEUILLET BRÛLÉ DANS UNE BÂTISSE DE POUS.

*Lorsque le commissaire et Úrsula les laissèrent seuls, la Senyora, l'inspecteur et Llorenç restèrent plantés là, immobiles, comme sur une photo. L'expression du visage de l'inspecteur ne changea que lorsqu'il entendit la porte de l'entrée claquer. Il se détendit et se dirigea calmement vers le même fauteuil qu'il avait occupé quelques jours auparavant, lorsqu'il avait interrogé M. Costa. Il croisa les jambes, tandis que les amoureux étaient restés debout, sans oser bouger le petit doigt. Il le fit méticuleusement, comme qui doit finir un travail et sait tout à fait comment s'y prendre.*

*Il attendit quelques secondes, épousseta son pantalon et annonça sans les regarder :*

*— Vous pouvez vous asseoir.*

*Ce "vous pouvez" était normal pour Llorenç, il était déjà habitué à demander l'autorisation pour n'importe quoi, mais en revanche si la Senyora avait pu, elle lui aurait griffé le visage. Cependant, ils obéirent tous les deux de conserve, soumis et attentifs à ce qui allait se passer.*

L'inspecteur leva les yeux de son carnet à couverture noire et s'adressa à lui pour la première fois depuis le début, en l'appelant par son nom :

— Monsieur Costa, vous êtes l'assassin de l'abbé Salvador. Vous le niez ?

— Non monsieur l'inspecteur, dit le jeune homme.

— Parfait, ainsi nous irons plus vite. Vous l'avez assommé avant de le pendre ?

— Je ne sais pas, monsieur l'inspecteur. Lorsque je l'ai pendu, il avait l'air mort.

— Alors je peux vous assurer que non, que vous l'avez tué en le pendant et pas avant. Sinon, il ne se serait pas pissé dessus. Quelqu'un vous a donné un coup de main ?

— Non, monsieur. Je l'ai fait tout seul.

— Je dois comprendre que vous confirmez que la senyora Magí n'y a pas participé ?

— En aucune façon, monsieur l'inspecteur. J'ai tout fait tout seul.

— Fantastique.

L'inspecteur sourit franchement pour la première fois.

— Voyez-vous, monsieur Costa ? dit-il en s'adressant à lui de façon toujours exquise. Vous devez savoir que si ce que vous me dites était la vérité, votre vie n'aurait pas la moindre valeur. Avec vos aveux et mes preuves, vous seriez passible du conseil de guerre avec l'assurance d'être condamné à mort. Les militaires vont droit au but. Encore que ce ne soit pas vraiment sûr, car s'agissant d'un curé, pour éviter le scandale, les autorités compétentes me donneraient probablement carte blanche pour que je vous tue moi-même où cela me ferait plaisir et que je vous jette ensuite dans un ravin.

L'inspecteur considéra qu'il aurait peut-être pu s'épargner ce genre de détails, mais il ne parvint pas à se retenir.

— En réalité cela ne me serait pas très difficile car de nombreuses raisons le justifieraient : vous êtes un assassin et vous méritez la peine de mort. De plus, je suis d'avis que les pédés tels que vous n'ont rien à faire dans notre monde. La morale en laquelle je crois l'affirme haut et fort. Et en plus cela me permettrait de me débarrasser de la jalousie que m'inspire le fait qu'une femme aussi belle soit tombée amoureuse de vous, monsieur Costa, dit-il en souriant effrontément. Vous êtes un coupable très innocent, monsieur Costa. Et je dois également vous dire que vous mentez mal. Si après cette affaire, vous avez la chance de demeurer encore en vie, il vous faudra améliorer tout ça, monsieur Costa.

Puis, esquissant brusquement une moue de franche ironie, il s'adressa à Maria.

— Senyora Magí, permettez-moi d'expliquer à votre amant les deux ou trois choses qu'il n'a pas encore comprises, ou que peut-être il commence à supputer. Et, si vous le permettez également, j'aimerais que vous me donniez un coup de main. Je crois que M. Costa le mérite bien largement.

Maria se sentait singulièrement calme. Elle se tourna vers son aimé et le regarda de façon intense ; elle voulait qu'il sente qu'elle lui appartenait, sans le moindre doute, et elle se prépara à répondre aux questions de l'inspecteur sans quitter des yeux l'homme dont elle était folle amoureuse.

— Est-ce vous qui avez rédigé la lettre ?

— Oui.

Elle continuait à le regarder.

— *Et vous l'avez volontairement écrite avec votre propre écriture ?*

— *Bien sûr.*

Llorenç recevait le regard de Maria intensément, comme une vague de chaleur, et tout en réfléchissant à ce qui était en train de se passer.

— *Et c'est vous qui l'avez jetée par terre ?*

Elle acquiesça de la tête. Le policier fit une pause, comme s'il était en train de remettre ses pensées en ordre. Il tourna une feuille de son carnet :

— *Ce n'est pas très important, mais est-ce vous qui avez donné le coup de bouteille sur le crâne de l'abbé ?*

— *C'est moi, en effet.*

— *Et qui a placé la chaise au mauvais endroit ?*

— *Également moi.*

— *C'est vous qui avez laissé le sac contenant le couteau et l'Aigua del Carme ?*

— *Oui.*

— *Et vous avez fait tout ça exprès, senyora Magí.*

— *Oui.*

— *Bien entendu. Et enfin, c'est encore vous qui, en partant, avez passé la clé sous la porte pour qu'on la trouve à l'intérieur du presbytère ?*

— *Oui.*

— *Et vous avez fait tout cela pour que votre présence lors de l'exécution du crime ne fasse aucun doute ?*

— *Oui.*

— *Et bien sûr vous êtes prête à répéter ces déclarations devant n'importe quel tribunal.*

— *Devant n'importe lequel et devant qui que ce soit*, répondit-elle d'une voix ferme.

L'inspecteur Recader ferma son carnet. Tout était clair et la décision était prise. Il s'adressa à nouveau à Llorenç, avec un regard paisible et sans la moindre ironie.

— Monsieur Costa, vous avez compris à présent ? La senyora Magí a voulu vous accompagner pour laisser le plus d'indices possible de son implication dans cet assassinat et, pour être plus clair, j'oserais même risquer que, sans sa participation, vous ne l'auriez jamais assassiné. Et c'est une chose très grave, car cela signifie que la senyora Magí n'est pas seulement complice de ce crime, mais qu'elle en est l'instigatrice. Probablement qu'hier elle a usé de tout son savoir-faire pour que vous éliminiez l'abbé. Et si j'avais à présent la patience de retracer ce qui s'est passé au presbytère, chacun des gestes de la senyora Magí me donnerait raison.

Llorenç vivait cette situation difficilement. Une soudaine clarté commençait à l'éblouir. De terribles images tournaient dans sa tête qui confirmaient sans arrêt les théories de l'inspecteur. Celui-ci se tourna à nouveau vers Maria.

— Et nous arrivons au point crucial de toute cette histoire. Pour tous les tribunaux du monde, vous seriez aussi coupable de l'assassinat d'un homme que M. Costa. Vous aussi vous êtes une meurtrière.

Il se tut comme pour écouter le son de ces derniers mots circuler dans chaque recoin du grand salon de la Principal et l'imprégner entièrement. Maria était calme. Llorenç, en revanche, tentait de ne pas succomber à ce chaos de sentiments contradictoires. Il se sentait un moins que rien, manipulé, aimé, déprécié…

— J'imagine que lorsque je vous traite de meurtrière, vous êtes parfaitement satisfaite, n'est-ce pas ?

*Maria le regardait avec des yeux qui n'exprimaient aucune réponse. Et, quant à lui, l'inspecteur n'avait pas besoin de l'entendre.*

*— Monsieur Costa, à présent que vous comprenez pratiquement tout, ne vous fâchez pas. Cette femme vous aime à tel point qu'elle n'a pas hésité à risquer sa propre vie et tout ce qu'elle représente pour vous sauver. Et disons que, au-delà des questions morales, elle a très bien fait. Sauf que pour y parvenir elle a dû vous tromper.*

*L'inspecteur fit une pause en se disant que s'il avait laissé pousser ses moustaches, il serait en ce moment en train de se les effiler.*

*— Vous êtes un homme mort, monsieur Costa, car n'importe quel conseil de guerre expédiera votre condamnation à mort. Même si je dois vous avouer qu'en réalité vous n'auriez jamais eu le temps de comparaître devant le moindre conseil de guerre, et c'est ce que l'intelligence de Maria… de Magí a tout de suite compris. Vous saisissez, monsieur Costa ? Vous n'auriez jamais eu le temps, car s'agissant d'une affaire de pédés avec un curé en plein milieu, nous vous aurions tué nous-mêmes pour éviter le scandale. Ou, pour dire les choses plus finement, nous vous aurions accusé de n'importe quel autre délit politique, puis* passejat* *avec d'autres prisonniers républicains.*

*Il se tourna à nouveau vers Maria.*

*— La senyora Magí avait réfléchi à tout cela. D'un côté, elle pensait qu'il fallait vous délivrer de l'abbé pour ne pas*

---

* *Passejat* signifie "promené". Après la guerre civile, la répression franquiste consistait à conduire les opposants politiques "en promenade" et à les abattre sommairement et sans jugement dans la campagne, puis à enterrer leur corps dans le premier fossé venu.

vous soumettre à son chantage et sa perversion et, de l'autre côté, elle savait que si nous continuions à enquêter sur la mort de Ricard, l'abbé aurait fini par vous mettre son assassinat sur le dos. Et il y serait probablement parvenu avec la complicité de quelque importante autorité ecclésiastique. Autrement dit, vous n'en seriez pas non plus ressorti vivant. Cette situation, monsieur Costa, l'a forcée à imaginer une stratégie pour vous sauver.

Il se dandina sur son siège sans décroiser les jambes.

— Voilà pourquoi elle a décidé de devenir la véritable protagoniste de l'assassinat et de semer des preuves un peu partout ; ainsi, pour vous juger, il aurait fallu également la juger. Et l'on ne se débarrasse pas de la nièce d'un évêque en jetant son corps dans un ravin. Elle s'est dit que, à la perspective d'un procès scandaleux, nous renoncerions. Et elle a eu raison. Envoyer devant les tribunaux la nièce d'un évêque, prête à soulever tous les tapis pleins des merdes que vous et nous connaissons parfaitement, n'est plus possible aujourd'hui. Ce serait un scandale intolérable pour un régime aussi fraternellement compromis avec l'Église. Inacceptable. Et, d'un autre côté, l'exécuter en utilisant les méthodes expéditives qu'on aurait pu utiliser avec vous est absolument impossible. Les classes aisées qui doivent tirer en avant la patrie n'accepteraient pas que le régime s'en prenne à un de leurs membres distingués, sans une raison absolument grave... que, dans ce cas-ci, nous ne pourrions pas expliquer.

Il continua à observer le jeune homme et on eut un moment l'impression que les traits de son visage se détendaient. Il cherchait une formule choc dans sa tête pour achever une bonne fois pour toutes son exposé.

*— Oui, il est vrai qu'hier vous étiez un homme mort, monsieur Costa, mais avec tous les indices que la senyora Magí a laissés en évidence derrière elle, sur les lieux du crime, aujourd'hui elle vous a ressuscité.*

*L'inspecteur se leva lentement, donnant l'impression qu'il avait fini un devoir et qu'il en commençait un autre. Il se mit presque solennellement au garde-à-vous et les regarda tous les deux, à présent sans la moindre expression sur son visage.*

*— Senyora Maria Magí, monsieur Llorenç Costa. J'ai reçu l'ordre… non officiel… de refermer ce dossier sans vous inculper. Nous corroborerons la version du suicide, et nous avons tout remis dans l'ordre adéquat pour qu'il en soit ainsi. Dans un instant, lorsque je vous aurai tourné le dos, on ne parlera jamais plus de cette affaire.*

*Les deux hommes observèrent Maria. Son visage était demeuré impassible, elle continuait à regarder l'inspecteur, mais elle était en train de soupeser tous les détails dans sa tête, les risques qui subsistaient, chacune des éventualités de la nouvelle situation. Il valait mieux ne pas trop montrer son bonheur. Elle avait envie d'embrasser cet inspecteur, il avait parfaitement compris son stratagème jusqu'au moindre détail. Elle avait envie de se blottir dans les bras de son amoureux qu'elle savait blessé, peut-être humilié, mais qui se trouvait à ses côtés, vivant, libre, avec l'avenir entre ses mains.*

*— Senyora Magí, permettez-moi de vous dire que malgré les circonstances, je ne vois aucun inconvénient à vous baiser la main.*

*Il y eut un court silence et, la main de Maria encore dans la sienne, il s'adressa à Llorenç pour la dernière fois.*

— Je vous envie.

Il leur tourna le dos et commença à traverser le grand salon en observant tous les objets, sans doute un peu triste de savoir qu'il n'aurait certainement plus l'occasion de les revoir. Alors qu'il était à mi-chemin de la sortie, Úrsula fit son apparition, qui à travers les fentes de ses yeux fatigués tentait de deviner quel avait été le dénouement de cette fâcheuse histoire. Elle ne l'apprendrait qu'un peu plus tard, à présent elle devait accompagner M. l'inspecteur et elle se plaça devant lui pour le guider. Ils descendirent en silence les trois volées de l'escalier recouvert d'un tapis. L'inspecteur regardait en passant les tableaux qui étaient accrochés un peu partout sur les murs. Il se souvenait de quelle façon il avait été impressionné la première fois par ces peintures. La Principal avait été un décor spectaculaire pour sa première enquête criminelle. Il se disait qu'il avait eu de la chance. Peut-être que "la Christine", comme sa mère appelait la célèbre écrivaine anglaise, en aurait tiré davantage, mais elle n'aurait certainement jamais pu clore cette affaire ainsi. Sans justice, sans morale, sans condamnation, sans châtiment, sans éthique… Lui, en revanche, quittait cette maison extrêmement heureux dans son for intérieur, et il se demandait pourquoi. Il trouva une réponse qui fit vibrer quelque chose au fond de lui. Peut-être que ce qu'il poursuivait, que ce qui lui tenait à cœur, était de devenir un bon enquêteur et qu'en échange il se moquait bien d'être un homme juste. C'est ce raisonnement qui tournait dans sa tête tandis qu'il descendait les dernières marches de l'escalier et cela lui déplaisait au plus haut point. À un certain moment de sa vie, quelque chose avait dû se pervertir et ce qui n'avait été au début qu'un moyen était devenu une finalité. Ni plus ni moins. C'était peut-être la guerre, ou plus récemment les corvées de nettoyage de ces derniers mois… En tout cas, il n'aimait pas se sentir satisfait d'avoir résolu une affaire criminelle sans la moindre justice.

Il était obsédé par cette pensée, lorsqu'il réalisa qu'Úrsula ouvrait déjà lentement la porte. Il ne pouvait pas s'en empêcher, cette ursuline Paquita lui plaisait beaucoup. Seulement de penser à elle, un grand sourire se dessinait sur son visage. La nourrice vint se placer juste dans le chambranle de la porte et, se tournant peu à peu, apparut encadrée dans le contre-jour de l'entrée. Il ne lui voyait presque pas les yeux derrière la fente de ses paupières, mais il entendit parfaitement sa voix si particulière :

— Nous allons nous en sortir, inspecteur ?

Lluís Recader l'observa calmement, il pensa que la Christine aurait aimé un personnage comme celui-ci ; il s'approcha d'Úrsula, lui prit la main, y posa un baiser, et la regardant dans les yeux lui dit :

— Ils s'en sont déjà sortis, Úrsula, ils s'en sont déjà sortis. Et il s'éloigna.

Úrsula referma la porte et s'assit sur un des deux fauteuils qui flanquaient le porte-parapluie. Son vieux corps n'était plus suffisamment vigoureux pour supporter de telles émotions. Elle se dit que cette vieille bâtisse en avait vu de toutes les couleurs, mais que si elle parvenait à supporter cette dernière tempête, sainte Basilissa méritait bien que la Principal lui payât un autel tout neuf, que s'il le fallait elle y investirait toutes ses économies. Et qu'il fût richement décoré. Elle attendit cinq minutes puis se releva pour grimper péniblement jusqu'au grand salon.

*Il n'y avait personne. Elle se dit que les amants devaient déjà être au lit en train de se livrer passionnément à leur nouvelle liberté. Elle saisit un des coussins moelleux du canapé et se disposa à aller prendre place sur le fauteuil à bascule d'Andreu. Elle était épuisée, elle prit garde que le balancement ne la trahisse pas. Une fois assise elle tourna sa tête confortablement du côté droit, comme elle aimait. Si elle avait pu, elle serait restée ainsi pour toujours.*

*Réfléchissant à ce qu'elle venait de vivre, elle laissait errer son regard sur les meubles. À présent, elle avait l'impression qu'ils possédaient un aspect plus neuf, comme s'ils étaient plus colorés, plus vivants. Puis elle posa les yeux sur le piano, qui était tout propre, luisant, imposant. Tout d'un coup, elle s'aperçut que juste à la concavité de la harpe, sur le noir laqué du couvercle, le commissaire Fresnos avait laissé l'empreinte graisseuse de ses doigts. Un frisson parcourut sa colonne vertébrale.*

*La vieille nourrice esquissa un sourire. Aujourd'hui, elle ne se dérangerait pas.*

# TABLE